Sue Gee

Die letzten Gäste der Saison

SERIE PIPER

Zu diesem Buch

In einem abgelegenen Dorf im Norden Portugals liegt das idyllische Ferienhaus, in dem zwei englische Familien ihren Sommerurlaub verbringen: Claire und Robert mit ihren beiden Kindern Jessica und Jack haben das Häuschen gemietet und Claires Studienfreundin Frances mit Mann und Sohn dazu eingeladen. Doch das friedliche Bild trügt – unter der Oberfläche spielen sich Konflikte und Liebesverwirrungen ab. Claire ist irritiert, als Frances ihr eines Tages gesteht, daß sie sich in eine Arbeitskollegin verliebt hat, der sechsjährige Tom hat Probleme mit seinen Eltern, sie ebenso mit ihm, und die pubertierende Jessica verliebt sich in Frances' Mann Oliver ... Mit großem psychologischen Gespür erzählt Sue Gee von der wachsenden Spannung zwischen den sieben Menschen, die auf einen dramatischen Höhepunkt zusteuert.

Sue Gee, geboren 1947, wuchs auf dem Land auf und lebt heute mit ihrem Mann und ihrem Sohn in London. Nach einer Karriere bei Buch- und Zeitschriftenverlagen arbeitet sie als Rezensentin, Universitätsdozentin und freie Schriftstellerin. Für ihren Roman »Nachtstücke« erhielt sie 1997 die begehrte Auszeichnung »Romantic Novel of the Year«. Auf deutsch erschien von ihr außerdem »Ein Garten im Sommer«.

Sue Gee
Die letzten Gäste der Saison

Roman

Aus dem Englischen von
Stefanie Kuhn-Werner

Piper München Zürich

Von Sue Gee liegen in der Serie Piper vor:
Nachtstücke (3230)
Die letzten Gäste des Saison (3601)

Ungekürzte Taschenbuchausgabe
August 2002

Titel der englischen Originalausgabe:
»The Last Guests of the Season«, Random House UK Ltd.,
London 1993

Deutsche Erstausgabe: Econ Verlag GmbH, Düsseldorf 1996
Umschlag / Bildredaktion: Büro Hamburg
Isabel Bünermann, Julia Martinez, Charlotte Wippermann
Umschlagabbildung: Auguste Renoir (»Vue de Cagnes«, akg-images)
Foto Umschlagrückseite: Jane Brown
Satz: Dörlemann Satz, Lemförde
Druck und Bindung: Clausen & Bosse, Leck
Printed in Germany ISBN 3-492-23601-4

www.piper.de

Die letzten Gäste der Saison

1 DIE ABGEBLÄTTERTEN BLAUEN Läden des nach hinten gelegenen Schlafzimmers, deren Innenseiten von der Farbe dunklen Honigs, unlackiert und glatt waren, hatte man wegen der Nachmittagshitze zugeklappt. Der Metallriegel hing lose: Die Läden waren nicht ganz geschlossen, und das Sonnenlicht drang durch die Ritzen der Scharniere und den Spalt in der Mitte, fiel auf den Holzfußboden und den abgewetzten blauen Sessel, den von der Armlehne herabgeglittenen Baumwollmorgenrock und die Leinenschuhe, die auf dem Boden verstreut herumlagen. Eine Fliege, die durch den Spalt hereingeflogen war, versuchte, wieder den Weg hinaus zu finden; sie schwirrte zwischen Lampenschirm, Fensterladen und dem dunklen Spiegel an der Garderobentür hin und her.

Draußen hing ein Dunstschleier über dem Tal, sanft und verschwommen die dunklen Umrisse der Pinien auf dem Berghang, verloren im Blau das Graugrün der Eukalyptusbäume, der sich windende Fluß, farblos wie der ausgebleichte Himmel. Über den dichtgedrängten Terrakottadächern flimmerte die Luft; oberhalb des Dorfes erklang die Kirchenglocke zweimal, doch das zeigte nur das Verstreichen einer Stunde, keine bestimmte Uhrzeit an: Manchmal läutete sie zweimal um Mitternacht, manchmal mittags drei- oder viermal.

Unten schlummerte das Dorf, und hier oben, in ihrem an die Wand gerückten Doppelbett, lagen auch Frances und Oliver Swift, die gleich nach Tagesanbruch in London aufgestanden waren, jeder für sich in die Kissen gedrückt, schlafend und träumend: sie klein, blaß und erschöpft; er ein großer dunkler Mann, mit dem Rücken zu ihr, dem Nachttisch zugewandt, auf dem ein geordneter Bücherstapel und eine Brille lagen. Frances und Oliver, tief in ihre völlig unterschiedlichen Träume versunken, hörten weder das Läuten der Kirchenglocke vom Berghang noch das Summen der Fliege oder das Geräusch einer sich öffnenden Tür auf dem Flur. Sie hörten weder das Tappen der bloßen Füße ihres Sohnes auf dem Läufer noch das Zischen des Dampfbügeleisens vom Treppenabsatz her, wo Guida, das kleine Hausmädchen, in Plastiksandalen und Jeansrock stand und frischgewaschene weiße Bettlaken mit Hohlsaummuster bügelte.

Auf dem Treppenabsatz, vor dessen Fenster ein Pfirsichbaum stand, war es warm. Gesprenkelte Felder strahlenden Sonnenlichts fielen durch das Fenster auf den verschossenen grünen Teppich. Guida setzte das Bügeleisen einen Moment ab und strich ihre Haare zurück; während sie die lange weiße Stoffbahn wendete, hörte sie Schritte hinter sich. Die Augen des englischen Jungen, eines großen Jungen, der zu den Neuankömmlingen gehörte, blickten sie erstaunt an. Sie lächelte ihm zu und ergriff wieder ihr Bügeleisen.

»Bo tar'.«

Er zog die Stirn kraus, dann lächelte er zurück, sagte jedoch nichts; er ging an dem Bügelbrett vorbei, trat mit seinen bloßen Füßen auf die leuchtenden Sonnenfelder und ging die rutschige Holztreppe hinunter. Da war eine Biegung, die

Stufen wurden in ihrem Verlauf breiter und bildeten einen Sitzplatz. Er setzte sich. Unter ihm, auf einem Zwischenabsatz, befand sich ein weiteres Fenster, dessen Vorhänge zugezogen waren, so daß dieser warme, stille Platz auf der Treppe abgeschlossen und vom Rest des Hauses, das ihm riesig vorkam, wie abgetrennt wirkte. Tom war an eine Wohnung gewöhnt.

Hier gab es drei Schlafräume, die von dem oberen Flur abgingen; sein Läufer verrutschte jedesmal, wenn man darüberlief, und verzog sich. Seine Eltern hatten das Zimmer ganz am Ende, das mit der wundervollen Aussicht, und er und Jack aus der anderen Familie wohnten auf der linken Seite, in einem Raum mit zwei weiß gestrichenen eisernen Einzelbetten und blauweißen Bettdecken.

Jack war acht, ein Jahr älter als er, und schien ganz in Ordnung zu sein. Tom hatte keine Lust gehabt, sich nach dem Essen auszuruhen, aber Jack schien es nichts auszumachen, deshalb war er ihm in der Hoffnung auf eine Kissenschlacht oder irgendein anderes Spiel die Treppe hinauf gefolgt, doch Jack hatte sich auf sein Bett gelegt, nach einem Buch geangelt und einfach zu lesen angefangen. Tom drehte sich von einer Seite auf die andere, seufzte, kratzte sich am Arm, bewegte seine Füße auf der Bettdecke und brachte sie durcheinander. Nach einer Weile nahm auch er sein Buch vom Stuhl neben dem Bett: *Das Schiff der Abenteuer.* Enid Blyton war toll: Die BBC hatte letztes Jahr im Kinderfunk *Die Burg der Abenteuer* gebracht, es war prima gewesen. Er blätterte die Seiten um, und während er sich in das Buch vertiefte, schob er die Lippen vor und begann zu schmatzen.

»Hör auf«, sagte Jack.

»Womit?«

»Mit diesem Geräusch.«

»Was für ein Geräusch?«

»Du machst ein Geräusch. Mit deinem Mund.«

»Oh.« Er straffte die Lippen und gähnte. »Hast du Lust auf eine Kissenschlacht?«

»Ich lese.«

»Ich meine nachher. Wenn du fertig bist.«

»Vielleicht.«

»Okay. Prima.« Tom gähnte noch einmal; er nahm wieder sein Buch und fand die Stelle, an der er aufgehört hatte. Es war wirklich ganz nett, hier oben mit Jack zu lesen. Die Seiten raschelten, das Zimmer war gemütlich und das Bett in Ordnung, vielleicht ein wenig hart. Er gähnte wieder, und das Buch wurde sehr schwer in seiner Hand. Er schloß die Augen.

Jack schlief immer noch, als er aufwachte, deshalb ließ er ihn allein. Er ging zur Tür seiner Eltern und klopfte, aber niemand antwortete; er drückte sie vorsichtig auf und warf einen Blick ins Zimmer. Auch sie schliefen, tief und fest, so wie es aussah. In der ruhigen Behaglichkeit des Raumes kam ihm ein Augenblick lang der Gedanke, neben sie ins Bett zu schlüpfen und einfach bei ihnen zu liegen, ohne sie zu stören, einfach nur dazusein. Doch dann dachte er, er könnte sie aus Versehen aufwecken, und er schloß behutsam die Tür und gelangte schließlich hierher; jetzt hatte er seinen Platz gefunden.

Er rutschte mit dem Hosenboden seiner Baumwollshorts auf der wunderbar glatten Oberfläche der Treppenstufe hin und her und lauschte mit halbem Ohr dem Zischen und Schnauben des Bügeleisens auf dem Absatz über ihm und dem Summen einer Fliege weiter unten, die gefangen war zwischen dem in halber Höhe gelegenen Fenster und den zugezogenen, orange und schwarz gemusterten Vorhängen. Von Zeit zu Zeit schlappten Guidas Plastiksandalen über den Teppich; das zusammengefaltete Laken wurde auf einen Tisch an der Wand gelegt, ein neues aus dem Korb neben ihr herausgenommen; eine Dampfwolke bildete sich. Es war schön und friedlich: Er schloß die Augen, und dabei stellte sich wieder dieses merkwürdige Gefühl in seinem Kopf ein, das er schon früher verspürt hatte – als hätte sich etwas in seinem Kopf bewegt oder als befände er sich einen Augenblick lang an einem anderen Ort. Aber wo?

Er öffnete die Augen. Er war immer noch da. Auf der Treppe lag eine vertrocknete tote Fliege; er schnippte sie mit dem Finger beiseite und machte, in Gedanken versunken, seltsame Geräusche. Er dachte daran, vielleicht gleich einmal hinunterzugehen und nachzusehen, ob Jessica, Jacks Schwester, wach war: Sie war zwölf, deshalb schlief sie in dem Schlafzimmer, das unten, hinter dem großen Wohnzimmer lag, von den Erwachsenen entfernt. Glück gehabt. Auch sie war anscheinend in Ordnung, richtig nett, wirklich. Er hoffte nur, sie würden sich nicht alle jeden Nachmittag hinlegen, so wie heute.

Tom stand auf und ging die Treppe hinunter. Am unteren Ende führte ein Flur nach links zu einem Badezimmer; er ging hinein und machte Pipi. Das Badezimmer war kühl und dunkel durch eine üppige grüne Kletterpflanze vor dem Fenster, und es stank ein wenig. Er drückte den Knopf für die Spülung, der etwas klemmte, deshalb drückte er ungeduldig noch mehrere Male, bis endlich etwas Wasser kam, wenn auch nicht so viel wie zu Hause. Beim Hinausgehen schnalzte er mit der Zunge.

Am Ende des Flurs wollte er gerade nach unten zu Jessicas Zimmer und in das riesige Wohnzimmer gehen, als er ein Geräusch vernahm und stehenblieb. Es hörte sich wie eine Katze, eine heisere Katze an: Das Geräusch kam aus der Küche. Er ging hinein, seine nackten Füße klebten an dem alten braunen Linoleumfußboden fest. Hier war es dunkel, die Küche schien aus einer längst vergangenen Zeit zu stammen, mit ihrem komischen kleinen Gasherd und weiteren Kletterpflanzen vor den Fenstern. Er blieb stehen und lauschte, und da war wieder das Geräusch: Es *war* eine Katze, draußen vor der Tür, und sie miaute leise. Er lief hinüber und zog an der Klinke: Das konnte etwas Ernstes sein.

Sonnenstrahlen drangen auch durch die Ritzen des Fensterladens in dem Schlafzimmer auf der anderen Seite des Treppenabsatzes, in dem Jacks und Jessicas Eltern gerade erwachten. Claire rührte sich zuerst, träge und wohlig bewegte sie sich auf der weißen, baumwollenen Tagesdecke, reckte einen langen Arm, der bereits vom gestrigen Nachmittag auf der Terrasse und heutigen Morgen am Fluß gebräunt war, und spreizte ihre kräftigen, breiten Finger mit den blassen, unlakkierten Nägeln. Claire wurde schnell braun: Sie hatte dunkles, üppiges Haar und eine Haut, die die Sonne geradezu aufsog. Am Ende der Ferien würde sie tiefbraun schimmern, Gegenstand des Neids im ganzen Lehrerzimmer. Sie trug eine ärmellose, weiche, weiße Bluse mit kleinen stoffbezogenen Knöpfen und einen schwarzweißen ungebügelten Rock, lang und weitgeschnitten, der hinten nicht mehr ganz zuging; ihr Kopf ruhte auf der Brust ihres Mannes; sie gähnte wie eine schläfrige Katze, während sie blinzelnd in die goldenen Sonnenstrahlen blickte, die durch die beiden Fenster einfielen: Aus dem einen überblickte man das Tal, das andere in der Wand rechts von ihr ging auf einen kleinen Steinbalkon über der Terrasse hinaus.

Sie hatte noch nicht fertig ausgepackt, und überall im Zimmer lagen Kleidungsstücke verstreut – saubere, für die Schubladen bestimmte, und solche, die auf der langen Fahrt durch Spanien schmutzig geworden waren und auf Guida warteten. Außerdem gab es ein wildes Durcheinander von Sandalen und Zeitschriften, Filmen, Taschenbüchern und

Halsketten – auf dem Fußboden, auf der Kommode, auf dem kleinen Korbsessel neben dem Schrank. Um ehrlich zu sein, sah der Raum nach vierundzwanzig Stunden so ähnlich aus wie ihr Schlafzimmer zu Hause, ja, wie viele der Zimmer zu Hause, denn obwohl Claire eine tüchtige Frau war, war sie nie ordentlich gewesen und besaß auch nicht den Ehrgeiz, es zu sein. Es gab manchmal Augenblicke, morgens während der Schulzeit, in denen sie sich selbst verfluchte, während sie hektisch nach Socken, Schlüsseln oder einem Stift zum Schreiben suchte, aber im großen und ganzen behagte ihr das Durcheinander. Es war gemütlicher.

Sie gähnte wieder und rückte ein Stück von Robert ab, während sie von der Terrasse unten das gleichmäßige Quietschen der Hollywoodschaukel hörte. Also mußte jemand wach sein. Sie selbst hatte nicht die geringste Lust aufzustehen, obwohl es jetzt auch schön wäre, Tee zu trinken: Sie hatte den Vormittag mit den Kindern verbracht, während Robert brav zum Flughafen gefahren war, um die Swifts abzuholen; sie hatte das Mittagessen und ihnen einen freundlichen Empfang bereitet und dann das Essen serviert, das erschien ihr eigentlich genug. Und das Abendessen stand auch noch bevor – man konnte nicht gut von ihnen erwarten, am ersten Abend zu kochen. Später würden sie eine Regelung vereinbaren müssen.

Sie kannten die Swifts nicht gut, obwohl Claire damals auf der Universität geglaubt hatte, sie kenne Frances – Frances Horne, wie sie damals hieß – genauso gut wie alle anderen. Das war in Bristol, Anfang der siebziger Jahre. Sie studierten beide Englisch, und im ersten Jahr wohnten sie beide im selben Wohnheim, an entgegengesetzten Enden desselben Flurs. Sie besuchten die gleichen Vorlesungen, waren jedoch in verschiedenen Seminargruppen und gingen auch in allen anderen Bereichen des Universitätslebens getrennte Wege;

hin und wieder begegneten sie sich in der Küche des Wohnheims, wenn sie sich eine Tasse Kaffee zubereiteten.

Doch während Claire gern ein wenig länger blieb, um sich mit Frances oder irgendeiner anderen gerade anwesenden Kommilitonin zu unterhalten, hielt Frances sich nie auf. Sie war schlank und gepflegt, ihr blondes Haar kurzgeschnitten; sie trug Jeans und T-Shirts von Biba in gedämpften Blau- und Grautönen und hatte, wie es schien, keine Zeit für Gespräche, obwohl sie höflich lächelte. Sie machte sich Kaffee und Toast und trug beides, leichtfüßig in ihren Turnschuhen über den neuen Fußbodenbelag gehend, den langen Korridor entlang in ihr Zimmer und schloß die Tür. Claire erfuhr durch beiläufige Bemerkungen von Leuten, die in derselben Gruppe wie Frances waren, daß sie klug sei und einmal einen Aufsatz über Metaphysik eingereicht hatte. Er war von ihrem Tutor, für den alle schwärmten, überschwenglich gelobt worden; kurz darauf hatte jemand gehört, wie sie sich auf der Toilette erbrach. Claire schrieb ihre eigenen Essays und Seminarreferate meist in letzter Minute, sie wunderte sich kurz über diese Verkrampftheit, dachte aber nicht weiter über sie nach.

Am Ende des ersten Jahres zogen sie alle in Wohnungen oder möblierte Zimmer.

An einem verregneten Sonntagmorgen im November ging Claire, die Kapuze ihres purpurroten Laura-Ashley-Mantels auf dem Kopf, in Bishopston die Straße entlang, um eine Zeitung zu kaufen, und traf beim Zeitungshändler auf Frances. Sie trug einen schwarzen Gabardine-Regenmantel und hatte einen schwarzen Schirm bei sich. Auf dem Rückweg den Berg hinauf stellten sie fest, daß sie nah beieinander wohnten, und Claire, deren Mitbewohnerinnen über das Wochenende nicht da waren, lud Frances spontan zum Kaffee ein, wobei sie sich sofort darauf fragte, ob sie es nicht bereuen würde.

Claires Wohnung lag im zweiten Stock eines viktorianischen Doppelhauses mit einem verwilderten Garten. Die Küche lag hinten. Frances setzte sich an den Tisch am Fenster, stützte ihre Ellbogen auf ein grünkariertes, mit Toastkrümeln bedecktes Tischtuch, und während Claire Kaffee machte, sah sie hinaus in den Regen, der auf die Dächer und Gärten fiel und von jähen Windböen gegen die Berge getrieben wurde. Sie schwatzte nicht, so wie Claires Mitbewohnerinnen, doch nach den ersten paar Minuten schien sie auch nicht mehr so steif und unzugänglich wie gewöhnlich: Fern von dem riesigen Hörsaal, der Mensa oder der bevölkerten kleinen Küche in ihrem alten Wohnheim entspannte sie sich sichtlich, bis sie so unbefangen wirkte, als wäre sie schon öfter hier gewesen. Sie wandte sich vom Fenster ab, nahm den Becher entgegen – der, wie Claire feststellte, in ihren schmalen, weißen Händen nicht ganz sauber aussah – und fragte Claire nach ihrem Leben, ihren Studien, ihren Plänen. Claire hatte noch nichts geplant, sie hatte zuviel damit zu tun, das Leben zu genießen, doch es schmeichelte ihr, gefragt zu werden. Tatsächlich wurde ihr bewußt, daß schon lange niemand mehr ein solches Interesse für sie gezeigt hatte. Jedenfalls nicht in der Form, daß jemand so genaue Fragen stellte und aufmerksam zuhörte.

»Du bist eine sehr gute Zuhörerin«, sagte sie, während sie aufstand, um an das läutende Telefon auf dem Flur zu gehen. »Das werden meine Eltern sein, sie rufen immer sonntags an.« Sie lehnte sich mit dem Rücken an die Wand und hörte zu, wie ihre Mutter zum Billigtarif von Derbyshire aus über eine ausgefüllte Woche berichtete, die sich aus Zusammenkünften des Women's Institute, Unstimmigkeiten im Gemeinderat und Abendessen mit Freunden zusammensetzte. Ihr Vater, ein Auktionator, war gerade mit den Hunden unterwegs und ließ sie grüßen, ihr Bruder war in die Kneipe gegangen. Claire konnte beinahe das Mittagessen riechen, zu dem sie sich gleich zusammensetzen würden; sie verabschiedete sich liebevoll und kehrte mit einem Hungergefühl in die Küche zurück. Frances blickte wieder aus dem Fenster.

»Willst du zum Essen bleiben?« fragte Claire.

Frances wandte sich zu ihr um und lächelte. »Warum nicht?« fragte sie, als würden sie sich schon seit Jahren kennen. Und bei Spaghetti mit Zwiebeln und Dosentomaten, offensichtlich das einzige, was im Hause war, beschrieb sie, als Antwort auf die höflichen Fragen, die Claire nun ihrerseits stellte, das ein paar Straßen entfernt liegende Haus, in dem sie ein Zimmer gemietet hatte, offenbarte etwas von ihrem eigenen Leben und aß wenig, während Claire sich von allem ein zweites Mal nahm.

»Ich bin das einzige Kind alter Eltern«, sagte sie. »Sie sind lieb, aber es ist ein Los, das ich keinem wünsche. Ich bin in einem sauberen kleinen Haus in einer Siedlung am Rande von Middlesex aufgewachsen, umgeben von Dralon und Raumspray, und habe dort das Gymnasium besucht. Ich hatte eine Freundin, Rowan, die hat verhindert, daß ich im Laufe der Jahre verrückt geworden bin: Sie studiert jetzt in York Geschichte, und sie fehlt mir. Ich finde Leute anstrengend, ich bin wirklich nicht in der Lage, mit mehr als einem Menschen gleichzeitig befreundet zu sein. Ich bin noch Jungfrau. Manchmal habe ich das Gefühl, daß mein Leben völlig sinnlos ist, aber ich bin nicht ohne Ehrgeiz und habe vor, mich in die Arbeit zu retten.«

Claire lachte.

»Lach nicht«, sagte Frances ernst. »Ich klammere mich an das, was übrigbleibt.«

Der Regen ließ nach; sie aßen Pfannkuchen und tranken noch mehr Kaffee.

»Laß uns ins Kino gehen«, sagte Claire.

Sie gingen durch die feuchten sonntäglichen Straßen zum »Scala«, in dem *Der Garten der Finzi-Contini* lief. Ein Sohn lag im Sterben; sein Vater hob die Hand und winkte ihm, nahezu unmerklich, zum Abschied. Claire drehte sich zu Frances um und sah, daß sie Tränen in den Augen hatte; am Ende weinten sie beide, als die jüdische Familie abgeholt wurde und ihren Garten für immer verlor.

Als sie ins Freie traten, war es kalt und fast dunkel. Es begann zu nieseln. Sie spannten ihre Schirme auf und gingen schweigend nach Hause.

In Claires Haus waren die Fenster im zweiten Stock erleuchtet, die Vorhänge zurückgezogen. Ihre Kommilitoninnen waren aus dem Wochenende zurückgekehrt, und sie konnte sehen, wie ihre Freundin Jo im Wohnzimmer bügelte und dabei fernsah.

»Tja«, sagte sie zu Frances, »das war prima. Willst du noch mit heraufkommen?«

Frances schüttelte den Kopf. »Nein, danke.«

»Das müssen wir bei Gelegenheit wiederholen.«

»Ja. Das wäre sehr nett.«

»Deine Zeitung«, sagte Claire. »Sie liegt noch in der Küche – willst du nicht mitkommen und sie holen?«

»In Ordnung.« Plötzlich sah Frances aus wie sonst, verkrampft und schüchtern, und Claire dachte: Sie hat keine Lust, mit nach oben zu gehen und vergnügt zu sein. Deshalb sagte sie: »Nein, das ist Quatsch, bleib hier, ich lauf schnell nach oben und hole sie.«

Als sie wieder unten war, stand Frances noch immer auf derselben Stelle neben dem Tor, jedoch vom Haus abgewandt, und ihr Gesicht unter dem schwarzen Regenschirm wirkte verkrampft.

Claire reichte ihr den *Observer.* »Also«, sagte sie freundlich, »bis bald.«

Frances klemmte die Zeitung unter den Arm. »Ja«, sagte sie steif, »bis bald. Vielen Dank für den schönen Tag.« Sie ging in ihrem Gabardine-Regenmantel und ihren eleganten, flachen Schuhen die nasse Straße hinunter, und Claire, die das Telefon läuten hörte, kehrte um und lief den Weg zum Haus hinauf.

In den folgenden Wochen sah sie Frances nicht oft, ja, sie schien eine Zeitlang völlig von der Bildfläche verschwunden zu sein; andere Leute nahmen erfreulicherweise Claires Zeit stark in Anspruch, und sie vergaß Frances völlig. Aber spät an einem bewölkten Nachmittag gegen Ende des Semesters entdeckte sie sie in der Bibliothek. Frances trug einen dicken Seemannspullover und war in mehrere Wollschals eingewikkelt; über ihre Bücher gebeugt, wirkte sie noch bleicher als gewöhnlich, durchsichtig, als befinde sie sich auf dem Weg der Genesung. Claire berührte sie an der Schulter, und sie zuckte zusammen. Claire lächelte.

»Ich bin es nur. Wo hast du gesteckt?«

»Ich hatte die Grippe«, antwortete Frances.

»Oh je, das tut mir leid. Wer hat sich um dich gekümmert?«

»Mr. Beecham.« Frances legte ihren Kugelschreiber hin. »Wie geht es dir?«

»Prima, danke. Trinkst du gleich einen Tee mit mir?«

»Das wäre nett.«

Im Erfrischungsraum saßen sie einander vor den gotischen Fenstern gegenüber. Der Raum war nur zur Hälfte besetzt, da die Nachmittagsvorlesungen vorbei waren und die Studenten für die Abendvorlesungen noch nicht da waren. Gegenüber, in Park Row, gingen im Pub die Lichter an; einige standen auf und schlenderten hinüber. Claire sagte: »Vielleicht sollten wir einen Drink nehmen – du siehst aus, als könntest du einen Brandy oder so etwas Ähnliches gebrauchen.«

Frances schüttelte den Kopf. »Ich trinke eigentlich nicht viel, danke.«

»Schade, ich wollte dich gerade zu unserer Party einladen. Am letzten Samstag im Semester, falls du es einrichten kannst. Oder findest du so etwas unerträglich?«

»Wahrscheinlich«, erwiderte Frances, »aber es ist nett von dir, mich einzuladen. Wann?«

»Ach, irgendwann ab neun«, sagte Claire. Sie war erfreut und überrascht, als Frances tatsächlich erschien und ziemlich gut aussah. Claire trug ein weitfallendes, kittelartiges, kaffeebraun gefärbtes Kleid mit Spitzenträgern und flatternden indischen Tüchern; erst Jahre später kam ihr der Gedanke, wie schrecklich sie und die meisten ihrer Freundinnen damals ausgesehen haben mußten. Frances unterschied sich auch damals schon von den anderen in ihrem schlichten schwarzen Kleid, den schwarzen Strumpfhosen und den zierlichen geknöpften Schuhen von Anello & Davide. Claire ging zu ihr hin und begrüßte sie mit einem Kuß.

»Ich hätte nicht gedacht, daß du kommst.«

»Ja«, sagte Frances, »ich auch nicht.« Sie reichte Claire eine Flasche Wein und sah sich um. Sie betrachtete den Raum, der von auf Flaschen aufgesteckten Kerzen erhellt war und sich langsam füllte, die indischen Tagesdecken an der Wand und die Räucherstäbchen auf dem Kaminsims, die feine Aschespuren hinterließen.

»Essen und Getränke gibt es in der Küche.« Claire nahm die Flasche. »Vielen Dank – warte, ich hole dir etwas.«

»Was meinst du mit etwas?« fragte Frances. »Es gibt hier einen Geruch, den euer Erdbeerweihrauch nicht überdeckt.«

»Ja«, sagte Claire. »Hoffentlich riecht unsere Vermieterin ihn nicht, sonst ruft sie die Polizei.« Aber sie führte sie zu einer kleinen Gruppe, die in einer Ecke auf Kissen auf dem Fußboden saß, neben den Lautsprechern, aus denen die

Musik von Pink Floyd dröhnte. »Kennst du jemanden von ihnen?«

»Vom Sehen«, sagte Frances knapp.

»Hallo Leute, das ist Frances«, sagte Claire, während sie sich zu ihnen setzte und Frances zu sich herunterzog. Einige nickten, einige lächelten träge. Claire machte sie mit den anderen bekannt. Sie nahm ein paar Züge, gab den Joint an Frances weiter und überließ ihn ihr ganz, als weitere Gäste eintrafen. So viele waren bestimmt nicht eingeladen.

Im Laufe des Abends stellte sie fest, daß Frances anscheinend wußte, was gut für sie war: Ab und zu sah sie, wie sie verträumt in ihrer Ecke vor sich hinlächelte, und etwa um Mitternacht lag sie ausgestreckt auf dem Teppich vor dem Kamin, in enger Umarmung mit jemandem, der David Blunden hieß und mit dem sie schließlich auch wegging, lachend und in ihrem Gabardine-Regenmantel sehr langsam die steile Treppe hinuntersteigend.

»Frohe Weihnachten«, rief Claire von oben, an die Wand gelehnt und die Arme um einen Jungen gelegt, der ihr schon lange gefiel. »Bis zum nächsten Semester.«

»Aber sicher«, sagte Frances und lachte wieder, als David Blunden die Haustür mit den gelben und violetten Glasscheiben öffnete und einen Schwall kalter Luft einließ. Sie fiel hinter ihnen ins Schloß, und Claire wandte sich wieder ihrem interessanten Freund zu.

Das nächste Mal traf sie Frances im neuen Semester, als diese in der Mensa Schlange stand.

»David?« fragte Claire, nachdem die üblichen Höflichkeiten ausgetauscht waren.

»Nett«, sagte Frances. »Hat vorübergehend ein Bedürfnis gestillt.«

»Warum nur vorübergehend?«

Frances zuckte mit den Achseln und nahm eine Schüssel

Minestrone von der Theke. »Wer weiß? Es spielt sowieso keine Rolle.« Sie legte ein Brötchen auf ihren Teller und schob ihr Tablett weiter; Claire bemerkte, daß sie rot geworden war. Vor ihnen stieg dichter Dampf auf, und Blechdeckel klapperten. »Hast du irgendwann Zeit, zum Abendessen zu kommen?«

»Ja«, sagte Claire. »Laß uns einen Termin ausmachen.«

An einem klaren, kalten Januarabend briet Frances Lammkoteletts mit Rosmarin und Knoblauch auf ihrer Kochplatte und servierte sie Claire mit Pilzen, Brokkoli und Bratkartoffeln. Sie saßen an einem polierten Tisch mit gelbschwarz gestreiften Beinen, der in Frances' möbliertem Zimmer mit der hohen Decke gleichzeitig als Schreibtisch diente, und der Gasofen war unter einem Kaminsims verstaut, der zugleich als Bücherregal benutzt wurde. Über den Büchern war ein Filmplakat an die Wand geheftet: Bergmans *Persona*. Die Weinflaschenlampe auf dem Tisch warf ein Licht auf die geschlossenen Knospen der frühen Narzissen, die Claire mitgebracht hatte.

»Schmeckt köstlich.« Sie nahm eine Gabel Champignons.

»Danke«, erwiderte Frances. »Ich koche gern. Dank Elizabeth Davids Kochbuch ist es mir gelungen, über Middlesex hinauszuwachsen, wo meine Mutter nur Fertiggerichte kocht. Wie war es an Weihnachten?«

»Herrlich«, sagte Claire, die Marcus, den Knaben von der Party, mit nach Derbyshire genommen hatte, mit ihm über verschneite Felder gewandert und in ein hellerleuchtetes Haus zum Tee am Kamin mit ihrer Familie zurückgekehrt war, die Marcus gern gemocht hatte. Nachts, wenn alle schliefen, war er in ihr Zimmer gekommen und in ihr Bett geschlüpft. Der Mond hatte durch die Gardinen ihres Kinderzimmers geschienen, und sie hatte sich wunderbar gefühlt. Sie tat es immer noch.

Frances lauschte der verkürzten Fassung dieser Ereignisse mit offensichtlichem Interesse.

»Und wie war dein Weihnachten?« fragte Claire.

»Anders. Der Puter kam natürlich nicht aus der Fertigpakkung, aber die Sauce, und beim Puter hätte es genausogut der Fall sein können. Meine Eltern und meine Tante Myra, die immer zu Weihnachten da ist, haben sich die Ansprache der Königin angesehen und sind dann eingeschlafen. Ich habe gelesen, Spaziergänge durch Straßen gemacht, die mir wie ein Altersheim vorkamen, und mir geschworen, nie mehr zurückzukehren.« Sie nahm Claires leeren Teller. »Ich habe mir auch das Rauchen angewöhnt, ich weiß gar nicht, warum das so lange gedauert hat. Stört es dich, wenn ich jetzt rauche?«

»Natürlich nicht. Meinst du Rauchen oder Rauchen?«

»Kein Stoff«, erwiderte Frances. »Das kann ich mir nicht leisten. Nur bei besonderen Gelegenheiten.«

Claire sah zu, wie sie mit den Tellern das Zimmer durchquerte und draußen in der Kochnische verschwand. Sie trug wieder die schwarzen Strumpfhosen und die geknöpften Schuhe, dazu einen langen, grauen Pullover; ihr blondes Haar glänzte. Als sie zurückkam, fragte Claire: »Was ist mit Rowan? Deiner Freundin?« Frances nahm ein Päckchen Zigaretten von einem der Bücher auf dem Kaminsims; von der Wand über ihr starrten Liv Ullmann und Bibi Andersson, bleich und unbeugsam, in das Zimmer herunter. Derbyshire schien sehr weit entfernt.

Frances blies das Streichholz aus und kam mit einem Aschenbecher herüber. »Rowans Weihnachtsfest war eher so wie deines«, sagte sie. »Sie hat in York einen netten Knaben kennengelernt und ist mit ihm nach Hause gefahren.«

»Oh.« Claire betrachtete, wie sie sich auf das Rauchen konzentrierte. Sie wollte noch einmal fragen, warum David

Blunden Frances nicht auf die gleiche Weise gerettet hatte, unterdrückte die Frage jedoch.

»Ich habe sie an Neujahr besucht«, fuhr Frances fort, »aber es hat nur teilweise Spaß gemacht. Leute verändern sich. Ist ja auch egal. Es gibt ja immer noch die Arbeit. Die Arbeit, das habe ich dir ja schon erzählt, ist mein Rettungsanker.«

Und nach jenem Abend verschwand sie wieder von der Bildfläche. Claire sah sie ab und zu, aber nur von weitem: Mal lächelte sie ihr im Hörsaal knapp zu und war danach verschwunden, mal kam sie mit einem Bücherstapel aus der Bibliothek oder sie hastete in einem dunklen Dufflecoat den kalten Hügel hinunter zur Bushaltestelle. Es wurde Frühling, und an Ostern dachte Claire kaum noch an sie; sie verbrachte ihre Zeit größtenteils mit Marcus, und im Sommer fuhren sie nach Griechenland. Dort machte sie die Erfahrung, daß einem auch eine gute Beziehung zuviel werden konnte: Zurück in Bristol, lebten sie sich auseinander, und da niemand an Marcus' Stelle trat, bequemte sich Claire endlich dazu, etwas zu arbeiten.

Die Schlußexamina rückten bedrohlich näher. Sie schloß etwas nähere Bekanntschaft mit der Bibliothek und sah deshalb auch Frances häufiger, die dort zu leben schien und nur ab und zu hinausging, um gegenüber im Berkeley einen Kaffee zu trinken oder auf dem viereckigen Rasenstück eine Zigarette zu rauchen. An einem warmen Juninachmittag sah Claire sie durch eines der gotischen Glasfenster gedankenverloren auf einem niedrigen Mäuerchen sitzen. Erstsemester schlenderten vorbei, Hand in Hand, in Shorts und Schuhen mit Plateausohlen; Frances schien sie nicht wahrzunehmen. Claire klopfte an die Scheibe und winkte, ohne daß Frances sie sah oder hörte; nach einer Weile drückte sie ihre Zigarette aus und ging wieder auf die Tür zu. Beim Hinausgehen überflog Claire die Reihen gesenkter Köpfe über raschelnden Seiten und entdeckte sie drei Plätze vom Mittelgang entfernt, unermüdlich schreibend.

»Frances?« fragte sie leise.

Frances fuhr zusammen, blickte auf, sah sie, nickte heftig und wandte sich wieder ihrer Arbeit zu. Claire ging hinaus und hatte das unbestimmte Gefühl, eine Abfuhr bekommen zu haben.

Die Prüfungen begannen und wurden an einer Reihe von glühend heißen Tagen abgehalten, die später nicht mehr voneinander zu unterscheiden waren; im Gedächtnis haften blieb nur eine nebelhafte Erinnerung an die Hitze, angespannte Nerven und Stille. Als sie danach ihre Wohnung ausräumte und an zahllosen Abschiedspartys teilnahm, ertappte Claire sich hin und wieder dabei, daß sie nach Frances Ausschau hielt, aber sie sah sie erst auf der Lunchparty des Fachbereichs zehn Tage vor Semesterende.

Die Fete wurde in einem großen, sonnigen Raum im ersten Stock der alten Gebäude abgehalten; Claire nahm ein Glas Wein von dem Tisch am Fenster, drehte sich um und sah Frances mit Simon Blair, einem der ranghöheren Tutoren hereinkommen – genaugenommen mit dem Tutor, der angeblichen ihren Aufsatz über Metaphysik so bewundert hatte. Er trug ein Baumwollsakko und hatte eine schmale Krawatte angelegt; sie trug ein schlichtes graues Kleid und elegante Schuhe; ihr Haar glänzte wie Seide. Sie nickte Claire zu, als wären sie unendlich weit voneinander entfernt, und lachte über etwas, das Simon sagte. Und Claire dachte: Auch gut. Schön für Frances. Doch wieder kam sie sich getadelt, zurückgewiesen, abgeschoben, unbedeutend vor.

Gegen Ende der Party, als sie schon zu viele Gläser Weißwein getrunken und zuviel indisches Huhn gegessen hatte, befreite sie sich von Marcus, der allmählich sentimental und nostalgisch wurde, und ging durch den Raum auf die kleine Gruppe zu, bei der Frances gelassen und distanziert stand. Claire berührte sie am Ellbogen.

»Ich wollte dir nur Lebewohl sagen.«

Frances lächelte sie freundlich an. »Auf Wiedersehen, Claire.«

»Weißt du schon, wie du abgeschnitten hast? Was hast du jetzt vor?«

Frances sagte heiter: »Ich glaube, meine Noten sind so, daß ich weitermachen kann. Ich will meinen MA machen. Was ist mit dir?«

»Ich glaube, meine Noten sind ganz gut«, sagte Claire, »aber nicht so gut, daß ich weitermachen kann. Wahrscheinlich werde ich Lehrerin, wie alle Welt. Wie dem auch sei – ich wünsche dir alles Gute.«

»Danke«, sagte Frances. »Ich dir auch.« Und sie wandte sich ab, als gäbe es nichts mehr zu sagen, was, wie Claire fand, wirklich auch der Fall war.

»Ich bin in meine Schranken verwiesen worden«, sagte sie, als sie zu Marcus zurückkehrte.

»Und wo sind die?« fragte er, während er mit ihrer Halskette aus schwarzen Jettperlen spielte.

Claire sah ihn an.

»Um der alten Zeiten willen?« fragte er, und sie dachte: Tja, warum eigentlich nicht?

Und so endete ein Kapitel. In Derbyshire erfuhr Claire im August, daß sie die Note bekommen hatte, die sie erwartet und ihrer Meinung nach auch verdient hatte, und kurz darauf las sie in der *Times*, daß Frances, so wie sie es ebenfalls erwartet hatte, mit »Sehr gut« bestanden hatte. Und danach dachte sie wirklich jahrelang überhaupt nicht mehr an sie. Sie zog nach London, um ihr Lehrerexamen zu machen, und trat dann in der Nähe von King's Cross in einer Gesamtschule, die wie ein Gefängnis aussah, ihre erste Stelle an.

Bisher hatte in Claires Leben nur wenig dazu beigetragen – ein mehrmonatiges Schulpraktikum ausgenommen –, sie auf das Fegefeuer von Gekicher und Gespött vorzubereiten, mit dem ihr fast jede Klasse drei Wochen lang täglich begegnete. Sie war nicht vorbereitet auf die halbwüchsigen Jungen, die an Regentagen zur Essenszeit auf den Treppen herumlungerten und sie anpöbelten, wenn sie vorbeiging, auf die Streitereien, die während des Unterrichts ausbrachen, wenn sie sich zur Tafel umdrehte, auf die plötzlich ausbrechenden Handgreiflichkeiten auf dem Flur, wenn ein Messer gezogen wurde. Sie war nicht vorbereitet auf Schuleschwänzen, auf drogenabhängige Vierzehnjährige, auf die allgemeine Gleichgültigkeit und das Elend und jede einzelne Not, und im Umgang mit diesen Problemen veränderte sie sich. Immer wenn sie zu scheitern glaubte, entwickelte sie unerwartete Reserven; jedesmal, wenn sie mit dem Gedanken spielte, den Lehrerberuf an den Nagel zu hängen, blieb sie doch – erst wegen einem oder zwei bestimmten Kindern, dann um ihrer selbst willen. Sie wechselte die Stelle, ging an eine gemischte Gesamtschule in Kilburn, wo sie schließlich Schulleiterin wurde.

Und dann lernte sie bei einer Einladung zum Abendessen in Kentish Town den netten und zuverlässigen Robert kennen, als sie sich gerade von einem Mann erholte, der keines von beidem war: der einzige Mensch, der sie jemals wirklich verletzt hatte und der das Weihnachtshalbjahr, ohnehin eine Zeit, die sich mit Krankheit, Fehlen und schlechtem Wetter endlos hinzog, noch schwieriger als gewöhnlich gemacht hatte. Robert Murray war von ihrer Freundin Ruth, die die Party gab und gemeinhin sehr kritisch war, als lieber Mensch beschrieben worden, und als Claire ihn kennenlernte, wußte sie, warum. Er war ein paar Jahre älter als sie, von ganz normalem Äußeren – mittelgroß, leicht übergewichtig, lichter werdendes braunes Haar –, aber sein Verhalten war so herzlich, und man konnte sich so zwanglos mit ihm unterhalten, daß sie schon lange, bevor der Abend zu Ende ging, nicht mehr das Bedürfnis hatte, mit jemand anderem zu reden.

Er war Buchhalter und arbeitete für eine Wohnungsgenossenschaft, die Wohnraum für kürzlich entlassene, psychisch kranke Patienten bereitstellte. Er hätte viel Wind davon machen können, aber das tat er nicht. Er brachte Claire zum Lachen, als er eine Anwohnerversammlung in der Nähe eines heruntergekommenen Gebäudes schilderte, das in eine derartige Zufluchtsstätte umgewandelt werden sollte. Die Leute aus der Mittelschicht hatten selbstverständlich absolut nichts dagegen, daß ehemals psychisch Kranke in der Nähe wohnten, sie sorgten sich nur um den Zustand des Gebäudes, das ihnen nicht ganz sicher erschien; einer der Teilnehmer kannte ein geeignetes Grundstück, das nicht weit entfernt war. Die Anwohner aus der Arbeiterklasse dagegen kehrten sich einen Dreck um den Zustand des verdammten Gebäudes, sie wollten nur nicht, daß ein ganzer Haufen Verrückter hier auf den Straßen herumlief, und Robert und sein Architekt und sein verdammter Verbindungsmann von der Gemeinde sollten ihr verdammtes Wohnheim woanders einrichten, und zwar schnell.

»Und werden Sie das tun?« fragte Claire, während sie sich von ihrem Lachanfall erholte.

»Nein«, erwiderte Robert, »natürlich nicht.«

Er fragte sie nach ihrer Arbeit, und sie brachte ihn zum Lachen, als sie ein paar der lustigen Vorfälle während der Weihnachtsaufführung schilderte. Als Ruth Kaffee machte, hatte sie ihm bereits von ihrer unglücklichen Liebesbeziehung erzählt, und er hatte ihr von einer Frau berichtet, die er gern geheiratet hätte und die ihrerseits einen Mann heiraten wollte, der bereits verheiratet war. Sie nippten an dem Brandy, den Ruth herumreichte, und stellten beide fest, daß sie einander ungeheuer aufmunterten.

»Ich wußte, du würdest ihn mögen«, bemerkte Ruth draußen im Eingang.

»Warum zum Teufel hast du ihn mir nicht schon früher vorgestellt?« fragte Claire, während sie den Mantel anzog.

Ruth zuckte mit den Achseln. »Ich sehe dich doch kaum, oder? Du hast dich rar gemacht.«

»Jetzt nicht mehr.«

Zwei Tage später rief Robert sie an, und am Wochenende darauf führte er sie zum Essen aus. Sie trafen sich in einem malaysischen Restaurant in einer schmalen, kleinen Seitenstraße der Wardour Street und wanderten danach Hand in Hand an den verlassenen Ständen des Berwick Street Market entlang. Am Ende des Abends erschien es Claire absurd, daß sie jemals gewünscht hatte, bei einem Mann zu bleiben, der sie so unglücklich gemacht hatte, wo Robert sie so glücklich machte; sie heirateten Ostern, an einem herrlichen Frühlingstag in Derbyshire, wo der Wind die üppig wachsenden Narzissen gegen die grauen Steinmauern im Garten ihrer Eltern blies. Und danach begannen sie und Robert ihr gemeinsames Leben so mühelos, als hätten sie sich immer schon gekannt und zusammengelebt.

Sie kauften eine Wohnung in Hornsey, und nach einer Weile bekamen sie Jessica; Claire gab ihren Schulleiterposten in Kilburn auf und nahm eine weniger zeitaufwendige Stelle in der Nähe an. Als sie Jack bekamen, was länger dauerte, als ihnen lieb war – sie wurden sogar allmählich schon von Panik erfaßt, da sie beide keine Einzelkinder waren und sich nicht vorstellen konnten, keine weiteren Kinder mehr zu bekommen –, war Robert zum Finanzdirektor einer anderen Wohnungsgenossenschaft aufgestiegen. Es war ein bedeutenderes Unternehmen und wurde von einem Mann mit Charisma geleitet, dessen Namen man häufig in der Zeitung las. Sie kauften ein sehr hübsches Haus in einer baumbestandenen Straße in Crouch End, und Claire gab das Unterrichten eine Zeitlang auf, weil sie das Leben mit einem zweiten Säugling anstrengend fand. Als die Kinder größer wurden und die Hypothekenzahlungen stiegen, nahm sie die Arbeit wieder auf, erst an zwei, dann an vier Tagen in der Woche. Allmählich wurde das Leben, das zeitweise, als die Kinder klein waren, sehr mühsam war, wieder so, daß es alle genießen konnten, und ganz besonders die Sommerferien.

Und Portugal, wohin sie im letzten Jahr gefahren waren, war der beste Ort dafür: Nirgendwo war es so schön gewesen, in keinem Haus so behaglich, mit dem vielen Platz, den luftigen Räumen und den Fluren mit den Holztreppen, dem nahegelegenen Fluß und dem, ausgenommen ein paar Regentage, fabelhaften Wetter. Gut, es hatte ein wenig geregnet, aber das hatte nichts ausgemacht. Letztes Jahr hatten sie zum erstenmal mit anderen Leuten zusammen Urlaub gemacht, und es hatte gut geklappt: Die andere Familie waren befreundete Kollegen von ihrer Schule, die Kinder waren im großen und ganzen gut miteinander ausgekommen, und die Erwachsenen hatten das häusliche Leben harmonisch miteinander verbracht. Sie wollten dieses Jahr alle zusammen zurückkehren, aber Geoffrey hatte sich das Bein gebrochen, als er beim Auswechseln einer Glühbirne von der Leiter gefallen war. Und zwar nachdem sie das Haus gebucht und die Miete angezahlt hatten. Nachdem sie Geoffrey und Linda ihre Hälfte unter mitfühlenden Worten zurückerstattet hatten, überlegten sie, wer an ihrer Stelle mitfahren könnte, und konnten sich nicht entschließen, wen sie fragen sollten. Es war schließlich eine größere Angelegenheit, die zwei kostbarsten Wochen des Jahres mit einer anderen Familie zu teilen. Sie fragten Roberts Schwester Penny, aber diese hatte das Leben zu Hause, nur mit kleinen Kindern, unerträglich gefunden und gerade einen tollen Job als Produktionsassistentin bei einer privaten Fernsehgesellschaft ergattert; deswegen hatte sie das Gefühl, nicht gleich Urlaub machen zu können. Claire und Robert suchten weiter, hatten jedoch kein Glück.

Und inmitten all dieser Unschlüssigkeit geschah das Außergewöhnliche, daß Claire eines Freitagmorgens im Supermarkt in Crouch End, als sie gerade einen Artikel über Schulschwänzer durchblätterte, aufsah, um abzuschätzen, wie lange sie noch in der Schlange stehen mußte, und erkannte, daß die blonde Frau zwei Plätze vor ihr Frances war.

Sie trug Jeans und ein verwaschenes blaugraues Sweatshirt über einem weißen T-Shirt, das am Halsausschnitt zu sehen war. Sie hatte die Ärmel aufgekrempelt und das Haar zurückgebunden; sie stützte sich auf die Querstange ihres Einkaufswagens und las ein Virago-Taschenbuch. Sie sah natürlich älter aus, aber nicht viel, und als sie sie so vor sich sah, spürte Claire die letzten achtzehn Jahre so mühelos dahinschwinden, als hätte es sie nie gegeben: Sie befand sich wieder in der Bibliothek in Bristol, sah Frances über ihre Bücher gebeugt, in Gedanken versunken, fern. Es umgab sie noch immer dieser Hauch von Distanz, und einen Moment lang dachte Claire: Laß sie in Ruhe. Sie erinnerte sich daran, wie gönnerhaft Frances sie auf der Sommerlunchparty abgetan hatte (sie erinnerte sich auch an den herrlichen Nachmittag, den sie anschließend mit Marcus verbracht hatte, etwas, woran sie schon seit Jahren nicht mehr gedacht hatte), und fragte sich, ob sie eigentlich überhaupt mit ihr sprechen wollte. Doch sie war trotz allem neugierig und sagte zu der Frau vor ihr: »Entschuldigen Sie, ich würde gern – da ist jemand, den ich kenne –«, und sie drängelte sich zu Frances durch und berührte sie am Arm.

Frances zuckte zusammen. Sie sah auf, runzelte die Stirn, und dann, als Claire ironisch fragte: »Kennst du mich noch?«, malte sich ein Lächeln echter, ungeheuchelter Freude auf ihrem Gesicht.

»Claire!«

»Ich habe dich auf Anhieb erkannt. Was tust du hier?«

»Dasselbe wie du, wahrscheinlich.« Frances ließ das Virago-Taschenbuch in ihrer Umhängetasche verschwinden; Claire entdeckte einen schmalen silbernen Ehering. »Meine Güte, ich war meilenweit entfernt.«

»Du warst nie ganz anwesend«, sagte Claire, während sich die Schlange vorwärts bewegte. »Es ist schön, dich zu sehen.«

»Das geht mir umgekehrt genauso.« Frances war nun die erste in der Reihe; sie beugte sich über den Einkaufswagen, nahm Schachteln mit Haferflocken und Eiern heraus und legte sie auf das Laufband hinter das Schild mit der Aufschrift *Nächster Kunde.* Claire merkte, daß man sie aus der Reihe herausgedrängt hatte, und ordnete sich wieder ein.

»Hast du Zeit für einen Kaffee?«

»Warum nicht?« sagte Frances lächelnd. Ordentlich verpackte sie die Tiefkühlkost. Der späte Frühlingssonnenschein fiel durch die Spiegelglasscheiben und ließ ihr Haar aufleuchten. »Ich warte draußen auf dich.«

Draußen stellte Claire fest, daß sie einen Strafzettel für falsches Parken bekommen hatte. Sie riß ihn von der Windschutzscheibe und warf ihn ins Auto. »Verdammt.«

»Du stehst auf einer doppelten gelben Linie«, sagte Frances, die Hand auf ihrem Einkaufswagen.

»Und wo stehst du?«

»Im Parkhaus.«

»Natürlich.« Clair öffnete den Kofferraum und verstaute

ihre Einkaufstüten. »Das mache ich normalerweise auch. Ich dachte, ich könnte es ein einziges Mal riskieren. Also, was machen wir? Wohnst du hier in der Gegend? Ich kann es kaum glauben.«

»Am Muswell Hill. Ich habe einen Tag frei und mußte hierher kommen, um ein paar Unterlagen bei jemandem abzuholen – es hat mit der Schule meines Sohnes zu tun, nichts von Interesse.« Sie machte eine wegwerfende Handbewegung; eine Passantin stieß sich an dem Einkaufswagen und rieb sich den Arm. »Entschuldigung«, sagte Frances und zog ihn zurück. »Normalerweise arbeite ich«, sagte sie.

»Und was?« Claire stopfte die letzte Einkaufstüte ins Auto und schloß den Kofferraum.

»Ich arbeite bei einem Verlag – ein kleines Unternehmen, das erst vor ein paar Jahren gegründet wurde. Wir sind in Covent Garden. Ich leite die Redaktion.«

»Tatsächlich? Das hört sich ja großartig an.«

»Das schon, ist es aber nicht. Die Redaktion besteht aus mir und einer Reihe freier Mitarbeiter, von denen einige auf unauffällige Weise effizient und viele nutzlos sind. Ich versuche, aus den Einzelteilen etwas Gelungenes zu machen.« Sie lächelte. »Eigentlich macht es mir Spaß, ich bin dort, seit Tom zwei Jahre alt ist. Die Bücher sind im großen und ganzen recht gut, und ich mag kleine Unternehmen.« Sie zog den Wagen vom Auto weg. »Aber später mehr davon.«

»Ja«, sagte Claire. »Komm zum Kaffee. Aber sag mir noch eines – hast du Simon Blair geheiratet?«

»Wen?«

»Den Tutor – weißt du nicht mehr? Du warst mit ihm auf dieser Party –«

»Ach, der. Ihn *heiraten*? Simon Blair heiraten?« Wieder stieß jemand gegen sie; allmählich klang sie ungehalten.

Claire sagte rasch: »Okay, laß uns gehen, ja? Wir wohnen

gleich hinter dem Berg.« Sie gab ihr die Adresse und beschrieb ihr den Weg. »Also, in ein paar Minuten.«

»Prima.« Und Frances drehte sich um und manövrierte den Einkaufswagen zwischen den anderen Kunden hindurch zum Parkhaus, während Claire davonfuhr.

Zu Hause zwängte sie sich an den Fahrrädern im Eingang vorbei und packte ihre Einkäufe aus. Sie stellte den Kessel auf und trat an die Hintertür, neben die vollgestopfte Pinnwand aus Kork, an der Jacks Gemälde und Zeichnungen und Notizen für die Schule befestigt waren; sie sah in den Garten hinaus und wartete auf das Läuten der Türglocke. Wie ungewöhnlich, nach so langer Zeit Frances wiederzutreffen.

Es war ein herrlicher Morgen, taufrisch und kühl: Von der Pergola fielen Schatten über den Rasen, und im Birnbaum jubilierte aus vollem Herzen eine Amsel. Claire, immer ein wenig gehetzt, da ständig Erwachsene und Kinder im Haus aus- und eingingen, hatte nur selten Zeit zum Nachdenken. Jetzt dachte sie in einer unerwarteten Gefühlsaufwallung, in einem Moment tiefer häuslicher Zufriedenheit: Ich habe alles, was ich mir im Leben gewünscht habe, alles, was sich ein Mensch nur wünschen kann. Seltsamerweise beschlich sie im gleichen Augenblick ein winziges Gefühl des Zweifels und der Unsicherheit: Ist es gerecht, daß ein einziger Mensch so viel hat? Muß er nicht zwangsläufig etwas verlieren? Und dann klingelte es, und sie eilte an die Tür; draußen stand Frances mit einem Strauß herrlicher weißer und rosafarbener Tulpen und lächelte.

Claire nahm die Tulpen entgegen und begrüßte Frances mit einem Kuß. »Komm rein«, sagte sie. »Es ist schön, dich zu sehen.«

2 Im Zimmer war es still und friedlich. Claire lag da, den Kopf auf Roberts Brust, und lauschte dem eintönigen Quietschen der Hollywoodschaukel, das von der Terrasse heraufdrang, und den Stimmen der Hühner, die weiter abwärts, unter den Zitronenbäumen, suchend im trockenen Gras scharrten. Die Geräusche vom Treppenabsatz her verrieten ihr, daß Guida die Bettwäsche der vorherigen Gäste bügelte – das Knallen des Bügeleisens auf dem Metalluntersetzer, das Zischen und Verpuffen von Dampf, der warme Geruch nach Baumwolle, die an der frischen Luft getrocknet war. Es war himmlisch. Zwei Wochen lagen vor ihnen – der Fluß, die Berge, der leuchtend blaue, wolkenlose Himmel –, und dann wurde das Haus den Herbst und Winter über verschlossen, denn sie waren die letzten Gäste in dieser Saison, und das freute sie. Sie würden nach ihren beiden Wochen die Türen schließen und sie versiegeln, das Haus blieb ihr Haus, unberührt von irgendwelchen Fremden, die es nach ihnen bewohnen würden. Sie schloß wieder die Augen, spürte die Wärme ihres Haares auf ihrer Wange und hatte keine Lust, sich zu rühren.

Neben ihr bewegte sich Robert, reckte einen Arm, gähnte. »Wie spät ist es?«

Claire warf einen Blick auf den Reisewecker. »Gleich halb fünf.«

»Warte solange«, sagte er, und sie warteten und hörten über das Tal hinweg den einzelnen Schlag, der die halben Stunden anzeigte. »Sehr schön. Hast du gut geschlafen?«

»Ja, sehr gut.« Sie reckte sich und rollte sich auf den Rükken. »Du auch?«

»Mmm.« Er gähnte erneut und kratzte sich am Kopf. »Ich glaube, wir müssen etwas tun.«

Claire zog ihre nackten Füße unter dem schwarzweißen Rock an. »Dann tu was.«

»Gleich.«

Sie betrachteten die Sonnenstrahlen, die durch die Zwischenräume in den Läden hereinfielen.

»Bist du froh, daß wir wieder hier sind?« fragte Robert.

»Es ist sogar noch schöner, als ich es in Erinnerung hatte.«

»Glaubst du, es klappt alles? Mit ihnen?«

»Ja«, erwiderte sie. »Ich denke schon.«

»Aber du bist nicht sicher.«

»Man kann nie *sicher* sein«, sagte sie, »oder? Mit Leuten in Urlaub zu fahren, mit denen man ein paarmal zu Abend gegessen und die man spontan gefragt hat, ist wohl kaum dasselbe, wie mit Freunden zu fahren, die man ein Leben lang kennt. Jedenfalls ist es eine Herausforderung, denke ich.«

Robert stöhnte. »Ich habe dir schon einmal gesagt – im Urlaub möchte ich nicht herausgefordert werden. Ich will eine schöne Zeit verbringen.«

»Das werden wir.« Sie drehte sich um und sah zu ihm auf. »Das hatten wir doch schon, Robert, wir haben das alles besprochen.«

»Na, gut. Also werde ich Tee kochen, ja?«

Sie tätschelte seinen Bauch. »Du bist so lieb.«

»Ich weiß.« Er schwang die Beine aus dem Bett, stelzte steif durch das Zimmer zur Balkontür, öffnete die Läden und trat auf den Balkon, um einen Blick nach draußen zu werfen. Claire schloß als Schutz gegen die plötzliche Helligkeit die Augen und lauschte.

»Hallo, Jess.«

»Hi, Dad.«

»Alles klar?«

»Bestens.« Die Hollywoodschaukel schwang vor und zurück, Füße in Sandalen schleiften über die Fliesen.

»Ist sonst noch jemand auf?«

»Keine Ahnung.«

»Was macht sie?« fragte Claire.

»Nicht gerade viel.« Robert trat wieder ins Zimmer; Claire hielt die Hand über die Augen und betrachtete das Muster aus schwarzen Fensterrahmen, das sich auf seinem Gesicht abzeichnete. Er klappte die Läden wieder zu und beugte sich herab, um aus einem der Stapel auf dem Fußboden seine Schuhe herauszufischen. »Auf geht's.« Auf der Bettkante sitzend, zog er sie an und erhob sich. »Ich rufe dich, wenn es soweit ist.«

»Denk dran, daß der Kessel so lange braucht.« Der Herd wurde mit ungleichmäßig ausströmendem Butangas betrieben, das unter dem Haus in riesigen Flaschen gelagert wurde. »Mach ihn nicht zu voll.«

»Nein, nein.« Er ging zur Tür; draußen hörte man ein Knarren. »Aha, es rührt sich etwas.«

Claire drehte sich um und sah Jack in T-Shirt und zerknitterten Shorts vor sich, das Gesicht noch vom Schlaf gerötet. Sie streckte eine Hand aus – er ließ die Tür hinter sich zufallen und tappte über die Dielen, wobei er über das Durcheinander hinwegstieg.

»Hast du dich schön ausgeruht?«

Er nickte, kletterte auf das zerwühlte Bett, und sie legte den Arm um ihn. »Schläft Tom noch?«

Jack schüttelte den Kopf.

»Was macht er?«

»Weiß nicht, er ist nicht da. Ich habe Durst.«

»Tee und Getränke kommen gleich«, sagte Robert, die Hand auf der Türklinke. »Ich finde Tom wahrscheinlich unterwegs.«

»Er ist bestimmt bei Frances«, sagte Claire, als er hinausging. Die Tür fiel zu, und sie ließ sich wieder neben Jack zurücksinken. Sie hörte, wie Robert den Flur entlang bis zum Treppenabsatz ging, wo er haltmachte, um mit Guida mühsam ein paar Worte in seinem Sprachführer-Portugiesisch zu wechseln.

Jack zupfte an der Tagesdecke und zog an einem losen weißen Faden. »Ich würde am liebsten hier schlafen.«

Claire nahm seine Hand weg. »Hör auf, es gibt sonst ein Loch. Du schläfst doch direkt gegenüber.«

»Ich weiß, aber –«

»Was? Du kommst doch gut mit Tom aus, oder?«

»Ja, aber –«

»Aber was?«

Er schaute finster drein. »Das ist *unser* Haus.«

»Das ist es nicht, Jack, es gehört einer englischen Familie. Wir haben es nur gemietet.«

»Ich weiß. Aber du weißt schon, was ich meine.«

»Ja«, sagte sie, »stimmt. Aber wir teilen es mit sehr netten Leuten, und ohne sie könnten wir es uns nicht leisten herzukommen, und ich will kein Theater.« Seine Finger begannen wieder, an dem losen Faden zu zupfen, und wie ein Raubvogel auf seine Beute ließ sie ihre Hand jäh auf seine Hand herabstürzen, was ihn zum Lachen brachte. »Hör *bitte* auf, daran zu ziehen.«

Er drehte sich um und barg, noch immer lachend, das Gesicht zwischen ihren Brüsten. »Ich möchte was trinken.«

»Und damit hörst du auch auf, ja?« sagte sie und gab ihm einen Kuß auf sein dunkles Haar. »Soll ich mal deine Portugiesischkenntnisse testen? Ob du dich mit Guida unterhalten kannst?«

Er hob den Kopf und zog eine Grimasse.

»Los, so schlimm ist es auch wieder nicht. Was heißt ›hallo‹?«

»Olla.«

»*Ola*, wie Coca Cola, erinnerst du dich? Was ist mit ›danke‹?«

Seine Hand lag, in ungezwungener Vertrautheit, auf ihrer Brust; er klopfte mit den Fingern darauf, während er sich zu erinnern versuchte.

»Obrigado.«

»Prima. So heißt es, wenn du es zu einem Mann sagst, zum Beispiel zu dem Mann im Dorfladen, ja? Aber wenn du es zu Guida oder einer anderen Frau sagst, heißt es *obrigada,* weißt du das noch?«

Jack schüttelte den Kopf; er fingerte an den kleinen Knöpfen ihrer Bluse herum.

»Es verändert sich, je nachdem, ob es maskulin oder feminin ist«, erklärte Claire, während sie sich fragte, warum sie die Kinder ständig damit traktierte, die kein allzu großes Interesse zeigten. Niemand hatte ihr jemals etwas erklärt, als sie klein war. »Ob es ein Junge oder ein Mädchen ist. Weißt du noch, in Frankreich, als du sechs Jahre alt warst? Jessica war *la fille*, und du *le garçon.*«

Jack hatte es geschafft, den Knopf aufzumachen: Seine Finger schlüpften in die Bluse.

»Ich wünschte, *ich* wäre ein Mädchen«, sagte er nachdenklich.

Robert fand Tom draußen vor der Küchentür; er saß auf

dem oberen Ende der Steintreppe, die in den Garten hinabführte. Das Haus erhob sich über dem Gelände aus struppigem Gras und nacktem Boden, auf dem zwar keine Blumen, doch viele Obstbäume wuchsen – Pfirsich, Zitrone, Grapefruit, Limone. Auf dem Grundstück befanden sich ein paar Nebengebäude mit verwitterten Holztüren, die nicht mehr fest in den Angeln hingen; als sie das erste Mal hier waren, hatten Jessica, Jack und die Hobbs-Kinder verregnete Nachmittage in dem Schuppen neben dem Haus verbracht, direkt neben dem Auslauf für die Hühner. Sie hatten Raupen darin gehalten, pelzig und fingerdick, und Käfer, schwarz und kupferfarben glänzend, die sie auf dem oberen Weg zum Swimmingpool – eher ein tiefes, zwölf mal sechs Meter großes Betonbecken – aufgelesen oder aus dem Wasser gerettet hatten.

»Keiner geht ins Wasser, ohne daß ein Erwachsener in der Nähe ist, okay?« hatte Robert den Kindern heute morgen eingeschärft, als er den Neuankömmlingen alles gezeigt hatte. »Nur um sicher zu gehen.« Er hatte sie weiter geführt, vorbei an den Büschen, die das Becken verbargen, zurück auf den Weg, wo man einladend einen Tisch und Stühle unter kaskadenartig herabfallenden Weinranken aufgestellt hatte, und wieder in den Garten. Tom hatte einen Blick in den Schuppen, das Naturkundemuseum vom letzten Jahr, geworfen; nachdem er nur kaputte Möbel und Staub gesehen hatte, war er wieder herausgekommen, ohne Interesse zu bekunden; er entdeckte die Hennen in ihrem Auslauf, lief zu ihnen hin und rief: »Hallo, ihr Süßen, hallo! Kommt, kommt!«

»Hühner sind nicht *süß*«, sagte Jack, der ihm gefolgt war.

Tom beachtete ihn nicht und hockte sich auf den schmutzigen Boden vor dem Drahtzaun. Die Hühner dahinter – Hähnchen, wie Robert annahm – hoben den Kopf und liefen gackernd auf ihn zu. Sie hatten kahle, federlose Hälse, und einige auch kahle Stellen auf der Brust; sie waren klein, braun und mager, und als Tom seinen Finger durch den Maschendraht steckte, liefen sie hastig auf ihn zu, wobei sie ihre schmutzigen gelben Beine heftig bewegten.

Er sah zu Robert auf. »Hast du etwas zu fressen für sie?«

»Ich denke, wir werden etwas finden«, erwiderte er. »Aber Guida läßt sie später heraus – dann kannst du sehen, wie sie auf dem Boden nach Würmern und anderem Getier kratzen.«

»Toll!«

Oliver, der, die Hände in den Taschen, zusah, bemerkte: »An deiner Stelle würde ich die Finger nicht so weit hineinstecken, Tom.«

»Ist schon gut, sie haben nur Hunger.« Tom schlängelte seine Finger weiter durch den Draht. »Arme Tiere.«

Aus dem Innern des Hauses erklang die Schelle, und dann trat Jessica aus der Küche ins Freie und rief sie.

»Mittagessen!«

»Okay«, rief Robert. »Wir kommen.« Er führte die anderen zurück, und sie stiegen die Treppe hinauf. Über ihnen hingen feuchte weiße Laken auf langen Leinen in der Sonne, neben einer riesigen grüngekachelten Zisterne, deren kupferner Hahn immer aufgedreht war, so daß man immer, wenn man aus dem Haus kam, hinter dem Wein das Geräusch fließenden Wassers hörte. Die blendend weißen Betttücher wurden jetzt von einem Muster aus dichten blauen Schatten überzogen: von dem rankenden Wein und von den Büschen am oberen Ende der nächsten Treppe, die zu dem Eisentor und der glühendheißen Bergstraße führte.

Frances, die als letzte hinter den anderen herging, blieb stehen und betrachtete dieses Weiß, diese Bläue, dieses Wunder aus Licht und Schatten und Fremdartigkeit, das einen verwirrenden Augenblick lang zu versprechen schien, alles käme ins Lot, und sie schloß die Augen. Sie konnte den Blick nicht abwenden, und doch war das Bild, das sich darbot, beinahe zu schön, um es zu ertragen. Dann vernahm man aus dem Innern des Hauses einen gellenden Schrei und eiliges Füßegetrappel, und Tom, der als erster drinnen gewesen war, kam brüllend aus der dunklen Küche gestürzt.

»Hey ...«, sie ging auf ihn zu und streckte die Hand aus. »Was ist passiert?«

»Ich habe mir den *Arm* gestoßen.« Er umklammerte ihn unterhalb der Schulter, wobei er auf- und abhüpfte.

»Woran denn?«

»An der Badezimmertür, an der Klinke.« Tränen des Schmerzes und der Wut schossen wie bei einem Geysir heraus. »*Verdammter* Griff!«

»Hör auf damit!« sagte Frances scharf. »Laß mich mal sehen.« Sie schickte sich an, seine Hand von seinem Arm zu nehmen, und er entriß sie ihr.

»Du brauchst nicht *wütend* zu werden, es tut *weh*!«

»*Schrei* nicht so! Ich will es mir nur ansehen, das ist alles –«

Jemand erschien in der Tür: Robert, besorgt und herzlich.

»Tut mir leid, Tom, diese Klinke ist wirklich ein Mistding. Bist du okay?«

Tom, wie versteinert, weil Robert ihn wie seinesgleichen behandelte, hörte schlagartig auf zu weinen. »Ja, danke.«

»Ich wollte mir nur ansehen ...«, begann Frances, als müsse sie sich für irgend etwas entschuldigen.

»Willst du es uns zeigen, Tom?«

Tom schniefte und wischte sich mit dem schmerzenden Arm die Augen; Frances entdeckte einen langen roten Striemen.

»Da müssen wir etwas drauftun«, sagte sie. »Kein Wunder, daß du geweint hast.«

Er schüttelte den Kopf. »Es ist okay.«

»Aber –«

»Ich habe gesagt, es ist *okay*, Frances.« Er wischte sich mit dem anderen Arm die Nase und stapfte durch die Küche. »Ich habe Hunger. Ich habe Hunger!« Sie hörten ihn über den zusammengesetzten, klebrigen Linoleumfußboden und die Holzdielen im Flur rennen. Frances sah Robert an und schüttelte den Kopf.

»Er ist müde.«

»Natürlich ist er das. Sie bestimmt auch.«

»Es geht.« Sie folgte ihm ins Haus und ins Eßzimmer, wo die anderen bereits warteten.

Das erste gemeinsame Essen war nach diesem Auftakt etwas angestrengt, zumindest in den ersten Minuten, doch nach ein paar Gläsern Wein entspannten sich alle; danach gingen sie nach oben, um sich auszuschlafen.

Als Robert jetzt nach unten in die Küche kam, fand er die Tür zur Treppe offen, so daß sich auf dem Boden ein Sonnenfleck ausbreitete, und er warf einen Blick nach draußen. Tom saß neben einer mageren, grauweißen Katze mit stumpfem Fell und sprach leise und ermutigend auf sie ein.

»Siehst du, jetzt frißt du schön alles auf. Ist es schon besser?« Neben ihm stand ein Teller mit Hühnerfleisch – die Reste vom Abend zuvor: nur ein paar Reste, die Robert zuletzt im Kühlschrank gesehen hatte. Die Katze fraß langsam, mit Mühe; beim Geräusch seiner Schritte hielt sie inne und sah auf, furchtsam, die Ohren angelegt. Tom drehte sich um.

»Ist sie nicht hübsch?«

»Ich – ja«, sagte Robert, »aber ich bin nicht ganz sicher, ob dieses Hühnchen für sie bestimmt war.«

»Aber sie hatte Hunger, ich habe sie vor der Tür gehört. Sie hat gemaunzt.«

»Oh. Tja ... vielleicht geben wir ihr beim nächstenmal ein paar Abfälle. Was meinst du?«

»Okay.« Er wandte sich wieder der Katze zu, und sie fing vorsichtig wieder an zu fressen, während sie mit wachsamen gelben Augen aufblickte. Robert ging ins Haus zurück und stellte den Kessel auf, das abgebrannte Streichholz warf er auf einen weißen Unterteller. Durch die geöffnete Tür hörte er, daß Tom Geräusche von sich gab, eine Mischung aus kehligem Donald Duck-Gequake und Geschmatze; er versuchte, sich zu erinnern, ob Jack auch immer solche unüberhörbaren Geräusche gemacht hatte, und meinte, nein. Der Raum roch leicht nach Butangas, und der Kessel wurde allmählich heiß; als er alles, einschließlich eines Päckchens Kekse aus dem Dorfladen, auf das Tablett gestellt hatte, ging er wieder zur Tür und beugte sich über das Geländer. Tom streichelte die Katze, während sie auf dem Knorpel herumkaute, er fuhr ihr mit der Hand über den Rücken bis zu dem dünnen, kränklichen Schwanz.

»Ich habe sie adoptiert«, erklärte er Robert.

»Das ist nett. Aber sei trotzdem ein bißchen vorsichtig, wenn du sie anfaßt, ja?«

»Warum?«

»Tja ... sie sieht aus, als hätte sie eine Menge Bazillen und Flöhe und Gott weiß was.«

»Alle Katzen haben manchmal Flöhe.«

»Ja, aber weißt du, hier sind die Tiere nicht daran gewöhnt, gestreichelt zu werden – die Leute hier haben eine andere Einstellung zu ihnen als wir. Sie könnte dich kratzen oder beißen, und das könnte ziemlich gefährlich sein.«

»Sie wird mich nicht kratzen«, sagte Tom bestimmt.

»Also, sei einfach ein bißchen vorsichtig, das ist alles. Was macht der Arm?«

»Was? Ach so, gut. Wo ist Jack?«

»Er ist oben bei Claire – sie kommen gleich zum Tee herunter. Willst du nicht deinen Eltern Bescheid sagen? Wir trinken ihn draußen auf der Terrasse.«

»Nein, ich möchte hier bei der Katze bleiben.«

»Tja ...« Angesichts von Toms Halsstarrigkeit, die anscheinend bei vielen Gelegenheiten auftrat, hörte Robert sich bereits unzählige Sätze mit seinem zögernden, versöhnlichen ›Tja‹ beginnen. Der Kessel fing an zu vibrieren. »Tja ... sagen wir in einer Minute?« Er ging hinein zu den Dampfschwaden. »Wenn du ihnen nichts sagst«, rief er Tom zu, während er das Gas abstellte, »wissen sie nicht Bescheid, oder?«

Ein tiefer Seufzer. »Also gut.« Robert hörte, wie er aufstand, und dann den jähen Ausruf: »Die Hühner sind draußen! Die Hühner sind draußen! Kommt her, Hühner, hier bin ich!« Er rannte hinter der Katze die Treppe hinunter und raste dann auf dem trockenen Boden wie wild auf die Hühner zu: Robert vernahm lautes Gegacker und heftiges Flügelschlagen.

Er nahm das Tablett und trug es durch das Haus auf die Terrasse, wo Jessica, mit goldgelbem Haar und weißhäutig, in rosagestreiften Shorts, verwaschenem T-Shirt und einer Perlenkette unter dem Baldachin der Hollywoodschaukel lag. Über ihr, über den Zitronenbäumen, verstärkte sich das Flimmern des Lichts über dem Tal, wurde noch intensiver, und die Uhr schlug zweimal.

»Fünf Uhr«, sagte Robert, während er das Tablett auf den runden Marmortisch stellte. »Teezeit.«

»Tee sollte um vier serviert werden«, sagte Jessica und reckte sich. »In Porzellantassen«, fügte sie mit einem Blick auf die angeschlagenen Becher und die billigen, dicken Gläser hinzu. »Mit Eiern und Kressesandwiches.«

»Ich weiß gar nicht, wo du die Flausen her hast.« Robert ließ sich auf der Hollywoodschaukel nieder. »Setz dich hin.«

»Von dir jedenfalls nicht«, bemerkte sie gleichmütig und schwang die Beine herunter. »Du merkst nie, wie etwas aussieht.«

Man hörte ein Keuchen und wildes Gerenne: Unterhalb der Terrasse machte Tom Jagd auf die Hühner. Jessica erhob sich, um nachzusehen, wobei sie sich anmutig über das Geländer beugte.

»Wenn du sie jagst«, rief sie hinunter, »rennen sie noch schneller, klar?«

Es kam keine Antwort. Robert rief zu der Balkontür hinauf: »Tee, Claire!«

Die Läden wurden aufgeklappt, und Claire trat auf den Balkon. Ihr dunkles Haar fiel ihr in ungekämmten Wellen auf die Schultern; sie lehnte sich in ihrer zerknitterten weißen Bluse auf die Steinbrüstung und lächelte hinab.

»Sagst du den anderen Bescheid?« fragte er.

»In Ordnung. Hallo, Jess.«

»Hi, Mum«, sagte Jess, ohne sich von dem Geländer abzuwenden.

»Hey!« rief sie plötzlich hinunter. »Hey, laß das.«

Es gab ein Handgemenge und wildes Geflatter; dann kam Tom triumphierend die Treppe herauf. »Ich hab eins!«

»Das arme Tier«, sagte Jessica. »Schau mal, es ist zu Tode erschrocken.«

»Es ist in Ordnung.« Tom trug das Huhn zu der Hollywoodschaukel und ließ sich hineinplumpsen. »Ganz ruhig, ganz ruhig«, sagte er beruhigend zu ihm und fuhr mit den Fingern über das kümmerliche braune Gefieder und den kahlen Hals. Die Henne saß reglos auf seinem Schoß, die Augen klar und leer.

»Tu sie runter«, sagte Jessica. »Sie ist schmutzig.«

»Nein, das ist sie nicht! Außerdem kann sie nichts dafür, oder?«

»Tee«, sagte Robert. »Tu sie runter, Tom, sei vernünftig, Junge.« Er wies auf die Kekse. »Dann bekommst du davon etwas.«

»Kann sie einen Keks haben?« fragte Tom.

»Tja ...«

»Um Himmels willen«, sagte Jessica.

»Oh, macht nur weiter«, sagte Claire von oben herzlich amüsiert. »Sei nicht so hochnäsig, Jess.« Jack, der aus dem Schlafzimmer gekommen und neben sie getreten war, fragte: »Darf ich sie auch mal halten?«

»Klar«, sagte Tom. »Komm runter.« Er langte mit seiner kräftigen, breiten Hand nach der Schachtel mit den Keksen. »Willst du sie füttern?« fragte er Jessica, als ihre Mutter und Jack im Haus verschwanden. »Du darfst, wenn du willst.«

»Nein, danke.« Sie nahm ein Glas Saft, an dem sie mit geringschätziger Miene nippte, und saß mit angezogenen Beinen auf dem Geländer und starrte in die Ferne.

Tom zerrte, die Henne noch immer fest umklammernd, am Deckel der Packung. »Du kannst deine Meinung noch ändern, wenn du willst.«

Keine Antwort.

»Also dann«, sagte Robert entschlossen und langte nach der Teekanne; in diesem Moment riß Tom mit einem jähen, wütenden Ruck die Schachtel auf. Das Huhn wehrte sich; ein halbes Dutzend Kekse mit einer dickflüssigen rosa Füllung fiel ihm aus der Hand und zerbrach auf der Terrasse.

»Also wirklich!« sagte Jessica. Sie schwang die Beine vom Geländer und stolzierte ins Haus.

»Na, komm schon«, sagte Robert. »Es ist schließlich nur eine Schachtel Kekse.« Keine Antwort. »Wir sollten sie aufsammeln«, sagte er zu Tom.

»Tut mir leid.« Tom bemühte sich, mit dem Huhn aufzustehen.

»Kann passieren.«

Sie bückten sich und hoben die Stücke auf, Tom, der ungeschickt mit einer Hand zu Werke ging, begann zu schnaufen. Das Huhn unter seinem anderen Arm streckte mit ängstlichen, ruckartigen Bewegungen den Kopf vor. »Halt *still*«, sagte er. »Du bekommst sofort welche.« Er stand auf und warf eine Handvoll Brocken und Krümel auf den Tisch. »Hier ... sieh mal.« Er stand rot und erhitzt da und bot ihr auf seiner breiten Handfläche die Kekse dar: Die Henne begann zu picken und hörte nicht mehr auf. »Siehst du?« sagte Tom glücklich. »Siehst du? Ich wußte, daß sie Hunger hatte.«

Claire und Jack traten aus dem Wohnraum auf die Terracottafliesen. »Die anderen kommen auch gleich«, sagte Claire und ließ sich in die Hollywoodschaukel plumpsen. »Wo ist Jess?«

»Eingeschnappt«, sagte Robert. »Willst du vielleicht –«

»Nein«, sagte Claire. »Ich kann mit beleidigten Leberwürsten nichts anfangen. Schenk bitte Tee ein, ich verdurste. Warum liegen diese Kekse überall herum?« Sie sah Tom und dann das Huhn an, das jetzt eifrig pickte. »Alles klar?«

»Prima«, sagte Tom.

Neben ihm sagte Jack: »Laß mich sie mal halten.«

»Gleich. Hier, Hühnchen, hier ist noch mehr.« Er streckte die Hand nach weiteren Stücken aus, dann hielt er plötzlich verdutzt inne; einen Augenblick lang blieb seine Hand in der Luft hängen; als er sie wieder bewegte, tat er es zu hastig, und ein Glas, das am Rande des Tabletts stand, kippte sofort um, als hätte es nur auf diesen Moment gewartet. Orangensaft floß gleichmäßig über den Tisch und tropfte über den Rand.

»Oh, Gott!« sagte Tom. »Oh, Gott, was für ein Trottel ich bin.«

Er trat zurück; Claire zog ihre nackten Füße hoch.

»Du holst am besten einen Lappen«, sagte sie nicht unfreundlich.

»Ich hole ihn«, sagte Robert und ging auf das Wohnzimmer zu; allmählich spürte er, wie ihn eine Welle des Zorns erfaßte. »Tom, bring um Himmels willen dieses Huhn weg.«

Endlich geschlagen, trug Tom es langsam die Treppe hinunter in den Garten.

»Aber ich habe es noch gar nicht gehalten!« sagte Jack.

»Du kannst runterkommen und es halten, wenn du willst«, sagte Toms Stimme von unten. »Ich habe es noch.«

»Nein, das kann er nicht«, sagte Claire. »Jetzt laßt uns endlich Tee trinken. Setz dich hin, Jack, du kannst es ein anderes Mal nehmen.«

Jack setzte sich mürrisch hin. »Und warum durfte *er* es halten?«

Claire reichte ihm das letzte Glas Saft und langte nach der Teekanne. Robert kehrte mit einem Lappen zurück und wischte die ganze Bescherung weg. Jessica kam aus dem Haus und fragte: »Können wir jetzt in Ruhe Tee trinken?«

Und hinter ihr traten Frances und Oliver, erholt aussehend, durch die Doppeltür. Sie erblickten erfreut die Schönheit der Terrasse und der Zitronenbäume und den Tee, der sie erwartete.

»Wie nett. Vielen herzlichen Dank.«

Die Dämmerung war hereingebrochen, das Gebirge lag im Dunkeln. In entfernt liegenden Dörfern blitzten hier und da Lichter auf; hier und da leuchteten blaß orangefarbene Rechtecke auf.

»Solarkraft«, bemerkte Robert zu Oliver, der aus dem Wohnraum kam, und wies mit dem Kopf auf die Hügelkette gegenüber der Terrasse, jenseits der Bergstraße. »Da oben stehen nur zwei, drei Häuser.« Er legte einen Ordner auf den

Tisch und rückte einen Stuhl zurecht. »Vielleicht haben Sie Lust, sich das anzusehen«, fuhr er fort und zeigte auf den Ordner. »Notizen über das Gelände und die Gegend. Zum Teil von den Besitzern, aber anscheinend haben die Gäste ab und zu etwas hinzugefügt.« Er beugte sich vor, ergriff die Weinflasche und hielt sie fragend über Olivers Glas.

Oliver nickte und hielt ihm sein Glas hin. »Danke. Wer sind die Besitzer?«

»Er ist Architekt, glaube ich. Wir haben sie nie kennengelernt, wir haben nur auf eine Annonce im *Independent* geantwortet. Ihre Briefe klingen sehr nett.« Er stellte die Flasche ab. »Sie müssen sich selbst bedienen – es kommt vom Haus. Der Keller ist bis zum Rand voll; ich hätte Sie heute morgen hinunterführen sollen. Aber es ist ja noch Zeit genug.« Er erhob sein Glas. »Prost.«

»Prost.« Oliver griff nach dem Ordner und klappte ihn auf. Ein paar Ansichtskarten fielen heraus und landeten auf den Fliesen; er bückte sich, um sie aufzuheben: Innenansichten einer Kathedrale.

»Sie ist etwa eine Stunde Fahrt von hier entfernt«, sagte Robert, »aber sehr schön, ein Besuch lohnt sich. Wir könnten irgendwann hinfahren, falls Sie und Frances Lust dazu haben.«

»Ganz bestimmt.« Oliver steckte die Karten zurück. Er blätterte die Seiten um, einige mit der Maschine, einige mit der Hand geschrieben, andere mit weiteren Postkarten beklebt, und begann zu lesen.

Robert nippte an seinem Rotwein und betrachtete ihn: einen Mann, mit dem er vierzehn Tage verbringen sollte, einen Mann, den er kaum kannte – den er tatsächlich nur ein einziges Mal an einem Samstagabend vor ein paar Monaten getroffen hatte, als er und Claire vom baumbestandenen Crouch End zum noch grüneren Muswell Hill gefahren waren, weil Claires alte Freundin aus Bristol sie zum Abendessen eingeladen hatte.

Sie parkten vor einem großen viktorianischen Haus in einer ruhigen Seitenstraße des Hill. Frühsommerlicher Abendsonnenschein fiel durch das Laub der Bäume; ein paar Häuser weiter sang jemand an einem geöffneten Fenster. Sie schlossen das Auto ab, obwohl sie es eigentlich für unnötig hielten, und gingen zu Frances' und Olivers Haustür, die in einem samtigen Grün gestrichen und mit Messing verziert war.

»Alles sehr hübsch«, bemerkte Robert, den Beaujolais in der Hand, während er sich umsah. »Etwas zu hübsch vielleicht?«

»Hör auf.« Claire schellte an der oberen Klingel. Sie warteten, bereit, ihr Lächeln aufzusetzen.

Schritte eilten die Treppe herunter, und die Tür wurde von Frances geöffnet, die schwarze Leinenhosen und eine cremefarbene, ärmellose Seidenbluse trug. Claire küßte sie, wobei sie wieder die gespannte, steife Haltung spürte, und stellte Robert vor; sie folgten ihr die Treppe hinauf. In der Wohnung, in einem geräumigen Wohnraum mit Schiebefenstern, stand ein hochgewachsener Mann vor dem Bücherregal und kehrte ihnen den Rücken zu.

»Oliver?« fragte Frances.

Er drehte sich um, als sie alle den Raum betraten, aber nicht sofort. Es blieb einen spürbaren Augenblick lang ein Schweigen, das einen schwierigen Abend ankündigte, ein Schweigen, während dessen Robert sich vorstellte, wie er und Claire sich wieder ins Auto setzten und nach Hause fuhren, zurück zu einem überraschten Babysitter, im Garten zu Abend aßen und ausnahmsweise einmal früh zu Bett gingen. Oder sie könnten die Anwesenheit des Babysitters nutzen und essen gehen, nur sie beide. Gott, würde das eine Erleichterung sein.

Frances stellte sie einander vor – rasch kehrte er in die Gegenwart zurück. Oliver begrüßte sie, gab ihnen die Hand, bot ihnen Drinks an, nahm den Beaujolais dankend entgegen. Er war fast so dunkelhaarig wie Claire, hatte dichtes, lockiges Haar und trug eine dickumrandete Brille. Er überragte sie alle, und während er die Drinks einschenkte und herumreichte, wurde er so selbstverständlich der perfekte Gastgeber, als hätte es jene merkliche Stille nie gegeben.

Sie ließen sich auf bequemen Sofas nieder, die Füße auf hübschen Teppichen; sie bewunderten das Zimmer mit seinen Aquarellen, den ein, zwei Ölgemälden, die Fenster mit den Bäumen dahinter, die die Abendsonne einfingen, die Regale mit den Kunstbüchern, Romanen, Gedichtbänden. Nach und nach entspannten sie sich, die Drinks schmeckten, und die Unterhaltung kam langsam in Gang. Während er das inzwischen doch recht interessant erscheinende Paar in diesem hübschen Raum betrachtete, fiel Robert plötzlich ein, daß Frances und Oliver ein Kind hatten.

Noch während er daran dachte – aber vielleicht hatte er auch das Geräusch gehört, das so wenig zu den Gemälden, den kleinen Bronzefiguren auf dem Kaminsims, dem Stapel Neuerscheinungen auf dem niedrigen Tisch zu passen schien –, wurde die Tür aufgestoßen, und ein Junge erschien, ein großer, kräftiger Junge im Schlafanzug, mit Zahnlücken und zerzausten Haaren. Frances und Oliver erstarrten, ein wenig nur, fast nicht wahrzunehmen, doch Robert bemerkte es: Es war irgendwie mehr als der nachsichtige Ärger, den Eltern gewöhnlich empfanden, wenn ein abendliches Beisammensein der Erwachsenen von den Kindern gestört wurde.

»Frances? Mum? Kann ich etwas zu trinken haben?«

»Du kannst dir selbst etwas zu trinken holen«, sagte Frances und stellte ihn vor. »Das ist Tom. Er sollte eigentlich im Bett liegen.«

Robert und Claire äußerten Verständnis – Kinder, hoffnungslos, ihre waren in diesem Alter genauso. Waren immer noch so. Tom trödelte herum, musterte sie, grinste sie zur Begrüßung an; aus seiner Kehle kam ein leises Geräusch, und er räusperte sich.

»Nun geh«, sagte Frances. »Dein Becher steht im Badezimmer.«

Er trat von einem Bein aufs andere. »Mir war gerade ein bißchen komisch.«

»Gute Nacht, Tom«, sagte Oliver.

Er ging. Sie hörten ihn die Treppe zu einem Badezimmer hinaufsteigen und hörten einen Wasserhahn laufen; sie hörten ihn geräuschvoll in sein Schlafzimmer zurückkehren, wo er auch blieb. Oliver goß weitere Drinks ein. Frances entschuldigte sich und ging in die Küche; kurz darauf bat sie sie in ein kleines, kerzenerleuchtetes Eßzimmer, dessen Wände eine grüngestreifte Tapete zierte. Robert betrachtete alles und staunte. Vielleicht war es mit einem einzigen Kind anders, aber selbst dann. Wo bewahrte das Kind seine Spielsachen auf? Wo spielte es? Claire, die mittlerweile in Fahrt gekommen war, fragte nach Einzelheiten. Oliver, der Wein einschenkte, und Frances, die Schüsseln herumreichte, beschrieben Toms Schule – nicht gut genug – und seinen Tagesablauf: Einer von ihnen beiden lieferte ihn im täglichen Wechsel ab, dann wurde er von einer Tagesmutter betreut und gewöhnlich um halb sieben, manchmal auch etwas später, wenn die Arbeit es erforderte, von Frances abgeholt.

Man kam auf das Thema Arbeit zu sprechen und verweilte längere Zeit dabei; von Claires Schule wechselte man zu Roberts Büro und von da zu der Misere, in dem gegenwärtigen Klima Kindererziehung und Haushalt unter einen Hut zu bekommen. Das Verlagswesen war, wie Oliver versicherte, während er erneut ihre Gläser füllte, nicht von den

Schwierigkeiten ausgenommen, obwohl er bis jetzt Glück gehabt hatte. Frances auch. Er erzählte nüchtern und trocken von seiner Arbeit als Cheflektor in einem wissenschaftlichen Verlag, von dem sogar Robert gehört hatte, in dem auch Frances eine Zeitlang gearbeitet und sie sich kennengelernt hatten.

»Ich habe beobachtet, wie sie die Manuskripte von Wissenschaftlern mit dem Rotstift bearbeitete, als wäre er ein glühendes Schwert. Sie zerlegte ihre Prosa in ihre Einzelteile und gab sie ihnen mit einem engelsgleichen Lächeln zurück ...«

»Bitte«, sagte Frances. Sie saß, unerreicht vom Kerzenschein, an der gegenüberliegenden Seite des dunkelpolierten Tisches und sah nun viel entspannter aus, als sei der mögliche Mißklang zu Beginn des Abends vorüber und könne vergessen werden. Aber sie sprach nicht viel, und mitunter hatte Robert den Eindruck, während sie lächelte, Wildreis, roten Schnappbarsch und köstlichen Salat servierte, daß sie auch nicht sehr gut zuhörte. Und obwohl sie und Oliver gleichbleibend höflich zueinander waren, obwohl sie ihn eindeutig bewunderte und sie offensichtlich gemeinsame Interessen und Vorlieben hatten, trafen sich ihre Blicke nur selten – nicht wie er und Claire: Sie sahen einander ständig an, ohne darüber nachzudenken. Ab und zu stellte Oliver ihr eine Frage und mußte ein zweites Mal fragen – er tat so, als amüsiere es ihn, doch man spürte, daß er sich darüber ärgerte.

Trotzdem. So gut hatte Robert schon lange nicht mehr gegessen, auch wenn die Portionen zu klein waren. Viel zu klein. Eine göttliche *Crème brulée* – die, wie verraten wurde, Oliver zubereitet hatte – wurde in winzigen Schälchen aufgetragen, und als sie sich verabschiedeten, hatte er immer noch ein Loch im Bauch, trotz Kaffee und Brandy auf den bequemen Sofas.

Frances und Oliver gingen mit hinunter, um sie zu verabschieden: Sie standen auf der Schwelle in dem beleuchteten Viereck des Türrahmens, und als Robert und Claire die Straße entlangfuhren, winkten Frances und Oliver und gingen dann ins Haus zurück, er hatte den Arm um ihre Schultern gelegt, und sie sah zu ihm auf, als wäre alles zwischen ihnen vollkommen.

»Nun«, fragte Claire sofort, »welchen Eindruck hattest du?«

»Von ihr? Sie hat mir gefallen.«

»Und er? Und beide zusammen?«

»Wer weiß?« erwiderte Robert. »Wer kann das schon sagen?« Er beugte sich vor und stellte das Radio an: Nächtliche Musik von Bach hüllte sie ein. »Schon besser.«

»Ein Mann mit scharfen Konturen«, sagte Claire nach einer Weile. »Bestimmt und präzise. Ich fand ihn ein wenig beunruhigend.«

»Mmm. Aber ich mochte sie. Wenigstens glaube ich das.« Sie fuhren am Uhrturm vorbei und bis zum Rand des Hügels hinauf. Der Abend war kälter geworden, und die Bäume auf beiden Seiten der Straße raschelten in dem aufkommenden Wind. »Es gibt Regen«, sagte er, und als sie in ihre Straße einbogen, fügte er hinzu: »Vielleicht ein wenig seltsam –«

»Frances war immer ein wenig seltsam.«

Sie waren zu Hause. Gott sei Dank. »Ich habe Hunger«, sagte er, während er die Bremse anzog.

»Unmöglich.« Claire holte ihren Schlüssel heraus, als sie den Weg zum Haus entlanggingen, schloß die Tür auf, deren rote Farbe im Laufe der Jahre durch unsanfte Berührungen mit Fahrrädern und Füßen abgestoßen war, und rief überflüssigerweise dem Babysitter zu: »Hallo, Barbara, wir sind zurück.«

Robert ging nach der Begrüßung gleich weiter in die

Küche, und während Claire und Barbara im Flur standen und schwatzten, schüttete er Cornflakes in eine Schüssel, setzte sich gemütlich an den Tisch, gab Milch und Zucker darüber und las noch einmal die Cricketergebnisse, während sich aus dem Küchenradio die Bachschen Klänge weiter über ihn ergossen. Die Haustür schloß sich.

»Mir ist gerade ein Gedanke gekommen«, sagte Claire, als sie hereinkam. Sie blieb stehen und betrachtete die Cornflakes. »Blasphemie.« Sie zog sich einen Stuhl heran und setzte sich. »Häresie. Wie kannst du nur?«

»Tut mir leid«, sagte er und faltete die Sportseiten zusammen. »Ich kann nichts dafür. Was für ein Gedanke?«

Sie langte nach den Cornflakes und nahm eine Handvoll. »Portugal«, sagte sie kauend. »Wir könnten fragen, ob sie Zeit haben.«

»Oh, nein.« Er hörte auf zu lesen und sah sie an. »Nein, das sollten wir nicht. Ich kann es mir nicht gut vorstellen.«

»Aber wir müssen jemanden finden, oder? Wen sonst? Außerdem ist es Jahre her, daß wir etwas mit Leuten unternommen haben, die wir nicht gut kennen – es ist eine Herausforderung.«

»Es sollte eigentlich ein Urlaub sein.«

»Ich kann mich ja mal erkundigen.«

Regen schlug gegen das Fenster, die Katze kam durch die Katzenklappe hereingeschossen. Portugal erschien unwirklich, und Bach schien alles möglich zu machen. Und sie hatten fest gebucht. »Also gut, wie du willst«, sagte er und wandte sich wieder dem Bericht über das Cricketländerspiel zu. »Sie ist deine Freundin. Alle unsere Freunde sind deine Freunde. Nur zu, wenn es dich glücklich macht.«

Und nun waren sie alle hier, und hier saß er, Robert, und beobachtete Oliver, der seine langen Beine von sich gestreckt hatte und mit seinen langen, schlanken Fingern eine Seite umblätterte. Er hatte ein markantes, fast adliges Gesicht – ganz gewiß hatte es Züge, die, wie Robert sehr wohl wußte, der unbestimmten Offenheit seines Gesichts fehlten. Ein Mann mit scharfen Konturen, hatte Claire gesagt. Sie hatte ihn ein wenig beunruhigend gefunden. Warum?

Robert war normalerweise zu beschäftigt, um sich Spekulationen hinzugeben. Außerdem war er seit fünfzehn Jahren mit derselben Frau verheiratet und arbeitete seit fast acht Jahren mit mehr oder weniger der gleichen Gruppe von Leuten zusammen. Zu Hause gingen Claires Freundinnen ein und aus, kamen freitags zum Mittagessen, holten ihre Kinder nach der Schule ab, erschienen von Zeit zu Zeit mit ihren Ehemännern zum Abendessen, die einzige Gelegenheit, bei der er sie sah. Für viele dieser Leute verspürte er auch nach langer Zeit nur geringes Interesse, und um ehrlich zu sein, hatte er, wenn er nach Hause kam, auch kein großes Bedürfnis, Leute zu sehen. Er hatte immer eine Familie gewollt, jetzt hatte er eine, und das war genug.

An seinem Arbeitsplatz gab es zwangsläufig hin und wieder personelle Veränderungen – die Leute kamen und gingen, manchmal recht plötzlich, und diejenigen, die vor Ort arbeiteten und die Wohnungen der Expatienten betreuten, gingen entweder nach einem halben Jahr oder blieben für immer. Er hatte mit den konkreten Fällen jedoch relativ wenig zu tun, und im großen und ganzen ging das Leben im Büro seinen ganz normalen Gang: Es gab Spannungen und mitunter Reibereien, aber sie betrafen ihn nur selten. Das heißt, er hielt sich ganz bewußt heraus.

Robert war von Natur aus gelassen, ein Vermittler, ein Entschärfer von Spannungen. Er mochte Männer, zog jedoch Frauen vor, und die Frauen in seinem Büro fühlten sich gut aufgehoben bei ihm und weinten sich ab und zu an seinem

Schreibtisch aus. Manchmal wegen der frustrierenden Arbeit und manchmal, weil sie mit schwierigen Männern zusammenlebten. Er hörte zu und tröstete sie, indem er sie in der Mittagspause zu einem Drink einlud.

Gegenüber am Tisch wurde leise eine Seite des Ordners umgeblättert. Robert, der an das Abendessen, das Schweigen, die Irritationen denken mußte, überlegte, daß Oliver wahrscheinlich schwierig war – und wer konnte sagen, wie Frances war? Er dachte auch, daß er ihn wahrscheinlich anstierte, mit einem abwesenden, starren Blick, so, wie er in der U-Bahn eine Person auf dem Sitz gegenüber fixierte und sich ertappt fühlte, wenn diese aufblickte und ihn gekränkt ansah.

Die Kirchenglocke auf dem Berg schlug einmal: halb neun. Er wandte sich um und blickte nach draußen in Richtung des Dorfes, wobei er eine Fledermaus entdeckte, die zwischen den Grapefruitbäumen umherflatterte. Hunde bellten, und von dem Weg her, der von der Hauptstraße abzweigte und am Garten entlangführte, vernahm er Stimmen: Zwei alte Männer gingen langsam vorbei. Er hörte noch etwas anderes, ein Geräusch, das er noch vom letzten Jahr kannte: ein Moped, das mit ohrenbetäubendem Lärm die unbeleuchtete Straße hinaufjagte. Um der Langeweile des Dorfs mit seiner einzigen Kneipe zu entfliehen, rasten die wenigen jungen Männer, die dageblieben waren, abends mit ihren Mopeds den Berg hinauf, als gäbe es kein Morgen. Die Fahrzeuge hatten keine Schalldämpfer und zerschnitten mit ihrer Lautstärke die Dunkelheit wie Kettensägen, wobei die Scheinwerfer wild auf- und abhüpften. Dann kam der nächste, dann wieder einer, die Abstände waren so, daß man gerade glaubte, nun sei wieder Ruhe eingekehrt, wenn das nächste Mopedheulen die Luft zerriß. Robert lachte, denn der Lärm machte einen zwar wütend, aber das Timing war wirklich witzig, wie eine Fliege in einem Zeichentrickfilm, und Oliver sah von seinem Ordner auf und lächelte.

»Geht das die ganze Nacht so?«

»Mit Unterbrechungen.«

»Kommt dabei niemand ums Leben?«

»Wahrscheinlich schon.« Er langte wieder nach der Flasche und wies mit dem Kopf auf den Ordner. »Etwas Interessantes gefunden?«

»Ich habe gerade einen Bericht über den Winter sechsundsiebzig gelesen – anscheinend ist das halbe Dorf damals an der Grippe gestorben. Haben Sie das auch gelesen?«

»Ja. Ich kann mir vorstellen, daß die Winter hier gräßlich sind – selbst jetzt wird es abends schon kalt. Ist Ihnen warm genug?«

»Ja, danke.« Oliver legte den Ordner wieder auf den Tisch. »Außerdem zerstört die vermehrte Anpflanzung von Eukalyptusbäumen offensichtlich das Land, und jemand hat siebenundachtzig drei eng beschriebene Seiten lang Vögel gesichtet.«

»Spinner«, sagte Robert. »Wir haben Bachstelzen und Spatzen gesehen. Angeblich sieht man am Fluß auch Eisvögel, aber uns ist das nie gelungen.« Er nahm einen Schluck und fragte sich, wann die Frauen wohl erscheinen würden.

Sie hatten heute abend hier draußen gegessen, *en famille*, und die Kinder gleich darauf ins Bett geschickt. Claire und Frances kontrollierten die Jungen beim Waschen, Jessica war mit ihrem Walkman und ihrem Buch in ihr Zimmer gegangen. Er drehte sich auf seinem Stuhl um und sah sie nun durch die geöffneten Türen am anderen Ende des Wohnraums; sie lag auf der Seite, das dicke, goldbraune Haar war hinter das Ohr geklemmt, in dem ein Kopfhörer steckte. Ihre Finger trommelten den Rhythmus auf dem aufgeschlagenen Buch: Wie konnte sie nur gleichzeitig lesen und

Musik hören? Manchmal kam er abends nach Hause und stellte fest, daß sie auf diese Weise auch ihre Hausaufgaben machte.

»Alles in Ordnung, Jess?« rief er, aber sie hörte ihn nicht.

Man vernahm Schritte auf dem Holzboden des Korridors, und jemand betrat das Eßzimmer und knipste das Licht an. Auf der Stelle ertönte ein heftiges Zischen aus dem Sicherungskasten über der Terrassentür.

»Scheiße«, sagte Claire klar und deutlich.

Robert schob seinen Stuhl zurück und stand auf. »Was ist passiert?« Er ging hinein: Der Sicherungskasten knisterte, als würde er im nächsten Moment explodieren. Am anderen Ende des Zimmers lag Jessica, ahnungslos ausgestreckt, und hob nicht einmal den Blick. Claire schaltete im Eßzimmer das Licht aus, und sofort ließ das Zischen und Knistern nach.

»Puh.« Sie kam aus dem Eßzimmer, und Robert und sie blickten zu dem Sicherungskasten hinauf, dessen Geräusche jetzt gedämpft, aber immer noch vorhanden waren.

»Alles in Ordnung?« fragte Oliver von der Terrasse her.

»Ich glaube schon«, erwiderte Claire. »Wir müssen ihn überbelastet haben«, sagte sie zu Robert. »Wir müssen aufpassen. Das bedeutet vermutlich, daß wir drinnen nur bei Kerzenlicht essen können.«

Robert sah vorsichtig zu dem Kasten auf. »Hat er letztes Jahr auch dieses Geräusch gemacht? Dieses Summen?«

»Ich weiß nicht. Ich kann mich nicht erinnern. Ich meine schon, du nicht?«

»Doch«, sagte er zweifelnd. »Haben wir überhaupt Kerzen?«

»Ich glaube, ich habe in einem Schrank eine gesehen. Hast du die Taschenlampe eingepackt?«

»Heißt das, du hast sie nicht eingepackt?«

»Ja. Ich meine, nein, habe ich nicht.«

»Oh. Na ja. Ich denke, es klappt, solange wir darauf achten. Was ist mit den Jungs?«

»Alles bestens. Frances sagt ihnen gerade gute Nacht – willst du hinaufgehen? Ich mache einen Kaffee.«

»Gut.« Er trat wieder hinaus auf die Terrasse. »Oliver? Kommen Sie mit hinauf, Tom gute Nacht sagen?«

Oliver schüttelte den Kopf. »Frances ist doch oben, oder? Wir machen das normalerweise abwechselnd.«

»Oh. Okay.« Robert zog sich zurück, ein wenig verblüfft. Abwechselnd? Sogar beim Gutenachtsagen? Er ging auf den Flur zu, der zur Treppe führte, und blieb an Jessicas offener Tür stehen. Ihr Kopf schwang von einer Seite zur anderen; sie blickte auf, sah ihn und fuhr fort, den Kopf zu wiegen. Ich bräuchte eigentlich überhaupt nicht hier zu sein, dachte er, ich gehöre nur noch zum Mobiliar. Er mußte plötzlich an die Zeit denken, als Jessica, ein gutes Jahr alt, in einem winzigen, mit Enten bedruckten blauen Schlafanzug in ihrer alten Wohnung über den Küchenboden gestolpert war, gelacht hatte und sich in seine ausgebreiteten Arme gestürzt hatte, um herumgewirbelt und geküßt zu werden; und er seufzte. Na ja. Er hob die Hand, und sie nickte ihm fast unmerklich zu; er überließ sie sich selbst und ging, um nach den Jungen zu sehen.

Frances betrat gerade den oberen Treppenabsatz, als er um die Ecke bog; sie trug die grauen Baumwollhosen, die sie schon beim Abendessen angehabt hatte, über ihre blaßgestreifte Bluse hatte sie jedoch eine Strickjacke gezogen. Als sie dort oben stand, sah er, daß sie Ohrringe trug – vielleicht hatte sie sie auch schon beim Essen getragen, und er hatte es nur nicht bemerkt. Sie waren aus Silber, lang und schmal, und schwangen unter ihrem glatten, blonden Haar im Licht. Sie lächelte zu ihm herab und wartete, und er lächelte zurück, stieg die Holztreppe hinauf und vergaß Jess und den jähen Schmerz, den er ihretwegen empfunden hatte.

»Alles klar mit den Jungs?«

»Ja, sie haben auf Sie gewartet.« Sie zögerte, die Hand auf einer Zigarettenpackung in ihrer Tasche. »Ich glaube, Tom ist immer noch ziemlich müde.«

»Keine Sorge«, sagte Robert; er hatte den Absatz erreicht und machte Platz für sie. »Ich habe nicht vor, sie wieder wach zu machen. Gute Nacht, Licht aus, und fertig.«

»Gut – dann sehen wir uns gleich unten.«

»Claire macht Kaffee.«

»Wunderbar.« Sie lief leichtfüßig in ihren Segeltuchschuhen die Treppe hinab, und er ging den Flur entlang und spürte seine hartnäckigen Zweifel hinsichtlich des Urlaubs verfliegen. Er blieb vor dem Zimmer der Jungen stehen und steckte den Kopf durch die Tür.

»Hallo, ihr beiden.«

Sie lagen beide im Bett, Jack ordentlich auf seiner Seite, das Gesicht zur Tür, Tom auf dem Rücken, mit angezogenen Beinen; er sah zur Decke und gab leise, gurrende Laute von sich.

»Bis jetzt mit allem zufrieden?«

»Ja, danke.« Jack gähnte, die Augen fielen ihm bereits zu. Robert ging zu ihm und küßte ihn. »Nacht, Jack, schlaf gut.« Er ging hinüber zu Tom. »Darf ich dir auch einen Kuß geben?«

Tom nickte abwesend. »Da oben ist eine Spinne.«

»Wirklich?« Robert spähte nach oben. »Tatsächlich, aber nur eine ganz kleine. Du bist ein guter Beobachter.« Er beugte sich hinab und küßte ihn auf den zerzausten Schopf. »Ich habe gerade eine Fledermaus gesehen.«

»Eine *Fledermaus*?« Tom setzte sich abrupt auf, und sein Kopf traf mit lautem Krachen Roberts Kinn. »Au! Au.« Er rieb sich den Kopf; in Roberts Augen traten Tränen. »Eine Fledermaus? Wo? Warum hast du uns nicht gerufen?«

»Tut mir leid.« Robert trat zurück, die Hand auf seinem Kinn. »Es war draußen auf der Terrasse – sie kommt bestimmt wieder. Leg dich jetzt hin, bis morgen früh.«

Doch Tom war bereits aus dem Bett. »Darf ich nach unten und sie sehen? Bitte. Bitte.«

»Tja, ich ...«, sagte Robert unschlüssig; dann dachte er an Frances und sein Kinn – wer wußte, welcher Körperteil als nächstes in Toms Umlaufbahn geraten würde – und sagte bestimmt: »Nein. Heute abend nicht mehr. Morgen kannst du aufbleiben und sie dir ansehen – heute war ein langer Tag.«

»Oh.« Das in die Länge gezogene Wort drückte Toms ganze Unzufriedenheit aus.

Robert schob ihn sanft wieder in Richtung Bett. »Los, hinein mit dir.« Er schaltete das Licht aus. »Schlaft gut.«

»Laß das Licht im Flur brennen, Dad«, sagte Jack.

»Mach ich.« Er zog die Tür bis auf einen Spalt zu und ließ sie allein, dann überquerte er den Flur, um sich einen Pullover zu holen. Das Schlafzimmer lag im Dunkeln, nur schwach erhellt von dem fernen Blaugrün der Straßenlaternen im Dorf und dem Licht der Sterne, das durch die geöffneten Läden hereinfiel. Leise Stimmen drangen von der Terrasse herauf. Er durchwühlte den Stapel auf einem Stuhl, fand einen Pullover, streifte ihn über und trat hinaus auf den Balkon.

Hinter der Bergkette gegenüber war der Mond aufgegangen. Er lehnte sich auf die Steinbrüstung und blickte hinab. Claire, Frances und Oliver tranken gemeinsam Kaffee, Claire hatte sich in ihrem weiten schwarzweißen Rock auf der Hollywoodschaukel ausgestreckt, die nackten Füße an den Knöcheln gekreuzt. Oliver las wieder; er sagte zu Frances, die

Claire gegenüber am Marmortisch saß: »Wußtest du, daß es erst fünfundzwanzig Jahre her ist, daß man hier den letzten Wolf gesehen hat? In den Bergdörfern tragen die Hunde noch immer Stachelhalsbänder, für alle Fälle.«

Er sprach in einem Ton, der Robert so förmlich vorkam, als redete er mit jemandem, der ihm gerade vorgestellt worden war, und er dachte: Es muß daran liegen, daß sie mit uns hier sind, sicher ist es nicht immer so.

»Du liebe Zeit«, erwiderte Frances. Sie stützte sich auf den Tisch, das Kinn in einer Hand, und rauchte nachdenklich. Im Profil sah sie noch hübscher aus als sonst; dünne Rauchfäden stiegen über ihr in den Himmel. Und während er sie alle beobachtete – aus irgendeinem Grund machte er sich nicht bemerkbar –, entdeckte Robert auf ihrem Gesicht, während sie Claire ansah, einen unergründlichen Ausdruck.

3 »Was ist das?« rief Tom.

»Was ist was?« Robert kam aus dem Eßzimmer, wo die Morgensonne auf die Baumwolltischdecke, die englischen Haferflockenpackungen und die glasierte Schüssel mit krümeligem, gelbem Maisbrot schien. Sie hatten spät beim Frühstück gesessen, wollten den Vormittag am Fluß verbringen. Alles war ganz geruhsam, sie waren immer noch nicht ganz eingewöhnt, bis auf Tom, der nicht stillsitzen konnte und sich trotz der wiederholten Ermahnungen Olivers ständig in seinem Stuhl zurücklehnte.

»Darf ich jetzt nach unten gehen?«

»Wir sind noch nicht fertig. Bleib sitzen.«

»Bitte.«

»Na, dann lauf«, hatte Robert sorglos gesagt, während er nach dem Honigglas griff. »Meinen Sie nicht? Sie können alle nach unten gehen.«

Aber Jack blieb, wo er war, neben Claire, und trank langsam seine Milch aus, und Jessica tat so, als hätte sie nichts gehört, und lächelte hochmütig, als Tom von seinem Stuhl aufstand und dabei einen Zipfel des Tischtuchs mitnahm. Claire streckte gerade noch rechtzeitig die Hand aus, um zu verhindern, daß sein Teller herunterfiel, und Tom ging, ohne etwas davon zu bemerken, ins Wohnzimmer. Man hörte seine bloßen Füße über die Holzdielen tappen und eine Reihe von Schnalzlauten. Und Robert, der ein paar Minuten später mit einem beladenen Tablett herauskam, sah, wie er den riesigen Strohumhang anstarrte, der an einem hölzernen Kleiderständer neben der Eßzimmertür hing. Zuoberst thronte ein Hut, eine Art breiter Strohsombrero; am unteren Ende lugten zwei weite Hosenbeine hervor, dick und zottig, wie die Hufe schwerer Zugpferde. Die Ausrüstung auf ihrem Ständer überragte sie alle, sie war ein paar Zoll größer als Robert, sogar größer als Oliver, der sie gestern abend auf dem Weg ins Bett aus Versehen gestreift hatte, als er als erster, früher als alle anderen, hinaufgegangen war.

»Das«, erklärte Robert jetzt, »ist der Umhang eines Schäfers.«

Tom runzelte die Stirn und streckte die Hand aus, um ihn zu berühren. Lagen aus dichtem Stroh waren in einzelnen Streifen auf eine Unterlage aus grobem Stoff genäht und reichten von der Schulter bis zur Wade; einmal, ein zweites Mal, fuhr er mit der Hand daran entlang. Der Holzständer schwankte ein wenig.

»Vorsicht.«

»Es fühlt sich schön an. Den Hühnern würde es gefallen.«

Robert lächelte. »Bestimmt.« Er dachte daran, wie Jack im gleichen Fall reagiert hätte – im letzten Jahr reagiert hatte: Er hätte tausend Fragen gestellt. Wieso besteht er aus Stroh? Haben die Schäfer wirklich solche Sachen getragen? Ziehen sie immer noch so etwas an? Tom fragte nichts. Er trat näher und drückte sein Gesicht daran, roch daran, während seine Finger über das raschelnde Stroh glitten. Wieder fing der Ständer an zu schwanken.

»Tom, der Umhang hat ein Mordsgewicht – komm da weg. Soll ich dir etwas darüber erzählen?«

»Ja, gut.« Tom trat widerwillig ein Stück zurück, und Robert machte sich auf den Weg zur Küche, wobei er erklärte: »Er besteht aus so dichtem Stroh, um den Regen abzuhalten.«

»Oh.« Tom folgte ihm, mit den Händen über die Holzvertäfelung im Flur streichend.

»Es muß aber trotzdem sehr ungemütlich gewesen sein«, fuhr Robert fort, während er das Tablett auf den Tisch unter dem mit Kletterpflanzen bewachsenen Fenster stellte. »Meinst du nicht? Durchs Gebirge zu marschieren, wenn all das schwere, nasse Stroh an einem herunterhängt und der Regen aus der Hutkrempe tropft.«

»So ähnlich wie ein Schaf«, sagte Tom, der die Kühlschranktür geöffnet hatte.

Robert stellte sich nasse portugiesische Schafe mit Hüten vor. »Genau. Was suchst du?«

»Ach, nur etwas für die Katze.«

»Ganz ehrlich, ich finde, du solltest dieser Katze nichts geben.« Robert trug das Frühstücksgeschirr zum Spülbecken. »Sie wird dann nämlich schnell zur Plage.«

»Ach, bitte.« Tom drehte sich um, wobei er die Kühlschranktür offenließ. »Sie wird sterben, wenn wir ihr nichts zu fressen geben. Sie wird *sterben.*«

»Schon gut, schon gut.« Er schloß die Kühlschranktür. »*Wir* werden sterben, wenn Fliegen in den Kühlschrank gelangen und auf allen Eßwaren etwas hinterlassen.«

»Wirklich?«

»Nein. Aber laß die Tür nicht offen, sei so gut.«

»Okay.« Tom lehnte am Ablaufbrett und sah zu, wie Robert ein grellfarbenes Spülmittel ins Becken spritzte und die Hähne aufdrehte. In den Rohrleitungen krachte und vibrierte es.

Durch die zum Flur hin offene Tür konnte Robert hören, wie die anderen den Frühstückstisch verließen; er sah Jessica in ihr Zimmer gehen und ihr Badezeug holen; ihr Bruder folgte ihr. »Warum gehst du nicht und spielst mit den anderen?« schlug er vor, während er die Müslischüsseln spülte.

Tom beachtete ihn nicht und drehte ein gebrauchtes Geschirrtuch um einen Haken. »Darf ich die Katze füttern? *Bitte.* Ist vielleicht etwas Milch da?«

Robert sah ihn an. »Bist du immer so hartnäckig?«

»Was?«

»Ach, nichts.« Robert wies mit dem Kopf auf das Frühstückstablett. »Es ist sicher noch ein Rest Milch im Krug.«

Sie gingen zusammen zur Hintertür, und Robert öffnete sie. Sofort gab es eine rasche Bewegung: Die Katze, die draußen gewartet hatte, huschte die Treppe herab und sah zu ihnen hinauf.

»Ich hab' dir ja gesagt, daß sie Hunger hat.« Tom ahmte lockende Eßgeräusche nach. »Komm, Puss, komm, hab keine Angst.«

Robert goß Milch ein und trat zurück in den Türrahmen; er beobachtete, wie die Katze sich vorsichtig die Stufen wieder hinaufstahl und gierig die Milch aufschleckte. Tom, der neben ihr kauerte, klopfte an den Unterteller und streckte die Hand aus, um das schmutzstarrende Fell zu streicheln.

»Das würde ich nicht tun«, sagte Robert automatisch.

Leichte Schritte kamen den Flur entlang: Er wandte sich um und sah Frances, in steingrauen Shorts und blaßblauer Bluse, auf die Treppe zugehen. Wie war es dieser Frau, die so förmlich und überkorrekt wirkte, nur gelungen, dieses ungeschickte, exzentrische Kind zu bekommen? Er mußte wieder an ihren seltsamen Gesichtsausdruck gestern abend denken, mit dem sie Claire angesehen hatte, und schüttelte gedankenverloren den Kopf, als sie die Treppe heraufkam.

Dann hörte man weitere Schritte, energischer und fester.

»Wie weit sind wir?« Claire betrat mit einem Rucksack die

Küche. »Wir nehmen Obst und Plätzchen mit, ja? Und ich mache noch eine Flasche Saft fertig.« Sie warf einen Blick auf das Spülbecken mit dem nicht zu Ende abgewaschenen Geschirr und die offene Tür und hob eine Augenbraue. Robert wies mit einem Kopfnicken auf Tom; sie trat neben ihn, um hinauszuschauen.

»Oh, Tom – dieses eklige Vieh! Du solltest sie nicht anfassen.«

»Wenn es dir gelingt, ihn zu bremsen, gratuliere.« Robert kehrte an das Spülbecken zurück und hörte Tom böse sagen: »Sie ist *nicht* eklig.« Daraufhin seufzte Claire, genau wie er, und ergab sich in ihre Niederlage.

»Was ist mit dem Schlauchboot?« fragte sie, während sie Fruchtsaftextrakt in eine leere Plastikflasche goß.

»Wissen wir, wo die Luftpumpe ist?«

»Nicht genau, aber ich kann nachsehen.«

»Laß«, sagte Robert. Er kippte die Schüssel um und ließ das Wasser ab, das quälend langsam durch den Ausguß floß. »Wir haben noch genug Zeit. Ich habe noch nicht einmal den Fluß gesehen, wegen der Fahrt zum Flughafen und so weiter. Jetzt laß uns doch einfach so hinuntergehen.«

Der Weg zum Fluß führte durch Maisfelder, und man erreichte ihn, indem man den Berg hinabging und auf kopfsteingepflasterten Straßen das Dorf durchquerte. Als sie aufbrachen, war es bereits nach halb elf, die Luft heiß und still, der Himmel wolkenlos. Sie trugen alle Sonnenhüte; ihre Sandalen klapperten über die Steine. Die unberechenbare Kirchturmglocke läutete nun gleichmäßig vom Berg herab die Messe ein; als sie den Berg herunterkamen und sich der Straßenkreuzung näherten, sahen sie vor sich ein paar Familien in Sonntagskleidern langsam auf die Hauptstraße zugehen, die Männer und Knaben in weißen Hemden mit offenem Kragen und abgetragenen Hosen mit Schlag, die Frauen in buntgemusterten Kleidern. Zwei alte, schwarzgekleidete Frauen folgten langsam, auf ihre Stöcke gestützt.

»Haben Sie letztes Jahr einen Gottesdienst besucht?« fragte Oliver Claire.

»Nein, nie. Wir waren natürlich in der Kirche, um sie uns anzusehen, aber nie in einem richtigen Gottesdienst.« Sie wandte sich um und musterte ihn. Er trug weite Baumwollhosen, ein verschossenes blaues T-Shirt und eine cremefarbene Baumwolljacke; mit seinem Panamahut und der Brille, ein Buch unter dem Arm, sah er aus, als käme er direkt aus Bloomsbury[1], der Riesenbeutel mit den Badesachen in seiner anderen Hand wirkte so fehl am Platz, wie er auch bei Strachey[2] oder Duncan Grant[3] ausgesehen hätte. Sie hatte längere Zeit nicht mehr an Bloomsbury gedacht. Es war Jahre her, daß sie in einem A-Kurs *Die Wellen*[4] durchgenommen hatte, und selbst damals hatte sie den Stoff, wie ihr jetzt bewußt wurde, mehr mit dem Universitätsleben in Verbindung gebracht und mit der Art von Intensität, die sie mit Frances verknüpfte, nicht mit dem Leben, wie es sich seitdem entwickelt hatte: herrlich normal, erfüllt durch die Kinder. Das brillante, neurotische Bloomsbury hatte, soweit sie sich erinnerte, nur wenige Kinder hervorgebracht.

Sie gingen an einer von Brombeerhecken überwucherten Steinmauer vorbei.

»Warum?« fragte sie Oliver. »Würden Sie gern einen Gottesdienst besuchen?«

»Vielleicht. Könnte ganz interessant sein, meinen Sie nicht?«

»Vermutlich – aber ich nehme an, es ist so, wie der Katholizismus auf dem Land meistens ist. Schwülstig, erfüllt von Weihrauch und Ignoranz –« Sie hielt plötzlich verlegen inne. »Sie sind doch nicht etwa Katholik?«

»Ein abgefallener«, sagte er und sah sie belustigt an. »Es ist schon in Ordnung, keine Sorge. Sie gehen in London nicht in die Kirche?«

»Nein, nie.« Keiner ihrer Freunde ging in die Kirche. »Sie?«

»Manchmal. Wahrscheinlich ist es mehr ein Heimwehgefühl. Ich nehme Tom hin und wieder mit – als Teil seiner Erziehung.«

Sie hatten den Fuß des Berges erreicht, an dem sich die Straße teilte: An der Gabelung stand in einem weitläufigen Hof eine große, auf Stelzen errichtete Holzscheune, und drei kleine, schmuddelige Kinder in viel zu großen Kleidungsstücken wechselten sich beim Fahren mit einem behelfsmäßigen Go-Kart ab, mit dem sie über den Beton ratterten.

»Bom dia, bom dia!«

Eines der Kinder, ein kleiner Junge, trug eine Brille; Claire kannte ihn noch vom letzten Jahr. Sie sah, wie Robert und die anderen am Tor stehenblieben und lächelten; die Kinder rannten auf sie zu, und Tom begann, das Gitter hinaufzuklettern. Frances streckte den Arm aus, um ihn zurückzuhalten; als Claire und Oliver ankamen, hing er grinsend auf der obersten Stange.

Robert drehte sich zu ihnen um. »Oliver, ich habe Frances gerade erzählt, daß dies eine Dreschhalle für Mais ist. Wenn er trocken ist, bringt man ihn herein und drischt ihn über einem tiefen Trog: Sie werden es hören. Dann kehren sie die Körner vom Boden auf. Letztes Jahr sind wir hingegangen und haben zugesehen, nicht wahr, Jess?«

Jess nickte, während sie einen ihrer sandalenbekleideten Füße im Staub hin- und herbewegte.

»Und du hast für die Schule etwas darüber geschrieben, stimmt's?« fragte Claire ermunternd.

»Mmm.« Sie fuhr fort, mit den Füßen zu scharren.

»Wirklich?« fragte Oliver. »Das klingt interessant.« Sie sah zu ihm auf, und sie lächelten einander an. »Sie sieht großartig aus«, fuhr er fort und wandte sich wieder der Scheune zu. »Sie ist doch gut und gern zweihundert Jahre alt, was?«

»Mindestens«, sagte Robert. »Die meisten Häuser im Dorf sind älter.«

Sie betrachteten sie eingehend: den rankenden Wein, der über die ausgetretenen Steintreppen herabhing, die zu den Türen führten, das verwitterte Holz, mit der abblätternden schwarzen Farbe. Hoch oben auf dem Dach gurrten Tauben. Frances legte erneut ihre Hand auf Toms Arm, als er Anstalten machte hinüberzuklettern; er schüttelte sie ab.

»Ich möchte in diesem Wagen da fahren.«

»Ich möchte zum Fluß«, sagte Jack. »Kommt doch. Es ist *heiß*.«

»Ja, laßt uns gehen«, sagte Claire. »Es wird dir dort gefallen, Tom. Kannst du gut schwimmen?«

»Ich bin schon zehn Meter geschwommen.« Unwillig kletterte er wieder vom Tor herunter.

»Ich bin schon fünfzig geschwommen«, sagte Jack.

»Na und?« Tom bekam einen roten Kopf. »Na und? Was ist so toll daran, wenn man fünfzig Meter schwimmt?«

»Na, es ist halt besser als zehn, oder?«

»Ich bin sicher, wenn die zwei Wochen zu Ende gehen, schafft ihr beide hundert Meter«, sagte Robert, während er zwischen sie trat. »Aber der Fluß ist an einigen Stellen ziemlich tief und er fällt manchmal ziemlich plötzlich steil ab, nicht wahr, Jack, also paßt gut auf, ja?«

»Davon habt ihr gar nichts gesagt«, sagte Frances.

»Er ist fast überall ziemlich flach. Hat er Schwimmflügel dabei?«

»Ich ziehe keine Schwimmflügel an«, sagte Tom.

»Und ob du welche anziehst«, sagte Oliver.

Frances sagte vorsichtig: »Laßt uns drüber reden, wenn wir dort sind.«

Jack sagte: »Ich habe schon seit der ersten Klasse keine Schwimmflügel mehr getragen«, und Tom streckte die Hand aus und gab ihm einen Schubs.

»Halt die Klappe!«

»Halt *du* die Klappe«, sagte Jack zurückweichend, während er sich den Arm rieb.

»Nein, halt *du* die Klappe.« Und mit hochrotem Kopf stürzte Tom sich erneut auf ihn.

»Tom!« sagten Oliver und Frances gleichzeitig, und Oliver machte eine schnelle Bewegung und packte ihn. »Hör sofort damit auf!«

»Laß mich los.« Tom versuchte, sich aus seinem Griff zu befreien, ohne Erfolg. Er stand wutschnaubend da wie ein zorniger kleiner Stier und bemühte sich, die Tränen zu unterdrücken.

»Baby«, sagte Jack.

»Okay, okay.« Claire ging, an Jess vorbei, auf ihn zu. »Jack, hör auf, ihn zu ärgern.« Sie streckte die Hand aus. »Komm du bitte mit mir. Los, wir sind alle gereizt und regen uns bloß auf; wenn wir erst am Fluß sind, wird alles besser.« Sie registrierte, daß die Kinder, die im Hof gespielt hatten, jetzt über dem Tor hingen und fasziniert zuhörten. Sie winkte ihnen fröhlich zu und nahm Jack fest bei der Hand. »Auf geht's.«

»Tut mir leid«, sagte Oliver.

»Keine Ursache. Jack war schuld.«

»Nein, war ich nicht«, sagte Jack.

Sie setzten ihren Weg fort, Claire und Jack vorneweg, dahinter Robert und Jessica, während Oliver, Frances und Tom schweigend die Nachhut bildeten und in die Gegend blickten.

Die Eingangstüren der Häuser zu beiden Seiten der schmalen Straße waren fast alle höher gelegen, und man erreichte sie, wie die Dreschhalle, über eine Treppe. Einige Häuser besaßen Dachterrassen oder winzige Gärten; die meisten hatten mit schattigem Weinlaub überwucherte Balkone, auf denen über Geranientöpfen Wäsche aufgehängt war. Von den harten, geraden Stühlen, die in den mit Vorhängen aus Plastikstreifen verzierten Eingängen standen, lächelten Frauen zu ihnen herab. Sie trugen bedruckte Kittelschürzen und ließen ihre Zahnlücken sehen, als sie Roberts Gruß erwiderten.

»*Bom dia!*«

Männer, nicht älter als Mitte fünfzig oder Anfang sechzig, lehnten auf Krücken gestützt in den Türen oder gingen unbeholfen an Stöcken über das Kopfsteinpflaster.

»Da sieht man die Auswirkungen der lebenslangen Plackerei auf den Feldern«, bemerkte Robert zu Oliver. Er zwinkerte Tom zu, um ihn aufzumuntern, aber genau wie Frances hatte Tom anscheinend schon lange aufgehört zuzuhören, und er zwinkerte nicht zurück.

»Ja, wirklich«, sagte Oliver. »Hast du auch darüber in deinem Aufsatz geschrieben, Jessica?«

»Worüber?«

»Über all diese Arbeiter, die vorzeitig gealtert sind.« Er wies mit dem Kopf auf einen Mann, der auf eine Krücke gestützt in einem Hauseingang stand und den Morgen begutachtete.

Jessica schüttelte den Kopf. »Ich glaube nicht.«

»Ich nehme es nicht an«, sagte Robert, »sie war doch erst elf.«

»Dad ...«, sagte Jessica errötend. Er tätschelte ihr liebevoll den Arm. »Ich wollte dir nur helfen.«

Sie gingen an den letzten Häusern des Ortes vorbei: Vor ihnen, auf einer Seite von einer Mauer begrenzt, führte ein unbefestigter, sanft geschwungener, breiter, sonnengesprenkelter Weg unter einem dichten Geflecht aus Weinlaub auf die Felder zu. Schwere Büschel milchiggrüner und mattschimmernder purpurfarbener Trauben hingen herab; die Luft war warm, träge, mild und verführerisch; von den weiter entfernten Feldern tönte das schrille Surren der Zikaden. Und als sie diesen schattigen, friedlichen Ort betraten, entspannten sich alle, während sie langsam weitergingen.

»Das hatte ich vergessen«, sagte Robert und reckte sich. »Ich hatte es wirklich vergessen.«

»Aber es ist wundervoll«, sagte Frances und lächelte ihn an. »Wie können wir euch nur dafür danken, daß ihr uns an einen solchen Ort eingeladen habt?«

»Warte, bis du den Fluß siehst«, sagte Claire. Sie drückte Jacks Hand. »Sei nett zu Tom«, sagte sie leise.

»Okay.« Er ließ ihre Hand los und ging hinüber zu Tom, der stehengeblieben war und sich mit einem Stock an der Mauer zu schaffen machte, indem er langsam und konzentriert lockere Zementbrocken aus ihr herauslöste.

»Auf den Feldern gibt es Grashüpfer.«

Tom sah auf. »Wo?«

»Überall – massenhaft. Manchmal kann man sie mit dem Fischernetz fangen.« Er drehte sich um und ging weiter; Tom folgte ihm. Die Netze aufrecht haltend, gingen sie zusammen auf die Felder zu, und Claire hob ihre Kamera und machte eine Aufnahme: zwei gerade Rücken, der eine schlank, der andere kräftig, zwei knautschige Sonnenhüte, die aus dem Schatten heraus auf den trockenen, heißen Weg marschierten.

»Warum gehst du nicht mit ihnen?« fragte sie Jessica, als sie die Kamera wieder sinken ließ.

Jess schüttelte den Kopf. »Es ist besser, wenn sie für sich sind. Jedenfalls will ich nicht.«

Claire sah sie an. Vor einem Jahr um diese Zeit war Jess

mit ihren elf Jahren eindeutig noch ein Kind gewesen, fast ein kleines Mädchen. Die Hobbs-Jungen waren mit hier gewesen, der ältere genauso alt wie sie: Alle vier hatten im großen und ganzen kameradschaftlich miteinander gespielt, und man hatte nicht den Eindruck gehabt, daß Jess, das einzige Mädchen, sich sehr von ihnen unterschieden hätte. Das war in diesem Jahr anders, und die Veränderungen, die Claire im täglichen Leben zu Hause kaum wahrgenommen hatte, schienen ihr jetzt, einen Sommer später, geradezu in die Augen zu springen. Jess war größer, schlanker geworden – das heißt, sie hatte ihren Babyspeck größtenteils verloren –, aber es gab bereits Anzeichen dafür, daß sich ihre Gestalt nochmals verändern würde, daß sie allmählich fülliger werden und, wie Claire, einen beachtlichen Po und volle Brüste bekommen würde. Im nächsten Jahr um diese Zeit würde sie bestimmt schon die Schwelle zum Erwachsenwerden überschreiten; jetzt, mit ihrer reinen, zarten Haut und der dicken Haarmähne, stand sie noch diesseits dieser Schwelle, aber nur noch knapp. Und der Abstand zwischen ihr und den Jungen war groß. Sicher – warum sollte sie Lust haben, mit ihnen zusammenzusein? Aber sie konnte auch nicht die ganze Zeit bei den Erwachsenen herumhängen. Das hätte ich vorhersehen müssen, dachte Claire, ich hätte mich darum kümmern müssen, daß eine ihrer Freundinnen mitgefahren wäre. Aber das hätte bedeutet, einen zusätzlichen Unsicherheitsfaktor zu dem ohnehin ausreichend schwierigen Unterfangen hinzuzufügen: mit Leuten herzukommen, die sie kaum kannten. Sie sagte nichts, sondern legte ihrer Tochter den Arm um die Schulter – nur kurz, denn anders als Jack wurde Jessica allmählich sehr zurückhaltend.

Als sie unter dem Schutz des Weinlaubs hervortraten, überfiel sie erneut die Hitze: die Hitze, das betäubende Gezirpe der Zikaden, der Tanz der Schmetterlinge, die unermüdlich aus den langen geraden Reihen faseriger Maispflanzen auftauchten, um wieder darin zu verschwinden.

»Wir haben einen!« Toms Stimme. »Seht mal!« Er tauchte aus einer der Reihen auf, die Hände gewölbt. »Er ist winzig.« Er ging langsam über den rissigen, steinigen Boden auf sie zu; vorsichtig öffnete er seine Hände, und alle versammelten sich bewundernd um ihn herum. Der Grashüpfer, ein wunderschönes, leuchtend grünes Exemplar, saß reglos da.

»Oh, ist der schön«, sagte Jess.

»Er ist ganz einfach auf meine Hand gehüpft.« Tom schloß vorsichtig wieder seine Hand um ihn. »Es sind ganz viele da, das müßt ihr euch ansehen.«

Sie folgten ihm über den holprigen Boden.

»Er sieht aus wie Gerald Durrell[5]«, sagte Claire zu Frances, und noch während sie es aussprach, dachte sie: Hätten Frances und Oliver lieber einen Gerald Durrell gehabt?

Bewässerungsgräben durchzogen kreuz und quer das Feld, hohe Wälle roter, verkrusteter Erde türmten sich zu beiden Seiten, eingefaßt von einzelnen Reihen von Weinstöcken. Sie stießen auf Jack, der auf den Fersen hockte und angestrengt in das seichte Wasser starrte, das Netz lag neben ihm auf dem Boden; sie gingen auf ihn zu, wobei ihre Sandalen über die Stoppeln vom letzten Jahr knirschten, die noch zwischen dem diesjährigen Getreide standen.

»Pscht!« sagte er. »Hier ist noch einer.«

Sie schlichen wie Forscher vorwärts und gerieten ins Schwitzen, die Luft erfüllt vom Zirpen der Zikaden. Kleine braune Vögel flatterten in das Maisfeld und wieder heraus, und plötzlich sprang ein riesiger Grashüpfer über den Weg.

»Mann!« sagte Tom. »Habt ihr den gesehen? Ich werde ihn fangen.« Er machte einen Satz vorwärts, die Hände noch immer gewölbt, stolperte über einen hervorstehenden Stein und fiel auf die Nase. »Au, au!«

Der erste Grashüpfer, endlich befreit, sprang davon und war auf der Stelle verschwunden, und Tom, dessen nackte Arme und Beine von den scharfen, trockenen Stengeln zerkratzt waren, setzte sich auf und rieb sich das Schienbein. »Au!«

Jack sah verärgert auf. »Du Trottel – jetzt ist er weg.«

»Halt die Klappe!« sagte Tom. »Das würde dir auch nicht gefallen, hier sind *Steine*, wie fändest du es, wenn du gegen einen großen Stein stoßen würdest? Au!«

»Alles in Ordnung«, sagte Frances und beugte sich über ihn. »Alles in Ordnung, mach dir nichts draus.« Sie versuchte, ihm das Bein zu reiben, aber er zog es zur Seite.

»Was heißt, mach dir nichts draus?«

»Zum Donnerwetter –« Sie stand kopfschüttelnd auf. »Könnten wir jetzt vielleicht zum Fluß gehen?« Und sie setzte sich in Bewegung, ohne einen Blick zurückzuwerfen, eine schlanke Gestalt, die sich blau und steingrau gegen den bräunlichen Mais abhob.

»Herrje«, sagte Robert.

Oliver zog Tom vom Boden hoch.

»Gibt es noch mehr Theater heute?« fragte er.

»Ich –«, sagte Tom stockend.

»Ja oder nein?«

»Nein.«

»Sieh mich an.«

Robert und Claire wechselten einen Blick; Tom sah seinen Vater mit hochrotem Kopf an, dann zur Seite, über das flimmernde Feld.

»Gut«, sagte Oliver. »Und jetzt läufst du zu deiner Mutter und entschuldigst dich bei ihr, und für den Rest des Tages will ich kein dummes oder ungezogenes Wort mehr von dir hören. Ist das klar?«

»Ja.« Toms Stimme, halberstickt vor Tränen, war kaum zu vernehmen.

»Also los.«

Ein wenig stolpernd machte er sich auf den Weg und versuchte, Frances einzuholen, wobei er sich die letzten Tränen aus den Augen wischte; das Fischernetz blieb auf dem Weg liegen. Robert bückte sich, um es aufzuheben; Schweigen breitete sich aus.

»Tja«, sagte Oliver steif, »es sieht so aus, als müßte ich den Tag damit verbringen, mich für Toms Benehmen zu entschuldigen.«

Robert schüttelte den Kopf; Claire und er brachen fast gleichzeitig in Beschwichtigungen aus: Kinder ... Familienleben ... noch beim Eingewöhnen ...

Oliver schüttelte ernst den Kopf. »Es gibt Zeiten ...«

»Es gibt immer Zeiten«, sagte Claire. »Komm jetzt von dem Graben weg, Jack.« Sie streckte die Hand aus. »Und bring dein Netz mit, okay?«

Er kam über die Stoppeln gerannt, das Netz hinter sich herziehend. Sie gingen weiter, sie mit den Kindern, und Robert erklärte Oliver auf männlich-sachliche Weise, daß die Gräben nicht nur der Bewässerung dienten, sondern auch auf Erbteilung zurückzuführen waren: Immer wenn die Eltern starben, wurde das verbliebene Stück Land unter den Kindern aufgeteilt, so daß die jeweiligen Anteile einer Familie im Laufe der Generationen immer kleiner wurden. Oliver, der offensichtlich zuhörte, nickte und schwenkte den Beutel. In der Mitte des Feldes hatte Tom Frances eingeholt; sie gingen jetzt nebeneinander her.

Und schließlich erreichten sie eine niedrige Steinmauer, verborgen von Bäumen und staubigen Brombeerhecken, in der eine Lücke war. Ihre Füße versanken in warmem, grauem Sand, und vor ihnen lag der Fluß: breit, friedlich, kühl. Er floß zwischen diesem Feld und dem am gegenüberliegenden Ufer, wo dicke Heuhocken zum Trocknen standen; er floß unter einem weit herausragenden, kiefernbestandenen Felsen hindurch. Auf der rechten Seite machte er in schimmerndem Wechsel aus gleißendem Licht und tiefem Schatten einen weiten Bogen, während er sich zu ihrer Linken auf felsendurchsetzte Untiefen zubewegte, über denen leuchtende Libellen in der Sonne umherschwirrten; dann schlängelte er sich auf das Gebirge zu und entschwand ihren Blicken.

»Endlich.«

»Gott sei Dank.«

»Hurra.«

Später würden zweifellos Teenager und Halbwüchsige aus dem Dorf herkommen; jetzt hatten sie den Fluß ganz für sich. Die Kinder rannten ans Ufer und warfen ihre Kleider ab, und Jessica, schneller und anmutiger als die Jungen, entstieg ihren Shorts und ihrem T-Shirt in einem enganliegenden grünen Badeanzug und warf ihr Haar in den Nacken.

»Du siehst hübsch aus«, sagte Oliver.

Sie lächelte ihn an und watete ins Wasser; überrascht von der jähen Kälte blieb sie stehen, als das Wasser ihr bis knapp über die Knie reichte, verspottet von den Jungen, die inzwischen fertig waren und kreischend hineinrannten.

Robert schwamm wie ein Hund, gleichmäßig und zielbewußt, mit kräftigen Zügen; seine runden weißen Schultern und sein Kopf mit dem dünner werdenden Haar strebten energisch auf die Felsen unterhalb der Klippe am gegenüberliegenden Ufer zu. Jess, eine gute Schwimmerin, hielt sich an seiner Seite. Wegen Tom hatte man den beiden Jungen eingeschärft, dort zu bleiben, wo sie stehen konnten, und Jack hatte eine Grimasse gezogen, die seine Eltern bewußt nicht zur Kenntnis nahmen. Tom und er waren jetzt aus dem Wasser heraus und hoben einen Graben aus.

Claire, die ein kurzes, erfrischendes Bad genommen hatte

und sich nun bloß noch danach sehnte, eine Weile für nichts verantwortlich zu sein, saß triefnaß in ihrem rüschenbesetzten Badeanzug im Libertymuster da, den Sonnenhut auf dem Kopf, die Arme um die Knie geschlungen, und sah ihnen gedankenverloren zu. Oliver hatte sein Baumwolljackett abgelegt und erklärt, er würde ein wenig später schwimmen gehen; er war am Ufer entlang flußabwärts gegangen, sein Buch unter dem Arm, die *Gesammelten Gedichte* von Larkin[6], wie Claire mit einem schnellen Blick erkannt hatte. Wie reizend. Wie reizend, an einen schattigen Ort zu verschwinden und sich verstiegenen Betrachtungen über die essentielle Einsamkeit des Menschen hinzugeben und sein Kind der Obhut anderer zu überlassen.

Inzwischen war Frances in einem blaugrauen Badeanzug rasch ins Wasser gegangen und mit weit ausgreifenden Zügen anmutig flußaufwärts geschwommen, fort von allen anderen. Claire folgte dem kleinen blonden Kopf mit den Augen, die blassen Arme hoben und senkten sich beim Kraulen, dann, nach einer Weile, ging sie zu einem gleichmäßigen, gemächlichen Brustschwimmen über und erreichte die breiteste Stelle des Flusses, wo er von den Bäumen des jenseitigen Ufers überschattet wurde. Äste, in einem Wintersturm abgebrochen, waren in der Mitte des Wassers hängengeblieben und hatten, festgehalten von Felsen unter der Wasseroberfläche, eine Insel gebildet; darauf schwamm Frances jetzt zu, weiter als Claire je gekommen war, umrundete sie und folgte der Biegung des Flusses, bis sie außer Sichtweite war.

Claire runzelte insgeheim die Stirn. Sie hatte weder gewußt, daß Frances eine so gute Schwimmerin war, noch damit gerechnet, daß man Tom, ohne auch nur ein Wort zu verlieren, ihrer Obhut überließ. Sie betrachtete die beiden Jungen, die friedlich in ihr Spiel vertieft waren, wie sie es ihrer Ansicht nach auch bleiben würden, solange sie am Wasser waren; sie winkte Robert und Jess zu, die auf die Felsen unterhalb der Klippe geklettert waren und sich in der Sonne wärmten, die auf ihre nassen, unbedeckten Köpfe niederbrannte.

»Bleibt nicht zu lange dort«, rief sie.

»Nein, nein.«

»Habt ihr Sonnencreme aufgetragen?«

»Nein.«

»Also, dann seid vorsichtig.«

»Bestimmt. Ist es nicht herrlich?«

»Wunderbar«, sagte Claire. Morgen, wenn sie das Schlauchboot mitnehmen würden, könnten sie darin Hüte und andere notwendige Dinge transportieren. Sie legte sich auf den Bauch, streckte sich auf dem Handtuch aus und griff nach P. D. James. Kleine gestreifte Käfer, schokoladen- oder kaffeebraun wie Pfefferminzbonbons, kletterten über Sandberge und Haufen dunkler Äste; sie blätterte die Seiten um, wischte Sandkörner weg und gähnte ein wenig. Es war heiß, selbst am Wasser, sogar unter den Bäumen; sie schloß einen Augenblick die Augen, und die Stimmen der Jungen und der ferne Klang der Kirchenglocke drangen nur noch in von Schläfrigkeit gedämpften Wellen zu ihr. Sie gähnte erneut und bettete den Kopf auf die Arme.

Sie wurde von Frances geweckt, die die Jungen begrüßte und sich triefnaß und zitternd leise neben ihr niederließ. Sie wickelte sich in ein Handtuch und ließ sich trocknen. Das Haar klebte ihr in feuchten Strähnen am Kopf; sie sah nicht viel älter aus als Jessica. Claire, aus dem Schlaf gerissen, sah sie unter ihrem Sonnenhut hinweg an und klopfte zur Begrüßung auf den Sand.

»Du bist ganz durchgefroren.«

Frances drehte sich zu ihr um. »Ich hab's übertrieben – es war wundervoll, aber ich wußte nicht, daß einen die Kälte so durchdringen kann. Ich bin noch nie in einem Fluß geschwommen.«

»Dafür warst du aber sehr gut. Wie weit bist du geschwommen?«

»Ach, etwas weiter als bis zur Insel. Nach einer Weile war ich wie hypnotisiert, ein paar Minuten war ich gar nicht richtig bei mir – ich weiß nicht, wann das zum letztenmal passiert ist. Jedenfalls hast du recht, ich bin völlig durchgefroren.« Sie zog das Handtuch enger um ihre Schultern und sah lächelnd auf Claire hinab. »Anders als du – du siehst so warm aus wie eine Scheibe Toast.«

»Das bin ich auch.« Claire reckte sich, hob den Kopf und ihr Hut fiel herunter. »Zu heiß«, sagte sie, während sie ihn wieder aufsetzte. »Wo sind die anderen?«

Sie wollte sich setzen, doch Frances legte sich neben sie und sagte rasch: »Alles bestens, sie trödeln alle irgendwo herum. Lassen wir sie, solange wir können.«

»Okay.« Claire legte sich wieder hin; sie hatte Durst. Es entstand eine Pause, in der ein Pfefferminzbonbonkäfer mühsam über ihre ausgestrecken Finger kletterte. Frances schwieg und ließ sich von der Sonne aufwärmen. »Na«, fragte Claire nach einer gewissen Zeit, »wie findest du es bis jetzt?«

»Es ist herrlich.«

»Und vor allem für die Kinder ist es ideal – das Schwimmbad beim Haus, die Möglichkeit, zu Fuß hierherzugehen ... ich kann es nicht ausstehen, wenn man in den Ferien jeden Tag mit dem Auto fahren muß, du?«

»Nein.« Wieder entstand eine Pause, da Frances weder auf Ferien noch auf Fahrten mit Kindern näher einging. Claire dachte unbestimmt, daß sie, wenn es nicht so heiß gewesen wäre, diese einseitige Unterhaltung vielleicht mit der Zeit etwas lästig gefunden hätte, und sie mußte gleichzeitig an Linda Hobbs denken, die letztes Jahr unaufhörlich geredet hatte, und an die ruhige, reservierte Frances in Bristol. Aber zum Glück erklärte und entschuldigte die Sonne jede Schweigsamkeit, setzte alle gesellschaftlichen Konventionen außer Kraft. Wenn sie sich erst einmal eingelebt hätten und Tom nicht mehr so störrisch war, würden sie sich alle wohlfühlen. Sie grub eine kleine Furche in den Sand für den nächsten herannahenden Bonbonkäfer und beobachtete, wie er hineinrutschte und weitertorkelte, und allmählich begann die Sache ihr Spaß zu machen.

Neben ihr sagte Frances ruhig:

»Ich würde gern mit dir reden.«

»Wie schön«, sagte Claire. »Und worüber?«

Erneutes Schweigen. »Über alles mögliche.«

Claire dachte: Na ja, das kann nur eines bedeuten. Die Ehe. Sie will mir von sich und Oliver erzählen, und ich weiß nicht, ob ich etwas darüber wissen will, jedenfalls im Moment. Wir sind schließlich im Urlaub, hörte sie im Geist Robert sagen, und sie gab ihm recht. Und dann kam ihr plötzlich die Erkenntnis: Nein, darum geht es nicht, jedenfalls nicht allein. Es hat etwas mit Tom zu tun. Sie will mir erzählen ... ja, was? Schlagartig ging es ihr auf: Er ist adoptiert. *Deshalb* paßt er nicht zu ihnen.

Hinter ihnen erklangen Schritte im Sand. »Die Kinder sagen, sie hätten Hunger«, verkündete Robert.

»Na, dann gib ihnen doch etwas zu essen«, sagte Claire munter. »Es ist alles im Rucksack.« Sie fühlte sich hin- und hergerissen zwischen der Neugier, zu erfahren, was Frances ihr sagen wollte, und dem Wunsch, der Vormittag, der bereits ein unerwartetes Maß an Streß und Sorgen beschert hatte, möge nun normal und ungestört ohne weitere Probleme verlaufen.

»Gut.« Robert blieb stehen. »Geht es dir gut?«

»Prima, danke. Und dir?«

»Heiß ist es.« Er ging wieder, und sie sagte: »Sonnencreme. Im Beutel mit den Badesachen.«

»Alles klar.«

Frances neben ihr sagte: »Später. Nicht jetzt.«

»Gut.« Claire hatte das Gefühl, als würde sie in eine Verschwörung hineingezogen, und verspürte ein leises Unbehagen. Sie rollte sich auf die Seite und stand auf. »Ich verdurste. Möchtest du etwas trinken?«

»Vielleicht, wenn ich aufgetaut bin.«

»Okay.« Sie sprang auf, ihr wurde etwas schwindelig, vor ihren Augen tanzte die Sonne auf dem Wasser. Es war kein guter Einfall, am hellichten Vormittag einzuschlafen; am Nachmittag würde im Haus ausreichend Zeit dafür sein. Trotzdem: Wenn man nicht einmal im Urlaub vormittags einschlafen konnte, wann dann? Robert verteilte Chips; die Kinder rissen ihre Päckchen auf und kauten zufrieden. »Saft«, sagte sie und ging zu ihnen hinüber. »Ich verdurste.«

»Ich auch. Hier bitte.« Er holte die Thermosflasche heraus, schraubte die Kappe ab und goß etwas in den Plastikbecher; man hörte das köstliche Klirren von Eiswürfeln.

»Kann ich auch welchen haben?« fragte Tom, der zusah. »Bitte.«

»Natürlich.« Claire trank schnell, wobei ihr Blick auf Schultern fiel, die sich tiefrot färbten. Warum um alles in der Welt hatte sie sie nicht zuerst eingecremt, bevor sich alle in die Fluten gestürzt hatten? Warum, wenn man schon mal darüber nachdachte, hatten Frances oder Oliver, die in mancher Beziehung so übervorsichtig waren, Tom nicht eingecremt? Na ja, sie hatten sich alle nach dem anstrengenden Marsch von dem Fluß verführen lassen; auch gut. Sie gab Robert den Becher zurück und wühlte in der Tasche. »Komm her, Tom.«

Er hielt gehorsam still, wie ein störrisches Pony, das darauf wartete, beschlagen zu werden, als sie ihm die Schultern und den Rücken mit Sonnencreme einrieb. Seine Haut fühlte sich heiß an. Ich möchte es wirklich wissen, dachte sie, während sie ihn herumdrehte und seine breite Brust und den Bauch einrieb. Oliver war groß, aber schlank, und Frances klein und zierlich. Tom hatte die Statur eines Panzers. »Hier«, sagte sie und drückte ihm eine Cremeschlange auf die Handfläche. »Reib dir Arme und Beine ein.«

»Okay.« Er trollte sich, um seinen Saft abzuholen, und rieb sich dabei gedankenverloren Arme und Beine ein, wobei er dicke weiße Schmierspuren auf ihnen hinterließ.

»Wo ist Oliver?« fragte Jessica, die auf einem Apfel kaute.

»Er hat sich einen Platz gesucht, um in Ruhe sein Buch lesen zu können«, sagte Claire. »Komm her, ich will dich eincremen. Oder willst du es lieber selbst machen?«

»Nein, schon gut.« Jess setzte sich in den Sand, die Arme um die Knie geschlungen; Claire kniete hinter ihr und verteilte die Creme. Jess' Schultern waren fest, von Sommersprossen übersät. Wie Claire, anders als ihr Vater, wurde sie schnell braun; die Jungen waren knallrot, sie jedoch nahm ein tiefes Honigbraun an, und ihr Haar war heller geworden. Die Fotos vom letzten Jahr zeigten am Ende der Ferien ein hübsches Kind, ein Löwenjunges, goldbraun, sportlich, mit klarem Blick. Aber letztes Jahr war sie ungezwungener, offener gewesen, hatte ständig gelacht, Gutenachtküsse verteilt. Nun hatte sie aus heiterem Himmel dieses distanzierte, unnahbare Verhalten angenommen und wich vor körperlichem Kontakt zurück. Claire war deshalb überrascht, daß sie ihr diese vertrauliche Handlung zugestand. Aber vielleicht wollte Jess mit ihr reden.

»Hat Oliver dich erschreckt?« fragte sie und schob das dichte Haar zur Seite. »Ich meine wegen Tom – als er seinetwegen so böse wurde.«

Jess schüttelte den Kopf. »Eigentlich nicht. Tom kann einem ja wirklich auf die Nerven gehen.«

»Er hatte sich weh getan«, sagte Claire betroffen. War Jess wirklich so gleichgültig geworden?

»Du weißt, was ich meine. Hast du Schweißbänder dabei? Für meine Haare?«

»Ich glaube, oben im Haus. Geht es im Moment auch so?«

»Ich denke schon.«

Claire strich mit den Fingern über die Erhöhungen von Jessicas Wirbelsäule und über die Partien rechts und links davon, bis sie den ganzen Rücken bis zu dem geschwungenen Rand des Badeanzugs mit Creme bedeckt hatte. »So. Den Rest kannst du selbst machen.« Sie sah zu Jack hinüber, der einen der Pfefferminzkäfer aufgehoben hatte und aus der Nähe untersuchte. »Der Nächste bitte.«

Er kam, die Handfläche nach oben gekehrt, vorsichtig herüber.

»Schau mal.«

»Ich weiß. Sie sind niedlich, was?« Winzige Fühler zitterten in der Luft. »Ich glaube, er hat Angst; setz ihn ab.«

»Ich möchte sehen, wie er sich bewegt.«

»Und ich möchte eine Umarmung«, sagte Claire.

Jack drehte die Hand um: Der Käfer fiel wie ein Stein herunter.

»Der arme Kerl.« Sie ertappte sich bei dem Gedanken, daß Tom das nie gemacht hätte. Seine Ungeschicklichkeit war unabsichtlich, unbewußt, eine Art Defekt; wenn er nicht über etwas gestolpert wäre, hätte er das kleine Geschöpf behutsam, ja zärtlich auf den Boden gesetzt. Trotzdem – der Gedanke, mit Tom leben zu müssen, war bedrückend. Sie breitete die Arme aus, und Jack stürzte sich hinein und barg sein Gesicht an ihrem Hals. Claire drückte ihn an sich und roch sein sonnenwarmes Haar; sie drehte ihn herum, so daß er zwischen ihren Knien saß, und griff wieder nach der Cremetube.

»Wie die Affen«, sagte er, als sie anfing, ihn einzureiben. »Es ist wie bei einer Säuberungsaktion.«

»Affenmama und Affenbaby.« Sie küßte ihn in den Nakken. »Ich habe dich lieb.«

»Ich habe dich auch lieb«, sagte Jack einfach. »Ich werde dich immer lieb haben.«

Claire gab ihm noch einen Kuß. Aus irgendeinem Grund drehte sie sich zu Frances um und sah, daß sie sich jetzt aufgesetzt hatte und sie beobachtete, die Hände um die Knie geschlungen wie zuvor Jessica.

»Wir müssen das Essen besprechen«, sagte Claire.

»Essen?« Sie schaute verblüfft.

»Für heute abend. Seid Oliver und du mit dieser Abmachung zufrieden? Daß wir uns abwechseln?«

»Ach so. Ja, ja, das geht in Ordnung.«

»Es ist, glaube ich, nicht mehr viel in der Speisekammer, wir werden morgen in der Stadt einen größeren Einkauf machen müssen. Aber es sind noch genug Brot, Käse, Schinken und Salatzutaten da, um daraus ein paar Mahlzeiten zu bestreiten. Es ist mir ziemlich egal, was du auf den Tisch bringst, ich möchte mich nur nicht selbst damit befassen.«

»Keine Sorge«, sagte Frances, »ich tu' es gern. Denk dran, mir macht Kochen Spaß.«

»Ja. Das Essen, zu dem du und Oliver uns eingeladen habt, war wunderbar.« Claire fuhr mit ihren cremebeschmierten Fingern über Jacks dünne Arme und verdrängte die Erinnerung daran, wie Robert und sie danach zu Hause gesessen und Cornflakes gemampft hatten.

Frances stand auf, ihr dickes blaues Handtuch ließ sie liegen.

»Oliver kocht auch gern. Es ist eine der Neigungen, die wir

teilen.« Und sie ging über den Sand an den Saum des glitzernden Wassers, blieb stehen und blickte flußabwärts in die Richtung, in die er verschwunden war; zögernd, als wäre sie unschlüssig, ob sie bleiben oder ihm folgen sollte.

Der Rest des Vormittags verlief friedlich. Die Sonne stieg, bleichte die Oberfläche der Klippe und die bequemen flachen Felsen auf der anderen Seite, wo Robert und Jessica gelegen hatten, doch die felsig-seichten Partien des Flusses erhielten von Bergen und Bäumen Schatten, und Robert schlug eine Expedition vor, um Tiere in freier Wildbahn zu beobachten.

»Toll«, sagte Tom. »Welche gibt's denn da?«

»Kleine Fische, kleine Frösche, Schmetterlinge, Libellen. Und manchmal sieht man sogar Wasserschlangen.«

»*Wasserschlangen!* Mann!«

»Sie sind doch nicht gefährlich?« fragte Frances, während sie seine Sandalen befestigte.

»So harmlos wie Kätzchen.« Sie machten sich zu dem seichten Wasser auf. »Ach, seht mal, da ist Oliver.«

Er kam lächelnd auf sie zu und hob die Hand, angekündigt von einem schillernden Schwarm türkisfarbener Libellen. Sie begrüßten einander, kletterten auf die Felsen und starrten in die sonnengefleckten braunen Wassertümpel. Kleine schwarze Schmetterlinge, so zart wie Samt, flatterten durch das Riedgras; die Luft war erfüllt von Vogelstimmen und dem Geräusch fließenden Wassers; hoch über ihnen zog ein Flugzeug am Himmel seine Bahn, eine lange blasse Spur hinterlassend.

»Das ist wirklich sehr hübsch«, sagte Oliver und legte den Arm um Frances. Die Hände in den Taschen ihrer Shorts, stand sie da und lächelte zu ihm auf, ihr blondes Haar hob sich hell von seinem alten blauen T-Shirt ab. Hätte man ein

Foto gemacht, es hätte ein unbestreitbar anziehendes Paar gezeigt, glücklich und entspannt. Wahrscheinlich, dachte Claire, die sie betrachtete, brauchen sie nur ein wenig Sonne und Zeit füreinander, wie alle anderen auch.

»War das Schwimmen schön?« fragte er, und Frances nickte.

»Sehr schön. Hast du einen angenehmen Platz gefunden?«

»Ja, hab' ich. Ich habe von Kieferndugt umgeben dagelegen, von keiner Menschenseele gestört.«

»Du Glücklicher.«

»Fische!« sagte Tom plötzlich unterhalb von ihnen und kniete auf einem Felsvorsprung nieder. »Es sind ganz viele!«

Alle gingen hinunter und spähten ins Wasser. Von stumpfem Grau und einige Zoll lang, huschten die Fische durch das Wasser und verschwanden auf der Stelle, wenn seine Finger die Oberfläche berührten.

»Schnell! Wo sind die Netze?«

Und so verging, ruhig und friedlich, der Rest des Vormittags. Sie angelten und brieten die winzigen, grätenlosen Körper auf den Felsen; sie fingen Schmetterlinge und ließen sie wieder ins Sonnenlicht davonfliegen; sie bewunderten die Libellen und hofften auf Eisvögel. Hin und wieder fuhr ein Auto oder ein Lieferwagen die gewundene Bergstraße über ihnen entlang; ansonsten waren sie völlig ungestört. Oliver schwamm mit kräftigen, langsamen Kraulstößen; die Kinder gingen nochmals ins Wasser und spielten.

Frances brach vor den anderen auf, um das Mittagessen vorzubereiten; als sie alle ihre Sachen zusammensuchten und wieder durch die Gluthitze der Felder zurückkehrten, konnte man den Eindruck haben, als wären sie im Laufe des Vormittags eine Art Gruppe geworden, in der jeder die Gesellschaft des anderen wirklich genoß.

Zurück am Haus, erklommen sie langsam die Stufen zur Terrasse. Drinnen ließ Claire alle Badesachen fallen und ging ins Eßzimmer, wo sie einen frisch gedeckten Tisch vorfand, auf dem Brot, Käse und eine große Schüssel Salat standen. Frances hatte die Läden geschlossen, und der abgedunkelte Raum wirkte kühl und einladend. Claire stieß insgeheim einen Seufzer der Erleichterung aus: Sie hätte wissen müssen, daß sich Frances, wenn sie sich erst einmal entspannt hatte, auf jeden Fall Mühe geben würde.

Hinter ihr betraten die Kinder friedlich vereint das Zimmer und ließen sich auf ihren Stühlen nieder, und dann erschien Frances, das Haar gebürstet und zurückgenommen, mit einem Tablett voller Gläser und hieß alle willkommen. Sie stellte das Tablett auf den Tisch und begann, für die Kinder Saft einzuschenken.

»So, bitte … Alles in Ordnung, Tom? Paß auf damit.«

»Mir ist heiß.« Er nahm das Glas und begann, geräuschvoll zu schlürfen. »Dürfen wir nach dem Essen ins Schwimmbad?«

»Nach dem Tee vielleicht«, sagte Robert, der mit Oliver hereinkam und sich einen Stuhl nahm. »Heute nachmittag haben alle Erwachsenen frei, und alle Kinder ruhen aus oder beschäftigen sich leise selbst. Meinst du, das geht?« Er zog den Porzellankrug mit dem Wein zu sich heran. »Und vergiß nicht, was ich gestern gesagt habe, ja? Keiner geht in den Swimmingpool, ohne daß ein Erwachsener in der Nähe ist. Frances, das sieht alles hervorragend aus. Vielen Dank. Hier, trinken Sie ein Glas.«

In der durchdringenden und wohltuenden Wärme des Spätnachmittags saßen die Erwachsenen ausgeruht unter dem Rebdach an dem runden weißen Tisch auf dem oberen Weg. Sie tranken Tee, und Frances rauchte; vom anderen Ende des Weges erklang das Geschrei und Geplansche der Kinder, die hinter dem Gebüsch in das Schwimmbecken sprangen und wieder herauskletterten. Unterhalb von ihnen schlief die halbverhungerte Katze auf dem ausgetrockneten Boden, lang ausgestreckt, reglos. Robert gähnte und griff nach oben, um noch ein paar der schwarzen Beeren von der Traube über seinem Kopf zu pflücken; er steckte sie eine nach der anderen in den Mund und schnipste die Kerne auf den Boden, wo winzige Insekten umherhasteten.

»Du wirst dir den Magen verderben«, sagte Claire.

»Nein, bestimmt nicht.« Er verspeiste die nächste. »Was mir heute mit am besten gefällt«, fuhr er fort, während er nach Dick Francis griff, »ist die Aussicht, daß mir das Abendessen von unseren Miturlaubern serviert wird. So allmählich wird es ein richtiger Urlaub. Wenn ihr mich jetzt entschuldigen würdet ...« Er stand auf, der weiße Eisenstuhl kratzte über den Weg. »Jetzt werde ich mir eine Runde in der Hollywoodschaukel genehmigen. Bis gleich.« Und er ging den Weg hinab.

Die anderen lächelten; Frances drückte ihre Zigarette aus; ein Schweigen entstand.

»Meinst du nicht, du solltest mal nach den Kindern sehen?« fragte sie beiläufig und sah Oliver dabei an.

»Ich glaube nicht, daß das nötig ist. Solange wir in Hörweite sind.«

Claire, die allmählich spürte, daß sich Schlaf, Sonne und Wein bei ihr bemerkbar machten, und die weder die Energie noch die Neigung verspürte, sich intensiv um etwas zu kümmern, ahnte trotzdem, daß Frances Oliver wegschicken wollte und er es ablehnte zu gehen. Sie konnte nicht einschätzen, ob er sich nur weigerte, weil er sich nicht von diesem paradiesischen Ort entfernen wollte, genau wie sie selbst, oder weil er nicht weggeschickt werden wollte. Jedenfalls ging er nicht, und sie saßen zu dritt da, hörten den Kindern zu und beobachteten, wie der Hitzeschleier über dem Tal sich auflöste, als die Sonne tiefer sank und die ersten blaßgrauen Streifen hinter dem Gebirge erschienen.

Wir brauchen Robert, dachte Claire, als sie sah, wie die Hollywoodschaukel auf der Terrasse zu wippen begann. Frances steckte sich eine neue Zigarette an, und Oliver griff wieder nach seinem Buch, diesmal etwas über Portugal, das er im Haus gefunden hatte, nicht Larkin. Robert entschärft jede Situation, er macht alles unkompliziert und amüsant; das gelingt mir mit diesen beiden nicht, jedenfalls nicht allein.

Oliver blätterte eine Seite um; Frances stieß eine Rauchwolke aus; nasse Füße kamen den Weg entlang.

»Hallo, Liebling.«

»Hi.« Jess, ein Handtuch um die Schultern gelegt, ließ sich auf Roberts leeren Stuhl fallen und schob das feuchte Haar zurück.

»Alles in Ordnung mit den Jungs?«

»Ja, ja.« Sie spielte mit kleinen Traubenstengeln, die Robert hinterlassen hatte. »Wo ist Dad?«

»Er will ein bißchen lesen. Warum holst du nicht auch dein Buch und setzt dich zu uns?«

Sie schüttelte den Kopf. »Ich habe im Moment keine Lust.« Sie sah Oliver an, dann Frances, die Asche auf einem Unterteller abstreifte. »Was für Spiele spielt ihr?«

»Spiele?« fragte Oliver, von seinem Buch aufblickend. »Na ja, Frances und ich spielen gelegentlich Schach ...«

»Ich meine Kinderspiele. Kennt ihr das Lebensspiel? Das ist Klasse.«

Frances und er lächelten resigniert. »Tom ist kein Kind für Brettspiele«, bemerkte Frances. »Vielleicht ist er noch zu klein. Wir haben viele ausprobiert, und ebensoviele sind wütend durchs Zimmer geschleudert worden. Wir haben es aufgegeben.«

Jessica, die aus einer Familie stammte, die an verregneten

Nachmittagen in Crouch End vom Leiterspiel bis hin zu Monopoly alles spielte, schaute amüsiert drein.

»Aber Schach ist doch nicht nur ein Spiel für Erwachsene«, sagte Oliver. »Hast du es noch nie gespielt?«

»Das hat sie wirklich nicht«, sagte Claire. »Sie und Jack wären bestimmt beide recht gut, aber irgendwie haben wir versäumt, es ihnen beizubringen. Ehrlich gesagt, ist keiner von uns besonders wild darauf. Ich jedenfalls nicht.«

»Im Haus gibt es ein Schachspiel«, sagte er. »Ich habe es im Wohnzimmer gesehen – würdest du es gern lernen, Jessica?«

Sie nickte. »Ja, gern.«

»Hier draußen?«

»Oh, warum spielt ihr nicht unten auf der Terrasse?« fragte Frances. »Ihr braucht Robert ja nicht zu stören. Laß mich und Claire ein wenig in alten Erinnerungen kramen, na los.« Sie lächelte ihn an, und er stand auf und schob seinen Stuhl zurück.

»Also gut. Wir treffen uns in ungefähr einer Stunde in der Küche, ja? Um das Abendessen vorzubereiten?«

»Gut.« Claire und sie sahen die beiden unter den Weinranken davongehen. »Zieh ein Sweatshirt an«, rief Claire hinter Jessica her. »Es wird bald kühl.«

Sie gab keine Antwort, folgte Olivers langen Schritten; sie gingen die Treppe zum Haus hinunter und erschienen ein paar Minuten später auf der Terrasse, Oliver mit einem Holzkästchen unter dem Arm. Sie nahmen einander gegenüber an dem weißen Tisch Platz, und er begann, die Figuren auf das Brett zu stellen. Claire überlegte, ob es Robert wohl störte, daß sie da waren, und kam zu dem Schluß, daß dies unwahrscheinlich war. Lassen wir es drauf ankommen, dachte sie, Gott sei Dank gibt es nicht vieles, woran Robert sich ernstlich stört.

»Das ist nett von Oliver«, sagte sie.

»Ihm wird es Spaß machen«, sagte Frances. »Er bringt Kindern gern etwas bei – er ist enttäuscht, daß Tom so wenig aufnahmebereit ist.«

»Nun, das ist sicher nur eine Frage der Zeit. Tom hat andere Dinge im Kopf, das ist alles. Er ist gern im Freien, nicht wahr?«

»Ja. Ja, das ist er.« Frances zögerte. »Claire –«

Schritte jagten den Weg herunter; Tom, der vor Lachen quietschte, rannte hinter Jack her, der ein triefnasses Handtuch schwang.

»Vorsicht ...«, mahnte Frances, als sie an ihnen vorbeirasten. Sie bedeckte ihr Gesicht mit den Händen. »Das endet mit Tränen oder Streit.«

»Mach dir keine Sorgen«, sagte Claire freundlich, als die Jungen die Treppe hinunter verschwanden und, nachdem sie die nächste Treppe in den Garten hinabgepoltert waren, in immer neue Lachsalven ausbrachen. Man vernahm das empörte Gackern der Hühner. »Laß sie – ich wollte sie jetzt ohnehin aus dem Wasser holen.«

»Sie haben keine Schuhe an.« Frances ließ die Hände sinken. »Da unten ist es überall stoppelig und uneben.«

»Dann sollen sie eben ihre Schuhe suchen gehen, oder? Und wenn sie sie nicht finden, werden ihre Väter ihnen bestimmt helfen.«

Frances sah sie dankbar an.

»Du wolltest mit mir reden«, sagte Claire.

»Ja.« Frances holte deutlich sichtbar Atem, sagte jedoch nichts.

Claire wartete. »Was für eine seltsame Mischung du bist«, sagte sie nach einer Weile. »In einem Moment kannst du keine Kinder um dich herum vertragen und im nächsten machst du dir Sorgen um ihre nackten Füße.«

Frances schüttelte den Kopf. Sie blickte über die Ziegeldächer des Dorfes hinweg, wo die Straßen nun, da die Luft abkühlte, wieder mit dem Lärm geschäftigen Treibens erfüllt waren. Stimmen riefen, Eimer klapperten, Kinder rannten auf und ab. »Geht es den meisten Müttern nicht genauso?«

»Bestimmt. Aber ich habe das Gefühl, bei dir ist es anders.«

Eine Pause entstand. »Ich bin zweifellos anders«, sagte Frances und angelte eine weitere Zigarette aus dem Päckchen. Sie zündete sie an, ohne den Kopf zu wenden, und lehnte sich zurück, während sie die Füße auf eine Querleiste des Tischgestells stützte. Mit einemmal sah sie trotz des in der Sonne verbrachten Tages abgespannt aus.

»Wie wäre es mit einem Drink?« fragte Claire. »Soll ich etwas –«

»Nein«, sagte Frances, »geh bitte nicht. Dann ist bestimmt wieder etwas mit den Kindern …«

»Also, was ist es dann? Komm, Frances, es ist alles okay, du kannst mir vertrauen. Hat es mit Kindern zu tun? Mit Tom? Er ist ein netter Junge, ich mag ihn. Oliver und du dürft euch nicht so viele Gedanken machen, das regelt sich schon alles.« Sie fand selbst, daß sie energisch, herablassend und kompetent klang; vielleicht war schon das allein eine Bedrohung für eine Frau, die offensichtlich so unsicher in ihrer Mutterrolle war und die möglicherweise, wie sie vermutete, nicht einmal Toms richtige Mutter war. Sie hielt inne, und Frances sagte jäh: »Es geht nicht um Tom, es geht um mich.«

»Du meinst – um dich und Oliver?« fragte Claire, ihren Gedankengang vom Vormittag wieder aufnehmend.

»Indirekt, ja. Also – vielleicht sollte ich es rundheraus sagen.« Sie zog an ihrer Zigarette; Rauchschwaden stiegen zu dem Weinlaub über ihnen auf und trieben auf die Schwärme kleiner Mücken zu, die inzwischen über dem Weg tanzten. Sie sagte: »Ich dachte, alles wäre in Ordnung, aber das ist es nicht. Ich dachte, ich hätte mich verändert, aber das habe ich nicht.« Wieder herrschte Schweigen, und diesmal unternahm Claire keinen Versuch, es zu beenden. Langsam sagte Frances: »Ich bin schon seit langem in jemand anderen verliebt.«

Claire wartete; es kam nichts mehr; Frances sah sie noch immer nicht an.

»Tja«, sagte Claire schließlich. »Das muß ziemlich schwierig sein. Weiß Oliver Bescheid?«

»Ich weiß nicht. Ich glaube nicht. Niemand weiß es.«

»Und du hast ein Verhältnis?«

»Nein.« Die Hand, die die Zigarette hielt, zitterte. »Das heißt, ich hätte gerne eines, aber sie ist verheiratet.«

Das Herumrennen und Gelächter der Jungen, das Gegakker der von panischem Schrecken erfaßten Hühner hatte nachgelassen: Sie waren auf die andere Seite des Gartens unter die Zitronenbäume gelaufen. Auch der Lärm aus dem Dorf klang weit weg, während Claire die letzten Worte auf sich einwirken ließ. Vom Ende des Weges vernahm man das stete, unaufhörliche Fließen des Wassers in die Zisterne, ein Geräusch, das sie ständig begleitete, beruhigend und kühl, sich mit einemmal jedoch völlig verändert anhörte.

»Oh«, sagte sie vorsichtig. »Oh.«

»Schau nicht so beunruhigt«, sagte Frances trocken und schaute sie endlich direkt an. »Du bist nicht diejenige.«

»Ich –« Claire schluckte. »Das habe ich auch nicht angenommen.«

Daraufhin lächelte Frances, herzlich und offen, und Claire hatte plötzlich das Gefühl, als sähe sie sie zum erstenmal wirklich. »Nicht?« fragte sie. »Nicht einmal in Bristol?«

»Was?«

»Hast du damals nicht gemerkt, was ich für dich empfunden habe?«

»Was?«

Das Haus, der Garten, Robert und die Kinder verschwanden in einem Wirbel: Claire saß wie versteinert da und schaute Frances starr vor Erstaunen an. Mit einer Deutlichkeit, als wären nicht achtzehn Jahre seither vergangen, sah sie sie vor sich – wie sie jedesmal zusammenfuhr, wenn Claire in ihre Nähe kam, sich versteckte, nur ungezwungen redete, wenn sie allein waren, sich wieder unsichtbar machte und schließlich verschwand, ohne sich auch nur zu verabschieden. Sie sah sie, hübsch und selbstsicher, wie sie Simon Blair anlächelte, den Tutor, für den alle geschwärmt hatten, und Claire quer durch einen sonnenüberfluteten Raum aus der Ferne zunickte, als mache sie sich überhaupt nichts aus ihr.

»Ich brauche einen Drink«, sagte sie schließlich, und als Frances sich auf ihrem Stuhl nach vorn beugte und Anstalten machte, aufzustehen und einen Drink zu holen, setzte sie hinzu: »Nein, warte, einen Augenblick noch. Du hast recht, die Kinder werden uns sofort wieder in Anspruch nehmen.«

»Wie wär's mit einer Zigarette?« fragte Frances und hielt ihr die Packung hin. Claire nahm eine heraus, zündete sie an und fing heftig an zu husten.

»Puh.« Sie drückte sie gleich wieder aus. »Du rauchst viel zu viel.«

»Ich weiß. Ich habe versucht, es mir abzugewöhnen, aber ich schaffe es nicht.« Sie lächelte gequält. »Es ist nie leicht, etwas zu ändern.«

Claire stützte die Ellbogen auf den Tisch und sah sie an. »Weiter. Wer ist diese Frau?«

Frances blickte zur Seite. »Wir arbeiten zusammen – sie war schon da, als ich anfing.«

Claire versuchte, sich daran zu erinnern, was Frances ihr damals erzählt hatte, als sie einander zufällig wiederbegegnet waren. »Du hast dort angefangen, als Tom zwei war ... Das ist eine lange Zeit.«

»Ja.«

»Und weiß sie es?«

»Nein.« Frances war wieder reserviert. »Nein, sie hat nicht die geringste Ahnung.«

»Bist du sicher?«

»Ganz sicher. Schließlich hast du es ja auch nicht gemerkt, oder?«

»Nein. Aber vielleicht besitzt diese Frau etwas mehr Scharfsinn.«

Frances berührte freundschaftlich ihren Arm. »Du bist scharfsinnig genug, Claire.« Sie machte eine Pause. »Und was hättest du gemacht, wenn du es gemerkt hättest? Oder wenn ich es dir gesagt hätte?«

Claire dachte nach. »Wahrscheinlich wäre ich meilenweit gelaufen.«

Frances lachte kurz auf, dann sah sie plötzlich so bekümmert und niedergeschlagen aus, daß sich Claire in einer Anwandlung von Mitleid rasch sagen hörte: »Entschuldige, ich wollte nicht – daß ich das gesagt habe, heißt noch lange nicht, daß sie – deine jetzige Freundin –« Sie brach ab, mit dem Gefühl, unerlaubt in unbekanntes Gebiet einzudringen, obwohl man sie dazu aufgefordert hatte. Und außerdem, was dachte sie sich eigentlich dabei, auch nur die leiseste Ermutigung auszusprechen?

Schritte vom anderen Ende des Weges und das Klirren von Gläsern: Robert, der ein Tablett mit einem blaugestreiften Porzellankrug vor sich her trug.

»Oliver und Jessica sind in ihr Schachspiel vertieft«, sagte er, während er das Tablett polternd auf den Tisch stellte, »deshalb dachte ich, ich verdrücke mich unauffällig. Claire, bist du so nett und räumst das Teegeschirr beiseite?« Er setzte sich, schenkte ein und reichte allen ein Glas; dann hob er sein eigenes. »Prost.« Er sah von einer zur anderen. »Oh, tut mir leid. Ich störe euch.«

»Endlich fällt der Groschen«, sagte Claire, ebensogut zu sich selbst wie zu Robert. Sie nahm ihr Glas und trank rasch. Nie war Rotwein besser am Platz oder willkommener gewesen.

»Soll ich verschwinden?«

»Nein, natürlich nicht.« Frances war aufgestanden; sie griff nach ihrem Glas. »Das ist sehr nett, danke. Ich nehme es mit, wenn ich darf, und fange mit dem Abendessen an.«

»Nur keine Hast …«, hob Robert an und verstummte, als sie ihre Zigaretten und das Feuerzeug vom Tisch nahm und schnell davonging.

»Ich mache zuerst was für die Kinder«, rief sie über die Schulter. »Bis gleich dann, ja?«

»Prima«, sagte Claire und beobachtete, wie sie flink zwischen den Weinranken hindurchlief, dann an der Zisterne entlangeilte und schließlich die Treppe zum Haus hinunterging.

»Na«, sagte Robert und nahm noch einen Schluck. »Das ist ja vielversprechend. Bereits am zweiten Tag ein Drama. Genaugenommen am ersten.«

»Sei still.«

»Entschuldige. Ich hab' nur Spaß gemacht.«

»Ich weiß.«

»Willst du es mir erzählen?«

»Im Moment nicht. Laß mir Zeit, meine Gedanken zu ordnen, ja? Und sieh mal nach, ob mit den Jungen alles in Ordnung ist.«

»Mach' ich«, sagte er freundlich und klopfte ihr auf die Schulter. »Bis gleich also.« Und er ging wieder, erst hinauf zum Schwimmbecken, um von dort aus einen Blick über das

Gelände zu werfen, dann zurück, an ihr vorbei, im Vorübergehen ein paar Trauben pflückend.

Claire saß an dem runden weißen Tisch. Ein Motorroller fuhr langsam die Bergstraße hinunter auf das Dorf zu. Es wurde kühler, doch sie rührte sich nicht. Sie dachte: Ich bin eine moderne Frau, ich sollte das doch spielend verkraften. Aber sie stellte fest, daß sie dazu nicht in der Lage war, daß sie aus dem Gleichgewicht geraten und bestürzt war, ein Zustand, in dem sie sich schon lange nicht mehr befunden hatte. Wenn Frances vor langer Zeit so viel für sie empfunden hatte, sagte das auch etwas über sie, so wie es alles über Frances sagte? Und was bedeutete dieses »alles« bei jemandem, der weder das eine noch das andere zu sein schien? Sie füllte erneut ihr Glas, hörte unten im Garten Roberts Stimme, die Tom und Jack, die zu lange im Wasser geblieben waren, zu überreden versuchte, ein Bad zu nehmen und ihre Schlafanzüge anzuziehen.

»Ich will aber nicht mit *ihm* zusammen baden«, sagte Jack.

Claire zog ihren Pullover an und fröstelte.

Oben im Schlafzimmer auf der Rückseite des Hauses, in dem noch die Wärme des Tages hing, stieß Frances die abgeblätterten Holzläden zurück und blickte durch das offene Fenster über das Tal. Die Sonne stand sehr niedrig, und die grauen Streifen am Himmel verdichteten sich; ihr Weinglas und eine Zigarette in der Hand, lauschte sie den abendlichen Geräuschen, die aus den Häusern des Dorfes heraufdrangen: klapperndes Geschirr, eine blecherne Erkennungsmelodie im Fernsehen, ein weinendes Baby. Sie hörte Frauen miteinander schwatzen.

Sie stützte sich auf die schmale Fensterbank und versuchte, sich durch diese Geräusche ablenken und beruhigen zu lassen, doch es mißlang. Sie dachte über die Wahrung und Enthüllung von Geheimnissen nach: über die Kluft zwischen der Kenntnis seiner selbst und der Offenlegung dieser Kenntnis, und diese Kluft war, wie sie gerade hatte feststellen können, unendlich viel größer, als sie angenommen hatte. Anscheinend gab es doch, wie sie auch immer vermutet hatte, gute Gründe, den Schein zu wahren.

Sie sah unten im Hof der Dreschhalle die Kinder spielen, ihren hölzernen Karren auf- und abziehen, lachen. Den Schein zu wahren, half, alles so zu lassen, wie es sein sollte – und ich bin nicht, wie ich sein sollte, dachte sie und sah wieder die Veränderung in Claires Miene, während sie zuhörte, den Ausdruck von Schock und Abwehr. Auch wenn sie rasch versucht hatte, ihn zu verbergen – er war dagewesen.

Also gut. Sie hatte ihre Lektion gelernt: Es würde keine Offenbarungen mehr geben. Sie zog an ihrer Zigarette und schloß die Augen, und vor ihr tauchte Doras sanftes, schönes Gesicht auf.

4 Die Strasse zu dem rund zwanzig Meilen entfernten Marktflecken führte in Windungen durch das Gebirge, zwischen Kiefernwäldern und Eukalyptusbäumen hindurch, aus denen milchiges Harz in kleine, halbierten Kokosnüssen ähnliche Behälter tropfte, die an der Rinde befestigt waren. Zur Linken fiel das Gelände steil zum Fluß hin ab; auf der anderen Seite des Berghangs lagen unter einem wolkenlosen Himmel kleine Gruppen von Häusern mit roten Dächern verstreut.

Sie saßen alle im Auto der Murrays zusammengepfercht, einem altersschwachen blauen Sierra Kombi, dessen Polstern man die jahrelange Beanspruchung ansah: herumkletternde Füße, verschüttete Getränke, nasse Hosen und aufgeplatzte Chipstüten hatten ihre Spuren hinterlassen. Ein Stapel Kassetten lag zwischen den beiden Vordersitzen; weitere befanden sich im Handschuhfach. Auf der Fahrt durch Spanien hatten sie die Bänder endlos laufen lassen, alles durcheinander, wie man es sich nur erlauben konnte, wenn die Familie unter sich war. Für Claire, wenn sie ihr einen Gefallen tun wollten, Frank Sinatra; Jason Donovan für Jessica und Roald Dahl und Chesney Hawkes für Jack. Wenn er genug davon hatte und lange genug gefahren war, setzte Robert sich auf den Beifahrersitz, schob eine Kassette mit Bach oder Satie ein und ließ sich kutschieren.

Auch jetzt saß er auf dem Beifahrersitz; schließlich war er fast die ganze Strecke durch Spanien gefahren. Er saß neben Claire, das Fenster war heruntergekurbelt, jedoch nicht so weit, daß die anderen auf dem Rücksitz fortgepustet wurden. Er hätte nichts dagegen gehabt, wenn jetzt ein Band gelaufen wäre, aber Oliver fragte ihn über die Gegend aus – ein Dorf, das man vom Haus aus zu Fuß erreichen konnte, einen Radiosender hoch oben auf einem kahlen, fernen Gipfel. Er antwortete, so gut er konnte. Neben Oliver saß Jess, schweigend; die Jungen, die man wie junge Hunde in den hinteren Teil des Wagens gepackt hatte, spielten ein Taschenspiel, das Jack gehörte.

Frances, die auf Jessicas anderer Seite saß, blickte aus dem Fenster, unendlich weit entfernt.

Das Auto stieg höher hinauf; sie starrte hinaus auf trockene Kiefern und das sandige, felsige Gelände und entwarf einen Brief.

Liebe Dora,
wir sind vor zwei Tagen hier angekommen und befinden uns an einem Ort von großer Schönheit: ein geräumiges Haus, Hühner und Obstbäume im Garten, ein weites, stilles Tal. Unsere Freunde sind nett und großzügig, und die Kinder kommen, nach einigen Reibereien am Anfang, anscheinend gut miteinander aus.

Wie ist Dein Sommer? Vermutlich liegt dieser Brief inmitten eines Stapels Post, der Dich bei Deiner Rückkehr aus Griechenland erwarten wird, wo es Dir hoffentlich gefallen hat ...

Dora geht den Weg entlang, der zu der schwarzen Eingangstür ihres Hauses in Barnes führt. Sie ist sonnengebräunt und in Form, wenn auch ein wenig müde von der langen Reise;

sie trägt einen schweren Koffer und die Umhängetasche, die sie immer bei sich hat und in der sie jetzt nach ihren Schlüsseln sucht. Ihr Mann Adrian bezahlt vor dem Tor den Taxifahrer, und ihre Tochter Sophie steht neben dem Gepäckstapel auf dem Pflaster: sechzehn Jahre alt, verblichene Jeans, weites T-Shirt, sie wirft ihre seidige braune Haarmähne zurück und läßt sich von dem Taxifahrer bewundern. Sophies Bruder Jason ist bereits abgesetzt worden, um Milch und Brot zu kaufen und beim Zeitungshändler an der Ecke die Zeitungen abzuholen.

Es ist Sonntagnachmittag, und die sonnenüberflutete Straße ist still und leer, alle haben den Eindruck, als wäre sie durch ihre Abwesenheit und Wiederkehr neu erstanden. Adrian kommt mit Jasons Koffer und seinem eigenen den Weg herauf; Dora hat ihre Schlüssel gefunden. Sie tritt mit einem freudigen Seufzer ins Haus, steigt über den Briefstapel auf der Kokosmatte und steht in der Diele mit dem gefliesten Boden und dem dunklen Treppengeländer. Sie stellt ihren Koffer ab; sie wirft Schlüsselbund und Handtasche auf den Tisch und bückt sich, um die Post aufzuheben: Rechnungen, Ansichtskarten, überall verstreutes Weiß, ein Luftpostbrief aus Portugal. Sie bringt alles in die Küche, wo sie den Kessel aufstellt und die Tür zum Garten entriegelt; sie betrachtet das ungemähte, verdorrte Gras, die zerquetschten, faulenden, von Wespen wimmelnden Falläpfel. Das Ordnungmachen hat Zeit. Jetzt noch nicht aufräumen. Sie setzt sich an den Gartentisch und sortiert die Post, macht jeweils einen Stapel für Adrian, Sophie und Jason, der, wie sie hört, Milchkartons in der Küche abstellt, und einen für sich selbst.

Und wer weiß, ob es nicht der Brief von Frances ist, über den sie sich am meisten freut und den sie zuerst öffnet oder bis zuletzt aufhebt?

Die Windungen der Straße nahmen kein Ende: Träumerisch verband Frances die Landschaft, die sie umgab, mit ihrem Brief und fuhr fort:

Ich freue mich schon darauf, alles über Deinen Urlaub zu erfahren, wenn ich wieder zurück im Verlag bin. Bis dahin stelle ich mir vor, wie Du an Deinem Schreibtisch sitzt, und frage mich, wie es Dir geht ...

An Dora zu denken, war im Laufe der Jahre so sehr ein Teil von Frances geworden, daß es für sie beinahe so natürlich wie Atmen war, eine Funktion, die wie selbstverständlich zu ihrem Leben gehörte. Es war eine Art von Zweisamkeit, ein inneres Strömen ihres Gefühls, das sie in einer so steten Bewegung durchfloß, daß sie jedesmal, wenn alltägliche, praktische Dinge ihr Recht forderten – ein Treffen mit einem Autor, ein Gespräch mit Toms Lehrer, ein unerwartetes Klingeln an der Tür –, überrascht feststellte, daß die Zeit vergangen war, obwohl sie nicht an Dora gedacht hatte. In solchen Augenblicken wunderte sich Frances selbst über ihre völlige Inanspruchnahme – sieh an, es ist also doch möglich, ohne sie zu leben –, um dann zu ihrem vorigen Sein zurückzukehren: zu ungeschriebenen Briefen, nicht geführten Gesprächen, Träumen. Manchmal durchlebte sie die echten Begegnungen ihrer Freundschaft ein weiteres Mal, die Treffen und Gespräche während der Arbeit und die Zeit, die sie außerhalb des Verlags miteinander verbracht hatten: Mittagessen in den Cafés von Covent Garden, hin und wieder ein Konzertabend oder ein Theaterstück. Manchmal veränderte sie diese Begegnungen oder fügte neue Szenen hinzu, so daß aus einem Gespräch, das in Wirklichkeit so oder so gewesen war, in der Phantasie ein ganz anderes wurde. Und zwischen den Zeilen der Notizen, die sie auf Doras Schreibtisch hinterließ, meist förmlich bis hin zur Sprödigkeit, zwischen den Zeilen der im Laufe der Jahre sporadisch verfaßten Briefe, stand immer noch etwas anderes, eine unaufhörlich umgearbeitete, immer wieder neu verfaßte Version des gleichen, ewig gültigen Briefes:

Dora, ich möchte Dir etwas sagen, aber ich habe Angst, es Dir zu sagen …

»Mir ist schlecht«, sagte Tom.

Das Auto wand sich höher hinauf und bog erneut um eine Kurve.

»Mir ist schlecht.«

»Paß bloß auf, daß ich nichts abkriege«, sagte Jack.

»Frances …« Oliver berührte leicht ihren Arm. Sie sah ihn abwesend an, und er wies mit dem Kopf nach hinten. »Probleme.«

Sie wandte sich um und sah Tom, der mit kalkweißem Gesicht in der Ecke kauerte.

»Ach, du meine Güte.«

»Ist dahinten alles klar?« fragte Robert.

»Ich glaube, Tom ist es ein bißchen übel.«

Robert blickte in den Seitenspiegel; die Straße führte nun in wilden Schlängellinien abwärts.

»Sollen wir einen Moment anhalten?«

Tom nickte wortlos, mit aschfahlem Gesicht.

»Halt an, Claire, ja? Los, schnell.«

Aber die Straße war sehr schmal, und ein anderes britisches Auto kam ihnen den Berg herauf entgegengekrochen.

»Da unten ist eine Ausweichstelle, laß mich bis dahin fahren«, sagte Claire, die ebenfalls in den Spiegel schaute. »Geht's, Tom? Halt es noch einen Moment aus …«

»Paß auf, daß ich nichts abkriege«, sagte Jack noch einmal und rückte ein Stück von ihm ab.

»Laß das.« Claire fuhr den Berg hinab auf die Ausweichstelle zu, von der aus ein Weg hinauf in den Pinienwald führte. »So, da wären wir …« Sie hielt an, als das rote Auto auf gleicher Höhe war und vorbeifuhr, und zog die Handbremse.

Frances sprang hinaus, lief nach hinten und öffnete die Heckklappe gerade noch rechtzeitig, um Tom auf den sandigen Weg zu ziehen. Einen Moment lang würgte er, dann erbrach er sich heftig.

»Puh«, sagte Jack, der fasziniert zusah. »Puh.«

Frances zog Tom vom Auto weg, noch während er sich übergab. Tränen liefen ihm aus den Augen; immer noch erbrach er sich krampfartig, dann stand er zitternd da. Ein langer Schleimfaden hing ihm aus dem geöffneten Mund.

»Hier«, sagte Claire und ging zu ihm. »Taschentücher. Armer Tom.«

Frances nahm das Päckchen Papiertaschentücher dankbar entgegen und wischte ihm den zitternden Mund ab. »Putz dir die Nase, Tom, das hilft. Möchtest du etwas trinken?«

Er nickte, immer noch kreidebleich.

»Mineralwasser«, sagte Claire. »In der Kühlbox ist welches – warte.«

Frances sah zu, wie sie zum Wagen zurückging, Türen sich öffneten und alle ausstiegen, wobei Jack einen übertrieben großen Bogen um die Pfütze mit dem Erbrochenen machte. Claire, die mit der Plastikflasche Wasser und einem Becher zurückkam, sah in ihrem ungebügelten scharlachroten Rock und dem ärmellosen weißen Oberteil aus wie ein Leuchtturm, ein Muster an Kompetenz und Verstand.

»Du bist wunderbar«, sagte Frances.

»Warum setzt ihr beiden euch nicht einen Moment hin und ruht euch aus«, schlug Claire vor. »Wir können uns ein bißchen die Beine vertreten.« Tom, der immer noch dastand und auf sein Getränk wartete, wirkte, als wäre viel zu viel Platz um ihn herum; sie hätte ihn am liebsten auf den Schoß genommen und ihm sanft das Haar glattgestrichen. »Diese Straßen sind wirklich ein Alptraum«, sagte sie, als Frances ihm den Becher Wasser reichte und er sich hinsetzte. »Aber die Fahrt vom Flughafen hierher ist ihm doch bekommen, oder?«

»Ja, aber wir hatten ihm vor dem Flug eine Reisetablette gegeben«, erwiderte Frances. »Sie hatte wahrscheinlich ihre Wirkung noch nicht verloren.«

»Ach so. Und jetzt habt ihr keine dabei? Macht nichts, wir bekommen sicher etwas beim Apotheker in der Stadt. Für die Rückfahrt.«

Tom sah auf, eine Spur weniger bleich. »Ich steig' nicht mehr ins Auto ein.«

»Nur bis in die Stadt ...«, sagte Frances.

»Nein.«

»Schon gut, jetzt hab erst mal keine Angst.« Claire lächelte ihn an. »Du bleibst da sitzen, bis es dir besser geht, und dann sehen wir weiter.«

»Ich steig' nicht mehr ein.«

»Tom ...«

»Ich überlasse das euch.« Claire, die sah, daß Oliver auf sie zukam, ging zum Auto zurück und fuhr es rückwärts über die Lache mit dem Erbrochenen, setzte sich dann hinein, klopfte mit den Fingern nachdenklich auf das Lenkrad und beobachtete im Rückspiegel, wie der Rest ihrer Familie in der Hitze ziellos den Weg hinaufging, und durch das Fenster, wie Oliver und Frances sich zu Tom herunterbeugten.

»Geht es dir besser?« fragte Oliver.

Tom nickte. »Ein bißchen.«

»Du hast die Tabletten nicht mitgenommen«, sagte Oliver zu Frances.

»Nein. Aber Claire hat gesagt, wir können in der Stadt welche bekommen.«

»Ich steig' nicht –«, fing Tom wieder an.

Frances sah Oliver an. »Was sollen wir tun?«

»Ihn in Ruhe lassen«, sagte Oliver. »Bis er es überstanden

hat.« Er beugte sich zu Tom hinab, der ein Stöckchen aufgehoben hatte und es zwischen den Fingern drehte. »Frances und ich gehen uns ein bißchen umsehen«, sagte er. »Du bleibst hier, wir haben keine Eile.«

»Wo geht ihr hin?«

»Nur den Weg dort hinauf – siehst du? Wo die anderen sind?«

»Okay.« Tom klang lustlos und resigniert. Er senkte wieder den Kopf und begann, mit dem Stock im Sand hin- und herzukratzen, während seine Eltern davongingen.

»Oh weh«, sagte Frances. »Der arme Tom.«

»Es geht ihm gleich wieder gut.« Auf dem Bergpfad vor ihnen waren Robert und die Kinder stehengeblieben und warteten, bis sie herankamen. »Was ist mit dir?« fragte Oliver beim Weitergehen.

»Was?«

»Du schienst mir ziemlich still im Auto. Ist etwas nicht in Ordnung?«

Sie schüttelte den Kopf. »Wie kommst du darauf?«

Er stieß einen leisen, ärgerlichen Seufzer aus.

»Was macht der Patient?« fragte Robert, als sie sie erreicht hatten.

»Er erholt sich«, erwiderte Oliver, und sie betrachteten alle von dieser Höhe aus die schroffe, baumlose Silhouette der Berggipfel, die sich auf der anderen Seite des Tales am Horizont abzeichnete. Unterhalb von ihnen fielen brachliegende Terrassen in malerischer Unordnung bis zum Fluß hin ab.

»Seid ihr viel hier oben gewandert?« fragte Oliver.

»Ich?« fragte Robert, und Jessica piekste lachend in die kleine Wölbung über seinem Hosenbund.

»Können Sie sich vorstellen, daß Dad einen Berg hinaufklettert?«

»Stört es dich?« Er wischte sich die Schweißtropfen von

der Stirn. »Was ist mit Ihnen, Oliver? Begeistern Sie sich dafür?«

Er nickte. »Ja, ich wandere gern, genau wie Frances.«

»Aber nicht bei dieser Hitze«, sagte sie. »Trotzdem, warum gehst du nicht irgendwann ein Stück, es würde dir sicher gefallen. Es sind bestimmt Wanderkarten im Haus.«

»Das stimmt. Ich habe sie mir gestern abend angesehen, nachdem du zu Bett gegangen warst.«

Oliver sagte das in einem Ton, als meinte er: Von dir brauche ich ganz bestimmt keine Informationen, weder über Landkarten noch über andere Dinge, und Frances sagte: »Ach so. Gut«, und blickte zur Seite.

»Wo ist Mum?« fragte Jack plötzlich. »Was macht sie?«

»Ich weiß nicht.« Robert war die unausgesprochene Schärfe zwischen den Swifts nicht entgangen, er war noch ein wenig verletzt von Jessicas Worten, die Hitze setzte ihm zu, und er fühlte sich allmählich unbehaglich. Er sah, daß Tom unten aufgestanden war und sich umblickte, und sagte abrupt: »Kommt, laßt uns gehen«, und machte sich auf den Rückweg.

»Ich steige nicht mehr ins Auto«, verkündete Tom, sobald sie unten angekommen waren, und als Frances und Oliver beide protestieren wollten, sagte Robert schnell:

»Weißt du was, Tom, ich sag' dir was. Wenn es Mum und Dad recht ist, darfst du vorn neben Claire sitzen, wie ein Erwachsener, und wir kurbeln alle Fenster herunter und spielen ein Spiel. Und im Handumdrehen sind wir da, okay?«

Er bugsierte Tom auf eine freundliche, aber bestimmte Weise, die keinen Widerspruch zuließ, zum Auto.

»Was für ein Spiel?«

»Tier, Pflanze, Mineral. Wenn du es nicht kennst, bringen wir es dir bei.« Noch bevor Oliver und Frances ihre Zustimmung gemurmelt hatten, öffnete er die Tür zum Beifahrersitz und stellte Claire Tom mit einer schwungvollen Geste vor. »Claire, dein Beifahrer.«

»Oh«, sagte Claire und lächelte ihn herzlich an. »Das ist aber nett.«

Robert half Tom beim Anlegen des Gurts und schloß die Tür. »Jess, du gehst bitte mit Jack nach hinten.«

»Aber ich möchte neben –« Sie brach ab, als sie sein Gesicht sah und ging. Alle stiegen ein, die Türen wurden zugeschlagen.

»Mum?« fragte Jack, als Claire wieder auf die Straße bog. »Warum bist du nicht mit uns gegangen? Was hast du denn gemacht, ganz allein?«

»Nachgedacht«, antwortete Claire, während sie das Lenkrad bewegte.

»Ojemine!« sagte Robert, als sie weiterfuhren.

Die Stadt war vom Verkehr verstopft, eine dahinkriechende Schlange kleiner einheimischer Lieferwagen, zerbeulter Autos und Motorräder, dazwischen ein paar Touristen in größeren, schickeren Wagen wie dem ihren. Brütende Hitze hing über nicht zu Ende gebauten Appartementhäusern aus Beton und in den engen, steil ansteigenden Nebenstraßen, die von der Hauptverkehrsstraße abbogen. Ölspuren und Auspuffgase flimmerten; sie krochen auf der einen Seite an einem Textilgeschäft und einem Eisenwarenhändler vorbei, auf der anderen an einer Piazza mit einem Zeitungskiosk, wo zwischen staubigen Bäumen Springbrunnen sprudelten. Auf dem Hügel zu ihrer Rechten befanden sich unterhalb eines weiteren Baugrundstücks die überdachte Markthalle und offene Stände mit Töpferwaren und Kleidung.

»Wie Weihnachten«, sagte Robert und wischte sich erneut die Stirn, als das Auto ein kleines Stück vorwärtsfuhr. »So hatte ich es gar nicht in Erinnerung.«

Claire schaltete in den zweiten Gang. Sie warf einen Blick auf Tom, der neben ihr saß. »Wieder in Ordnung?«

»Ein bißchen heiß«, murmelte er, »und ich habe Durst.«

Das Mineralwasser hatten sie schon vor ein oder zwei Meilen ausgetrunken. »Es ist nicht mehr weit«, sagte sie. »Halt schon mal nach einem Parkplatz Ausschau.«

Er gab keine Antwort.

»Tier, das eine Beziehung zu Pflanzen hat«, sagte Robert munter vom Rücksitz.

»Ein Esel, der hinter einer Mohrrübe her ist«, sagte Jessica. »Mein Gott, Dad, das hast du schon tausendmal von dir gegeben.«

Schließlich fanden sie einen Parkplatz am anderen Ende der Stadt, indem sie sich zwischen einen Anhänger und einen Fiat vor ein Bürogebäude quetschten. Jack und Jessica, endlich aus dem Heck befreit, reckten sich und stöhnten.

»Es ist *furchtbar* da drinnen.« Sie betraten die Straße, als ein Motorrad mit hoher Geschwindigkeit vorbeiraste.

»Vorsicht«, sagte Oliver und streckte schützend den Arm vor.

Jessica bedachte ihn mit einem strahlenden Lächeln. »Danke.«

»Hüte auf«, sagte Claire, die mit ihrer Umhängetasche vorn ausstieg. »So. Wie gehen wir jetzt vor?«

»Ich dachte, Sie sagen uns das«, bemerkte Oliver trocken.

»Tatsächlich? Dann schlage ich vor, daß wir alle etwas trinken; danach kann jeder, der Lust hat, mit in die Markthalle gehen, und wer das nicht will, kann die Stadt erkunden. Es gibt die Kirche« – die Kinder stöhnten – »und diverse Cafés«, fuhr sie fort, ohne sie zu beachten. »Zum Mittagessen können wir uns alle wieder treffen.«

»Kann ich mit dir kommen?« fragte Tom.

»Natürlich. Ich nehme an, deine Mum kommt sowieso mit, nicht wahr, Frances?«

»Wie bitte? Ja, ja, in Ordnung.«

Oliver wollte sich den Fischstand ansehen, Jessica ebenfalls. Weder Jack noch Robert hatten angesichts der Menschenmenge Lust dazu, aber Jack wollte mit Claire gehen. So stiegen schließlich alle gemeinsam, nachdem sie an einem Stand Orangensprudel getrunken hatten, die steile, zur Hälfte gepflasterte Straße zur Markthalle hinauf. Mopeds holperten unsanft über die Schlaglöcher und bewegten sich im Zickzackkurs um alte, schwarzgekleidete Frauen mit Körben und Plastiktüten, die ihnen auszuweichen versuchten; Kinder sausten umher. »Vorsicht«, sagten alle Erwachsenen wie aus einem Munde und nahmen die Kinder an die Hand. Sie gingen an endlosen Reihen von Schuhpaaren vorbei, die auf dem Boden auf Tischdecken ausgestellt waren, und an Ständen mit glasiertem braungelbem Keramikgeschirr.

»Hier kann man gut Geschenke kaufen«, sagte Claire.

»Aber nicht jetzt«, sagte Robert.

Dora, schrieb Frances, *ich wollte, Du wärest hier. Ich wollte, wir würden in einem leeren, von Jalousien abgedunkelten Café aus kühlen großen Gläsern trinken und dem Surren eines Ventilators lauschen ...*

Riesige, auf der Rückseite festgehakte Eisentore bildeten den Eingang der Markthalle. Sie rochen Fisch, Käse und Wurst, als sie in die angenehme, kühlere Luft traten, vorbei an einer dicken alten Frau mit einem Kopftuch; sie saß auf einem niedrigen Holzstuhl neben einem Korb mit Kräutern, einem Eierkorb und drei wohlgenährten braunen Hühnern. Sie lagen auf einem Stück Sackleinen, mit ausgestreckten Füßen und offenen Schnäbeln.

»Schau mal«, sagte Tom, schlagartig von seiner Übelkeit befreit.

»Komm weiter«, sagte Claire.

»*Schau doch!* Sie leben.« Glänzend braune Flügel bewegten sich schwach, gefiederte Brustkörbe hoben und senkten sich. »Sie sind zusammengebunden, ihre Füße sind zusammengebunden!«

Claire betrachtete sie. Orangefarbene Wolle war um die schuppigen gelben Beine gewunden; die Hühner keuchten. Die dicke alte Frau lächelte. *»Mil escudos.«*

»Was hat sie gesagt?«

»Sie sagte, sie kosten tausend Escudos.«

»Tausend *was*?«

»Escudos«, sagte Jack auf Claires anderer Seite. »Weißt du nicht, was Escudos sind?«

»Es ist die portugiesische Währung«, erklärte Claire, die sich fragte, ob Jack etwas ausbrütete. »Komm weiter, Tom.« Sie wandte sich zu den anderen um. »Vielleicht sollten wir uns aufteilen, und die einen kaufen Obst und Gemüse, die anderen Fleisch und Fisch. Wir hätten einen Einkaufsplan machen sollen.« Sie trat beiseite, als sich eine weitere, portugiesische Familie vorbeischob.

»Heißt das, sie sind zu verkaufen?« fragte Tom. »Heißt es das?«

»Natürlich sind sie zu verkaufen«, sagte Jack. »Was soll sie denn sonst mit ihnen vorhaben?«

»Aber wieviel ist es? Wieviel sind tausend Dingsbums in englischem Geld?«

»Woher soll ich das wissen?«

»Jack ...«, sagte Claire. »Bitte. Was ist denn mit dir los?«

»Mir ist heiß.«

»Uns allen ist heiß. Komm, reiß dich zusammen, je eher wir den Einkauf hinter uns haben, desto schneller können wir nach Hause.«

»*Wieviel* ist es?« Tom blieb hartnäckig.

»Oh, Tom.« Sie unterdrückte einen unwirschen Seufzer. »Ungefähr vier Pfund.«

»Vier Pfund ...« Sie sah, wie er sich abmühte, sein wöchentliches Taschengeld zusammenzurechnen. Er drehte sich zu Frances um, einen sehnsüchtigen Ausdruck auf dem breiten Gesicht. »Mum? Frances? Wieviel Taschengeld bekomme ich?«

»Du wirst doch selbst wissen, wieviel Taschengeld du bekommst«, sagte Jack.

Claire sagte: »Ich werde gleich stinksauer auf dich.«

»Siebzig Pence«, antwortete Frances. »Weil du sieben bist. Nächstes Jahr bekommst du achtzig.«

»Und wieviel ist in meiner Sparbüchse?«

»Das weiß ich nicht.« Sie wich im Gedränge einen Schritt beiseite. »Ich glaube, wir sollten besser weitergehen, Claire.«

»Ich versuche es ja.«

»Warum geht es nicht weiter?« fragte Robert.

»Wievielmal gehen siebzig Pence in vier Pfund?« fragte Tom. »Mum? Frances? Darf ich sie kaufen? Bitte.«

»Was kaufen?«

»Die *Hühner*. Schau sie dir an.«

»Nein«, sagte Frances, während sie die Hühner ansah.

»Bitte. Wenn ich nicht genug Gespartes habe, brauchst du mir den Rest der Ferien kein Taschengeld mehr zu geben, das macht mir nichts aus, ehrlich. Bitte.«

»Sei nicht albern, Tom, was um Himmels willen willst du denn mit ihnen *anfangen*?«

»Ich würde sie natürlich als Haustiere halten. Wir könnten sie hinten im Auto transportieren ...«

»Nein.«

Claire ließ die beiden mit ihrem Problem allein, als sie sah, daß Oliver, Jessica und Robert schon lange den gleichen Entschluß gefaßt hatten; sie waren ein ganzes Stück weiter an einem Stand stehengeblieben, wo glänzende Sardinen auf einer Marmorplatte lagen. Sie nahm Jacks Hand, und sie gingen auf die anderen zu.

»Tom ist verrückt.«

»Hör auf.«

»Sollen wir heute abend Fisch machen?« schlug Robert vor, als sie herangekommen waren.

»Ich denke schon.« Sie blickte auf eine Unzahl eingesunkener Augen. »Am besten stellen wir einen Speiseplan für die ganze Woche auf.«

»Ich dachte, du hättest eine Liste.«

»Nein, habe ich nicht. Ich wollte gestern abend eine machen, aber irgendwie –« Sie holte Atem und ließ Jacks heiße Hand los. »Heute abend also Fisch, morgen, was Oliver und Frances wollen – wie wäre es mit kaltem Fleisch am Mittwoch? Ich glaube, jemand sollte auch andere Lebensmittel kaufen; wenn wir hier fertig sind, müssen wir noch in den Supermarkt ...«

»Darf ich den Vorschlag machen, daß Frances und ich heute die Sache in die Hand nehmen?« fragte Oliver. »Wir machen einen Plan und kaufen ein, und ihr kocht an euren Tagen einfach aus dem Vorrat, den wir gekauft haben. Ich denke, zusammen sollten wir es doch schaffen, uns ordentlich einzudecken.«

»Das hört sich gut an«, sagte Claire, und er lächelte sie charmant und verständnisvoll an. Sie lächelte zurück, erleichtert, daß sie einmal nicht planen und praktisch vorgehen mußte, und gleichzeitig dachte sie: Er ist in Ordnung, er ist nett, es müßte ihm nur mal jemand sagen.

Neben ihm sagte Jessica: »Kann ich mit Ihnen kommen?«

»In Ordnung. Du kannst aussuchen helfen.« Er sah Robert und Claire fragend an. »Ist es genehmigt?«

»Natürlich.« Claires Blick durchforschte das Gedränge am

Eingang nach Frances und Tom, konnte sie jedoch nirgends entdecken. »Gut, dann machen wir den Einkauf im Supermarkt. Und wir treffen uns in ungefähr einer Stunde wieder am Auto. Ja?«

Dann ließen sie und Robert, Jack zwischen sich, Oliver und Jessica beim Kauf eines Kilos fetter Sardinen zurück und begaben sich zum Gang auf der linken Seite, wo es den Käse gab.

»Hurra«, rief Jack. »Wir sind unter uns.«

Claire legte den Arm um ihn. »Bist du deshalb so muffelig?«

»Manchmal ist es schön, wenn man für sich ist.«

»Ja.« Sie beobachtete, wie Robert in holprigem Portugiesisch mit einem hübschen Mädchen hinter einem der Stände Nettigkeiten austauschte und ein Stück gummiartigen Käse probierte, und sie fragte sich, wie ihr Leben wohl ausgesehen hätte, wenn sie nur Jack bekommen hätten und zu dritt wären wie Oliver, Frances und Tom. Während sie in Jacks bewundernde Augen sah, überlegte sie, daß es wahrscheinlich ganz angenehm wäre: keine Streitereien, keine Notwendigkeit, die Bedürfnisse des einen gegen die des anderen abzuwägen. Aber die Swifts? Trotz ihrer gerade entdeckten Sympathie für Oliver, bis jetzt fiel es schwer zu entscheiden, was schwieriger war: Tom als Sohn oder Oliver und Frances als Eltern zu haben.

Robert hatte seinen Flirt mit dem Mädchen hinter dem Käsestand beendet; er nahm Jacks andere Hand, und zu dritt spazierten sie weiter. Sie gingen vorbei an Ständen mit alten grauen Socken – getrocknetem Fisch, wie ihnen wieder einfiel – und an einem Metzgerstand, wo von einem frisch durchgeschnittenen Stück Schweinefleisch Blut auf den Hackklotz tropfte und steife weiße Kaninchen mit dem Kopf nach unten an Haken hingen.

»Zu denen hätte Tom bestimmt etwas zu sagen«, bemerkte Robert.

»Er hat nur Tiere im Kopf«, sagte Jack.

»Ich dachte immer, du magst Tiere.«

»Tu' ich auch, aber anders als er.«

»Aha. Ja ...« Claire überflog erneut die Menge und fragte sich, ob Tom und Frances vielleicht schon die anderen getroffen hatten – und ob Frances womöglich etwas dagegen hatte, daß ihr der Einkauf für eine ganze Woche aufgehalst worden war. Ah. Da war sie, frisch und kühl in ihrer gestreiften blauen Bluse und dem Baumwollrock, die Haare zurückgebunden, die Hände in den Taschen; sie ging ohne Eile, in Gedanken versunken, den anderen Seitengang entlang. Und wo war Tom? Ja, wo war er? Es war schwierig, Kinder in diesem Gedränge zu entdecken, wenn sie nicht dicht bei einem waren; sie gingen leicht verloren.

»Robert, siehst du Tom irgendwo?«

Er sah sich um. »Nein. Wo ist Jess?«

Jess stand ganz am Ende einer Schlange vor einem Obststand – sie erkannten sie nur, weil sie Oliver sehen konnten, an Körpergröße die meisten Leute ringsum überragend, der in einem kleinen schwarzen Notizbuch eine Aufstellung machte. Tom, so schien es, war verschwunden, und seine Mutter hatte es offensichtlich nicht bemerkt. Na ja – Claire verbiß sich jeden Vorwurf, weil sie daran dachte, wie schnell das passierte, wie sie Jack einmal fast bei Sainsbury's verloren hatte, als sie jemanden von der Schule getroffen und geschwatzt und ihn dabei für fünf Minuten aus den Augen gelassen hatte. Trotzdem. Im Ausland, an einem Ort, an dem man nie zuvor war ... Sie erinnerte sich wieder an den jähen Anflug von Übelkeit und Angst, als sie merkte, daß Jack verschwunden war, und die Woge der Erleichterung, als sie ihn ein paar Augenblicke später an der Kasse entdeckte, wo er gerade eine Rolle Smarties aufbrach. Und auch jetzt spürte sie ein Gefühl von Angst und Panik in sich aufsteigen. An Frances' Stelle würde sie Tom an einem solchen Ort keine Sekunde lang aus den Augen lassen.

»Wo ist er?« sagte sie zu Robert. »Wo zum Teufel steckt er nur?«

»Er kann überall sein. Ruf sie mal.«

»Frances! Frances!«

Sie wandte sich stirnrunzelnd um, entdeckte sie und winkte ihnen zu.

»Wo ist Tom?« rief Claire.

Frances runzelte erneut die Stirn und sah sich um, so als erwartete sie, ihn neben sich zu sehen. Sie drängten sich durch die Menge.

»Er war hier«, sagte sie, als sie bei ihr angelangt waren. »Er war direkt neben mir. Wo ist Oliver?« Claire zeigte auf ihn. »Ich muß es ihm sagen ...« Es klang, als wäre es das letzte, wozu Frances Lust hatte. »Wie konnte das nur geschehen?«

»Glaubt ihr, man hat ihn gekidnappt?« fragte Jack hoffnungsvoll. »Gibt es in Portugal Kidnapper?«

»Hör auf«, sagte Claire, die weiter Ausschau hielt. Die Menschen um sie herum drängelten und schoben. »Wo hast du ihn zuletzt gesehen?«

Frances gestikulierte hilflos mit den Händen. »Ich weiß nicht –«

Ihre Suche führte sie an einem halben Dutzend Standen mit knorzigen Kartoffeln und grapefruitgroßen Zwiebeln vorbei.

»Tom!« rief Robert, die Hände zum Trichter geformt. »Tom!« Ein paar Leute in den diversen Schlangen drehten sich neugierig um.

»Um Gottes willen«, sagte Claire, dann wurde sie auf Gelächter und Ausrufe aufmerksam, und plötzlich zog Jack an ihrer Hand und rief:

»Sieh mal! Sieh mal, das Huhn …«

An einem Stand in der Nähe hockte ein dickes braunes Huhn mit aufgeplustertem Gefieder und herausfordernd gerecktem Kopf ganz oben auf einem Stapel Kartoffeln und gackerte vor sich hin. Während sie zuschauten, pickte es der Reihe nach an offenen Säcken mit anderem Gemüse, mal an breiten Bohnen, mal an Karotten, und ab und zu ließ es etwas fallen. Der Betreiber des Standes versuchte, das Huhn zu fangen, und es wich flügelschlagend zurück und klammerte sich mit unsicheren Füßen an die Kartoffeln; Hühnerkot spritzte umher. Das Gelächter nahm zu.

»Leg ein Ei«, murmelte Robert. »Bitte, leg ein Ei.«

Und da war auch Tom, unter jedem Arm ein Huhn, und grinste triumphierend von einem Ohr zum anderen.

»Ich hab' sie losgebunden, als sie nicht hergeschaut hat – es war ganz einfach. Ich habe versucht, sie alle auf einmal zu kriegen, aber das hier, es heißt Mary, ist davongelaufen.« Er sah stolz auf die beiden Tiere rechts und links von ihm herab, die ihre Köpfe ruckartig bewegten. »Das hier heißt Beaky, und das andere hat noch keinen Namen, aber es ist wirklich schön. Sie sind schrecklich durstig, was können wir ihnen geben?«

»Oh, Tom …« Claire und Robert brachen in Gelächter aus; selbst Frances, wenn auch sichtlich verlegen, mußte lächeln. Jack streckte die Hand aus, um die glatten, braunen Flügel zu streicheln.

»Vorsichtig«, sagte Tom. »Sie sind noch ein bißchen nervös.«

»Pare, pare! As minhas galinhas!« Mit einem erregten portugiesischen Wortschwall stürzte sich die Besitzerin der Hühner auf sie, während die Menge sich teilte wie das Rote Meer, um ihr Platz zu machen. Gleichzeitig hatten die Versuche des

Standinhabers, Mary einzufangen, endlich Erfolg: Er packte sie, drehte sie nach unten und überreichte sie mit gerecktem Arm und einer Verbeugung.

»Obrigado.« Die Alte streckte einen enormen nackten Arm aus und ergriff von dem Tier Besitz. Innerhalb von Sekunden hing es mit dem Kopf nach unten neben ihren schmutzigen Füßen und bemühte sich vergeblich, den Kopf zu heben.

»Laß das!« sagte Tom. »Sie mögen nicht, wenn man sie so hält.«

Die alte Frau drehte sich lächelnd zu ihm um. *»Obrigado«*, sagte sie erneut, legte ihm ihre fleischige braune Hand auf die Schulter und bugsierte ihn auf ihren Platz neben dem Eingang zu. Tom sah sie eisig an.

»Wenn wir in Spanien wären«, bemerkte Claire zu den anderen, »wären wir inzwischen wahrscheinlich in Schwierigkeiten. Komm«, setzte sie an Tom gewandt hinzu. »Gib sie zurück, sei ein braver Junge.«

»Nein.« Tiefe Röte überzog sein Gesicht.

Claire sah Frances an. Frances sagte in warnendem Ton: »Tom ...«

»Ich gebe sie nicht zurück. Sie ist grausam, sie hält sie grausam. Ich will sie vor dem Tod retten.«

Claire und Robert sahen einander an. Robert sagte leise: »Hör zu, Kamerad, jetzt gib sie erst einmal zurück, und dann unterhalten wir uns darüber, ja?«

»Toma là.« Die Alte lächelte breit, wobei sie drei Zähne entblößte. Sie griff in die Tasche ihrer riesigen grünen Schürze und förderte eine runde, gelbrot gestreifte Feige zutage; sie hielt sie Tom hin, der den Kopf abwandte.

»Sagt ihr, daß ich sie nicht will.«

»Frances«, sagte Claire schärfer als beabsichtigt, »hat dieses Kind Haustiere daheim?«

Frances sah sie an. »Wir können in einer Wohnung doch keine Haustiere halten.«

»Ihr könntet eine Maus oder so etwas halten«, sagte Jack hilfsbereit. »Sie brauchen nicht viel Platz.«

Tom sah Frances an und schob die Hühner unter seinen Armen zurecht. »Darf ich eine Maus haben?«

»Ich –«

»Bitte, bitte.«

Frances sagte: »Gib diese Hühner zurück, Tom, und wir reden darüber. Wir müssen abwarten, was Oliver dazu sagt.«

»Okay«, sagte Robert und ging einen Schritt nach vorn. »Okay, Tom, du hast gehört, was deine Mum gesagt hat.« Er fuhr mit dem Finger über Kopf und Hals einer der Hennen und gab gackernde Geräusche von sich. »Komm, altes Mädchen.« Schweiß tropfte von Toms Arm auf das Gefieder. Robert hob die Henne vorsichtig hoch, während er beruhigend auf sie einredete. »Heute schon ein Ei gelegt? Na komm, braves Huhn, tschok, tschok, tschok ...« Er hielt sie in den Händen; Tom beugte den Arm, schlang ihn dann um das andere Tier und drückte es an die Brust. Robert reichte Beaky hinüber zu der alten Frau, die es mit einer einzigen geübten Bewegung an den Füßen packte und wie Mary, die den Kampf aufgegeben hatte, neben sich herabbaumeln ließ. Die interessierten Zuschauer spendeten Beifall; er streckte die Hand nach dem dritten Huhn aus, das in Toms Arm geschmiegt war.

Tom sah ihn flehend an. »Können wir nicht das eine behalten?«

»Denk dran, daß du vielleicht eine Maus bekommst«, sagte Robert, während er beruhigend auf das Huhn einredete. »Braves Mädchen, kluges Mädchen ...«

»Darf *ich* eine Maus haben?« fragte Jack.

Das namenlose Huhn baumelte als nächstes herab; es gab

Pfiffe und Beifallsrufe. Die dicke Alte vollzog nickend und lächelnd ihren Abgang, wobei die Menge ihr Platz machte. Innerhalb von Sekunden nahmen die Leute ihre Einkäufe wieder auf; vereinzelt bekamen Tom und Jack einen anerkennenden Klaps.

Tom blieb allein stehen und folgte mit den Augen der davonwatschelnden alten Frau und den nach Luft schnappenden Hennen. Nachdenklich kratzte er sich am Arm; seine Shorts waren von oben bis unten mit Hühnerkot bekleckert.

»Hier bist du«, sagte Oliver zu Frances, als er mit Jessica und einer Tüte Obst und Gemüse erschien. »Ich habe mich schon gefragt, was –« Er sah, daß auch alle anderen immer noch da waren, und zog die Augenbrauen hoch, als Tom auf ihn zurannte.

»Oliver! Oliver, darf ich eine Maus haben?«

»Eine Maus?« Er runzelte die Stirn. »Wovon in aller Welt sprichst du?«

»So«, sagte Robert, während er Claires Arm ergriff. »Wir machen uns auf den Weg – bis später also.« Und er schob seine Familie entschlossen auf den Ausgang zu.

»Hey –«, sagte Jessica.

Er wischte sich die Stirn. »Nichts wie raus hier.«

Sie aßen in einem Café voller Fliegen zu Mittag und kauften portugiesische Tabletten gegen Übelkeit, als der Apotheker gerade schließen wollte. Läden wurden geschlossen, Jalousien heruntergelassen, die knatternden Mopeds verschwanden; eine Glocke aus Hitze und Stille wölbte sich über die Stadt, als sie abfuhren.

Und das Haus war wie ein Hafen, in den sie zurückkehrten: vertraut, dunkel und kühl, ein Ort, den sie kannten und an dem man sie kannte – die umherschleichende Katze kannte sie, und Guida, die das Geschirr von Abendessen und

Frühstück gespült, die Holzfußböden gewischt und die Betten gemacht, die Läden geschlossen und eine Baumwolltasche mit frischem Brot auf den Küchentisch gelegt hatte.

Dora, schrieb Frances, während sie, mit Einkaufstüten bepackt, Claire die Steintreppe unter dem Rebdach hinunter folgte, *ich könnte ewig dasitzen und mit dir reden ... Bitte, sei nicht schockiert, bitte, hab keine Angst ...*

Gleichmäßig und ruhig lief Wasser in die grüngekachelte Zisterne über ihr; vom Swimmingpool her hörte man Rufen und Lachen, die Kinder hatten sich hineingestürzt, sobald man sie aus dem Auto gelassen hatte, und Oliver paßte auf. Oben auf der glühendheißen Straße warf Robert den Kofferraumdeckel zu; er kam mit der letzten Kiste Lebensmittel die Stufen herunter, und Frances drehte sich lächelnd zu ihm um.

»Vielen Dank, daß Sie bei der Sache mit Tom geholfen haben.«

»Schon gut. Was haben Sie wegen der Maus beschlossen?«

»Die Maus ... Ach so, Oliver hat Tom versprochen, darüber nachzudenken, wenn sich sein Benehmen bessert. Halten Sie das für vernünftig?«

Robert öffnete den Mund und schloß ihn wieder. Er zuckte mit den Achseln und lagerte die Kiste auf seinem Arm um. »Darüber steht mir keine Meinung zu, nicht wahr?« Eine Dose Flageoletbohnen, die auf einer Schachtel mit Crackers gelegen hatte, rutschte herunter, rollte die Stufen hinab und fiel auf Frances' zierlichen Segeltuchfuß; sie zuckte zusammen und bückte sich, um sie aufzuheben. Claire hatte bereits die Tür geöffnet und trug Einkaufstüten hinein; sie folgten ihr in die Küche, die von der Kletterpflanze verdunkelt wurde und leicht nach Gas roch.

Robert stellte seine Kiste auf dem Tisch ab und goß sich ein großes Glas Mineralwasser aus dem Kühlschrank ein; wortlos verließ er den Raum und überließ es Claire und

Frances, die Einkäufe auszupacken; sie hörten ihn mit schwerem Schritt die Treppe hinauf und die Galerie entlanggehen. Die Schlafzimmertür öffnete und schloß sich wieder; das Haus war still. Schweigend räumten Claire und Frances Dosen und Schachteln in Schränke, Fleisch und Fisch in das Tiefkühlgerät, Obst in eine Schüssel.

Dora, sagte Frances, während sie sich bückte und Kartoffeln in dem Gemüseregal unter dem Spülstein verstaute, *Dora, Dora, bitte geh nicht fort ...*

Hinter ihr sagte Claire: »Möchtest du mit mir reden?«

»Nein.« Sie richtete sich auf und lehnte sich mit dem Rücken gegen das hölzerne Ablaufbrett. »Wo sind meine Zigaretten? Wo ist meine Tasche?« Sie entdeckte sie auf dem Tisch, neben dem leeren Pappkarton, und ging schnell hinüber; sie nahm das Päckchen heraus und zündete sich mit einem Streichholz aus der Schachtel neben dem Herd eine Zigarette an, schüttelte es mit übertriebener Gründlichkeit aus und nahm einen tiefen Zug, als hinge ihr Leben davon ab.

Claire sah der Vorstellung zu. »Frances –«

An der Wand über dem Herd hing eine billige elektrische Uhr, deren Plastikoberfläche mit einer Fettschicht bedeckt war. Ihr Ticken zerteilte die Stille; Frances sah zu ihr auf.

»Es ist zwei Uhr vorbei«, sagte sie scharf. »Ich glaube, die Kinder sollten sich ein wenig ausruhen, was meinst du?« Sie ging zur Tür und sprach, ohne Claire anzusehen. »Tom jedenfalls ...« Und weg war sie, stieg die Treppe zu der Zisterne hinauf und ging schnellen Schrittes den Weg zum Schwimmbecken entlang.

Claire stand da und sah ihr nach. »Sag Jack und Jessica, sie sollen auch hereinkommen«, rief sie, und Frances winkte zustimmend mit der Hand und war hinter dem Wein verschwunden. Und Claire wurde plötzlich von der Hitze und Schläfrigkeit überwältigt, von der Sehnsucht nach Robert und nach Normalität. Sie würde sich später um Frances kümmern. Sie ging hinaus und die abgetretenen Holzstufen hoch, die dunkel und warm waren, über den von Guida ausgeklopften Läufer. Vom Schwimmbad ertönten ferne Stimmen. Sie stieß die Schlafzimmertür auf. Robert lag mit geschlossenen Augen auf dem Rücken und schnarchte leise. Sie streifte ihre Sandalen ab und tappte leise auf nackten Füßen über den schmutzigen Boden, um ihn zu wecken.

Der Weg zum Schwimmbecken war mit Wein überwuchert, doch das Becken selbst war voll der grellen Nachmittagssonne ausgesetzt, die gnadenlos auf den rostigen Zaun entlang der Straße und auf die Betoneinfassung herniederbrannte, wo Oliver, die Füße im Wasser, saß und zusah, wie Jessica auf- und abschwamm. Das Bassin war ziemlich nachlässig in blaßgrüner Farbe gestrichen worden; das Wasser, den Sommer über nicht ein einziges Mal gewechselt, hatte durch die schmutzigen Füße aller bisherigen Gäste, ein trübes Braun angenommen, obwohl die Oberfläche glitzerte. Oliver, in Schwimmshorts und einen alten Strohhut auf dem Kopf, spürte, daß die Sonne auf seinen Schultern allmählich unangenehm wurde, auch wenn er, anders als Frances, die Hitze genoß.

»Ich glaube, wir sollten hineingehen«, sagte er zu Jessica, als sie auf seiner Seite ankam.

»Eine Minute noch.« Sie schlug an, wendete und stieß sich erneut ab; in ihrem enganliegenden grünen Badeanzug glitt sie wie eine Robbe durchs Wasser: stabil, gut gebaut, kräftig. »Ich will fünfzig Bahnen schwimmen«, sagte sie, den Mund über Wasser. »Das entspricht ungefähr zwanzig Bahnen zu Hause, denke ich.«

»Und wieviel Meter sind das?« Er bewegte die Füße und plätscherte vorsichtig.

»Vierhundert.« Sie fing an zu schnaufen. »Wieviel habe ich bis jetzt?«

»Ich weiß nicht.«

»Aber Sie sollten doch *zählen.*« Sie hatte die andere Seite erreicht und kam bereits wieder auf ihn zu.

»Es ist zu heiß. Komm.«

»Noch drei. Ich glaube, dann sind es dreißig. Wenn die Jungs hier herumtoben, komme ich ja nicht dazu.«

»Nein.« Die Jungen waren von Frances hereingeholt worden und hielten einen Mittagsschlaf; Frances war zu einem Spaziergang aufgebrochen und hatte Oliver gebeten, nach Jessica zu sehen, die sich nicht hinlegen wollte.

»Wann bist du zurück?« hatte er sie gefragt.

»Oh – zum Tee. So gegen fünf.« Frances stand auf der Treppe, die von den Büschen zum Swimmingpool führte, und scheuchte die Jungen ungeduldig fort. Sie sahen einander durch ihre Sonnenbrillen an. »Ich brauche ein wenig Zeit für mich allein – ist das in Ordnung?«

»Natürlich.« Das gehörte zu ihrer Abmachung. »Viel Spaß.«

»Danke.« Sie ging die Treppe hinab, den Weg entlang zu der Zisterne, dann die nächste Treppe hinauf zur Straße; man hörte das Quietschen des Eisentores und sich entfernende Schritte.

Auch jetzt hörte man wieder Schritte auf der Straße, langsam und leise. Frances war bergauf, auf die Straßenbiegung zugegangen; diese Schritte kamen von oben, gingen am Haus vorbei, näherten sich dem Schwimmbecken. Oliver drehte sich um und sah eine dürre, alte, schwarzgekleidete Frau, deren zerknittertes Gesicht fast unter einem aufgetürmten Berg Farnkraut verschwand, das sie mit einer Hand festhielt.

»Bo tar'.« Ihre Stimme war nur ein fernes, trockenes Krächzen; sie lächelte nicht.

»Bo tar'.« Er beobachtete, wie sie sich unter ihrer Last in

gleichmäßigem Gang auf das Dorf zubewegte, auf die Reihe der leeren Häuschen, die bestimmt auf eine britische Firma warteten, die sie sanieren würde. Ein paar Augenblicke später kam ein magerer brauner Hund aus einer Vertiefung des Abhangs geschlichen und folgte ihr. Er war nicht nur mager, er war halbverhungert, die Rippen und die Hinterbeine stachen aus seinem stumpfen, von Flöhen zerbissenen Fell hervor. Seine Krallen klapperten auf dem heißen Asphalt. Die alte Frau drehte sich um, und er wich zurück, aber er ließ ein leises Knurren hören, und sobald sie weiterging, folgte er ihr, und erneut ertönte das hungrige Knurren.

»Cao danado!« Die alte Frau blieb plötzlich stehen und fuhr herum; Farnkraut fiel auf den Boden, und sie schüttelte drohend die Faust. *»Vai – te embora!«*

Der Hund knurrte; Speichelfäden glänzten an seinem Maul. Sie ging zwei Schritte auf ihn zu, und er schreckte zurück, sah sie aber noch immer an und duckte sich, wobei die Hinterbeine über eine skelettartige Wirbelsäule hinausragten. *»Cao danado!«* Sie ging weiter auf ihn zu, und er gab plötzlich nach und sprang auf, drehte sich um und lief, schwächlich von einer Seite auf die andere taumelnd, wieder die Straße herauf bis zu einer Gruppe von Büschen, in denen er verschwand. Die alte Frau wartete ein paar Augenblicke, dann ging sie weiter, ein wenig unter der Last des Farnkrauts schwankend.

»Was war das für ein Geschrei?« Jessica hatte ihre drei Bahnen beendet; sie stützte die Arme auf den Rand des Swimmingpools und sah zu ihm auf.

»Nur eine alte Frau.« Er erzählte ihr von dem Hund.

»Haben die auch Tollwut?« Jessicas Haar hing in dicken, nassen Strähnen dicht am Kopf, doch oben auf dem Kopf war es noch trocken und durchsetzt von glänzenden Sonnentupfern.

»Ich weiß nicht«, sagte er. »Ja, ich glaube, das ist möglich. Wir sollten besser vorsichtig sein.«

Sie schniefte, wischte sich mit ihrer sonnengebräunten Hand das Wasser aus dem Gesicht und lächelte zu ihm herauf.

»Komm«, sagte er, »wir kriegen einen Sonnenstich, wenn wir hier draußen bleiben.«

»Und was sollen wir machen?« Sie stemmte sich aus dem Wasser und setzte sich triefnaß neben ihn auf den Beton. Sie rutschte auf ihrem Hinterteil hin und her. »Es ist kochend heiß.«

Er stand auf und streckte die Hand aus. »Steh auf. Wir wollen uns in den Schatten setzen.«

»Und Schach spielen?«

»Wenn du möchtest.«

»Hier draußen«, sagte Jessica und ergriff seine Hand. »Nicht da, wo die Jungs sind.«

»Einverstanden.«

Sie gingen den Weg hinunter zu dem runden Tisch unter den Weinranken. Selbst hier im Schatten war es glühend heiß, die Luft war windstill, völlig reglos, und der Himmel über dem Tal hatte eine weißliche Färbung angenommen. Aus dem Dorf unten ertönte das Geräusch einer Säge; dann war es wieder still.

Jessica setzte sich vorsichtig auf einen Eisenstuhl; sie stützte das Kinn in die Hände und wartete, während Oliver zum Haus unterwegs war, um das Schachspiel zu holen. Nach einer Weile nahm sie die rechte Hand weg, die Hand, die er zuvor gehalten hatte, und betrachtete sie; dann preßte sie sie wieder an ihre Wange.

»So.« Er war zurück mit dem Schachspiel und balancierte außerdem auf dem Holzkästchen zwei große Gläser Orangensaft mit Eiswürfeln. Außen an den Gläsern hingen eiskalte Tropfen.

»Toll.« Sie trank gierig und sah zu, wie er die Figuren aufstellte. »Sie können Schwarz haben.«

»Gut. Kennst du noch alle Züge?«

»Ich glaube.« Sie beugte sich vor, ihre Haare streiften über das Brett; sie schob sie ungeduldig zurück. »Der Springer ist der Schwierige, er geht ...« Sie nahm den weißen Springer und rückte ihn zwei Felder vor, eins zur Seite und biß sich auf die Lippen. »Stimmt es so?«

»Ja, das ist genau richtig.«

»Und die Dame ...«

»Die Dame kann überall hingehen«, sagte er. »Sie ist omnipotent.«

»Was?«

»Es bedeutet, daß sie allmächtig ist, sie kann alles. Wie Gott.«

»Ich glaube nicht an Gott«, sagte Jessica. »Niemand in unserer Familie. Na ja, Jack vielleicht, er ist manchmal ein bißchen rührselig.«

Er lachte. »Aber du bist nie rührselig.«

Sie zuckte mit den Achseln und trank ihr Glas aus. »Mum und Dad behandeln mich manchmal immer noch wie ein Baby.« Sie betrachtete das Brett, auf dem alles bereitstand und wartete. »Lassen Sie uns spielen.« Ihre Finger schwebten unschlüssig über der Reihe der Bauern.

»Mir kommst du ziemlich erwachsen vor«, sagte Oliver.

Unter ihrem hochgeschobenen Baumwollrock glitten Roberts Finger in Claire: geübt, liebevoll, sicher. Sie stieß einen langgezogenen wohligen Seufzer aus.

»Weiter, weiter.«

Die Sonne fiel durch die Ritzen der Fensterläden: Hier oben, in der Schwere der Nachmittagshitze, ließ die Spannung des Vormittags allmählich nach; in diesem zärtlichen und erotischen Rhythmus war es möglich, noch einmal ein Gefühl für die Stille des Hauses und den Beginn der Ferien zu haben, nur sie beide allein. Claire hob die Beine und spreizte sie weit auseinander, während sich ihr Kopf auf dem Kissen hin- und herbewegte; sie streckte die Arme nach Robert aus, der über ihr kniete und tiefer in sie eindrang, seine andere Hand unter ihr; sie vernahm sein erregtes, jedoch keineswegs hektisches Atmen. Sie hatten unendlich viel Zeit: den Rest des Nachmittags, den Rest ihres Lebens. Er hob sie höher, zog seine Finger zurück und senkte den Kopf.

»Ja. Ja.«

In Wellen stieg die Begierde in ihr auf, sich mit ihm zu vereinen; sein Mund und seine Zunge waren überall, über ihr, in ihr, suchend und findend, wissend und mit dem Verlangen, immer noch mehr zu erfahren.

»Du«, sagte Claire immer erregter. »Du ...«

In vertrauter Umarmung bewegten sie sich, während das warme Bett unter ihnen quietschte, und befriedigten sich mit unendlicher, intensiver Langsamkeit, bis Robert, Verständnisvollster aller Liebhaber, sie schließlich umdrehte und unter sich schob, in sie eindrang und sich wieder entzog, erneut in sie eindrang und weiter und weiter und weiter; ihre Münder hingen aneinander, ihre Körper hämmerten den gleichen Rhythmus, bis sie endlich kamen, mit einem Aufschrei, und danach sich wiegten, flüsterten und einschliefen.

Die Bergstraße, die Frances eingeschlagen hatte, war steil und kurvenreich, doch es gab Stellen an dem langen, zum Fluß abfallenden Abhang, wo das Gelände flacher war und man ohne allzu große Anstrengungen ein Stück weit zwischen den Bäumen einhergehen konnte. Die Hitze war drükkend, die Luft reglos, erfüllt vom Duft der Kiefern; sie lief über einen Teppich aus langen spitzen Nadeln, schritt über Berge trockener, graubrauner Tannenzapfen, mehr als faustgroß. In dieser Höhe, auf diesem Plateau, waren der Fluß unten und die Straße über ihr nicht zu sehen: Frances fühlte sich von allem losgelöst, abgeschieden, unerreichbar.

Es waren keine Vögel da. Mitunter dröhnte das entfernte Brummen eines Autos oder Motorrads durch den Nachmittag, schwoll an, nahm ab, verstummte; dann war es wieder still. Frances ging weiter und setzte ihren Brief fort.

In all den Jahren, seit wir uns kennen, hat mir nur die Gewißheit Kraft gegeben, daß ich jeden Tag, wenn du durch die Tür des Büros kommst und den Raum durchquerst, nur aufzublicken brauche und dein Gesicht sehe. Dora, verzeih mir – ich habe nie jemanden gesehen, der so schön ist wie du …

Der Verlag, in dem Frances als Lektorin und Dora als Grafikerin arbeiteten, hatte seine Büros im obersten Stockwerk eines vor langer Zeit umgebauten Lagerhauses in einer schmalen Straße in der Nähe von Long Acre. Es gab keinen Aufzug und keinen Empfangsbereich. Man kam von der Straße herein und stieg die schmale Treppe hinauf; auf jeder Etage kam man an Schwingtüren und Korridoren vorbei, die zu anderen Büros führten, dann erreichte man endlich den vierten und obersten Stock, wo mitternachtsblau gestrichene Schwingtüren in ein weitläufiges Großraumbüro führten, das die ganze Breite des Gebäudes einnahm. An den Wänden hingen Drucke und Poster, Pflanzen rankten von Regalen und Fensterbänken herab, auf beiden Seiten des Raumes standen breite Schreibtische, flankiert von Bücherregalen aus Metall. Auf der rechten Seite fiel die Decke schräg ab, und in regelmäßigen Abständen hatte man Dachfenster eingebaut; unter einem davon befand sich Frances' Schreibtisch, und durch ein im rechten Winkel dazu stehendes Bücherregal entstand eine in sich abgeschlossene Nische.

An anderen Schreibtischen saßen andere Leute. Der Eingangstür am nächsten, bereit, Besucher zu empfangen, saß Elaine, Sekretärin und Produktionsassistentin, jung, fröhlich, mit einem netten Mann zusammenlebend. Gegenüber saß Derek, der Produktmanager, seit seiner Scheidung nicht ganz so fröhlich, der dazu neigte, die Drucker anzubrüllen und zu trinken. Genau wie Kate, zuständig für Rechte und Verträge, überarbeitet, übergewichtig von zu vielen Mittagessen, alleinlebend, geistreich, einsam. Ganz am anderen Ende saß Jocelyn, der die Firma mit Hilfe von Bankkrediten und dem überschüssigen Geld aus einem anderen, weitaus größeren Verlag gegründet hatte, der Weitblick und Schwung besaß und an gute Bücher glaubte und zu jedermann freundlich war. Kate machte manchmal bissige Bemerkungen über den perfekten Jocelyn und seine Durchschnittsfamilie in East Horsely, aber Frances, die sich ebenfalls bemühte, perfekt zu sein, hatte eine gewisse Bewunderung für ihn, wenn sie überhaupt je über ihn nachdachte. Die meisten ihrer Gedanken gingen in eine ganz andere Richtung.

Ihr gegenüber, neben einem Flügelfenster mit Blick auf die Straße, befanden sich Doras Schreibtisch und Zeichenbrett. Dora, die in Pullover und Jeans und mit ihrer Schildpattbrille vor dem Brett stand – Layout-Entwürfe befestigte, Titelzeilen, Illustrationen, Texte entwarf, innehielt, die Stirn runzelte, einen Schritt zurücktrat, um nachzudenken –, wurde nicht nur von einer Lampe, sondern auch von dem Licht beleuchtet, das über die Dächer des gegenüberliegenden Gebäudes fiel. Von der Straße unten drangen Stimmen, Schritte und das Quietschen zornig bremsender Taxis herauf; hier oben betrachteten Taubenschwärme die Welt von Dachspitzen und Fensterbrüstungen aus, und hier oben betrachtete Frances von ihrem Schreibtisch aus Dora.

Sie war ein wenig größer als Frances und ein wenig älter: eine Frau Mitte Vierzig, kurz vor den Wechseljahren, die so aussah, als würde sie mit Optimismus und Schönheit in die nächste Lebensphase eintreten. Ihr dunkles Haar war ganz kurz geschnitten; sie trug, um scharf zu sehen, eine teure Schildpattbrille und verwendete ihr Make-up so sparsam, daß es eine außerordentliche Wirkung hatte, als wenn eine Lampe ein ohnehin interessantes Gemälde anstrahlte. Denn diese Sparsamkeit, diese betonte Schlichtheit schmälerte ihre Persönlichkeit nicht, sondern brachte sie noch besser zur Geltung. Ihre Haut war rein, ihre Züge wohlproportioniert; trotzdem blieb sie auf den ersten Blick in der Gegenwart von auffallenderen, farbenfroheren Frauen oft unbemerkt. Dora besaß eine Anziehungskraft, die in Frances' Augen jeden anderen Reiz überstieg: Man sah sie an und nahm sie nicht wahr; man sah ein zweites Mal hin und fand es unvorstellbar, daß man sie hatte übersehen können. Ihr Gesicht war nicht nur gut geschnitten, es sprach Intelligenz daraus; wenn sie schwieg, wurde es von einem Ausdruck ruhigen Selbstbewußtseins erhellt, im Gespräch von ihrem Lächeln und einer, wie es schien, vollkommenen Konzentration auf ihren Gesprächspartner.

Wie Frances war auch sie zurückhaltend, doch während Frances oft angespannt war, wirkte Dora einfach gelassen. Sie schien entspannt, zufrieden. Sie befand sich an der Schwelle eines Alters, das häufig Krisen heraufbeschwor, aber sie hatte keine Krise: Sie hatte ein Heim geschaffen, das interessant und gemütlich war; sie hatte eine Arbeit, die sie befriedigte, Kinder, die bisher noch nichts Schlimmes angestellt hatten, und einen Mann, zu dem sie offensichtlich Vertrauen hatte;

würden die Kinder in etwas hineingeraten, er würde ihnen wieder heraushelfen.

In diesen Dingen war Dora Claire nicht unähnlich, aber Frances hatte das Gefühl, daß sie Claire bei weitem übertraf: Sie war gescheiter, vielschichtiger, vollkommener. Dora, so schien es, war immer sie selbst, wohin sie auch ging. Frances hatte einen großen Teil ihres Lebens damit verbracht, sich zu fragen, wer sie eigentlich war.

Auf ihrem eigenen Schreibtisch standen die Manuskripte und Korrekturfahnen, die auf sie warteten, von Gummibändern zusammengehalten, in einer Reihe. Diejenigen, die sie bearbeitete, lagen in zwei säuberlich getrennten Stapeln vor ihr – gelesene Seiten, Seiten, die noch gelesen werden mußten – neben einem Krug mit Bleistiften und Kugelschreibern und einem linierten Block mit Anmerkungen und Fragen. Veröffentlichungs- und Herstellungstermine waren an das Brett an der Wand neben ihr geheftet; all ihre Nachschlagewerke standen in den Regalen. Alles in dieser Ecke des Raumes verriet Ordnung, Zweckmäßigkeit und Effektivität: Autoren, die zu einem Gespräch erschienen, schauten sich um und waren beruhigt, sowohl von der Nische als auch von Frances selbst, die sich, gutgekleidet und einen professionellen Eindruck machend, erhob und sie mit einem Händedruck begrüßte. Das einzige störende Element auf dem geordneten Schreibtisch war ein Aschenbecher: Irgendwie sah Frances nicht wie eine Raucherin aus, aber sie rauchte im Büro auch nicht viel und niemals, wenn jemand etwas dagegen hatte. Und der Aschenbecher wurde wieder wettgemacht durch die wohlgepflegten Pflanzen in der Ecke, durch die gerahmten Fotografien von Mann und Sohn und durch den Eindruck, den sie ihren Autoren vermittelte – daß sie nämlich jeweils ihr Buch am meisten von allen schätzte, daß es ihre ungeteilte Aufmerksamkeit genoß.

Und sie enttäuschte sie auch nicht. Wenn irgend etwas schiefging – ein Problem mit der Druckerei in Madrid – oder gut lief – der geglückte Verkauf von Lizenzen ins Ausland auf der Frankfurter Buchmesse –, sie rief sie an und beruhigte sie oder gratulierte ihnen. Am Tag der Veröffentlichung erhielt jeder eine Karte und Blumen. Und auch wenn sie, wie es bei manchen Autoren und Lektoren der Fall sein konnte, nie miteinander vertraut wurden, so respektierten sie sie doch und dankten ihrem Schicksal. Und Frances, die so gut mit ihnen umgehen konnte, wenn auch auf Distanz, und ehrliche Freude an ihrem Beruf hatte, saß, nachdem sie sich verabschiedet hatten, in ihrer Ecke, packte die Blätter des Manuskripts, das sie Zeile für Zeile durchgegangen waren, wieder zu einem Stapel zusammen, und ihr Blick suchte Dora.

Dora, es ist Freundschaft, und es ist mehr als Freundschaft ...

Außer dem beleuchteten Zeichenbrett befanden sich auf Doras Schreibtisch noch Schablonen, Behälter mit Klebstoff und feine Kartographenfedern. An das Brett neben ihrem Platz hatte sie wahllos Buchumschläge, Ansichtskarten, Fotos von ihren Kindern im Teen- und ihrem Mann im mittleren Alter, Zeitungsausschnitte und Entwürfe geheftet. Zwischen all diesen Dingen bewegte sich Dora mit ebensoviel Effizienz wie Frances, aber mit weitaus mehr Anmut. Sie stand nachdenklich vor dem Zeichenbrett und tippte mit einem Kugelschreiber gegen ihre Zähne; sie holte ein Farbtransparent hervor, setzte die Brille auf und hielt es gegen das Licht: in Gedanken versunken, völlig vertieft, bemüht, ihr Problem zu lösen. Sie nahm den Telefonhörer ab und erörterte in der gleichen gelassenen Art, wo ihre Tochter ihre Tennisschuhe verloren haben könnte und was Jocelyn mit nach Frankfurt nehmen sollte.

Diese heitere Gelassenheit war es, die Frances zum Teil zu ihr hingezogen hatte. Zum Teil, nicht allein: Nach jahrelangem Nachdenken über Dora hatte Frances noch immer nicht das Gefühl, sie ganz zu kennen, und versuchte es auch nicht länger. Denn was mitunter unendlich vielschichtig zu sein schien, war in Wirklichkeit, wie immer in der Liebe, ganz einfach: Sie wollte mit ihr zusammensein, das war alles.

Dora, schrieb sie jetzt, während sie hoch über sich ein Flugzeug in den hitzeweißen Himmel aufsteigen hörte, *ich wollte, Du wärst bei mir, es würde Dir so gut gefallen hier ...*

Ihre Füße knirschten über Zweige im Nadelteppich; sie konnte das Harz von den Eukalyptusbäumen und die Kiefern riechen. Sie ging weiter nach unten auf den Fluß zu. *Letzte Nacht saß ich draußen auf der Terrasse, nachdem alle anderen zu Bett gegangen waren, und betrachtete die Sterne über dem Gebirge. Ich wünschte mir, ich hätte Schritte gehört und Du wärst langsam durch die großen weißen Türen ins Freie getreten und hättest Dich neben mich gesetzt. Ich vermisse Dich. Ich vermisse Dich ...*

So viele ungeschriebene Worte, so viele unausgesprochene Erklärungen.

Sie war am Ende des ebenen Geländes angekommen; unten konnte sie den von der langsam sinkenden Sonne beschienenen Fluß sehen. Die Luft war nun nicht mehr so glühend heiß wie vorhin, als sie Oliver und Jessica am Swimmingpool zurückgelassen hatte, sondern lind und warm, und das Licht, das schräg durch die Bäume fiel, war so durchsichtig wie Honig. Sie setzte sich, plötzlich überwältigt von der Erschöpfung und dem Schmerz der Trennung; sie lehnte sich gegen den sich schälenden Stamm eines Eukalyptusbaums unter reglos blaugraue Blätter und schlang in einer Aufwallung von Sehnsucht die Arme um sich.

Tom erwachte als erster und blieb eine Zeitlang still liegen; er betrachtete die Decke, wo ein brauner feuchter Fleck zwei Inseln und eine Giraffe bildete. Na ja, so eine Art

Giraffe. Mit nur drei Beinen. Aber mit einer Menge Tupfen. Er fuhr fort, sie anzustarren und überlegte, wie lange eine dreibeinige Giraffe brauchen würde, um die Strecke zwischen den beiden Inseln zurückzulegen, und vor allem, auf welche Weise sie ihr Bein verloren hatte. Völlig versunken vergaß er, wo er war, genauso wie er es vergaß, wenn Oliver ihm die *Nur-so-Geschichten* vorlas – das tat er nämlich manchmal, wenn er von der Arbeit nach Hause kam. Die Giraffe war eine Art *Nur-so-Tier* – vielleicht hatte Oliver später Lust, heraufzukommen und sie sich anzusehen. Aber vielleicht war er auch zu beschäftigt. Er gähnte herzhaft, kam zu sich und rollte auf die andere Seite, auf Jacks Bett zu.

Jack schlief friedlich, den Kopf auf der Seite, die Arme auf dem Kissen ausgebreitet. Tom schlug die blauweiße Bettdecke zurück und glitt aus dem Bett; er durchquerte das Zimmer und sah auf Jack hinab, wobei er von einem Fuß auf den anderen trat und sich räusperte. Jacks Augenlider flatterten, aber er wachte nicht auf. Er hatte phantastische Wimpern, so pelzig wie Raupen – na, vielleicht eher seidig als pelzig. Tom streckte einen Finger aus, um sie zu berühren, bloß um festzustellen, wie sie sich anfühlten: Jack bewegte sich, der Finger rutschte ab und stach in einen Augenwinkel.

»Au!«

»Tut mir leid.« Tom trat einen Schritt zurück.

»Was fällt dir denn ein?« Mit hochrotem Kopf und wütend rieb Jack sich das Auge. »Au.«

»Tut mir leid«, sagte Tom noch einmal und griff nach der Türklinke. Er ging besser, bevor es noch ernstlich Stunk gab. Die Tür kam ihm entgegen, und er ging rasch hinaus, doch die Klinke traf ihn in die Seite, wie neulich die an der Badezimmertür, und hinterließ einen Kratzer auf dem freien Stück zwischen eingelaufenem T-Shirt und zu klein gewordenen Shorts. Er kämpfte gegen die Tränen an, hielt sich die

Seite und ging den Flur entlang zum Zimmer seiner Eltern. Er blieb vor der Tür stehen und klopfte; niemand antwortete. Er drehte den Knauf und stieß die Tür auf.

Das Zimmer war leer. Die Läden waren geschlossen, das Bett gemacht, Kleidungsstücke lagen gefaltet in Stapeln auf der Kommode und warteten darauf, weggeräumt zu werden. Er warf sich aufs Bett, schlang die Arme um ein Kissen und drückte es fest. Er war nicht hier. Nicht in Portugal, nirgendwo. Er existierte nicht, es gab ihn einfach nicht mehr: Es war, als wäre er tot.

Nach einer Weile hob er den Kopf und lauschte. Jack würde sich nicht trauen, hier hereinzukommen, aber vielleicht wartete er. Er wischte sich das Gesicht am Kissen ab, schlich zur Tür und öffnete sie einen winzigen Spalt, nur um hinauszuspähen. Der Korridor lag leer, sonnig und still vor ihm. Es sah schön aus, als wäre alles in Ordnung, als wären unten Leute beim Nähen oder einer ähnlich ruhigen Beschäftigung.

Jack mußte zu seinen Eltern gegangen sein: Wo waren Frances und Oliver?

Tom schlich aus dem Zimmer und schloß leise die Tür. Er ging ganz vorsichtig über den Läufer im Flur, über die leuchtenden Sonnenflecken auf dem Teppich die Treppe hinunter in den geräumigen, luftigen Wohnraum. Auch dieser war leer, genau wie Jessicas Zimmer, dessen Tür weit offen stand und den Blick auf herumliegende Kleidungsstücke auf einem ungemachten Bett freigab.

Er trat auf die Terrasse hinaus – niemand da. Weit entfernt unten im Dorf hörte er eine Säge, ein recht angenehmer Klang, aber er hörte niemanden reden, niemanden, der irgend etwas tat. Die Hollywoodschaukel stand still: Die Kissen sahen weich und kühl aus, und ihm kam der Gedanke, sich hineinzulegen, solange er die Gelegenheit dazu hatte. Er kam sich ein wenig vor wie Goldilocks, die etwas ausprobierte: Er ging auf den Sitz zu und legte sich nieder, stieß sich mit der Hand vom Tisch ab und schwang vor und zurück, hörte das Quietschen und dann die Kirchturmuhr zwei schlagen.

Seine Hand glitt in seine Shorts. Er durfte das eigentlich nicht, Oliver und Frances waren immer böse deswegen, aber er hatte es schon lange nicht mehr getan, tatsächlich hatte er es, seit sie in die Ferien gefahren waren, völlig vergessen. Jedenfalls war es angenehm; jedenfalls waren sie nicht hier. Die Schaukel bewegte sich langsam vor und zurück; die Blätter der Zitronenbäume warfen Schatten auf den Baldachin; er schloß die Augen und rieb mit den Fingern langsam auf und ab. Es war ein herrliches Gefühl; man konnte dabei alles vergessen.

Vom Fuß der Treppe, die in den Garten hinab führte, hörte man das leise Gackern der Hühner, das Scharren ihrer Füße im dürren Gras, auf dem trockenen Boden. Hier waren sie frei, nicht wie die armen, nach Luft schnappenden Geschöpfe in der Markthalle heute morgen, die sterben mußten. Er rieb fester und versuchte, den Anblick ihrer offenen Schnäbel und des schicksalsergebenen Ausdrucks in ihren Augen zu verdrängen. Die Tablette gegen die Übelkeit und der Schlaf hatten das Bild vertrieben, er wollte jetzt nicht daran denken, er fühlte sich getröstet, und nichts war mehr wichtig: ob ihm schlecht gewesen war, die Hühner leiden mußten oder ob jemand böse auf ihn war. Er würde auch nie mehr böse sein; alles würde gut werden.

Plötzlich hoch über ihm eine Stimme. »Hey, schaut mal, was Tom macht! Er spielt an sich herum!« In hämischer Freude sah Jack vom Balkon herab.

Tom zog blitzschnell seine Hand zurück und wurde knallrot. »Stimmt gar nicht.«

»Doch, ich habe es gesehen.«

Das Dach der Hollywoodschaukel ... Das Loch. Jack konnte hindurchsehen, durch das verräterische Loch. Tom schwang die Beine herum und setzte sich auf; er stützte die Hände neben sich auf.

»Okay, Jack, das reicht.«

Das war Roberts Stimme, ruhig und freundlich. Er lehnte sich neben Jack auf die Brüstung und rief herab: »Alles klar, Tom? Hast du dich gut ausgeruht?«

Er spürte, wie er noch tiefer errötete, während er eine Antwort stammelte. Und dann kamen Schritte vom Garten herauf, und Oliver erschien, gefolgt von Jessica.

»Hallo, Tom. Was machst du?«

»Er hat an sich herumgespielt.« Deutlich ertönte Jacks Stimme von oben durch die warme, reglose Luft.

»Jack ...«, sagte Robert, aber es war zu spät. Jessica brach in Gekicher aus, und Oliver, der, was er erwartet hatte, zornig werden würde, schien es auch für lustig zu halten, und dann lachten alle, als könnten sie nicht mehr aufhören, als wäre er im Fernsehen oder so. Er sprang auf, und Tränen der Wut und der Demütigung schossen ihm aus den Augen, als er auf die andere Treppe zulief.

»Tom ...« Oliver streckte die Hand aus und versuchte, ihn am Arm zu packen: Er stieß ihn beiseite und fing an zu rennen, stolperte über die orangefarbenen Fliesen der Terrasse, die Steinstufen hinunter, durch das Gartengestrüpp, die nächste Treppe zur Zisterne hinauf. Das Wasser, das in den Wasserbehälter lief, machte ein wunderbares Geräusch; er wäre am liebsten hineingetaucht oder den Weg entlang zum Schwimmbecken gelaufen und dort hineingesprungen, aber er hörte, wie Oliver ihn rief: »Tom, Tom!«, und er rannte bis hinauf zu dem Eisentor, zerrte keuchend daran und lief auf die Straße.

»Tom!«

Schwer atmend blieb er stehen; er war unschlüssig: Sollte er hinunter ins Dorf laufen? Nein, dann würden ihn noch mehr Leute sehen – außerdem müßte er dann am Garten entlang. Er würde bergauf gehen, fort von allen, fort von allen Menschen. Er drehte sich um und stapfte hinauf, noch stärker schnaufend als zuvor, es war schrecklich heiß, die Straße unter seinen Füßen nahm er durch den verdammten Schleier seiner Tränen nur verschwommen wahr. Wie hatte er das nur tun können, wie nur? Im Freien, wo jeder ihn sehen konnte, er mußte verrückt geworden sein.

Jemand kam die Straße herab auf ihn zu: Er sah auf, schniefte. Und es war Frances! Er warf sich in ihre Arme.

»Oh, Tom«, sagte sie gequält und hielt seinen heißen, schwitzenden Körper von sich weg. »Was ist denn *jetzt* schon wieder?«

Nacht. Das Haus in tiefer Dunkelheit. Die Läden, die man am späten Nachmittag und den Abend über geöffnet hatte, waren wieder geschlossen, gegen die Luft, die, wenn die Sonne hinter den Bergen verschwunden war, kühl und im Laufe des Abends eiskalt wurde. Jessica, die als letztes der Kinder nach dem Abendessen von der Terrasse hereingekommen war, beschwerte sich, es sei noch zu früh; trotzdem war sie, plötzlich müde geworden, anscheinend froh, im Bett zu liegen, und bat um eine weitere Wolldecke. Claire fand eine im Schrank und deckte sie fürsorglich damit zu. »Du hast heute wirklich viel Sonne abgekriegt.« Sie gab ihr einen Kuß, und Jessica drehte sich gähnend zur Seite.

Nun schlief das ganze Haus: Jessica allein in ihrem Zimmer unten, die Tür zum Wohnzimmer offen, in welches durch die klare Glasscheibe oberhalb der Terrassentür das Mondlicht fiel; alle anderen oben, ohne daß ein Laut zu hören war. Die Kirchturmuhr schlug drei, aber es konnte ebensogut zwei oder vier sein; nach einer Weile öffnete sich leise eine Tür zum Flur und wurde wieder geschlossen. Langsame Schritte tappten über den Läufer, Hände tasteten sich an der Wand entlang. Fest schlafend ging Tom auf die Treppe zu.

Er stieg sie vorsichtig hinab, hielt sich am Geländer fest, und blieb auf dem Treppenabsatz stehen; seine Lippen bewegten sich, und seine Augenlider flackerten; er ging mit gleichmäßigen Schritten vorsichtig weiter nach unten, erreichte das Ende, tastete nach einer Stufe, die nicht da war, blieb ganz still stehen und wartete. Dann ging er weiter, durch den Flur mit den Holzdielen in das Wohnzimmer, befühlte die Täfelung, blieb stehen, als sie aufhörte und tastete mit den Händen in der Luft. Er wandte sich um und ging auf die Terrassentür zu, über die mondbeschienene breite Fläche der Holzdielen, nichts konnte ihn aufhalten, alles war luftig, offen und frei.

Doch Jessica, die unruhig schlief und träumte, drehte sich um und rief irgend etwas, und er blieb stehen und wartete. Stille.

Er ging weiter, streckte wieder die Hände aus. Sie berührten etwas Riesengroßes, Haariges, das hin- und herschwankte: Er riß die Augen auf. Das Zimmer war vom Mondschein erhellt, doch die Gestalt, die vor ihm aufragte, war riesig und dunkel, kopflos und trug einen Hut. Sie schwankte auf ihn zu, und er stieß schreiend danach. Sie stürzte mit einem entsetzlichen Krachen um, es war wie ein Donnerschlag; jemand schrie. Er spürte, wie sich über alles warmes Pipi ergoß.

Lichter gingen an, Türen flogen auf, Jessica schrie. Es war ein schreckliches, hohes Schreien, das immer lauter wurde. Nackte Füße rannten die Treppe hinab, Stimmen riefen.

Jemand nahm ihn fest in den Arm.

5 Die zitternde und weinende Jessica wurde nach oben gebracht und in das Bett ihrer Eltern gesteckt: Robert knipste Lichter aus, um den Sicherungskasten zu entlasten, und verteilte an mitgenommene Erwachsene Brandy. Er bot an, unten in Jessicas Zimmer zu schlafen. Ohne von dem Tumult um ihn herum etwas zu bemerken, schlief Jack, gleichmäßig atmend, weiter, während Frances Tom in dem vom Flur hereinfallenden Lichtschein einen frischen, trockenen Schlafanzug anzog.

»So«, sagte sie, während sie ihn zuknöpfte, Tom zu seinem Bett brachte und die Kissen glattstrich. »Hinein mit dir.«

Er war aschfahl, verschwitzt, und seine Haare standen in dicken dunklen Büscheln vom Kopf ab. Er kroch schwerfällig auf die Matratze und ließ sich niederfallen.

»Bleib bei mir.« Seine Augen blickten leer.

»Natürlich bleibe ich bei dir.« Sie setzte sich auf die Bettkante und hielt seine Hand.

»Was ist passiert?« fragte er sie. »Was habe ich getan?«

»Du –« Sie zögerte. Sollte man Kindern erzählen, daß sie schlafwandelten? Sie wußte, daß man sie nie aufwecken sollte; sie hatten ihn auch nie geweckt. Heute nacht – was sollte sie sagen?

»Du bist nach unten auf die Toilette gegangen«, sagte sie langsam. »Wahrscheinlich warst du halb im Schlaf und hast dich im Weg geirrt. Deshalb bist du gegen dieses – Ding gestoßen.«

Nun – so könnte es wirklich gewesen sein. »Armer Tom. Macht nichts, jetzt ist alles wieder gut.«

»Mmm.« Sein Atem wurde ruhiger. Plötzlich wurde ihr bewußt, während die Spannung nachließ, daß sie von Dora geträumt hatte, als unten der Krach losgegangen war, daß sie seitdem jedoch nicht einmal an sie gedacht hatte. Also laß es dabei, sagte sie zu sich selbst, an ihre Vernunft appellierend, und das Bild einer geordneten Zukunft erstand vor ihren Augen, aus der Dora verschwunden und Frances und Oliver wiedervereint waren, ihr Kind zwischen sich. Laß es dabei.

Tom gähnte und schlief ein, während seine Hand noch in der ihren ruhte. Frances wußte, daß Dora, die Kinder sehr gern hatte und ständig von ihnen sprach, bei dem entsetzlichen Krachen und Geschrei als erste die Treppe hinuntergerannt wäre; daß sie und niemand anderes es gewesen wäre, keine Frau, die er kaum kannte, die ihren Sohn in den Armen gewiegt, geschaukelt, ihn beruhigt und festgehalten hätte. *Dora,* schrieb sie, sah in die Dunkelheit hinaus, und dieses Phantasiebild von Dora erweckte noch größere Zuneigung in ihr als je zuvor, *ich habe heute nacht von dir geträumt, als Tom schlafgewandelt ist* ... Was war es für ein Traum gewesen? Sie schloß die Augen, während sie spürte, daß sie schläfrig wurde, und versuchte sich daran zu erinnern. *Laß mich wieder einschlafen, dich wiederfinden* ...

Die Dielen im Korridor knarrten.

»Frances?« flüsterte Claire.

Frances öffnete die Augen und sah sie im Nachthemd in der Tür stehen, auf einem Tablett zwei Tassen heiße Milch.

»Wie geht es ihm?« Claire deutete auf die Tassen. »Mag er vielleicht Milch?«

»Er schläft schon fast – schau.«

Claire betrachtete ihn. »Nimmst du ihn nicht mit zu dir ins Bett?«

»Nein, nein, das tun wir nie. Er ist in seinem eigenen Bett besser aufgehoben.«

»Aber wenn er noch einmal –«

»Das wird er nicht, das macht er nie. Normalerweise bringen wir ihn ins Bett zurück, noch während er schläft, und er bekommt gar nichts davon mit.« Sie gähnte und löste vorsichtig ihre Hand aus der seinen. »Wo ist Oliver?«

»Unten im Wohnzimmer mit Robert. Sie leeren den Brandy.«

»Oh. Das ist gut.« Wieder gähnte Frances. »Claire? Vielen Dank – es tut mir wirklich leid ...« Sie lächelte matt. »Dir wäre es sicher lieber, du hättest uns nie gefragt.«

»Unsinn. Wir reden morgen weiter. Gute Nacht.«

»Gute Nacht.« Frances wandte sich um, zog die Bettdecke über Tom zurecht und betrachtete sein bleiches, grob geschnittenes Gesicht.

Claire überquerte den Flur und stieß die Tür auf. Auf der Kommode stand eine Lampe, eine Glühbirne steckte in einer Weinflasche, darüber ein Lampenschirm aus Raffiabast: Das Zimmer sah behaglich und einladend aus. Jessica, in die Kissen gestützt, sah zerknittert und verweint aus, nicht viel älter als eine Sechsjährige.

»So, bitteschön.« Claire setzte sich neben sie und reichte ihr die Milch. »Danach fühlst du dich besser.«

Jessica nahm sie stumm entgegen und umschloß die Tasse mit den Händen. »Es ist Haut drauf«, sagte sie nach einer Weile.

»Weil du sie nicht trinkst.« Claire hob die Haut mit ihrem

Finger ab und hängte sie über den Rand der Tasse. »Kannst du dich noch an Dr. Dolittle erinnern? Gub-Gub, das Schwein, hatte eine Wäscheleine für die Haut auf heißer Schokolade.«

»Dr. Dolittle ist ein Rassist«, sagte Jessica. »Das haben sie in der Schule gesagt.«

»Bist du sicher?«

»Ja. In einem der Bücher will der Papagei den schwarzen Prinzen in einen weißen verwandeln. Er redet ständig davon.«

Claire schüttelte den Kopf. »Ich kann mich nicht daran erinnern. Egal, trink jetzt.«

Sie schlürften schweigend die Milch. Sie hörte, wie Frances aus dem Zimmer der Jungen kam und leise den Flur entlang und in ihr eigenes Zimmer ging. Sie hatte wie eine Krankenschwester ausgesehen, als sie da neben Tom gesessen hatte, so, als würde sie ihm den Puls fühlen. Nein, dachte sie einen Augenblick später, eigentlich hatte sie eher wie eine Patientin ausgesehen: zerbrechlich, in ihrem zerknitterten weißen Pyjama, dunkle Ringe unter den Augen, stumm.

»Mum?«

»Ja?«

»Ist Schlafwandeln normal?«

»Nein, es ist ungewöhnlich.«

»Ist es bei Jack und mir jemals vorgekommen?«

»Nein, nie.«

»Aber warum –«

»Ich weiß nicht, warum«, sagte Claire. »Das kommt einfach vor, es verliert sich mit der Zeit. Es tut mir leid, daß du so erschrocken bist. Geht es dir wieder besser?«

Jess stellte die Tasse auf den Boden und legte sich gähnend zurück. »Ein bißchen. Wo ist Dad?«

»Er trinkt ein Glas mit Oliver. Ich nehme an, sie gehen auch gleich ins Bett.« Claire trank ihre Milch aus, die jetzt nur noch lauwarm war, und stand auf, um das Licht auszumachen.

»Laß es an«, sagte Jess vom Bett her. »Bitte.«

»Okay.« Sie ging wieder zum Bett, legte das Federbett zurück und kletterte neben ihr hinein. »Ist das nicht herrlich?« Sie streckte einen Arm aus und strich über Jessicas dichtes, schweres Haar. »Wir haben lange nicht mehr in einem Bett geschlafen.«

»Werd bloß nicht sentimental.«

Claire lächelte. »Dir geht's eindeutig wieder besser.«

Jess gähnte erneut. »Gute Nacht. Vielen Dank für die Milch.«

»Gute Nacht, schlaf gut. Morgen schlafen wir uns aus.«

Claire lag in dem warmen, gemütlichen Schein, den die Lampe in das Zimmer warf, hörte von unten Roberts und Olivers leise Stimmen und dann, irgendwo tief im Gebirge, das Jaulen eines Hundes. Dann war wieder alles still, und sie schloß die Augen, und während sie vom Wachen in den Schlaf hinüberglitt, vergaß sie, wer nun eigentlich so dicht neben ihr lag: Jess oder Jack oder Tom.

»Das alles tut mir sehr leid«, sagte Oliver.

Robert schüttelte den Kopf. »Das braucht es nicht. Wir sollten einfach froh sein, daß ihm nichts passiert ist.«

»Ja.« Oliver schaute nachdenklich in seinen Brandy.

»Ist das schon öfters vorgekommen?«

»Hin und wieder. So etwa alle drei Monate. Manchmal passiert es zwei oder drei Nächte hintereinander, aber das ist selten. Ich glaube nicht, daß es noch einmal vorkommt, solange wir hier sind.«

»Und er wacht nicht auf? Das war das erste Mal?«

»Ja. Wahrscheinlich das fremde Haus. Normalerweise findet er sich zurecht, oft haben wir ihn gehört und gesehen, wie er selbst allein ins Bett zurückgefunden hat. Für uns ist es ein größeres Problem als für ihn – er ist am nächsten Morgen völlig in Ordnung. Ab in die Schule, als wäre nichts gewesen.«

Irgendwie, er wußte auch nicht, warum, fühlte Robert den Drang, sich nach den Feiertagen zu erkundigen. An Feiertagen, sagte Oliver, ging Tom zu seiner Tagesmutter. Dies war, überlegte er, das erste Mal, daß sie mehr als zwei Tage alle zusammen verbracht hatten seit – ja, es war wohl Ostern.

Er zuckte mit den Achseln. »Ich glaube, wir müssen alle noch ein wenig zur Ruhe kommen, das könnte etwas damit zu tun haben. Aber wir haben es mit unserem Hausarzt besprochen – er meint, das verliert sich mit der Zeit. Die gesamte Literatur bestätigt diese Meinung.«

Die Literatur, dachte Robert. Es war ein Wort, das irgendwie schlecht zu einem Kind paßte.

Sie saßen am hinteren Ende des Wohnzimmers, Robert in einem ungepolsterten Sessel, Oliver gegenüber auf dem abgenutzten Sofa, der Brandy stand auf dem Couchtisch zwischen ihnen. Da sie einander so im direkten Gespräch gegenübersaßen, vermied einer den Blick des anderen; sie blickten in ihre Gläser oder im Zimmer umher. Eine einzige, nur schwaches Licht verströmende Lampe stand auf dem Schreibtisch in der gegenüberliegenden Ecke, die mit Bücherregalen angefüllt war; das war die Stirnseite des L-förmigen Raumes, den Claire und Robert stets als hübsch, weitläufig, geräumig und gut aufgeteilt bezeichneten. Jetzt, im Dunkel hinter dieser düsteren Lichtquelle, empfand Robert die Ecke als bedrohlich und fremd. Jessicas Schreien klang noch in seinen Ohren; drüben neben der Eßzimmertür stand die dunkle Silhouette des Schäfermantels an ihrem Platz, wo sie immer stand: wieder aufgerichtet, bereit, ein weiteres Mal umzukippen.

Oliver trank schweigend. Er trug einen langen, dunkelblauen Morgenrock im Paisley-Muster, ein teures Stück, das so aussah, als hätte er es von einem Vater geerbt, der nur Dinge kaufte, die Generationen hielten. Robert wußte nichts über Olivers Vater, nicht einmal etwas über Oliver, und während er dasaß und wartete, bis dieser fortfuhr, zurückhaltend und kühl, spürte er, daß er auch keine große Lust hatte, viel von ihm zu wissen. Über Tom wollte er dagegen mehr erfahren, und so sagte er jetzt leichthin: »Kinder ...«, in dem verständnisinnigen Ton, in dem, wie er vermutete, Claire sich mit ihren Freundinnen oder anderen Müttern verständigte: Man hob den Blick zur Decke, aber man hatte das Problem im Griff.

Oliver antwortete nicht. Motten prallten gegen den Pergamentschirm der Lampe; Robert unterbrach die Stille mit einem Räuspern. Plötzlich sagte Oliver: »Wir wollten nie Kinder, es war nie die Rede davon.« Er leerte sein Glas und machte eine resignierte Handbewegung. »Aber so etwas passiert eben.«

Robert griff nach der Brandyflasche. Während er die Gläser nachfüllte, dachte er: Ja, aber ich will nicht wissen, wie es passiert – jedenfalls nicht in diesem Fall. Seit langem daran gewöhnt, daß ihn befreundete Kolleginnen ins Vertrauen zogen und er in vorbehaltloser Offenheit mit seiner Frau über derartige Dinge sprach, ertappte er sich jetzt bei dem Gedanken: Das ist Frauengeschwätz, das gehört zur Privatsphäre. Das waren die Informationen, mit denen ihn Claire normalerweise versorgte – vielleicht war es das, was Frances ihr gestern abend oben am Swimmingpool enthüllt hatte, obwohl er sich nicht vorstellen konnte, warum dies Claire so aus der Fassung hätte bringen sollen. Jedenfalls paßte diese Art Gespräch besser zu ihnen: Er hatte keine Lust, sich anzuhören, wie Oliver sich langsam und mühsam seine Probleme von der Seele redete, auch wenn er ihn aus Mitgefühl für sein Kind dazu aufgefordert hatte. Als er überlegte, mit welchem Mann er je ein derartiges Gespräch geführt oder auch nur den Wunsch dazu verspürt hatte, fiel ihm keiner ein. Nicht ein einziger. Er hatte es auch nie vermißt. Trotzdem –

»Und so wurde also ein Sohn geboren«, sagte er und bemühte sich, den richtigen Ton zu treffen.

»Während wir uns eine Tochter wünschten«, sagte Oliver. »Wenn schon ein Kind, dann wollten wir ein Mädchen. Ich bin sicher, ein Mädchen wäre für uns beide einfacher gewesen.«

Robert, der vor Augen hatte, wie Jessica zur Zeit war – schnippisch, hochnäsig, leicht gekränkt –, war nicht davon überzeugt, sagte jedoch nichts. Immerhin war dieses Verhalten noch neu, und man konnte nur hoffen, daß es eine vorübergehende Erscheinung war. Angesichts ihrer Tränen konnte man im Augenblick ohnehin nur als liebender und fürsorglicher Vater an sie denken. Und vielleicht hatte Oliver recht, vielleicht wäre eine Tochter wirklich besser für sie gewesen. Zumindest eine andere Art von Sohn.

»Und statt dessen«, bemerkte er, ohne nachzudenken, »statt dessen haben Sie ein Küken aus einem Kuckucksei.«

Zum erstenmal sahen sie einander offen an.

»Ja«, sagte Oliver, die Richtigkeit seiner Feststellung bestätigend. »Ja, genau. Unser einziges Kind, und wir wissen nichts mit ihm anzufangen. Ich jedenfalls nicht. Frances hat etwas mehr Geduld, aber –« Er brach ab und stieß unwillkürlich einen tiefen Seufzer aus. »Wie gesagt, wir wollten keine Kinder. Wir wollten einander – Gott, es scheint eine Unendlichkeit her zu sein.« Er erhob sich jäh. »Welch ein Durcheinander. Welch ein heilloses Durcheinander. Am besten sehe ich mal nach, ob alles in Ordnung ist.« Er stellte sein Glas ab, ging jedoch nicht, sondern blieb stirnrunzelnd und nachdenklich stehen, sehr groß, nackt unter seinem Paisley-Morgenrock, die langen Füße in flachen schwarzen Espadrilles. Trotz seiner Größe, seiner physischen Präsenz, schien er etwas von der Stärke, die Robert und Claire beide gespürt hatten, eingebüßt zu haben: Er sah erschöpft und niedergeschlagen aus, um Jahre gealtert. Vielleicht lag es an dem Schock, der ihn jäh aus dem Schlaf gerissen hatte, den Enthüllungen, die er mitten in der Nacht gegenüber einem beinahe Fremden gemacht hatte. Es war mehr als das alles, das war Robert klar, obwohl er nur vermuten konnte, was.

Er sagte: »Am besten räumen wir das Ding morgen weg«, und wies mit dem Kopf auf den Schäfermantel.

Oliver warf einen Blick darauf. »Ja. Tja –« Er lächelte gequält. »Hoffen wir, daß der Rest der Nacht ohne Zwischenfall verläuft.«

»Oh, ja.« Robert schenkte sich den letzten Brandy ein. »Ich glaube, den mache ich noch leer. Schlafen Sie gut.«

»Sie auch.« Oliver ging hinüber zu dem dunklen Korridor auf die Treppe zu; er stieg langsam hinauf; Robert hörte seine Schritte oben auf dem Flur, eine Weile war es still, als er einen Blick ins Zimmer der Jungen warf, und dann öffnete und schloß sich die Tür zu seinem und Frances' Schlafzimmer. Stille senkte sich wieder über das Haus.

Er saß noch eine Weile da, trank den Brandy, dachte nach, gähnte. Die Erinnerung an Jessicas Schreien verblaßte: Sie war gut aufgehoben, sie waren alle gut aufgehoben. Er stemmte sich aus dem Sessel, legte sich in Jessicas Zimmer auf das knarrende Bett und hüllte sich in die Decken. Doch er warf sich ruhelos von einer Seite auf die andere und klopfte immer wieder die dünnen Kissen zurecht. Trotz der Müdigkeit, trotz des Brandys dauerte es lange, bis er einschlafen konnte, denn er sah immer wieder im Dunkeln Toms Gestalt neben dem umgestürzten Kleiderständer vor sich – wie er sich mit weißem Gesicht und vor Panik starrem Blick daran klammerte.

Am nächsten Morgen schliefen alle lang, die Sonne strahlte bereits vom Himmel, als Jack die Augen aufschlug, nach seinem Buch griff und plötzlich einen Geruch wahrnahm. Auf dem Boden lag ein Schlafanzug; was hatte er da zu suchen? Er verstand: Tom mußte ins Bett gemacht haben, wie ein großes Baby. Er sah zu ihm hinüber, er schlief mit offenem Mund: Vielleicht sollte er jetzt ihm ins Auge stechen, damit er spürte, wie sich das anfühlte. Nein – er wollte nicht in seine Nähe kommen. Er nahm sein Buch, fand die Stelle, an der er aufgehört hatte, las ein paar Seiten und merkte dann, daß er Hunger hatte. Die Digitaluhr, die er im März zum Geburtstag bekommen hatte, zeigte eine Minute nach neun, kein Wunder also, daß er Hunger hatte. Aber im Haus war es vollkommen still, kein Laut war von unten zu hören. Er schlug die Bettdecke zurück und ging hinaus; gegenüber im Zimmer seiner Eltern brannte noch eine Lampe, und Jessica lag, das Haar auf dem Kissen ausgebreitet, neben Claire, beide in tiefem Schlaf.

Er rüttelte Claire an der Schulter. »Hey! Was ist denn hier los?« Er kletterte zu ihr ins Bett und schubste sie mit den Füßen. Was hatte Jessica hier verloren? »Rück ein Stück.«

Claire runzelte die Stirn und zog die Beine an. »Leise, Jack, hör bitte auf.«

»Aber was ist denn los? Wo ist Dad?«

»Pscht. Er ist unten in Jessicas Zimmer, wir hatten eine schlimme Nacht …« Sie öffnete die Augen und zog ihn an sich. »Sei nicht so mürrisch, es ist alles okay. So ist es schon besser. Jetzt halt still.«

»Was meinst du damit, eine schlimme Nacht? Tom hat ins Bett gemacht, es *stinkt* im Zimmer.«

»Pscht! Ich will Jessica nicht aufwecken.«

Aber verärgert und in ihrer Ruhe gestört, bewegte Jess sich bereits. Trotz der geschlossenen Läden war das durch die Ritzen hereinfallende Licht ein untrügliches Zeichen dafür, wie hell es draußen war. Sie zog ein Kissen über den Kopf und drehte sich zur Seite. Claire seufzte.

»Was für eine schlimme Nacht denn?« beharrte Jack.

»Tom ist schlafgewandelt«, sagte Jess unter ihrem Kopfkissen.

»Was? Was hast du gesagt?«

Schritte auf dem Korridor. Sie hörten, wie Robert Becher vor die Tür am Ende des Flurs stellte und taktvoll rief: »Oliver? Frances? Tee.« Dann kam er zurück zu ihrem Zimmer.

»Gott sei gedankt«, sagte Claire. »Genau das, was wir brauchen.«

»Wie geht's uns denn heute morgen?« Mit zerzaustem Haar und rundlich wirkend in seinem alten Schlafanzug, drückte Robert mit dem Ellenbogen die Tür zu und stellte das Tablett auf der Kommode ab, indem er das Durcheinander von Sonnencreme und Haarbürsten beiseite schob. Er knipste das Licht aus und schenkte ein. »Gut geschlafen?« Er stieg über Sandalen und Kleidungsstücke, die noch von gestern herumlagen, und reichte Becher herum.

»Du bist ein Engel«, sagte Claire, während sie einen Becher entgegennahm.

»Ich bin ein Tabletträger«, sagte Robert und ließ sich neben Jacks Füßen nieder. »Dieses Bett ist zu niedrig. Rück ein bißchen.«

Jack zog die Füße an, Jessica nahm das Kissen vom Kopf. Alle sahen einander an.

»Puh«, sagte Claire.

»Genau. Schon was gehört heute morgen?«

Sie schüttelte den Kopf. »Tom war noch nicht wach, als du aufgestanden bist, oder?« fragte sie Jack.

»Nein. Aber was ist denn *passiert*?«

»Ich hab's dir doch gesagt«, sagte Jessica und griff nach Claires Tee. »Tom ist nachtgewandelt. Er hat den Schäferumhang umgeworfen ... Du hast *alles* verschlafen.«

Das machte ihn wütend.

»Hör zu«, sagte Robert, nach dem Tee etwas weniger zerknautscht aussehend. »Ich erkläre es dir. Aber keine Sticheleien mehr, Jack, hast du mich verstanden? Laß Tom mal ein bißchen in Ruhe.«

Jack schaute verdrossen.

»Ich meine es ernst.«

»Vielleicht sollten wir alle eine Pause einlegen«, schlug Claire vor. »Vielleicht sollten wir heute irgendwohin gehen, damit sie allein sein und zur Ruhe kommen können – was meint ihr?«

»Ja!« sagte Jack. »Nur wir allein. Oh, ja, das machen wir. Wo wollen wir hin?«

Die Holzdielen im Flur knarrten, die Tür flog auf.

»Hallo, Tom«, sagte Robert.

»Klopf gefälligst an«, murrte Jack.

Tom sah mitgenommen und grau aus, als brütete er etwas aus – nein, dachte Claire, während sie ihm die Hand hinstreckte, eher, als erholte er sich von etwas, was natürlich auch der Fall war. Er stand im Türrahmen und starrte sie alle an, und sie klopfte auf die Bettdecke.

»Komm, setz dich. Wie geht es dir heute morgen?«

»Gut.« Die Frage schien ihn zu erstaunen; er näherte sich langsam, mit einem geistesabwesenden, betäubten Gesichtsausdruck, dem Bett. »Können wir heute schwimmen gehen?«

Jack sah ihn finster an. »Das ist *unser* Zimmer. Da hast du anzuklopfen.«

»Jack ...«, sagte Claire warnend.

»Tut mir leid«, sagte Tom. Er ließ sich schwerfällig auf dem Bett nieder, und Jack rückte zornig beiseite.

»Du sitzt auf meinen Füßen, hau ab.« Und während Tom seinen breiten Körper ungeschickt verlagerte, brach es aus ihm hervor: »Hau *ab*! Das ist *unser* Zimmer! Verschwinde!«

»Jack!« sagten Claire und Robert wie aus einem Munde.

»Tom«, sagte Robert, »ist schon gut, komm zurück ...«

Aber er war schon verschwunden.

Dora und Frances gehen am Fluß entlang. Es hat geregnet, und die Felder auf der anderen Seite des Wassers leuchten in einem saftigen Grün. Weidenbäume lassen ihre Äste über die Uferböschung hängen; dahinter hört man Kühe schmatzend das sommerliche Gras fressen. Hinter ihnen liegt das Haus, in dem sie wohnen, leer, friedlich, auf ihre Rückkehr wartend; in dem dazugehörigen stillen Garten, schön angelegt und gut gepflegt, steht ein Tisch, an dem sie bei schönem Wetter sitzen und frühstücken. Hier, zu ihrer Linken, bewegen sich alte Männer zwischen riesigen Bambusstöcken in einer losen Ansammlung von Schrebergärten hin und her; Stangenbohnen ranken zu dem wasserklaren Himmel empor, grün und scharlachrot vor dem Rauch eines feuchten Gartenfeuers. Die Luft riecht frisch und nach Erde; vor ihnen holt ein Fischer seine Angelschnur ein und wirft sie wieder aus; die Wellen bilden immer größere Kreise. Frances legt ihren Kopf auf Doras Schulter; Dora legt den Arm um sie. Sie gehen weiter.

»Ich liebe dich«, sagt Frances. »Ich habe dich immer geliebt.«

»Ich weiß«, erwidert Dora. »Es ist in Ordnung – ich habe es immer gewußt.« Und sie lächelt Frances so bejahend und voller Zuneigung an, daß Frances überwältigt ist, beschwingt vor Glück. Ich bin endlich zu Hause, denkt sie. Ich bin, wo ich hingehöre.

Und plötzlich ist sie wieder allein, der Fluß und die Nachmittagsstille sind verschwunden. Sie läuft durch dunkle Straßen, irgendwo in einer Stadt, die sie nie zuvor gesehen hat, liest Namen, die sie nicht kennt, klopft an Türen. Hinter ihr ruft ein Mädchen.

»Frances, Frances! Kennst du mich noch?«

»Nein«, sagt Frances. »Nein, jetzt nicht. Ich suche jemanden, laß mich in Ruhe.« Die Straßen werden schmaler, dunkler; sie fängt an zu laufen und ruft: »Dora! Dora!« Unendlich weit entfernt schreit jemand, eine Tür schwingt in den Angeln, als käme Wind auf ...

»Frances, Frances ...«

Sie öffnete die Augen, im Zimmer greller Sonnenschein: Oliver hatte die Läden aufgemacht und beugte sich, fertig angezogen, über sie.

»Du hast geträumt«, sagte er.

Sie bedeckte die Augen.

»Es ist schon spät, und du hast schlecht geträumt, da hielt ich es für besser, dich zu wecken.«

»Schließ die Läden. Bitte. Bitte – es ist zu grell.«

Er durchquerte das Zimmer und zog sie wieder zu. »Robert hat uns Tee gebracht – möchtest du welchen?«

»Gleich.« Sie blieb unverändert liegen, die Hand über den Augen.

»Was hast du geträumt?«

»Nichts«, sagte sie. »Ich weiß nicht mehr.«

»Du sahst aufgewühlt aus.«

»Wirklich?« Sie nahm die Hand von den Augen, ihre Glieder waren wie Blei. Dann sagte sie plötzlich: »Tom! Geht es ihm wieder gut?«

»Ich habe gerade nach ihm gesehen – er spielt draußen. Alle anderen machen sich fürs Frühstück fertig. Hier –« Er reichte ihr einen Becher von dem Bücherstapel neben dem Bett. Sie setzte sich auf und nahm ihn, nippte an dem lauwarmen Tee.

»Worüber hast du letzte Nacht mit Robert gesprochen?«

»Über nichts«, sagte er. »Ich weiß nicht mehr.«

Sie sahen einander an.

Frances sagte: »Oliver ...« Doch Doras Arm umfaßte sie wieder, drückte sie zärtlich an sich, und sie wandte sich ihrem Becher kalten Tees zu, und sein Name blieb in der Luft hängen.

Und Oliver sagte: »Ich lasse dich in Ruhe«, ging hinaus und schloß die Tür unerwartet vorsichtig.

Guida wartete unten darauf, das Frühstücksgeschirr abzuwaschen; sie hatte den Tisch gedeckt, doch niemand hatte etwas gegessen. Robert, den Kaffeegeruch in der Nase, bemühte sich, ihr alles zu erklären; er stand im Wohnzimmer, die Terrassentüren standen weit offen, und die Sonnenstrahlen fielen auf die Dielen und auf den gelben Schäferumhang und den schief darüberhängenden Hut.

»Schlecht ... *noite*«, sagte er, im Wörterbuch blätternd. »Alle haben schlecht geschlafen.« Er faltete die Hände, legte seine Wange darauf und schloß die Augen. Guida lächelte.

»Party«, sagte sie. »Trinken.«

»Trinken, ja«, sagte Robert, der feststellte, daß die Brandyflaschen und die leeren Gläser verschwunden waren. »Party, nein.« Er hing den Hut gerade. »Macht nichts. Vielleicht könnten Sie ...« Was sollte sie tun?

»Waschen«, sagte Guida und bewegte die Arme auf und ab, als ob sie auf einem Pferd ritte.

Robert lachte. »Ja, waschen«, sagte er. »Gute Idee.«

Sie ging vor sich hinsummend in das dunkle Badezimmer, nahm einen Stapel gebrauchter Kleidungsstücke aus dem Korb und trug sie langsam den Korridor entlang und durch die Küche hinaus, dann klapperten ihre Plastiksandalen die Stufen zur Zisterne hinauf. Robert betrachtete einen Moment lang den riesigen schweren Mantel auf dem Ständer, der so stabil aussah und so leicht umkippte. Sie mußten ihn unbedingt in den Keller bringen; er und Oliver konnten das nach dem Frühstück besorgen.

Er ging zurück in das Zimmer, das seit ihrer Ankunft hauptsächlich als Durchgang benutzt worden war: ein Raum, den man auf dem Weg hinaus auf die Terrasse durchquerte oder in dem man beim Hereinkommen die Badesachen fallen ließ. Er mußte ans vergangene Jahr denken, als es geregnet hatte und kühler gewesen war; sie hatten hier endlose Nachmittage mit den lebhaften Hobbs-Jungen beim Monopoly und dem Lebensspiel und die Abende mit deren unkomplizierten Eltern beim Bridgespiel verbracht. Dieses Jahr, so schien es, war das Lebensspiel von einer anderen Qualität.

Aber heute morgen schien die ursprüngliche laue Stille wieder in den Raum eingekehrt zu sein: Er betrachtete die großen, mit locker gewebten Gardinen bekleideten Fenster, die Holzdecke, die weißen Wände über der Täfelung, an denen bäuerliche Arbeitsgeräte hingen – eine Sichel, ein hölzernes Joch, eine Säge –, und stieß insgeheim einen erleichterten Seufzer aus.

Doch halt. Da war immer noch Tom. Wo war er?

Robert trat hinaus auf die heiße leere Terrasse; er lehnte sich auf die Brüstung, legte die Hand über die Augen und schaute nach unten. Zikaden sägten und schnarrten; Tom stand gestikulierend unter einem Pfirsichbaum und murmelte unaufhörlich vor sich hin, ohne es zu merken, eindeutig in ein Spiel versunken. Robert wollte ihn rufen und fragen, ob alles in Ordnung sei, aber in dieser völligen Versunkenheit lag etwas Unnahbares, was plötzlich die Erinnerung an längst vergangene Sommertage in seiner eigenen Kindheit wachrief, als auch er Zeit für sich allein gebraucht hatte. Vielleicht sollte man es Tom überlassen, seine Schwierigkeiten auf seine Weise zu überwinden; und vielleicht hatte Oliver recht – die Probleme waren für seine Umgebung größer als für ihn. Solange sie Jack im Auge behielten, würde sich alles wieder beruhigen. In dem klaren, ja blendenden Tageslicht wollte er nicht mehr darüber nachdenken, absolut nicht mehr.

Hier draußen war es viel zu heiß. Er ging wieder hinein, und während er darauf wartete, daß die anderen zum Frühstück herunterkamen, ging er zur Bibliothek an der Stirnseite des Raumes und überflog die Bücherregale; hier hatten sie alle letztes Jahr reichlich Lesestoff für die verregneten Septembernachmittage entdeckt: Biographien, Romane und Tagebücher, Reisebeschreibungen. In zwei, drei anderen Regalen befanden sich neben einigen zerlesenen Reader's Digest-Exemplaren Taschenbücher für den Urlaub, einige davon zweifellos von früheren Gästen hiergelassen: Agatha Christie, Dick Francis, Barbara Cartland, Barbara Pym.

»Ich *liebe* Barbara Pym«, hörte er Linda Hobbs ganz im Ernst sagen, in ihrem Laura-Ashley-Kleid, die Füße in den Dr.-Scholl-Sandalen, mit denen sie zwei Wochen lang über die Holzfußböden getrampelt war.

»Wer ist das noch mal?« fragte Geoffrey mit krausgezogener Nase.

Nach den Ereignissen der letzten Nacht würde ihm jemand wie Geoffrey ein Weilchen richtig guttun, dachte Robert. Auf der Marmorplatte des Schreibtischs lagen ein Gästebuch und der Ordner mit den Informationen über die Umgebung, den Robert Oliver an dem Abend gezeigt hatte, an dem er und Frances angekommen waren. Jetzt fiel ihm wieder ein, wie er an jenem Abend unbemerkt auf dem Balkon über der Terrasse gestanden und beobachtet hatte, wie förmlich, wie steif sie miteinander umgingen. Er hatte Vermutungen angestellt über die beiden und über die Intensität des Blickes, mit dem Frances Claire angesehen hatte, und gegen seinen Willen und trotz seines Wunsches, sich nicht mehr damit zu beschäftigen, fuhr er fort zu grübeln, obwohl inzwischen einige seiner Fragen beantwortet waren.

Von der Terrasse hörte man ein Geräusch: Tom kauerte auf den orangefarbenen Fliesen und beobachtete etwas. Robert bedeckte erneut die Hand mit den Augen. Gott, war das heiß.

»Was hast du da entdeckt?«

»Nur ein paar Ameisen. Ameisen sind wirklich interessant, was? Ganz schön stark.«

»Ja.« Er schaute auf die hin- und herhastenden Beine, die riesigen Brotkrumen. Er hockte sich neben Tom, streckte einen Finger aus, und die Ameisen wichen unerschrocken nach links oder rechts aus. »Du brauchst dich über Jack nicht aufzuregen«, bemerkte er beiläufig.

»Was?«

»Ich meine, wenn er dich aufzieht oder mürrisch ist. Mach dir nichts draus.«

Tom gab keine Antwort. Sein Gesicht hatte jetzt wieder eine gesündere Farbe; er streckte selbst einen Finger aus und lachte. »Schau mal, sie sind ganz durcheinander.«

Hinter ihnen waren Stimmen zu hören, man versammelte sich am Tisch. Der Duft von Kaffee, der aus der Küche gebracht wurde, drang durch die offenen Türen. Es wurde auch Zeit.

»Komm«, sagte er, klopfte Tom auf die Schulter und erhob sich steif. Vielleicht sollte er ein bißchen Morgengymnastik betreiben. Ach, zum Teufel. Das Leben war zu kurz, um es mit Morgengymnastik zu vergeuden. »Frühstück.«

Tom stand auf. »Darf ich neben dir sitzen?«

Der Keller hatte zwei Eingänge. Einer befand sich im Haus, eine schmale Tür ziemlich genau gegenüber dem Badezimmer, der andere war eine mit einem Vorhängeschloß versehene Tür in der Hauswand unterhalb der Terrasse; wurde sie aufgeschlossen, konnte hier direkt von der unteren Straße aus, die am Garten entlang ins Dorf führte, das Butangas angeliefert werden. Als sie am Nachmittag ihrer Ankunft das Auto ausgeladen hatten, hatten Robert und Claire, wie im vergangenen Jahr, das luftleere Schlauchboot in seiner Verpackung hier deponiert, wo es aus dem Weg war, aber schnell herausgeholt und aufgeblasen werden konnte. Auch der Fußball und die Kricketschläger befanden sich dort. Doch als Robert und Oliver nach dem Frühstück den schweren hölzernen Kleiderständer kippten und wie einen Leichnam nach unten transportierten, geschah dies selbstverständlich durch die Innentür. Hinter ihnen trugen Claire und Frances die Kleidungsstücke, gefolgt von den aufgeregten Kindern. Tom schien wieder völlig erholt; Jessica hatte, nach einigem Hin und Her und Einwänden von seiten der Erwachsenen, den Hut aufgesetzt.

Das Licht – eine einzige Glühbirne, ein schmutziges Fenster in der Ecke – war schwach, die schmale Treppe steil. Oliver, der voranging, hatte Kopf und Schultern gepackt, Robert die Querbalken des Untergestells, das etwas sperriger war und gegen die Wände stieß. Hinter ihm raschelten der Strohumhang und die Hosen.

»Drängelt nicht«, sagte Claire.

»Tun wir doch gar nicht«, sagten die Kinder.

Oliver erreichte den Steinboden am Fuß der Treppe und

ging etwas zu schnell weiter. Robert, der sich vorbeugte und gerade den größten Teil des Gewichts trug, drohte einen Augenblick lang das Gleichgewicht zu verlieren.

»Langsam, langsam.«

»Entschuldigung.« Oliver blieb stehen, blickte über die Schulter und ging dann schrittweise langsam vorwärts, bis Robert unten angelangt war. Auf der Mitte der Fläche machten sie halt; die Frauen und Kinder folgten.

»Wo stellen wir ihn hin?«

Robert brummte: »Irgendwo dahinten in die Ecke.«

Sie trugen ihn hinüber, an einem Tisch mit leeren, staubbedeckten Weinflaschen vorbei, und stellten ihn neben dem Fenster ab. Robert spürte, daß seine Arme zitterten; er wischte sich die Stirn.

»Geschafft. So, jetzt den Mantel.«

Claire und Frances trugen ihn zwischen sich – wie zwei Dienstmädchen, dachte er plötzlich, und als sie sich reckten, um ihn über das Holzgestell zu streifen und die Strohlagen glattzustreichen, sagte Jessica: »Es ist, als würde man eine Braut ankleiden oder so ähnlich.« Sie breitete die Arme aus und sang: »Ich finde mich hübsch, so hübsch …«

»Aber sonst geht's dir gut heute morgen«, bemerkte Robert.

»Und mit diesem Hut siehst du ganz reizend aus«, sagte Oliver.

»Das liegt daran, daß man ihr Gesicht nicht sieht«, sagte Jack, wenn auch nur halbherzig, und schaute sich um. »Es ist toll hier unten.«

Der Keller war groß, besaß einen Durchgang, begehbare Wandschränke und einen angenehm muffigen Geruch nach Holz. Ein zur Hälfte gefülltes Weinregal reichte vom Boden bis zur niedrigen Decke; große Butangasflaschen standen herum, Farbdosen, ein Ölofen, ein paar Liegestuhlgestelle, Dinge, die sich im Laufe der Jahre angesammelt hatten und ausrangiert worden waren. Für die jüngeren Gäste gab es eine Kiste mit altem Spielzeug aus der Zeit, als die Kinder des Hauses noch klein gewesen waren – Bauklötze, ein Schubkarren, eine Ente zum Hinterherziehen.

»Autos!« sagte Jack, der in der Kiste wühlte. »Ich hatte diese Kiste ganz vergessen.« Er kniete auf dem Boden und fuhr einen blauen Lieferwagen auf und ab. Am anderen Ende des Raumes nahm Jessica den Hut ab und schüttelte ihr Haar. Sie reichte ihn Oliver, der ihn mit einer Verbeugung entgegennahm und ihn dann vorsichtig auf den Ständer hängte, der kaum größer war als er selbst.

»So, das hätten wir«, sagte Robert. »Gut. Was fangen wir jetzt mit dem Tag an? Wonach steht der Allgemeinheit der Sinn?«

Weder er noch Claire hatten schließlich am Frühstückstisch den Vorschlag gemacht, einen Tag getrennt zu verbringen. Irgendwie war es ihnen dann doch gefühllos erschienen – vor allem, wenn man Frances ansah, die spät herunterkam und schweigend ihr Maisbrot mit Honig aß; vor allem nach Jacks Wutanfall vorhin.

»Ich meine es ernst«, hatte Claire beim Heruntergehen zu ihm gesagt. »Wenn du dich noch einmal so aufführst, gibt es Ärger.« Ärger? Sie wußte nicht, in welcher Form, sie wollte nicht über Drohungen und Bestrafungen nachdenken.

»Schon gut, schon gut«, sagte Jack und sprang von der vorletzten Stufe auf den Boden.

»Nun«, sagte sie jetzt, als sie sah, daß Oliver und Frances unschlüssig waren, da sie nicht wußten, welche Möglichkeiten sich boten, »wir könnten zum Beispiel das Schlauchboot mitnehmen.«

»Ja!« sagte Jessica. »Ja, Klasse. Das Schlauchboot ist wirklich toll«, erklärte sie ihnen, und Oliver lächelte sie an. »Man kann sich damit wie eine Dame flußabwärts tragen lassen.«

»Wie die weiße oder die schwarze?« fragte er sie ernsthaft.

»Sind alle einverstanden?« fragte Claire, die sich freute, daß Jess so begeistert war. »Jack? Gefällt dir der Vorschlag?«

Er wühlte wieder in der Kiste herum. »Darf ich es aufpumpen?«

»Wir wechseln uns ab. Tom? Wo steckst du? Hättest du Lust auf eine Ruderpartie?«

»Okay«, rief er. Er hatte ebenfalls etwas entdeckt, ein altes Puppenhaus aus Holz, das ganz hinten in einem der Wandschränke im Durchgang stand. Er zog es auf seinem Brett hervor und fuhr mit den Fingern über das staubige Dach; das hinterließ eine Spur, er pustete auf den Staub und mußte niesen.

»Also los dann«, sagte Robert; er fand die Vorstellung, mit dem Schlauchboot den Fluß hinabzufahren, auf einmal ganz prima, genau das richtige, um alle wieder ins Lot zu bringen; er wußte jedoch ganz genau, wem die Aufgabe zufallen würde, es richtig aufzupumpen und zu tragen, und das wollte er hinter sich bringen. »Jack? Laß die Autos jetzt, du kannst ein anderes Mal hier in den Keller gehen.«

»Wenn es regnet«, sagte Claire, und alle lachten bei dieser unwahrscheinlichen Vorstellung – nach den Vorkommnissen der Nacht ergriffen sie begierig jede Gelegenheit zu lachen – und stiegen wieder nach oben. Die drückende Morgenhitze begann bereits ins Haus zu dringen.

»Komm, Tom«, rief Frances über die Schulter.

»Ich komme.«

Das Puppenhaus hatte stumpfe orangefarbene Dachziegel, doch alles übrige, die Wände, war nicht angemalt, und die Fenster, jedenfalls die meisten von ihnen, waren leere vierekkige Höhlen ohne Rahmen oder Scheiben, nur eines im oberen Stockwerk besaß in winzigen Angeln hängende Läden. Unten war ein Seiteneingang, ebenfalls unvollständig und ohne Tür, aber auf der Vorderseite befanden sich zur Hälfte geschlossene Doppeltüren. Tom steckte den Finger in den Spalt und öffnete sie ganz; er spähte ins Innere, konnte jedoch nichts erkennen. Demnach mußte sich die ganze Vorderseite abnehmen lassen – ja, da war ein Haken an der Seite. Er zerrte daran, denn er haßte kleine, knifflige Dinge, und als er sich löste und die Vorderfront knarrend beiseite glitt, sah er plötzlich, so wie man im Traum etwas sieht, einen menschlichen Kopf, dessen aufklappbarer Deckel aufsprang und den Blick in ein dunkles leeres Inneres freigab. Entsetzlich. Einen Moment lang war er fassungslos. Dann schlug er den Deckel im Geist wieder zu.

Die Doppeltüren führten einen, vorausgesetzt man war eine Puppe, in einen riesigen Raum im Erdgeschoß, von dem kleinere Räume abgingen, und auf einen Flur mit einer Treppe, die sogar eine Kehre hatte. Im oberen Stockwerk gab es einen breiten Absatz, einen weiteren langen Flur und drei Schlafzimmer. Irgendwie kam es ihm vor, als hätte er das alles schon einmal gesehen, und wieder hatte er das verwirrende Gefühl, sich in einem Wachtraum zu befinden, nicht ganz in der Wirklichkeit, bis ihm aufging, daß er *wirklich* alles schon gesehen hatte, daß es dieses Haus hier war, das Modell dieses Hauses, das jemand angefertigt hatte. Ein tolles Ding.

Er trat zurück, um das zu überprüfen, und sah die Werkzeuge, die er bis jetzt noch nicht auf dem Untergestell bemerkt hatte: Meißel und eine kleine Säge, Schachteln mit Holzstückchen, Schrauben und anderem Krimskrams. Und als ihm bewußt wurde, daß es tatsächlich ein Modell war, fühlte er sich besser, als wäre er zurück auf der Welt, obwohl ein merkwürdiges Gefühl blieb – als wäre er beim Anblick dieser kleinen Ausgabe des Hauses ebenfalls geschrumpft, wie Alice im Wunderland, die er in einem Zeichentrickfilm gesehen hatte. Als ob er einmal in normaler Größe mit den anderen nach oben gegangen wäre und eine zweite, viel kleinere Ausgabe von ihm hier unten geblieben wäre. Mehr noch. Als wäre er einmal, ganz klein, in seinem Innern und blickte hinaus und sähe sich gleichzeitig aus großer Entfernung zu.

Ein gleichmäßiges, zischendes Geräusch ertönte irgendwoher, wie von einem entfernten Zug. Oder als wenn jemand nach Luft schnappte. Er kam sich allmählich merkwürdig vor, es gefiel ihm nicht. Dann hörte er Stimmen, und jemand fragte: »Wo ist Tom?« Das war Frances.

»Hier bin ich«, rief er. Er schloß die Vorderseite des Hauses, und der Deckel in seinem Kopf machte »klick«, obwohl er ihn bereits geschlossen hatte. Das Puffen und Schnaufen ging weiter, es war ganz nah, wie er mit einemmal feststellte, hinter der Tür auf der anderen Seite des Kellers. Er ging rasch hinüber und preßte das Gesicht an die Öffnung: Er sah Roberts Rücken und ein wenig von den anderen. »Hier!« schrie er. »Laßt mich raus.«

»Es ist abgeschlossen«, sagte Robert zu Frances, die auf die Tür zuging und ein Auge gegen die Öffnung hielt. Sie und Tom sahen einander an: Er sah ihre Pupille immer dunkler und riesiger werden.

»Was machst du da drinnen?« fragte sie. »Du mußt wieder über die Treppe heraufkommen, los.«

»Kann ich nicht hier heraus?«

»Tom, es ist abgeschlossen, Robert hat es gerade gesagt. Komm, mach schnell – du kannst uns bei dem Schlauchboot helfen, nicht wahr, Robert?«

»Je mehr, desto besser«, sagte Robert. Frances entfernte sich von der Öffnung, und Tom erblickte etwas Blaues und Gelbes, Roberts Fuß, der sich auf- und abbewegte.

»Ich komme!« Er drehte sich um und lief zur Treppe. Am anderen Ende, im Dunkeln, stand der Schäfermantel und beobachtete ihn: Als er dies merkte, machte er jäh kehrt und ging, wie von Fäden gezogen, in einem großen Bogen um ihn herum. Er lief die Treppe hinauf, schlug oben die Tür zu und rannte durch die Küche, wo Claire gerade hantierte.

»Alles okay?« fragte sie, als er vorbeilief.

»Prima, ich helfe jetzt Robert.« Er stieß die Tür auf, und Guida, die am oberen Ende der Treppe, bei der Zisterne, Wäsche auswrang, winkte zu ihm herab.

»Bom dia.«

»Bom dia!« rief er. *»Bom dia!* Wir fahren gleich mit einem Boot.«

Sie lächelte und nickte, ohne zu verstehen, und er rannte die Treppe hinunter in den Garten, wobei er die darunter hockende Katze aufschreckte; sie sprang auf das Gebüsch zu.

»Hallo, Puss!« Er lief um die Hausecke und wollte Frances von dem Hausmodell im Keller erzählen, doch dann sah er das Schlauchboot, die weißen Nylonschnüre an der Seite, die schönen Farben, die mit dem gleichmäßigen Puffpuff des Blasebalgs zunahmen und ihre volle Leuchtkraft entfalteten, und er vergaß alles andere.

Auf der glitzernden Wasseroberfläche erschienen scharfumrissene Spiegelbilder des überhängenden Felsens und der Kiefern auf der anderen Flußseite und lösten sich langsam und gleichmäßig in den Wellen auf, die sich an den schlüpfrigen Felsen brachen, als Robert das Schlauchboot auf die Biegung zusteuerte. Hier in der Flußmitte war das Wasser tief, die Strömung träge: Sie hatten sich von den Felsen und den kieseligen seichten Stellen entfernt, wo sie gestern morgen die Libellen beobachtet und mit den Netzen gefischt hatten. Es war sehr heiß, aber die Jungen trugen ihre Sonnenhüte und ließen ihre Hände seitlich ins Wasser hängen; Vogelgezwitscher und das leise Eintauchen der Ruder waren die einzigen Geräusche, die in der Stille zu vernehmen waren.

Claire und Frances, die auf dem dunkelgrauen Sand am Ufer saßen, winkten, als sie vorbeifuhren, und die Jungen winkten zurück, lachend, offensichtlich besänftigt.

»Prima«, sagte Frances, während sie sie beobachtete. »Du bist wirklich schlau.« Sie kramte in der Riesenstrandtasche nach der letzten Packung Zigaretten. »Stört es dich ...?«

»Nur zu«, erwiderte Claire. »Es hält die Fliegen fern.«

Frances zündete eine Zigarette an, sog tief den Rauch ein und schüttelte das Streichholz aus. Robert und die Jungen fuhren um die Biegung, die Felsen zu ihrer Rechten und zur Linken den sanften Gebirgshang, wo sie gestern vormittag spazierengegangen war und an Dora geschrieben hatte. Sie blies den Rauch in einer trägen Wolke aus und spürte, wie ihr bei dieser ersten Zigarette des Tages leichter ums Herz wurde.

»Tom scheint wieder in Ordnung zu sein, oder?« meinte Claire.

»Oh, ja, ja – ich sagte ja, daß das am nächsten Tag immer so ist. Letzte Nacht war es anders, aber ich denke, inzwischen hat er es Gott sei Dank völlig vergessen.« Sie inhalierte wieder, wobei ihr ein wenig flau wurde, als das Nikotin ihren Kreislauf erreichte. »Es tut mir leid, daß alle deswegen eine so schlimme Nacht hatten.«

»So schlimm war es schließlich gar nicht. Es war sehr nett, Jess mal wieder bei mir zu haben, das letzte Mal ist Jahre her. Was ist mit dir – hast du später gut geschlafen?«

»Oh, ja, sehr gut, danke.«

Ich hätte mir *Sehr gut, danke* auf einen Button stempeln lassen und anstecken sollen, dachte Frances, in der immer noch die Träume von letzter Nacht nachklangen, und sie schloß die Augen; sofort sah sie sich an einer endlosen Kette von Montagvormittagen in ihrem Büro sitzen und auf Doras Schritte auf der Treppe warten.

Während der Trennung an den Wochenenden war die Intensität des inneren Lebens, das Frances führte, manchmal erdrückend. Oliver und sie hatten Gäste zum Abendessen oder gingen zum Essen aus. Frances lächelte alle an und dachte an Dora. Auch Adrian und Dora waren ein paarmal zum Essen bei ihnen gewesen; umgekehrt hatten Frances und Oliver sie zu Hause besucht, einmal mit Tom. Oliver mochte Adrian, wie die meisten Leute, auch Frances selbst: Er war ein freundlicher, musikalischer Mann, der eine Stelle in der Verwaltung der Fernuniversität in Milton Keynes hatte. Gelegentlich hatte Oliver den Vorschlag gemacht, sich häufiger zu treffen: Frances hatte ausweichend geantwortet.

An den Wochenenden mußten sie und Oliver sich um Tom kümmern – abwechselnd jeden zweiten Samstag, sonntags gemeinsam. Pflichtgemäß trafen sie sich mit anderen Eltern; sie unternahmen mit Tom und ausgesuchten Kindern Ausflüge. Während sie durch Hampstead Heath wanderte, am Parliament Hill die Falken im Flug beobachtete oder im Zoo vom Schlangenhaus zum Affenhaus ging, dachte Frances an Dora. Sie erfand Episoden, durchlebte Gespräche ein weiteres Mal, sie schrieb ihren ewigen, imaginären Brief, sie schrieb ihn immer wieder neu.

»Wach auf«, sagte Oliver, als sie im Naturkundlichen Museum am Ende der Schlange angekommen waren, oder wenn er sah, wie sie, die Hände in den Taschen, auf und ab schritt, während die Kinder zu einer Spur Blau und Rot zwischen den Wolken hinaufstarrten.

»Entschuldige. Ich war meilenweit entfernt.«

»Du bist immer meilenweit entfernt.«

»Entschuldige. Jetzt bin ich da.«

Montags vormittags war Frances wie immer eine der ersten im Büro, und Dora, die von Barnes aus ganz London durchqueren mußte, eine der letzten.

Frances setzte Kaffee auf und begab sich an ihren Schreibtisch unter dem Oberlicht. An ihrem Schreibtisch neben den blauen Schwingtüren sortierte Elaine die Post, begrüßte Derek, der noch mitgenommener als sonst wirkte, und Jocelyn, der frisch und gesund und zu allem bereit aussah und Frances im Vorübergehen anstrahlte. Kate kam fluchend herein, knallte eine dicke Aktentasche mit Büchern auf den Tisch, und ein paar Minuten später kam Dora: Sie sah anders aus als die anderen, weder nervös noch aufgelöst, ohne das Bedürfnis, sich bei jemandem beliebt zu machen, obwohl sie alle begrüßte. Sie sah aus, als hätte sie gerade über etwas nachgedacht und machte sich jetzt für das bereit, was als nächstes kommen würde; wie sie so ihre marineblaue Jacke auszog und neben der Tür aufhängte, Kaffee einschenkte und mit leichtem, anmutigem Schritt durchs Büro ging, wirkte sie sehr zugänglich, empfänglich und herzlich, aber gleichzeitig wie ein Mensch, dessen Leben schon interessant genug war, ohne daß es weiterer neuer Bekanntschaften bedurfte. Und Frances, die sie wie immer eintreten sah, erwiderte ihr Lächeln und dachte: Du weißt, wie man sein muß, und stellst alle anderen in den Schatten. Du bist die Richtige. So einfach ist das.

»Und wie war dein Wochenende?« fragte Dora sie, während sie ihre Umhängetasche abstellte und ihre Post vom Tisch nahm.

»Sehr schön, danke.« Frances erhob sich, um Kaffee einzugießen und sich bei Elaine ihre Post zu holen. Sie kam mit einem Stapel von Briefen und Manuskripten in wattierten Umschlägen zurück, den Becher vorsichtig in der anderen Hand balancierend.

»Geht es?« fragte Dora, aufblickend und ein Paket Dias aufreißend.

»Ja, danke.« Sie deponierte alles auf ihrem Schreibtisch. »Und dein Wochenende?«

»Furchtbar«, erklärte Dora ruhig. Sie schob das Paket beiseite und nippte an ihrem Kaffee. »Ah, das ist schon besser. Sophie ist zur Zeit ständig schlecht aufgelegt: Ich hoffe, das geht irgendwann einmal vorüber, aber manchmal frage ich mich, ob wir es noch erleben. Sie hat einen neuen Freund.« Sie sah Frances vielsagend an, und Frances lachte.

»Wie ist er?«

»Stumm. Macht nichts, vielleicht ein andermal mehr von ihm. So, was haben wir hier?« Sie schlitzte einen kartonverstärkten Umschlag mit der Aufschrift »Bitte nicht knicken« auf. »Aha, die Schottischen Inseln. Endlich. Sie sind recht gut ...« Sie setzte ihre Brille auf, nahm die glänzenden Fotos eines nach dem anderen von dem Stapel und breitete sie auf ihrem Schreibtisch aus, nachdem sie den Kaffee vorsichtig beiseite geschoben hatte. »Sie sind wirklich sehr gut, sieh sie dir mal an ...«

Frances ging zu ihr hinüber. Sie stand neben Dora und betrachtete schwarzweiße Inseln, die im Nebel versanken, rauhe See und Gewitterwolken, ein Ruderboot an einer einsamen Küste. Übereinstimmend sortierten sie eines aus, das zu theatralisch war, ein anderes, das ans Süßliche grenzte.

»Hervorragend«, bemerkte Frances. »Willst du sie Jocelyn zeigen? Und ich rufe Philip an und sage ihm, daß sie gekommen sind, ja? Er muß diese Woche den endgültigen Umbruch vorlegen.«

»Okay.« Dora legte die Fotos sorgfältig wieder zu einem Stapel zusammen. Sie drehte sich um und berührte Frances herzlich an der Schulter. »Wollen wir gemeinsam zu Mittag essen? Hast du Zeit? Dann kann ich dir alles über den Freund erzählen.«

»Prima«, sagte Frances gleichmütig. »Ja, das können wir machen.« Und wie auf Wolken schwebte sie durch den Raum an ihren Schreibtisch zurück.

»Geht's Tom gut?« setzte Dora hinzu, als sie vorbeiging, um Jocelyn die Fotos zu bringen.

Frances nahm in ihrem Drehstuhl Platz und griff nach einer Zigarette. »Ja«, sagte sie, während sie sie ansteckte. »Ihm geht es gut, danke.«

»Frances?« fragte Claire neben ihr. »Möchtest du reden?«

»Nein.« Sie öffnete die Augen. Das Boot war außer Sicht, das Wasser wieder ruhig und glatt.

»Ganz bestimmt nicht?«

»Nein.« Sie schlang die Arme um die Knie und ließ die Zigarette verglimmen; zwischen ihren Fingern stieg ein dünner Rauchfaden auf. »Tut mir leid«, sagte sie. »Ich hätte dir nichts erzählen sollen, es ist unfair, dich damit zu belasten – und ich will einfach nicht. Vergessen wir das Ganze.«

»Kannst *du* es vergessen?« fragte Claire nach einer Pause.

Frances schwieg; sie rauchte wieder. »Nein, natürlich nicht. Aber ich lebe ja auch schon lange Zeit damit, ich habe mich damit abgefunden.«

Das ist eindeutig eine Lüge, dachte Claire, doch sie sagte nur: »Wenn du deine Meinung änderst, ich bin da.« Sie blickte sich um. »Ich frage mich, wo Jessica und Oliver geblieben sind.«

»Ja.«

Sie hatten sie oben im Dorf zurückgelassen: An der Straßenkreuzung hatte Frances, der einfiel, daß sie kaum noch Zigaretten hatte, gefragt, wo der Laden sei. Claire und Robert zögerten, da es sie drängte, zum Fluß zu kommen, und sie den Einkauf auf später, wenn es etwas kühler sein würde, verschieben wollten.

»Ich zeige es Ihnen«, sagte Jessica. Sie stand auf dem schrägen Kopfsteinpflaster, die Hände in den Taschen ihrer orangefarbenen Shorts, die gut zu ihrer zunehmenden Bräune paßten. Das lange dichte Haar unter ihrem Strohhut fiel ihr auf dic Schultern herab, die nackten honigbraunen Arme bildeten einen scharfen Kontrast zu ihrem weißen Oberteil. Sie ist hübsch, stellte Frances fest, während sie ihr lächelndes Gesicht betrachtete. »Es ist gleich da unten, Sie folgen der Straße, bis sie einen Rechtsknick macht. Ich bringe Sie hin, wenn Sie wollen.«

»Ja, danke«, sagte Frances, aber Tom, der ein Ende des Schlauchbootes trug, sagte ungeduldig:

»Ich möchte an den *Fluß*!«

»Ich weiß, Tom, ist ja gut, wir sind ja auf dem Weg. Ich brauche nur noch ein paar Zigaretten. Hast du keine Lust, mitzugehen und dir den Laden anzusehen?«

»Nein.«

»Er kann doch mit uns kommen«, schlug Claire vor, doch Frances, die genau wußte, daß die beiden sich in dieser Hinsicht schon sehr großzügig gezeigt hatten, wollte heute anders vorgehen und lehnte ab.

Einen Moment lang standen alle unschlüssig in der Hitze herum, und eine leichte Gereiztheit machte sich breit.

»Ich gehe«, sagte Oliver. »Komm, Jess, du kannst mir den Weg zeigen, ja?«

Und sie setzten sich bergab in Bewegung.

»Erwarten Sie aber keine Rothmans«, sagte Robert zu Frances, als sie ihren Weg die andere Straße hinunter, an gaffenden Kindern vorbei, fortsetzten. »Wer weiß, wie portugiesische Glimmstengel schmecken?«

»Sie werden schon gehen«, sagte Frances. »Alles tut's, solange es Tabak ist.«

»Ich habe es mir Gott sei Dank abgewöhnt.«

Und jetzt, während sie darauf warteten, daß Oliver und Jess wieder auftauchten, drückte sie ihre Zigarette im Sand aus und sagte zu Claire: »Sie sind bestimmt gleich hier. Wollen wir eine Runde schwimmen?«

Sie standen auf und wateten ins Wasser, das trotz der morgendlichen Hitze noch immer kühl war, ein Schock für die Haut.

Als sie nebeneinander standen und sich auf das Untertauchen vorbereiteten, sagte Frances: »Ich glaube, es ist an der Zeit, daß du mir etwas von *deinem* Leben erzählst.«

»Da gibt es nicht viel zu erzählen«, sagte Claire mit dem Gefühl, daß dies wirklich zutraf. Ich habe alles, was ich mir je gewünscht habe, sagte sie sich und mußte an das letzte Mal denken, als sie diesen Gedanken gehabt hatte: Sie hatte auf ihren Garten in London hinausgeblickt und darauf gewartet, daß die wiedergefundene Frances an der Tür klingelte. Damals hatte sie gedacht: Ist es gerecht, daß ein Mensch so viel hat? Wird einem nicht etwas genommen werden?

»Ich hab's geschafft!« Frances lag geschmeidig im Wasser auf dem Rücken und sah sie an. »Es ist herrlich – komm rein.«

Claire holte tief Luft und folgte ihr, wobei ihr einen Moment lang der Atem stockte. Und während sie hinausschwamm und sich allmahlich an die Kälte gewöhnte, überlegte sie: Tja, was sollte ich über mein Leben sagen? Schau, hier ist es. Als ich jung war – in der Zeit, als ich Frances kennenlernte –, versuchte ich mir auszumalen, wie die Zukunft aussehen würde, und versuchte, sie zu planen: nach London gehen, Lehrerin werden, herumkommen, mich verlieben. Dann traf ich Robert und vergaß alle Pläne – alles ergab sich von selbst, und ich war vollauf damit beschäftigt zu leben. Und hier bin ich, und hier ist alles, was mein Leben ausmacht: Arbeit, Familie, Freunde.

Und warum, fragte sie sich, während sie gleichmäßig flußaufwärts schwamm, habe ich jetzt, wenn Frances mich bittet, etwas von mir zu erzählen, das Gefühl, es würde noch etwas fehlen? Warum habe ich das Gefühl, als würde noch etwas auf mich warten, noch etwas geschehen?

Sie schwamm an der von Bäumen gesäumten Wiese zur Linken vorbei: Heuhocken wie Hexenhauben standen zum Trocknen in der Sonne. Frances, die bessere Schwimmerin, war ihr inzwischen weit voraus. Wenn ich das nicht denken würde, überlegte Claire, während sie gemächlich durch das kühle braune Wasser glitt, hätte ich wahrscheinlich das Gefühl, mein Leben wäre vorbei.

»Eigentlich gibt es zwei Läden«, erklärte Jessica, als sie aus dem Dunkel des ersten ins Freie traten. Sie stand am Eingang, ein Stapel Plastikspülschüsseln auf der einen Seite, weiche Reisigbesen auf der anderen, und versuchte sich zu erinnern. »Der andere ist gleichzeitig das Postamt.«

»Das ist praktisch«, sagte Oliver. »Sollen wir versuchen, ihn zu finden? Ich muß ohnehin Briefmarken kaufen.«

»Ich glaube, er ist am anderen Ende des Dorfes ... an der Straße, wissen Sie, die an unserem Haus vorbeiführt. Aber er ist trotzdem nicht in der Nähe des Hauses, er liegt irgendwie in der anderen Richtung ...«

»Hoffentlich brauchst du nie eine Expedition zu leiten«, sagte er trocken, während er die Zigaretten in seine Tasche steckte, und Jessica lächelte.

»Ich habe überhaupt keinen Ortssinn.«

»Na komm. Also, wenn er am anderen Ende des Ortes liegt, gehen wir wohl am besten hier weiter. Das dürfte der kürzeste Weg sein.« Ein alter Mann, der sich auf einen Stock stützte, kam zu dem Laden und blieb hinter Jess stehen; Oliver zog sie mit ausgestrecktem Arm vom Eingang weg, damit er vorbeikonnte. »Laß uns sehen«, sagte er. »Wir finden es bestimmt. Oder bist du versessen darauf, ins Wasser zu kommen?«

»Nein.«

Sie gingen über das Kopfsteinpflaster, vorbei an schmutzigen kleinen Mädchen in Polyesterkleidern, die mit zerfledderten Puppen in den Hauseingängen saßen. Vorhänge aus Plastikstreifen hingen in den Türfüllungen; dahinter hörte man Frauenstimmen, und irgendwoher erklang aus einem Radio verzerrte Popmusik. Etwas weiter unten war eine Lücke zwischen zwei Häusern, die mit Weinlaub überrankt war; darunter wuschen ein paar junge Mütter Wäsche in einem Steinbecken, über dem sich ein einziger Kaltwasserhahn in der Wand befand. Wie Guida benutzten sie ein dickes gelbes Seifenstück; das Wasser in dem Spülstein war grau und schaumig. Dort, von einer Fensterbank herab, spielte auch das Radio. Kinder mit ungekämmtem Haar fuhren mit Stöckchen müßig an der Wand auf und ab oder saßen da und bewegten die Köpfe im Rhythmus der Musik; graugesprenkelte Hühner mit scharlachroten Kämmen und üppigem Federkleid, ganz anders als die mageren Tiere oben am Haus, schritten pickend über das Pflaster. Als Oliver und Jessica tiefer ins Dorf vordrangen, kamen sie an weiteren Hühnern vorbei, eingepfercht hinter Maschendraht in winzigen Gärten oder verfallenden Scheunen, und an Ställen mit braunen Kaninchen, die welkes Gemüse verzehrten.

»Jetzt erinnere ich mich wieder an alles«, sagte Jessica, als sich die Straße erneut gabelte, vor ihnen steil bergauf führte und dann nach rechts abzweigte und einen kleinen Scheunenhof überquerte. »Es ist da oben, das Postamt, an der Hauptstraße. Und nebenan ist, glaube ich, eine

Café-Bar. Dad und Geoffrey sind abends manchmal hingegangen.«

»Tatsächlich?« Die Luft war glühend heiß; obwohl Oliver ein ausdauernder Spaziergänger war, spürte er Schweiß im Nacken, als sie bergan gingen. »Erzähl mir vom letzten Jahr«, sagte er, eher um Jessicas Aufmerksamkeit zu wecken als aus Neugier. Sie hatte kaum gesprochen, seit sie den Laden verlassen hatten, und er fragte sich, ob sie sich langweilte, ob sie doch lieber mit den anderen direkt zum Fluß gegangen wäre. Aber nach der vergangenen Nacht verspürte er das Bedürfnis, mehr zu erfahren, den Wunsch nach Abwechslung und einem Szenenwechsel, er wollte das Haus in seine Umgebung einordnen können und das Dorf und die Gegend besser verstehen lernen.

»Wie war die andere Familie?«

Jessica zuckte die Achseln. »In Ordnung. Wir kennen sie seit Jahren – Jack und Neil sind in derselben Klasse.«

»Und deine Eltern sind eng mit ihnen befreundet?«

»Linda und Mum. Na ja, Mum hat tausend Freundinnen.«

»Ja«, sagte Oliver. »Das kann ich mir vorstellen.« Ein kleiner brauner Vogel in einem an die Wand genagelten Holzkäfig zwitscherte lustlos über ihren Köpfen, als fände auch er die Hitze ermüdend. Aber es war nicht nur die Hitze, die Oliver zu schaffen machte; es waren die Nachwirkungen der unterbrochenen Nachtruhe und das anschließende Wachliegen. Das mochte auch die Ursache für Jessicas Schweigen sein, obwohl sie beim Frühstück und danach einen recht erholten Eindruck gemacht hatte.

»Und du?« fragte er. »Hast du auch tausend Freunde?«

Sie überlegte. »Ich glaube, ich bin ein bißchen wählerisch.«

Er nickte. »Die wenigen Auserwählten.«

Jessica gab keine Antwort; vielleicht hatte sie nicht richtig verstanden. Zum wiederholten Mal fragte er sich, ob Claires

Einladung, den Sommerurlaub hier gemeinsam zu verbringen, eher einem Mangel an Urteilsvermögen als dem ehrlichen Wunsch zu verdanken war, ihre spezielle Gesellschaft zu genießen. Sicher, ihre Freunde hatten absagen müssen, aber trotzdem. Er konnte sich nicht vorstellen, daß Frances oder er einen solchen Schritt gewagt hätten bei Leuten, die sie so lange nicht mehr gesehen hatten. Wenn jemand urteilsfähig war, dann Frances.

Vorbei an kleinen, allein stehenden Häusern mit schattigen Gärten näherten sie sich dem höchsten Punkt der Straße. Wie Oliver feststellte, war die Bergstraße vor ihnen dieselbe Straße, auf der sie gestern das Dorf verlassen hatten und in das Marktstädtchen gefahren waren, und er hörte das monotone Hufgetrappel und Geklingel eines Ochsenkarrens, der sich den Berg hinaufmühte. Dieses Geräusch rief wieder die Gründe in Erinnerung, weshalb sie hergekommen waren, und vertrieb viel von der nächtlichen Aufregung: Vielleicht würde hier, in einem fremden Land, das Schweigen zwischen ihm und Frances gebrochen, das ihr normales Leben in London zunehmend prägte. Aber daran wollte er jetzt nicht denken. Es war weitaus erfreulicher, den Anblick von heute morgen zu verdrängen, als Frances bleich in die Kissen gestützt dagesessen hatte, und sich auf die angenehme Gesellschaft von Jessica zu konzentrieren, die ihn interessierte.

»Was habt ihr letztes Jahr alles unternommen?« fragte er sie.

»Ach, ich weiß nicht. Wir sind geschwommen und haben herumgegammelt, ich weiß es nicht mehr so genau. Das Schlauchboot war am besten, das ist wirklich toll.«

»Kannst du rudern?«

»Klar.«

»Dann kannst du mich ja vielleicht nachher mal mitnehmen.«

»Ist gut.«

Sie traten auf die Straße hinaus.

Sie wies mit dem Kopf auf einen an der Wand befestigten Briefkasten und ein Reklameschild für Eiscreme auf einem Ständer. »Da ist es. Wollen Sie Ihre Briefmarken kaufen?«

»Zuerst kaufe ich dir ein Eis«, sagte Oliver. Der Ochsenkarren, schwer mit Holz beladen, fuhr schwankend auf sie zu, die Tiere, durch ein Ledergeschirr verbunden, waren schweißüberströmt. Ihre Augen waren sanft, dunkel und riesig; sie hatten Schaum vor dem Maul.

Er berührte Jessica leicht an der Schulter. »Komm weiter.« In dem kleinen Postamt, in dem überall Töpfe und Pfannen und Spielzeug hingen, führte ein Eingang zur Linken direkt in eine winzige Café-Bar: eine Musicbox, drei Tische mit Storchenbeinen, ein Dutzend billiger Stühle und eine Theke. Draußen, unter einem Baldachin aus Wein, standen weitere Tische. Mit Hilfe seines Sprachführers erstand Oliver bei einer winzigen Frau in einem bedruckten Kittel und mit Brille seine Briefmarken. Er blätterte die Eiskarte durch, aber Jessica kannte sie bereits. »*Gelado*«, sagte sie zu der kleinen Frau, die lächelnd die aufklappbare Theke hob und sie durch die Tür ins Café führte. Sie kauften in Papier eingewickelte Becher mit Erdbeer-Vanille-Eis.

»So ähnliches Eis gab es auch, als ich klein war«, erzählte er Jessica, als sie wieder in die Sonne hinaustraten.

»War das vor der Sintflut?« fragte sie unschuldig, während sie von ihrem Eis die Spitze ableckte.

Er sah sie an und lachte. »Ganz schön frech.« Ein Auto kam hinter ihnen die Straße herauf – Oliver scheuchte Jessica an den Rand. »So. Jetzt an den Fluß. Ja?«

»Ja«, sagte sie, während sie das Papier am Rand etwas abzog. Der Ochsenkarren war außer Sicht; sie gingen wieder die Straße mit dem Kopfsteinpflaster hinunter, was jetzt weniger anstrengend war, obwohl die Sonne inzwischen hoch am Himmel stand.

»Dein Vater hat gesagt, letztes Jahr hätte es ein wenig geregnet.«

»Ja«, sagte sie wieder, »aber das war nicht schlimm. Wir haben eine Menge Spiele gespielt.«

»Aber kein Schach.«

»Nein.« Sie gingen weiter. »Eigentlich«, sagte sie, als sie wieder bei der Gabelung ankamen, »ist es dieses Jahr besser als im letzten.«

»Tatsächlich?« Er wandte sich ihr überrascht zu. »Weshalb?«

Sie betrachtete konzentriert ihr Eis.

»Ich weiß nicht«, sagte sie. »Es ist einfach so.«

»Da seid ihr ja«, sagte Claire und blickte von ihrem Buch auf. »Ich habe mir allmählich Gedanken gemacht. Mein Gott, seht ihr erhitzt aus.«

»Es ist *kochend heiß*«, sagte Jessica. »Wo ist das Schlauchboot?«

»Dad ist mit den Jungs unterwegs – guck nicht so böse, sie sind bestimmt bald wieder hier. Komm, trink etwas.« Sie schraubte die Thermosflasche auf. »Oliver?«

»Ja, bitte.« Er ließ sich im Sand nieder. »Wo ist Frances?«

»Noch im Wasser – sie ist über die Insel hinausgeschwommen. Sie ist eine gute Schwimmerin, nicht wahr?«

Er nickte und nahm den Becher entgegen. »Besser als ich.« Er trank, als verdurstete er, und verjagte ein Insekt von seinem nackten Arm. »Jetzt geht es mir schon besser. Ich glaube, ich schwimme ein Stück, solange wir warten. Jessica hat mir freundlicherweise angeboten, mit mir eine Schlauchbootfahrt zu machen.«

»Wirklich, Jess?«

»Es sei denn«, setzte er rasch hinzu, »Sie und Robert –«

»Nein, nein, nur zu, es ist genügend Zeit.« Interessant, dachte sie bei sich, während sie Jess Saft eingoß, daß ausgerechnet sie zu dem förmlichen, zurückhaltenden Oliver Zugang gefunden hatte. Und gefährlich, dachte sie plötzlich, als ihr sein Wutanfall gegenüber Tom in der sengenden Hitze der Maisfelder einfiel, bei ihrem ersten Marsch hier herunter – und dann wischte sie den Gedanken beiseite. Alle waren etwas nervös gewesen an dem ersten Tag, den sie gemeinsam verbracht hatten, Tom übermüdet und überreizt, und schließlich schrien alle Leute manchmal ihre Kinder an.

»Ich gehe auch schwimmen.« Jess streifte ihr T-Shirt über den Kopf und ließ ihren leuchtend grünen Badeanzug sehen. Sie schüttelte mit einer langgewohnten Geste ihre Mähne, doch es wirkte, wie Claire bemerkte, anders als sonst: Sie wurde nicht nur älter, sondern auch selbstbewußter.

Neben ihr hatte auch Oliver sich bis auf seine Schwimmshorts entkleidet; er und Jessica liefen über den warmen Sand ans Ufer. Und da kam auch Frances von der gegenüberliegenden Wiese direkt auf sie zu geschwommen.

Oliver hob zum Gruß die Hand. »Ich hab' deine Zigaretten. Und Briefmarken.«

»Bestens.« Frances erreichte das flache Ufer; sie richtete sich auf, tropfnaß, ein wenig keuchend von der Anstrengung. »Sind die anderen noch mit dem Schlauchboot unterwegs? Sie müssen ja Meilen zurückgelegt haben.«

»Genau wie du«, sagte Claire.

Frances wischte sich das Wasser aus dem Gesicht. »Jetzt geht es mir viel besser.« Sie ging ans Ufer und lächelte Oliver und Jessica an. »Ihr zwei seht erhitzt aus. Dieser Badeanzug gefällt mir.«

»Danke.« Jessica ging an ihr vorbei und schlang die Arme um sich, als das kalte Wasser ihre Knie erreichte.

»Wir haben einen Eisvogel gesehen!« Der Ausruf kam von der Biegung flußabwärts, und dann tauchte auch das Schlauchboot auf, das Robert nun sehr viel langsamer ruderte, und die Jungen schrien und winkten.

»Das stimmt nicht.«

»Doch, das stimmt – es war toll!«

Claire stand auf, um sie zu begrüßen und, falls nötig, das Boot mit an Land zu ziehen, doch Oliver und Jessica tauchten bereits ins Wasser und schwammen darauf zu.

»Wir sind an der Reihe!« rief Jess. »Jetzt sind wir dran.«

Robert hielt die Ruder still und ließ das Boot treiben, blaue und gelbe Reflexe tanzten auf dem Wasser, als sie näherkamen. Claire und Frances standen nebeneinander und sahen zu.

»Ich habe meine Meinung geändert«, sagte Frances ruhig.

Claire sah sie an. »Was?«

»Ich meine, ich möchte doch mit dir reden. Glaube ich. Wenn es dich nicht stört. Ich meine nicht jetzt gleich, irgendwann.«

»Natürlich. Ja, natürlich. Wann immer du willst.« Claire wandte sich wieder dem Fluß zu und legte die Hand über die Augen. Robert versuchte lachend, Jessica abzuwehren, die am Boot hochkletterte, vom Wasser aus keine Kleinigkeit. »Du kippst uns noch um!«

»Gut so«, sagte Jessica, ebenfalls lachend.

»Vorsicht!« rief Claire. »Sei nicht unvernünftig, Jess, laß sie an Land kommen.«

Aber den Jungen gefiel es. »Wir werden angegriffen! Piraten – alle Mann von Bord!«

Oliver hielt es an der schwankenden Seite fest. Sie hörten ihn sagen: »Los, Tom, raus mit dir«, und Frances sagte plötzlich: »So weit kann er nicht schwimmen. Es ist dort zu tief für ihn.«

Claire bildete mit den Händen einen Trichter vor dem Mund. »Robert!« rief sie. »Robert! Hört auf mit dem Quatsch – bring das Boot ans Ufer!«

Sie warnte zu spät. Als nun vier Personen das Boot von innen zum Schwanken brachten und ein Erwachsener von außen daran zerrte, neigte sich das Schlauchboot langsam, aber unaufhaltsam zur Seite und kippte alle mit einem Platschen, das kein Ende nehmen wollte, ins Wasser.

Einen Moment lang standen Frances und Claire wie angewurzelt da. Dann, als sie über den Sand zum Ufer liefen, sahen sie, daß niemand unter das Boot geraten war, sich alle daran festhielten und immer noch lachten; Tom klammerte sich an Roberts Schultern, und Jack schrie vor Aufregung: »Toll! Toll! Noch mal!«

Gegen Abend, als es nach der langen Nachmittagshitze etwas kühler wurde, erwachte das Dorf wieder zum Leben. Mit dem Schlauchboot, Taschen und Körben beladen, kehrten die beiden Familien, bis auf Claire, die schon vorausgegangen war, durch die Maisfelder zurück. Sie gingen den weichen staubigen Weg unter dem Rebdach entlang und dann die Kopfsteinpflasterstraßen hinauf und begrüßten bekannte Gesichter.

»Bo tar'.«

»Bo tar'.« Die Frauen in ihren geblümten Kitteln und die zahnlosen alten Männer in Hemdsärmeln nickten ihnen zu, als sie vorbeigingen, auf ihre Stöcke gelehnt oder Brotstücke abreißend, während sie draußen auf den Balkonen inmitten von Geranien zu Abend aßen.

»Da ist Guida«, bemerkte Robert, der das Mädchen, in Jeans und Lochstickereibluse, plötzlich in einer Gruppe junger Leute entdeckte. Sie hatte Lippenstift aufgetragen, was er bisher noch nicht an ihr gesehen hatte, und ihr Haar war zu einem Pferdeschwanz gebunden.

»Bo tar', Guida«, sagten sie im Chor, als sie näherkamen, und Guida nickte, unterbrach ihre Unterhaltung mit einem Jungen, der pomadisiertes, zurückgekämmtes Haar hatte, lächelte Robert flüchtig an und drehte sich wieder um, offensichtlich ohne den Wunsch, die Begegnung länger auszudehnen.

»Komisch, sie hier zu sehen«, sagte Jack.

»Ja.« Robert verlagerte das Gewicht der Paddel auf den anderen Arm und nahm sich vor, gleich nach der Heimkehr zum Trost auf der Terrasse einen Longdrink zu genießen. Claire war bereits oben und bereitete das Abendessen vor; sie hatten heute unten am Fluß gepicknickt, da niemand Lust gehabt hatte, in der Hitze zum Haus hinaufzugehen, alle waren gut gelaunt gewesen, hatten sich ausgeruht und waren an verschiedenen Stellen unter den Bäumen am Ufer eingeschlafen. Selbst die Jungen hatten geschlafen, was er im Freien für unmöglich gehalten hatte. Doch jetzt war er trotz der Ruhepause müde von der frischen Luft und fing an zu gähnen.

Sie näherten sich der Kreuzung, an der zu ihrer Rechten hoch oben die Dreschhalle lag, wo die Kinder draußen auf dem Hof spielten und die Straße zu ihrer Linken wieder in Kurven bergab zu dem Laden führte. Chips, dachte Robert träge; seit dem Mittagessen war viel Zeit vergangen, und sie brauchten etwas zu ihren Drinks. Die Chips-Vorräte verschwanden wie immer tütenweise aus dem Schrank. Er blieb stehen und drehte sich zu den anderen um.

»Ich springe mal schnell in den Laden. Braucht jemand noch etwas?«

»Chips«, sagte Jack. Er trug das eine Ende des Schlauchboots, und Tom das andere. Sie sahen sonnenverbrannt und zerzaust aus, so, als würden sie heute nacht gut schlafen.

»Außer Chips?«

»Was gibt es da noch?« fragte Tom. »Darf ich mitkommen?«

»Klar.« Er warf einen Blick auf Oliver und Frances, die Jess in die Mitte genommen hatten. Sie wirkten harmonisch, gut zueinander passend, wie die Art wohlgebildeter dreiköpfiger Familie, die man in einer Kunstgalerie antreffen konnte, ungezwungen und in kameradschaftlichem Gespräch. Eine Tochter paßte tatsächlich gut zu ihnen.

»Hilf du Jack mit dem Schlauchboot«, sagte er zu Jess. »Na los, es sind nur noch zwei Schritte den Berg hinauf, es wird dich nicht umbringen. So, Tom, auf geht's.«

Der Abendsonnenschein warf ein mildes Licht auf das Kopfsteinpflaster; Hand in Hand gingen sie den Berg hinab, vorbei an Hunden, die erwachten und sich kratzten, an Kleinkindern mit auf und ab holpernden Schubkarren. Plötzlich hörten sie zu ihren Füßen ein ungewöhnliches Geräusch.

»Hey!« sagte Tom lachend. »Was war denn das?«

Sie blieben stehen und erkannten eine Art Stalltür in der Mauer unterhalb des Hauses, an dem sie gerade vorbeigingen. Dahinter hörte man Grunzen und Schnüffeln.

»Es ist ein Schwein!«

»Richtig. Das hatte ich ganz vergessen.«

Sie traten an die Tür heran und sahen in Fußhöhe eine mehrere Zoll große Öffnung oberhalb der Treppe; Tom kauerte sich nieder und spähte hinein. Neben ihm sah Robert eine feuchte rosa Schnauze und Borsten. Das Grunzen wurde lauter und fordernder.

»Es ist stockdunkel da drinnen.« Tom preßte das Gesicht gegen die Öffnung.

»Sei vorsichtig.«

»Warum?«

»Es könnte beißen.« Bissen Schweine?

»Es ist süß. Können wir ihm etwas geben?«

»Tja ...«

»Nur einen Apfel oder so was.«

»Vielleicht auf dem Rückweg.«

Der Laden war ziemlich voll, da er einen schwunghaften Handel mit Dosengemüse und Waschpulver betrieb. Robert stellte fest, daß er wie im vergangenen Jahr der einzige Engländer war. Sollten sie ruhig in Scharen die Algarve heimsuchen, diese Ecke hier hatten sie Gott sei Dank noch nicht entdeckt. Der Ladenbesitzer gab in gebrochenem Englisch zu verstehen, daß er ihn wiedererkannte; sie schüttelten einander die Hand. Robert kaufte riesige rote Tüten mit Chips und für das Schwein eine Tüte verschrumpelter gelber Äpfel in Eigröße. Sie gingen durch die länger werdenden Schatten die Straße hinauf.

»Da sind wir!« rief Tom, als sie sich der Stalltür näherten und das Grunzen erneut einsetzte. Er kniete sich auf die Treppe und schob einen Apfel durch die Öffnung, der unter lautem Schnauben verschwand. »Noch einen? Hier, bitteschön.«

»Nicht zuviel, sonst bekommt es noch Bauchweh.« Robert nickte ein paar vorübergehenden Leuten zu, die nachsichtig über den englischen Jungen lächelten, und gähnte erneut.

»Komm jetzt, Tom«, sagte er. »Wir besuchen es demnächst wieder.«

Tom erhob sich widerstrebend. »Glaubst du, es hat immer da drin gelebt?« fragte er, als sie den Berg hinaufstiegen.

»Wahrscheinlich. Ich glaube, es gehört Guidas Onkel. Ich meine, letztes Jahr wäre es irgendwie um Schweine gegangen.«

Durch die Obstbäume hindurch konnte Robert Oliver und Frances auf der Terrasse sehen; er hörte das Klirren von Flaschen und Gläsern. Gott sei Dank. Sie erreichten das große Tor und gingen am Auto vorbei hinein und durch den Garten.

»Hallo.« Frances, jetzt mit einem sommerlichen grünen Rock bekleidet und das Haar frisch gewaschen, lehnte sich gelassen und entspannt über die Brüstung.

»Mum! Frances! Da unten ist ein Schwein! Wir haben ein Schwein entdeckt!« Tom riß sich von Robert los, rannte zur Treppe und stürmte restlos glücklich auf sie zu.

Die Dämmerung senkte sich herab; die Kinder waren ins Bett geschickt worden. Nach dem Abendessen saß Frances in der Bücherecke des Wohnzimmers, in einen Sessel gekauert und in ein Buch vertieft. Das lange Schwimmen hatte sie gegen die plötzliche Abendkühle empfindlich gemacht. Die anderen saßen noch bei Kerzenschein auf der Terrasse, aber sie war hineingegangen, um sich einen Pullover zu holen, hatte selbst darin noch gefroren und war bei den Bücherregalen hängengeblieben.

Briefe, Tagebücher, Biographien: In Erinnerung an alte Zeiten zog sie Quentin Bells[7] Buch über Virginia Woolf heraus und las hier und da ein Stück einer Prosa, die so klar, direkt und vertraut war, als sei sie an sie persönlich gerichtet, als kenne Bell sie seit Jahren. Nun, Virginia und sie hatten sich in Bristol recht gut gekannt, sie hatten viele Stunden zusammen in der Bibliothek verbracht. Sie blätterte in den Seiten, setzte sich. Sie stieß auf eine Beziehung, von der sie zu jener Zeit überhaupt nichts gewußt hatte, da sie sich – wie es damals erwartet wurde – auf die Arbeit konzentriert hatte. Frances begann diese Seiten zu lesen, diese Theorien über die Natur einer besonderen Freundschaft.

Virginia mochte Vita[8]. Sie genoß ihr Interesse und ihre Bewunderung, lobte, was es an Vitas Schreiben zu loben gab, obwohl sie feststellte: »Was Verstand und Scharfblick betrifft, bin ich höher organisiert als sie.« Die Aussicht, daß sie zum Mittagessen kommen würde, war »ein großer Spaß und ein Vergnügen«. Aber war es mehr?

»Daß sie in mich ›verliebt‹ ist (die Anführungsstriche müssen sein), regt auf und schmeichelt und beschäftigt ...« Das war alles? Offensichtlich, auch wenn die beiden Frauen sehr vertraut miteinander waren. »Was für eine Art ›Liebe‹ ist das?« hatte Virginia ihr Tagebuch gefragt, wobei der marmorierte Federhalter fieberhaft über die Seiten flog.

Vom Berg gegenüber hörte man die Turmuhr schlagen, fünf zitternde Schläge. Frances hörte auf zu lesen und sah auf die Uhr: Es war kurz nach zehn. Sie saß da, die Hand auf dem aufgeschlagenen Buch, und lauschte dem Zirpen der Grillen und den gedämpften Stimmen der anderen draußen: ungezwungen, interessiert, offensichtlich erholt von den Auswirkungen der letzten Nacht. Vielleicht hatten gerade die Geschehnisse der vergangenen Nacht dazu beigetragen, das Eis zu brechen. Sie fühlten sich allmählich wohl – in dem Haus und miteinander –, und England schien unendlich weit weg zu sein, als ob ihr Leben dort keinerlei Bedeutung mehr besäße, ja, gar nicht mehr wirklich wäre.

Dora, schrieb Frances, der dieses Gefühl Unbehagen bereitete, *ich denke an Dich und frage mich, was Du wohl gerade machst ...*

Es gab Zeiten, da brachte der Brief, dieses lange innere Gespräch, Dora Frances so nahe, daß sie Stunden damit verbringen konnte – während sie von der Arbeit nach Hause fuhr, Tom bei der Tagesmutter abholte, mit ihm nach Hause ging und das Abendessen zubereitete, alles wie in Trance. Jetzt gelang es ihr weder den Brief fortzusetzen, noch Doras beruhigende Gegenwart zu beschwören. Virginia hatte Vita geliebt – sie in gewisser Hinsicht anscheinend vergöttert –, aber nicht so, wie Vita sie geliebt hatte. Nicht auf diese Weise.

Dora, schrieb Frances, *ich verliere Dich, komm zurück, komm zurück –*

Es war vergebens. Wie ein ungnädiger Geist bei einer Séance wollte Dora heute abend nicht erscheinen. Frances klappte langsam das Buch zu und stand auf, um es wieder an seinen Platz im Regal zu stellen. Sie fühlte sich leer, als hätte sie einen Verlust erlitten.

Sie ging auf die Terrassentür zu; hinter sich hörte sie das Rascheln von Seiten, und als sie sich umdrehte, sah sie, daß Jessica, den Walkman auf dem Kopf, eingeschlafen und das Buch ihrer Hand entglitten und auf den Boden gefallen war. Was las sie? Was hatte Frances mit zwölf, dreizehn Jahren gelesen? In der Erinnerung kehrten lange, einsame Sommerabende zurück, während sie über die Holzdielen zu Jessicas Zimmer ging. Sie sah sich wieder oben in ihrem Zimmer, hörte, wie Rasenmäher von hemdsärmeligen Männern in Vorortgärten auf und ab geschoben wurden, wie die Vögel zwitscherten, die gerade ihr Nest bauten, wie der Bus auf der Hauptstraße in den nächsten Gang schaltete und davonfuhr. Die Schuluniform für den nächsten Tag lag auf dem Stuhl, der an ihrem Schreibtisch unter dem Fenster stand; Frances, im Schlafanzug, in die Kissen gelehnt, vertieft in *Anne von Green Gables, Anne von Avonlea, Anne von der Insel …*

Wußte ich es damals schon? fragte sie sich, als sie in Jessicas Zimmer trat. Nein. Anne von Green Gables verliebte sich in Gilbert, der in ihre Klasse ging und später Arzt wurde und sie heiratete, und ich verliebte mich auch in ihn. Später, als Rowan hierherzog und zu uns aufs Gymnasium kam, da wurde es mir klar. Oder vielmehr versuchte ich, mir darüber klar zu werden. Ich tröstete mich mit dem Gedanken: Wenn du erst erwachsen bist, ist das alles vorbei, das ändert sich schon, du verliebst dich und heiratest – wie Anne von Green Gables, wie alle anderen. Und so kam es auch. Und dann begegnete ich Dora.

Sie bückte sich, um Jessicas Taschenbuch aufzuheben, das auf den Boden gefallen war. Judy Blume: *Bist Du da, lieber Gott? Ich bin's, Margaret.* Sie lächelte, klappte es zu und legte es auf die Kommode neben dem Bett.

Aus dem verrutschten Walkman tönte leise Musik. *So we gotta say good-bye for the summer … I'll send you all my love, every day in a letter …* Jess hörte nicht mehr zu, sie schlief fest, ihr Kopf war zur Seite gesunken, die Haut von der Sonne gerötet. Frances beugte sich vor und nahm ihr vorsichtig die Kopfhörer ab: Strähnen dicken, weichen Haares hafteten an den kleinen Schaumstoffpfropfen. Sie nahm Kassettenrecorder und die feinen Kabel vom Bett und legte alles neben die Bücher auf die Kommode; dann beugte sie sich vor und küßte sie, wie sie ihre eigene Tochter geküßt hätte, was sie selbst überraschte, da sie Jessica bisher noch gar nicht richtig wahrgenommen hatte.

Gute Nacht, sagte sie stumm. Jessica rührte sich nicht, und Frances löschte die Nachttischlampe und ging hinaus. Als sie auf die Terrassentür zuging, dachte sie an Doras Tochter, Sophie, die eines Abends in die Küche gekommen war, als sie und Dora beim Kaffee saßen und sich unterhielten. Adrian verbrachte ein paar Tage in Milton Keynes.

Sophie, die Frances zurückhaltend anlächelte und ihre Mutter nicht beachtete, suchte etwas in einem der Schränke und warf dabei ihr glänzendes Haar zurück, das anders war als Jessicas Mähne, doch die Kopfbewegung war sehr ähnlich.

»Kann ich dir helfen?« fragte Dora.

»Nein, danke, schon gut.« Sophie suchte weiter, öffnete der Reihe nach alle Türen und ging schließlich wieder hinaus –

was zum Teufel hatte sie nur gesucht? –, in ihr Zimmer hinauf zu ihrem schweigsamen Freund.

»Ich muß gehen«, sagte Frances, während sie über Sophie und ihre rätselhafte Suche in den Schränken nachdachte. Sie häufte braune Zuckerkristalle aus der Zuckerdose auf dem Tisch auf einen Löffel und sah zu, wie sie herabfielen. Im Radio endete ein Konzert – in Doras Küche lief immer das Radio –, und der Applaus setzte ein und verklang, als der Sprecher seine Hörer wieder aus dem Studio ansprach. Es wurde spät. Zeit für Frances, zu ihrer Familie heimzukehren.

»Noch einen Kaffee«, sagte Dora, stand auf und stellte den Kessel auf. »Bleib noch ein bißchen, es ist so schön, wenn du da bist.«

Und Frances lächelte, steckte sich eine letzte Zigarette an und sah zu, wie die Kristalle langsam in die Zuckerdose fielen und liegenblieben.

Sie trat auf die Terrasse hinaus.

»Hallo.« Claire streckte ihr von der Hollywoodschaukel eine Hand entgegen. »Wir haben uns schon gefragt, wo du steckst.«

»Ich habe Jessicas Licht ausgemacht«, erwiderte Frances ausweichend und nahm ihre Zigaretten vom Tisch. »Sie schläft fest.« Sie ging zu dem Stuhl neben Oliver und zündete sich eine Zigarette an. »Und«, fragte sie in dem Bemühen, Interesse zu zeigen und die Tatsache wiedergutzumachen, daß sie so offensichtlich das Alleinsein vorgezogen hatte: »Worüber habt ihr die ganze Zeit geredet?«

Robert langte nach dem Weinkrug. »Ihr Mann hat versucht, das Niveau etwas zu heben.«

»Ganz und gar nicht«, sagte Oliver. »Dazu bestand kein Anlaß, und außerdem steht mir wohl kaum eine diesbezügliche Berechtigung zu.«

Das war genau die überhöfliche, ans Schwülstige grenzende, ablehnende und nichtssagende Art Bemerkung, die Oliver so meisterhaft beherrschte und mit der er sich allem stets entzog, und Frances, die dergleichen bereits zu häufig während zu vieler Abendessen gehört hatte, sagte schärfer als beabsichtigt: »Nun, und zu welchen Höhen hast du dich aufgeschwungen?« Sofort spürte sie, daß er sich über ihren Ton ärgerte. Sie stieß eine Rauchwolke aus. »Entschuldigt. Ich habe die Unterhaltung gestört.«

Robert füllte aufs neue die Gläser. »Wir haben, angeregt vom Läuten der Kirchenglocken, über Religion gesprochen«, sagte er. Dann setzte er sich ziemlich schwerfällig wieder hin. »Das ist alles.«

»Ach, tatsächlich?« Frances konnte sich nicht vorstellen, daß er oder Claire dieses Thema angesprochen hatten: Sie sah Oliver forschend an. »Hat dich das Thema in letzter Zeit aus irgendeinem Grund besonders beschäftigt?«

Er zuckte mit den Achseln, noch immer verärgert. »Es interessiert mich als Problem an sich, wie du weißt.«

»Was mich betrifft«, sagte Robert, der offensichtlich mehr getrunken hatte als sonst, »reduziert sich das Problem letztlich auf zwei Fragen. Liebst du mich? Gibt es einen Gott? Was sonst ist schließlich von Bedeutung?«

Frances sah ihn erstmals mit einer gewissen Neugier an. »Das ist eine interessante Bemerkung.«

»Nicht wahr?« sagte Oliver. »Aber ich denke, es gibt noch mehr Fragen.«

»Ach ja?« fragte sie ihn. »Kann nicht einmal irgend etwas einfach sein?«

Er sah sie an. »Du bist nicht einfach, Frances.«

»Du auch nicht. Erst recht ein Grund, sich nach Einfachheit zu sehnen.«

Ein Schweigen entstand, das in seiner die anderen ausschließenden Weise schon unhöflich war. Es wurde vom durchdringenden Geheul eines Mopeds zerrissen, das den Berg herauf in ihre Richtung raste. Als es vorbei war, sagte Claire: »Es sind wenigstens drei Fragen. Liebe ich dich? Das ist ebenso wichtig.«

»Nun«, sagte Oliver trocken zu Robert, »ich maße mir nicht an, Sie über Ihre Herzensangelegenheiten auszufragen, aber über Gott wüßte ich schon gern etwas mehr. Gibt es einen Gott? Jessica hat mir zu verstehen gegeben, daß Sie Atheisten sind.«

»Jessica?« Robert sah ihn erstaunt an. »Seit wann beteiligt sich Jessica an Diskussionen? Egal, worüber.«

»Wenn ich mich recht erinnere, war es eher eine beiläufige Bemerkung. Wie dem auch sei«, er vertrieb mit der Hand den Zigarettenrauch, »hatte sie recht?«

»Ich denke schon. Jedenfalls, was mich betrifft«, sagte Robert. »Als ich klein war, habe ich geglaubt –«

»Wenn man klein ist, glaubt man an alles«, unterbrach ihn Claire.

»Genau. Und in der Jugend verneint man den Glauben wie die meisten Dinge – oder die Religion läßt einen nicht mehr los, nicht wahr? Soweit ich mich erinnern kann, habe ich mit einem Seufzer der Erleichterung davon Abstand genommen. Mehr als das – es gab sogar einige Dinge, die mir gründlich mißfielen.« Er verstummte und trank einen Schluck. »Und trotzdem –«

»Es gibt immer ein ›Und trotzdem‹«, sagte Frances. »Bei den meisten Dingen.«

»Mmm. Und trotzdem: Ich denke, ich versuche immer noch, mich so zu verhalten, als wäre ich gläubig.«

»Und was heißt das?« Sie klopfte die Asche auf der Untertasse ab. »Als ob man über Sie richten würde?«

Er dachte darüber nach. »Richten ist nicht das passende Wort. Aber als gäbe es gewisse absolute, unleugbare Dinge.«

Er trank sein Glas aus und goß sich erneut ein. »Es ist einfacher, über Absolutes als über Konkretes zu sprechen, nicht wahr – wenn man nicht aufpaßt, berauscht man sich am Klang der eigenen Stimme. Mir geht es jedenfalls so. Sein Leben an bestimmten Gegebenheiten zu orientieren, muß nichts anderes heißen, als freundlich zu sein, das ist alles. Was will man mehr?« Er ergriff den Weinkrug und winkte damit. »Wer möchte noch mehr hiervon?«

»Es wundert mich, daß noch etwas drin ist«, sagte Claire auf und ab schaukelnd.

Er sah hinein. »Viel ist es nicht. Oliver? Wollen Sie ihn leermachen? Wollen Sie uns erzählen, woran Sie glauben? Sind Sie so ein verdammter Katholik?«

»Robert ...« Claire hörte auf zu schaukeln.

Aber Oliver lächelte und schenkte sich den Rest Wein ein. »Ich weiß nicht. Möglich. Ich weiß nicht, ob ich noch gläubig bin. Aber ich denke, ich glaube an die Suche. Das erscheint mir immer noch wichtig.«

»Die Suche nach –«

»Nach dem Sinn. Auch nach der Erlösung, denke ich.« Er klopfte auf den Tisch und konzentrierte sich. »Auch wenn es anachronistisch klingt.«

»Und seltsamerweise«, sagte Robert, »auch wenn es anachronistisch klingt, eines der Dinge, an die ich glaube, ist die Sünde.«

»Erhabene, großartige Worte.« Frances zog an ihrer Zigarette. »Miltonsche[9] Worte. Der Sündenfall. Erlösung. Sünde. Haben sie für uns heute noch Bedeutung?«

»Nun?« fragte Robert. »Sind sie noch von Bedeutung? Woran glauben Sie, Frances?«

»Ich habe immer geglaubt, die Arbeit sei meine Rettung.« Sie lächelte Claire an. »Weißt du noch?«

»Ja«, sagte Claire und sah zur Seite. »Ich erinnere mich.«

»Ihr beiden müßt ja eine Menge Gesprächsstoff haben«, bemerkte Robert.

»Dieses und jenes.«

Das Thema wurde nicht fortgeführt.

»Los«, sagte er zu Frances. »Antworten Sie im Ernst. Nur zum Spaß.«

Sie drückte ihre Zigarette aus. »Mir geht es wie dem Mann, der sagte: Ich weiß nicht, woran ich glaube, aber ich weiß, was ich will.«

»Und was ist das?«

»Der Mond«, sagte sie und verstummte, als sie Olivers Blick auf sich ruhen fühlte.

Eine Pause entstand.

»Also«, sprang Claire, die nun wieder schaukelte, helfend ein, »falls jemand wissen will, was ich denke, ich finde es ärgerlich, daß die Leute der Ansicht sind, man müßte religiös sein, um eine Moral zu haben. Es erfordert viel mehr von einem Menschen, durch das Leben zu gehen, ohne sich auf einen Glauben stützen zu können.«

»Genau«, sagte Robert. »Wir sind uns vollkommen einig.«

»Sei still.«

»Aber das sind wir doch. Jedenfalls in diesem Punkt.« Auf dem Tisch stand eine braune Schüssel mit Obst, die die Kinder größtenteils geleert hatten, es befanden sich nur noch ein, zwei weiche Birnen, eine Menge Kerne und Stiele von Trauben darin. Robert zupfte die letzten Trauben ab. »Auf jeden Fall ist Zweifeln weitaus interessanter als Glauben. Wie Sie schon sagten, Oliver, die Suche ist das Entscheidende.«

»Aber in der Zwischenzeit muß man leben«, sagte Claire. »Und mit Fragen und Suchen kann man den Laden nicht schmeißen, ich jedenfalls nicht. Das Leben wird durch das Normale, das Alltägliche in Gang gehalten.«

»Oh, nein«, sagte Frances. »Das Leben wird durch Träume

in Gang gehalten.« Robert schaute sie an. Sie nahm ihre Zigarettenpackung, klopfte eine Zigarette heraus und zündete sie an.

Oliver schien es zu übersehen. »Ich denke immer noch, daß ein paar Fragen offenbleiben. Ich glaube noch immer, daß der Humanismus seine Mängel hat. Zum Beispiel das Erleiden von Schmerz. Das Christentum hält die unterschiedlichsten Erklärungen für das Leiden bereit –«

»Viel zu viele«, sagte Robert.

»Ich weiß nicht. Wie wird man mit Krankheiten fertig? Mit dem Tod? In Augenblicken der Krise betet jeder.«

»Beten Sie?« fragte Claire ihn.

»Früher schon.«

Robert schnipste Traubenkerne über die Brüstung. »Also, ich bete nicht, und ich werde auch keine übernatürliche Hilfe erwarten, wenn einmal etwas Schreckliches passieren sollte. Aber bis jetzt ist das noch nicht geschehen. Vielleicht werde ich in so einem Fall meine Meinung ändern.« Er leerte sein Glas, reckte sich und gähnte.

Oliver vertrieb erneut den Rauch. »Sie sagten, daß Sie an die Sünde glauben – was bedeutet Ihrer Meinung nach Ende des zwanzigsten Jahrhunderts Sünde?«

Robert zupfte die letzte Traube ab und schluckte sie herunter. »Wie der Mann sagte: Wenn ich sie einmal sähe, wüßte ich es genau. Verrat? Das Leben anderer zerstören? Das ist doch schon eine gewisse Bandbreite, oder?« Er stand auf, wobei der Eisenstuhl über die Fliesen kratzte. »Und mit dieser abschließenden Bemerkung werde ich mich in die Falle hauen.« Er sah hinüber zu Frances, die noch immer rauchte. »Sie sind recht still geworden.«

Sie lachte ihr kleines Lachen. »Bin ich sonst ein Radaubruder?«

»Nicht unbedingt. Alles in Ordnung mit Ihnen?«

Ihr Blick begegnete dem seinen, wachsam, erstaunt. »Natürlich. Warum?«

»Ich dachte nur.«

»Frag sie nicht aus«, sagte Claire und schwang die Beine von der Hollywoodschaukel. »Sie ist müde, und ich bin es auch. Ich glaube, ich gehe mit dir.« Sie streckte Robert die Hand hin. »Hilf mir, allein schaffe ich es nicht.«

Er zog sie hoch, und sie standen Hand in Hand da und sagten den anderen gute Nacht.

»Schlaft gut.«

»Danke. Ihr auch.«

»Und hoffentlich schläft Tom gut«, sagte Claire, als sie auf die Tür zugingen.

»Ganz bestimmt«, sagte Frances. »Mach dir bitte keine Sorgen. Dank euch hatte er einen herrlichen Tag.«

»Wir haben ihn genauso genossen. Gute Nacht.«

Frances sah, wie sie in Jessicas Zimmer nachschauten, ob alles in Ordnung war. Sie hörte, wie sie den Korridor entlanggingen, Robert das Badezimmer betrat und Claire gähnend die Treppe hinaufstieg. »Ich brauche nicht lange«, sagte Robert, als er die Badezimmertür schloß.

Neben ihr hatte Oliver ihre Zigaretten in die Hand genommen, drehte die Packung unaufhörlich hin und her und klopfte damit auf den Tisch, wo die Kerze fast ganz niedergebrannt war. Über ihr leuchteten der Mond und die Sterne heller, als sie es je zuvor irgendwo erlebt hatte.

»Tom ist doch bald wieder in Ordnung, oder?« fragte sie.

Oliver hörte nicht auf, die Zigarettenpackung zwischen seinen langen, schönen Fingern zu drehen. »Ich nehme es an.« Es entstand eine Pause. »Und was ist mit uns? Sind wir auch irgendwann wieder in Ordnung?«

Sie wußte keine Antwort.

»Frances?«

Bei dieser drängenden Frage kam ihr die Erinnerung an unzählige Abende in London; das Abendessen war vorüber, Tom schon lange im Bett, im Fernsehen liefen die Nachrichten.

»Ich muß noch etwas arbeiten«, sagte Frances, wenn sie vorbei waren.

»Ja«, sagte Oliver, erhob sich und schaltete Hungersnöte, Kriege und Elend ab. »Ich habe auch noch etwas zu tun.« Er ging zu seinem Schreibtisch in der Ecke, wie der ihre vollbeladen mit den schriftlichen Produkten anderer Leute. Er knipste die Lampe an, die sie ihm einmal zu Weihnachten geschenkt hatte, überlegte einen Augenblick und wandte sich um.

»Frances?«

»Ja?«

»Du wirkst ein bißchen – ist alles in Ordnung? Ich meine, im Büro?«

»Bestens«, sagte Frances. »Viel los, das ist alles. Und bei dir?«

Er zuckte die Achseln. »Ich habe ja erzählt, daß ich den ganzen Tag irgendwelche Konferenzen hatte. Ich habe das Gefühl – ach, egal.«

Er rückte seinen Stuhl zurecht und setzte sich. Frances ging zu ihrem Schreibtisch. Seiten wurden umgeblättert.

»Frances?« sagte er jetzt wieder.

»Ja?«

»Wenn man miteinander in Urlaub fährt ...« Er legte die Zigaretten auf den Tisch. »Wenn man miteinander in Urlaub fährt, bedeutet das, daß man miteinander reden muß.«

»Oliver ...«

»Wolltest du das vermeiden, als du heute abend im Haus geblieben bist?«

»Nein, nicht direkt.«

»Hast du über alles nachgedacht? Über uns?«

Sie dachte: Jetzt könnte ich aufstehen, meine Arme um ihn legen und zu ihm sagen, Oliver, ich bin völlig am Ende, hilf mir, hilf mir, verzeih mir –

Sie sagte: »Nein, das nicht gerade.«

»Nein«, sagte er. »Nein, das habe ich auch nicht angenommen.«

Er stand auf und ging ins Haus.

Frances zündete eine Zigarette an. Dora kam heraus und setzte sich neben sie. Sie hatte ihre eigenen Ansichten über Gott wie über die meisten Dinge.

6 Die Tage vergingen, einer heißer als der andere. Ihre Unternehmungen spielten sich mit einer bestimmten Regelmäßigkeit ein: Wenn es kühl genug war, schwammen sie, fuhren mit dem Boot und gingen spazieren, in der Hitze lasen sie oder ruhten sich aus. Oliver, der genau wie zu Hause häufig früh aufwachte, nahm eine Landkarte, ging durch das Dorf, ehe es zum Leben erwachte, und unternahm Erkundungstouren in die Berge, von denen er zurückkehrte, wenn die anderen gerade aufstanden oder beim Frühstück saßen. Er und Jessica spielten weiterhin zu den seltsamsten Tageszeiten Schach: nach dem Mittagessen, nach dem Tee, in der Leseecke des Wohnraums oder auf dem oberen Weg, wenn die Jungen im Schwimmbassin waren. Sie konnte es inzwischen recht gut. Die Familien planten einen Besuch in der Stadt der berühmten Kathedrale, und an den Telegraphenmasten der Bergstraße tauchten Plakate auf, die eine Fiesta im Nachbarort ankündigten. Im Moment blieben sie am Ort und erkundeten das Gelände rund um den Fluß, und Robert und Claire erinnerten sich wieder an einen besonders hübschen Flecken eine halbe Meile östlich des Dorfes, den sie den anderen genau beschrieben.

Die Flußufer waren dort breit und sumpfig, der Weg dorthin ein langer schattiger Weg unterhalb des Dorfes, auf der Rechten gesäumt von den Toren und Gärten von Häusern, die am Fuß der abfallenden Straßen lagen, und auf der Linken von einem kühlen, feuchten Graben und kleinen Feldern, auf denen abends grasende Rinder herumliefen und ihre Glocken klingen ließen. Eines Morgens nach dem Frühstück marschierten die beiden Familien im Gänsemarsch – nachdem sie einen Umweg gemacht und Toms Schwein besucht hatten – diesen Weg entlang, ausgerüstet mit Sonnenhüten, Fischnetzen, Badezeug und allem, was man für ein Picknick benötigte. Robert und Claire gingen vorneweg, gefolgt von Tom und Jack, Jessica und Oliver; Frances, die sehr langsam ging, bildete die Nachhut.

Zweige von Büschen und Bäumen hingen in üppiger Fülle über die Gartenmauern herab. Hier unten hatte man den Eindruck, als gehöre die flimmernde, trockene Hitze der Berge und der Pinien, selbst die ihres eigenen Hauses, zu einem fernen Land: Hier konnte man mit dem Klima zurechtkommen, hier konnte man sich sogar vorstellen, den größten Teil des Tages über zu arbeiten. Sie hatten den Weg erreicht, indem sie die Lücke zwischen zwei Häusern oben im Dorf genutzt und eine Abkürzung genommen hatten; dabei hatten sie eine gewundene, bergab führende Treppe entdeckt, die von Steinmauern eingerahmt wurde und im Schutz schattenspendender Bäume lag. Am Fuß der Treppe war eine niedrige Gartentür in eine Rundung in der Mauer eingelassen und daneben ein Keramikschild mit der Zahl Vier.

Die anderen vor ihr gingen weiter, die Kinder in großer Aufregung, weil sie diese Treppe heimlich benutzten und sich darauf freuten, den Tag an einem neuen oder teilweise vergessenen Ort zu verbringen. Als Frances das Gartentor sah, zögerte sie und warf einen Blick über die moosbewachsene Mauer, denn sie kam sich wie ein Eindringling vor.

Doch anscheinend gab es keine Bewohner, bei denen man eindringen konnte. Inmitten des kleinen, mit Steinplatten ausgelegten Gartens stand ein niedriges Haus mit Ziegeldach und dunkelgrün gestrichenen Türen und Fensterläden, verlassen und stumm, als wäre lange niemand mehr dort gewesen. Es wirkte jedoch keineswegs vernachlässigt: Die geschlossenen Läden und die unübersehbar verriegelte Tür waren in gutem Zustand, und die Geranien, die in Kübeln unter den Fenstern standen, waren frisch, als käme von Zeit zu Zeit jemand, um sie zu wässern.

Aha. Ein Haus, den Sommer über zu vermieten, das keinen Mieter gefunden hatte, ein gepflegtes Haus, das darauf wartete, in Besitz genommen zu werden. Frances sah einen Tisch, der genauso war wie der Tisch in dem Garten des Hauses, von dem sie geträumt hatte: verwittert, windschief, aber noch immer stabil. Es fehlten nur ein paar Stühle mit alten, sonnenwarmen Kissen, ein Stapel Bücher und ein paar für das Mittagessen bereitgestellte Teller. Und Dora, die mit ihrer ruhigen, ernsten Miene aus dem Haus kam und diese Dinge richtete. Oder Frances, die alles für sie vorbereitet hatte und schläfrig, den Kopf auf die Arme gestützt, in der Stille und unverminderten Wärme am Tisch saß und darauf wartete, daß Dora zu ihr kam.

Wer mochte hier leben? An wen konnte man sich wenden, bei wem Erkundigungen einziehen, um dieses Haus in einer unbestimmbaren Zukunft, wenn all dies vielleicht möglich sein würde, einen endlosen Sommer lang zu mieten?

»Frances!« Die anderen riefen sie. »Wo ist sie geblieben?«

»Ich komme!«

Sie entfernte sich von dem Gartentor und winkte und rief,

während sie langsam den Pfad entlangging, um sie einzuholen.

Und jetzt, als letzte der Gruppe, ging sie neben Dora her, die zurückgekehrt war. *Letzte Nacht,* sagte Frances, *habe ich geträumt, ich hätte Dich plötzlich auf einem Platz in einer fremden Stadt sitzen sehen. Es war Nachmittag, und ich ging eine Straße mit Kopfsteinpflaster hinunter – das hängt wahrscheinlich mit den Straßen hier im Dorf zusammen, aber es war nicht hier –, und ich sah Dich mit dem Rücken zu mir auf einer niedrigen Mauer sitzen. Du hattest eine weiße Bluse und einen dunklen, weichfallenden Rock an und hast geschrieben, gearbeitet. Und als ich näherkam, hast Du Dich umgedreht, Deine Brille abgenommen und mich angelächelt, als hättest Du auf mich gewartet …*

Sie hatten eine Stelle des Pfades erreicht, wo von links ein anderer Weg einmündete; breiter, freier gelegen, sehr sonnig und mit Strohbüscheln bestreut.

»Hier entlang«, sagte Robert, der vorausging.

Nach etwa hundert Metern kamen sie an zwei Gebäude. Links stand die Ruine eines Hauses, das einmal sehr imposant gewesen sein mußte, zumindest an den anderen Häusern im Dorf gemessen: stattlich, aus hellen Backsteinen und mit breiten Doppeltüren, die sich noch immer unterhalb der reichverzierten Fassade des oberen Stockwerks im Mauerwerk befanden; es kam Frances sofort aus ihrem Traum bekannt vor, so daß sie nicht zum erstenmal das Gefühl hatte, sie lebte in einem unbestimmten Grenzbereich zwischen Traum und Wirklichkeit und könnte jederzeit nahtlos von einem in den anderen Zustand hinübergleiten. Diesem Haus gegenüber standen auf der anderen Seite des Pfades die Überreste eines kleinen Schuppens oder Nebengebäudes, dessen eingefallenes Dach von Weinranken überwuchert war. Von dort kam auch das Stroh: Aufeinandergestapelte Ballen lagen in der Sonne, in der Nähe stand ein braungestrichener Handkarren.

»Es riecht wie auf einem Bauernhof«, stellte Tom fest, lief hinüber und bemühte sich, auf die lose aufgetürmten Ballen zu klettern, wobei er, während er noch Halt suchte, büschelweise Stroh herauszog. »Es ist kratzig.« Stroh und Spreu wirbelten durch die Luft, die oberen Ballen begannen ein wenig zu schwanken.

»Vorsicht«, mahnte Robert.

»Komm runter«, sagte Oliver.

»Ich komme auch rauf«, sagte Jack.

»Das würde ich an deiner Stelle lassen«, sagte Claire.

»Warum? Warum nicht? Tom ist doch auch oben.«

»Nein, ist er nicht.« Robert streckte den Arm aus und hob Tom von dem wankenden Stapel. »Komm runter, Wurzel.« Tom kicherte, Strohhalme klebten an seinem Hemd, er legte den Arm um Roberts Hals. »Mensch, du wiegst ja mindestens eine Tonne.«

»Nein, tu ich nicht. Hü, hott.« Die Beine um Roberts Taille geschlungen, tastete er sein Hemd nach Strohhalmen ab. »Es juckt überall.«

»Ich will auch reiten«, sagte Jack.

»Beide zusammen seid ihr mir zu schwer«, sagte Robert, der ins Schwitzen geriet. »So, Tom, runter mit dir, wir sind fast da.« Er befreite sich von den breiten heißen Händen und den Füßen in Sandalen, die ihn umklammerten.

»Ich bin dran«, sagte Jack, als Tom auf dem Boden stand.

»Gönn mir eine Verschnaufpause«, sagte Robert.

Jack schaute verdrossen; Claire nahm ihn an der Hand. »Kannst du dich noch an die Gegend hier erinnern?«

»Ein bißchen«, sagte er mürrisch.

Der Pfad, jetzt umsäumt von dichtem Gebüsch, wurde wieder breiter, und sie hatten den Rand einer Weide erreicht. Bienen und Schmetterlinge summten und flatterten durch hohes Gras und wilde Blumen, torfbraune Wasserflächen glänzten, und die Luft war erfüllt vom Zirpen der Grillen. Unten lag der gemächlich dahinströmende, ruhige Fluß, der hier viel breiter war als an dem Abschnitt, an dem sie sich sonst aufhielten. Und –

»Frösche!« sagten Jack und Tom gleichzeitig.

Das Gras wimmelte von ihnen: Daumengroß, moosgrün und gelbgesprenkelt, sprangen sie bei näherkommenden Schritten davon, verschwanden, tauchten wieder auf, waren gerade noch sichtbar, im nächsten Moment unsichtbar, waren überall.

»Ich habe einen!« rief Jack.

»Wo? Zeig mal.«

Die Erwachsenen und Jessica überließen sie nach einer Weile der Froschjagd und gingen weiter auf eine Gruppe von Bäumen zu, die etwas vom Ufer entfernt standen, ein guter Platz, um sich niederzulassen. Es war eine wohltuende Abwechslung, die Handtücher auf Gras anstatt auf grauem Sand auszubreiten.

»Wer hat Lust, schwimmen zu gehen?« fragte Oliver.

»Ich«, sagte Jessica.

»Ich auch«, sagte Robert und wischte sich die Stirn. »Claire?«

»Gleich.« Sie hatte den Picknickkoffer an die kühlste, schattigste Stelle gestellt, lehnte sich jetzt gegen einen Baumstamm und öffnete die Thermosflasche. »Ich achte auf die Jungs«, sagte sie und machte es sich bequem. »Im Moment bringe ich noch nicht genügend Energie auf.«

»Ich auch nicht«, sagte Frances und ließ sich neben ihr nieder.

»Kaffee?«

»Warum nicht?«

»Schaut sie euch an«, sagte Robert, der sein Hemd auszog, während sie tranken. »Die süßen Dinger.«

»Zisch ab«, sagte Claire.

Als sie verschwunden waren – Oliver und Jessica hatten sich, einander an den Händen haltend, jäh ins Wasser gestürzt, Robert war ihnen etwas langsamer gefolgt, nachdem er sich vor dem Eintauchen erst mit Wasser bespritzt hatte –, sagte Claire entschlossen: »So. Und jetzt leg los.«

Frances zog ihre Zigaretten hervor und sah sich nach den Jungen um.

»Den Jungs geht es gut«, sagte Claire. »Sie haben ihren Spaß. Rede mit mir.« Sie legte ihre Hand auf die von Frances. »Bitte«, sagte sie. »Ich glaube, das solltest du tun, oder nicht?«

Eine Zigarettenpackung wurde hin- und hergedreht, mit einem Anzünder herumgefuchtelt. »Ich weiß nicht, wo ich anfangen soll.«

»Diese Frau«, sagte Claire vorsichtig. »Willst du mir ihren Namen sagen?«

Frances schwieg. »Dora«, sagte sie schließlich.

»Diese Dora, die du so magst. Ja? Oder verblaßt ihr Bild etwas, während du hier bist?«

Frances blickte auf. Schillernde Libellen flogen pfeilschnell über das Riedgras am Fluß entlang; dahinter schwammen Robert, Oliver und Jessica davon. »Oh, nein«, sagte sie. »Es verblaßt nicht.«

»Gut. Erzähl mir von ihr. Weshalb ist sie so besonders?«

Und was war an mir Besonderes? fragte Claire sich, während sie auf die Antwort wartete, und dachte wieder an Frances' Schreckhaftigkeit, wenn sie sich damals in Bristol begegnet waren. Es gab nichts Besonderes, ich war einfach ich selbst.

Frances rauchte. Frances rauchte ständig. »Wer kann das sagen?« sagte sie schließlich. »Weißt du, warum du dich in Robert verknallt hast?«

Claire dachte darüber nach, versuchte sich zu erinnern.

»Ich weiß nicht, ob ›verknallen‹ der richtige Ausdruck ist«, sagte sie. »Er war einfach der Richtige. Wir paßten zueinander.«

»Und du findest das immer noch?«

»Ja. Im großen und ganzen.«

»Dann hast du großes Glück.«

»Ja«, sagte Claire erneut. »Ich weiß.« Dann fügte sie hinzu: »Ich denke, das, was du durchmachst, gleicht eher dem, was ich mit einem Mann vor Robert erlebt habe.«

»Marcus?«

»Wer? Nein, nein, nicht mit Marcus. Ach, Gott, was ist wohl aus Marcus geworden? Nein, nicht mit ihm. Es war ein Mann in London, nach dem ich verrückt war und der mich unglücklich gemacht hat.«

»Dora macht mich nicht unglücklich«, sagte Frances. »Sie füllt mich völlig aus.«

Diesmal schwieg Claire. »Wie?« fragte sie nach einer Weile. »Wie, falls du mir diese Frage Ende des zwanzigsten Jahrhunderts erlaubst, kann das eine andere Frau?«

Frances stieß Rauch aus und sah sie an. »Soll ich dir etwas sagen? Du wirst es vielleicht nicht glauben, aber es spielt für mich überhaupt keine Rolle, daß Dora eine Frau ist. Für andere Leute vielleicht, vielleicht auch für sie, für mich ist es ohne die geringste Bedeutung. Es ist nicht das Entscheidende.«

»Und was ist das Entscheidende?«

»Wer sie ist. Ich mag sie, weil sie ist, wie sie ist, weil sie diese Art Mensch ist. Ich empfinde nicht so, *weil* sie eine Frau ist – es ist nicht einmal so, daß ich Frauen bevorzuge. Dann wäre es vielleicht viel einfacher, meinst du nicht?«

»Ich weiß nicht. Vielleicht.« Claire wartete. »Erzähl weiter, ja? Die Art Mensch, die sie ist – was für ein Mensch ist sie?«

Frances hatte die Arme um die Knie geschlungen; sie

blickte über die Wiese auf das Riedgras am Ufer. »Sie ist mein Typ«, sagte sie schließlich. »Es klingt so simpel und geht so tief. Ich habe gesagt, sie füllt mich aus – vielleicht liegt es eher an meinem Gefühl, daß sie ausgefüllt ist. Sie hat Talent, sie hat Stil, sie ist schön, aber das ist nicht alles. Sie scheint sich selbst zu genügen. Wenn du sie irgendwo allein entlanggehen sähest, kämst du nie auf den Gedanken, sie legte Wert auf Gesellschaft – es wäre deutlich zu sehen, daß ihr die eigenen Gedanken genügen, daß sie allein unterwegs ist, weil sie es so will. Das hört sich wahrscheinlich nebensächlich an, aber irgendwie drückt sich darin alles aus.«

»Aber genau das habe ich immer von dir gedacht«, sagte Claire. »Du wirktest immer so zurückhaltend und gedankenverloren –«

»Aber bei Dora ist es anders. Bei mir war es Rückzug, Abwehr und Selbstschutz. Das ist es immer noch. Bei ihr ist es einfach so, weil sie in ihre Gedanken vertieft ist – aber sie interessiert sich auch für Menschen. Wenn sie mit einem zusammen ist, gibt sie einem alles.«

»Tatsächlich?« fragte Claire erstaunt. »Tut sie das?«

Frances schnippte Asche ins Gras. »So wirkt es jedenfalls«, räumte sie ein. »Genaugenommen glaube ich, daß sie es tut. Und wenn ich mit ihr zusammen bin, habe ich das Gefühl, zur richtigen Zeit mit dem richtigen Menschen am richtigen Ort zu sein, so einfach ist das. Ich fühle mich nicht aufgewühlt, wie du es dir bestimmt vorstellst. Ich fühle mich ausgeglichen.« Sie vergrub das Gesicht in den Händen. »Schwierig ist es, wenn ich nicht mit ihr zusammen bin.«

Claire stellte den leeren Kaffeebecher ab und saß nachdenklich da. Weit entfernt hörte man Oliver und Jessica lachen, das Schwimmen schien ihnen Spaß zu machen. Für kurze Zeit konnte sie Robert nicht sehen, doch dann tauchte er zwischen dem Schilf auf und schnaufte ein wenig, als er aus dem Wasser kam und winkte. Sie gab ihm ein Zeichen – jetzt nicht, laß uns allein –, und er nickte und begann die glänzenden Wasserpfützen im Gras zu untersuchen und nach Fröschen Ausschau zu halten.

»Und du hast ihr nie etwas gesagt«, bemerkte sie zu Frances.

»Nein.« Sie hob den Kopf und drückte ihre Zigarette im Gras neben sich aus.

»Weil du sie nicht vertreiben willst ...«

»Bestimmt.«

»Bist du sicher, daß es so kommen würde? Glaubst du nicht ...« Claire zögerte. »Glaubst du nicht, sie könnte dasselbe empfinden?«

Frances schaute sie liebevoll an. »Hast du so empfunden?«

»Nein, aber ...«

»Es gibt kein Aber.«

»Wie kannst du das wissen?«

»Ich weiß es einfach. Es ist eben so.«

»Und was ist mit Oliver?« fragte Claire, die sah, daß er und Jessica aufs Ufer zuschwammen und im nächsten Moment an Land kommen würden. Mit etwas Glück würde es Robert gelingen, sie für die Frösche zu interessieren. Die Jungen hatten sich voneinander getrennt, wie sie sah, aber beide waren intensiv mit der Jagd beschäftigt.

»Ihn liebe ich auch«, sagte Frances traurig. »Als ich ihn kennenlernte, kam er mir vor wie Gott.«

Claire sah sie an. »Ihr habt euch bei der Arbeit kennengelernt, nicht wahr? Ich erinnere mich, als wir bei euch zum Abendessen waren – er hat geschildert, wie du Manuskripte zerpflückt hast.«

Frances lächelte. »Ich habe sie nicht zerpflückt, ich war eingeschüchtert, ich wollte es nur nicht zeigen. Vor allem Oliver nicht – alle hatten Respekt vor ihm, und so ist es, glaube ich, immer noch. Er schien jeden zu kennen, alles gelesen zu haben. Ich konnte es nicht glauben, als er –« Sie holte tief Luft. »Ich hätte mir nie vorgestellt, daß ich jemals einen anderen Menschen lieben würde.«

»Aber –«

»Aber die Dinge ändern sich. Kinder kommen zur Welt, und alles ändert sich. Oliver zog sich zurück, ich war verletzt, dann wechselte ich die Stelle, und dann – dann traf ich Dora. Und entdeckte, daß sich manche Dinge eben nicht ändern. Man glaubt, man habe bestimmte Dinge hinter sich, und dann merkt man –« Sie pflückte eine Wiesenblume und zupfte die Blätter ab, eines nach dem anderen.

»Und jetzt? Was ist jetzt mit dir und Oliver?«

»Er lebt auf der einen Seite des Flusses und ich auf der anderen.« Frances warf die Blätter fort. »Sozusagen. Keiner von uns beiden weiß, wie man ihn überquert.«

»Aber du willst ihn noch.«

»Ich will ihn noch. Ich will ihn, ich will Dora – ich habe dir ja gesagt: Ich will den Mond.«

Claire schüttelte den Kopf.

»Wie hältst du das nur alles aus?«

Frances verstummte wieder und beobachtete, wie Oliver und Jessica durch den seichten Uferstreifen wateten und auf sie zukamen. »Ich will dir etwas sagen.« Sie sah Claire an. »Eine Zeitlang warst du es. Liebe Claire. Eine Zeitlang, in der Schule, war es Rowan. Seit Jahren ist es nun Dora. Und keine andere. Ich kann mir nicht vorstellen, daß es jemals eine andere sein wird. Und ich kann mir nicht vorstellen, anders zu leben. Ich kann es einfach nicht nach dieser langen Zeit.«

»Hast du nie daran gedacht, eine Therapie zu machen …«, fragte Claire zögernd.

Und darauf reagierte Frances so scharf, wie es nur sie vermochte. »Kannst du mir vielleicht sagen«, fragte sie kühl, »warum ich eine Therapie machen sollte wegen etwas, das

Tausende von aufgeklärten Frauen überall in diesem verfluchten Land nicht nur genießen, sondern auch zu einem politischen Akt erklärt haben? Kannst du mir das sagen?«

»Weil du«, erwiderte Claire nun ihrerseits voller Schärfe, »diese Erklärung nicht machst, oder? Du lebst ein heimliches Leben, dein Leben ist eine Lüge, und ich glaube einfach nicht, daß dir das nicht zusetzt. Und überhaupt –«

Frances sprang auf. »Ich wußte, daß ich dir besser nichts erzählt hätte. Ich wußte es.« Ihre Stimme zitterte. »Ich werde nie mehr ein Wort darüber verlieren, und was auch geschieht, bitte erzähle Robert nichts. Bitte. Ich kann den Gedanken nicht ertragen, daß ihr euch über mich unterhaltet.«

»Ich –« Claire merkte, daß auch sie zitterte. »Hör zu –«

»Frances! Mum! Ich hab einen!«

Tom kam durch das Gras auf sie zugestolpert, die Hände gewölbt. Frances trat aus dem Schatten.

»Tatsächlich?« fragte sie mit ausdrucksloser Stimme. »Laß mich mal sehen.«

Mit rotem, erhitztem Gesicht kam er zu ihr und öffnete vorsichtig seine Hände einen winzigen Spalt. Sie beugte sich hinab und sah den kleinen Frosch, smaragdgrün, völlig reglos bis auf das heftige Pulsieren in seiner Kehle.

»Der Arme«, sagte sie ruhig. »Der arme kleine Kerl. Laß ihn laufen, Tom.«

»Nein. Ich will ihn Robert und den anderen zeigen.« Und er lief weg, schloß wieder die Hände und rief den anderen etwas zu. Frances sah ihm nach, die Hände in den Taschen ihrer Shorts, und dann ging sie zum Fluß hinunter, ohne mit jemandem ein Wort zu sprechen.

»Das war mein Frosch«, sagte Jack.

»Gar nicht.«

»Doch, wirklich. Ich habe ihn zuerst gesehen.«

»Ja, aber ich habe ihn gefangen.«

»Ich *wollte* ihn gerade fangen, stimmt's? Ich *hatte* ihn fast schon. Und du hast mich weggeschubst.«

»Gar nicht.«

»Wohl.«

Ihre Füße platschten über den sumpfigen Boden; weicher Morast drang in ihre Sandalen, während sie mit ihren Fischernetzen nebeneinander hergingen. Die Sonne stieg höher. Sie brannte auf ihre Hüte, und die Luft trug ihre zornig erhobenen Stimmen bis zu Robert, der nach dem Schwimmen unter den Bäumen ein Nickerchen machte.

»Haltet mal ein bißchen die Luft an«, sagte er, als sie nahe genug waren.

»Es war mein Frosch«, sagte Jack, während er in den Schatten trat; er ließ sich neben seinem Vater auf die Knie nieder und sein Netz fallen. »Was sollen wir jetzt machen?«

Robert stöhnte. »Ich war gerade dabei einzuschlafen.« Sein Kopf ruhte auf der leeren, zusammengefalteten Nylonbadetasche; er öffnete unwillig die Augen und sah Tom an der Schattengrenze stehen, seine breite Silhouette hob sich dunkel vor dem strahlenden Sonnenschein ab. »Ist Mum noch im Wasser?« fragte er Jack.

»Ja.« Jack zupfte Grashalme aus. »Warum hast du das Schlauchboot nicht mitgebracht?«

»Zu weit«, sagte Robert und schloß wieder die Augen. »Zu heiß.«

Jack fand einen langen, dicken Stengel und brach ihn ab. Er beugte sich vor und schob die Spitze vorsichtig in Roberts rechtes Nasenloch, zwischen die Härchen.

»Hör auf!« Robert schob seine Hand weg und nieste heftig. Jack brach in Gekicher aus. »Du niest wie ein Wal!« Er kletterte auf Roberts Brust, setzte sich rittlings darauf und tätschelte ihm das Gesicht. »Wach auf, Wal.«

»Du kannst gleich was erleben.«

»Was? Was kann ich gleich erleben?«

Robert nieste erneut; Jack quietschte vor Vergnügen. »Tschi!«

Robert setzte sich auf und suchte in seiner Hosentasche nach einem Taschentuch. Er schneuzte sich und wischte sich die tränenden Augen, während Jack noch immer auf seinem Bauch saß, dann sah er ihn unwirsch an und steckte das Taschentuch wieder in seine Shorts.

»Fandest du das nett?«

»Tut mir leid, Dad.« Jack legte ihm die Arme um den Hals, und Robert stieß einen Seufzer aus.

»Kann man nicht ein einziges Mal ein Nickerchen machen?«

»Tut mir leid«, sagte Jack wieder und gab ihm einen Kuß.

Über die Schulter bemerkte Robert, daß Tom ihnen zusah.

»Was hast du eigentlich mit dem Frosch gemacht, Tom? Ich fand ihn sehr hübsch.«

»Ich habe ihn laufen lassen«, sagte Tom. »Frances wollte es.«

»Tja, damit hast du ihm bestimmt einen Gefallen getan.« Jack hatte den Kopf an Roberts Hals gebettet, sein Sonnenhut war ins Gras gefallen, das dunkle Haar glatt und warm. »Wo ist Frances überhaupt?«

Tom zuckte die Achseln. »Weiß nicht.«

Robert streckte den Arm aus. »Komm her.«

Tom kam näher und ließ sein Fischnetz fallen.

»Willst du etwas trinken?«

Er nickte.

»Los, steh auf«, sagte Robert zu Jack.

»Nein.«

»Doch. Komm, es reicht jetzt. Laß mich die Getränke holen.«

Jack rollte sich auf die Seite; als Robert nach dem Picknickkoffer langte, sah er hinter den Bäumen Oliver und Jessica, immer noch am Ufersaum, wo Libellen umherschwirrten und das Wasser glitzerte. Sie untersuchten die Tümpel, Jessica mit ihrem Schlapphut, die Shorts über dem grünen Badeanzug, Oliver das Fernrohr um den Hals, über seinem verblichenen T-Shirt. Sie waren ein Stück voneinander entfernt, doch sie wirkten entspannt und ungezwungen und wiesen einander gegenseitig auf Dinge hin wie zwei Naturkundler im Urlaub. Der perfekte Vater mit seiner Tochter. Ich weiß nicht, dachte Robert, während er aus der größeren der beiden Flaschen Saft einschenkte und sich bemühte, nicht gekränkt zu sein. Es schien Lichtjahre her, daß er und Jessica auf diese Weise Zeit miteinander verbracht hatten, so glücklich und vorbehaltlos. Aber hier war schließlich Jack. Und hier war Tom, verschwitzt und durstig, er machte Geräusche tief unten in der Kehle und knackte mit dem Kiefer.

»So, die Herren«, sagte er und reichte ihnen den Saft. Eiswürfel klirrten in der Thermosflasche; er goß sich ebenfalls einen Becher ein und notierte im Geist, daß sie den Biervorrat ergänzen mußten, wenn sie das nächste Mal in das Marktstädtchen fuhren. »Wenn ihr ins Wasser wollt, solltet ihr es bald tun, was meint ihr? Vor dem Essen. Ihr seht so aus, als könntet ihr es gebrauchen.«

»Gehst du mit rein?« fragte Tom.

»Nein, ich war schon drin, aber ich passe auf.« Er suchte mit dem Blick das Wasser nach Frances und Claire ab, die beide wortlos davongegangen waren, getrennt und, wie es schien, ziemlich abrupt. Ich weiß nicht, dachte er wieder, und dann vergaß er es, da er sah, wie neben ihm Toms Hand geistesabwesend in seine Shorts fuhr. Keine gute Idee, solange Jack hier war.

»Jetzt nicht«, sagte er ruhig und zwinkerte Tom von Mann zu Mann zu.

Tom errötete und zog seine Hand aus der Hose.

»Was nicht?« fragte Jack auf der anderen Seite. »Was macht er?«

»Nichts«, sagte Robert und stand auf. »Also, wer will ins Wasser? Habt ihr eure Badehosen an?« Er hielt seinen ausgestreckten Arm hoch und trompetete: »Alle jungen Elefanten angetreten – rechts um, marsch!«

Sie ordneten sich lachend hinter ihm ein und gingen in einer Reihe aus dem Schatten heraus zum Fluß hinunter, wo Claire gerade aus dem Wasser kam und ihnen zuwinkte.

»Ihr seht richtig fidel aus«, sagte sie, als sie sich näherten.

»Gerade auf dem Weg zu einem Schlammbad«, sagte Robert, und als die Jungen sich auszogen und ihre Kleider an dem grasbewachsenen Ufer fallenließen, fragte er Claire: »Alles in Ordnung? Wo ist Frances?«

»Keine Ahnung.« Sie legte die Hand über die Augen und beobachtete Oliver und Jessica, die durch Wassertümpel wateten, die so blau waren wie der Himmel. »Die beiden sehen auch gut gelaunt aus«, bemerkte sie.

»Ja«, sagte Robert, der immer noch über Frances nachdachte. »Worüber habt ihr beiden euch unterhalten?«

»Was? Ach –« Claire machte eine wegwerfende Handbewegung. »Nichts besonderes. Ich lasse mich trocknen, und dann teile ich das Mittagessen aus, einverstanden? Laß die Jungs nicht zu lange drinbleiben, es ist schon nach zwölf.«

Und weg war sie, als hätte sie ihm nichts mehr zu sagen, obwohl er das sichere Gefühl hatte, daß das nicht stimmte.

Nach dem Essen versuchte Jessica, ihren Vater dazu zu bewegen, den weiten Weg zum Haus zurückzugehen und das Schlauchboot zu holen.

»Bitte«, sagte sie. »Bitte. Es ist so schön hier, es wäre wirklich schade ...«

»Ich kann ja gehen«, bot Oliver an und schob sich eine Feige in den Mund.

»Gut, dann gehe ich mit.« Mit unbedecktem Kopf saß Jessica, die Arme um die Knie geschlungen, auf dem Rand eines Handtuchs, die Schultern von dem durch die Blätter fallenden Sonnenlicht gesprenkelt.

»Warum kommst du nicht mit mir?« fragte Robert beiläufig. »Wie wäre das zur Abwechslung?«

Sie schüttelte den Kopf. »Dich kann ich doch immer sehen.«

»Du bist zur Zeit nicht sehr nett zu Dad«, sagte Claire milde, während sie auf Bitten ihres Sohnes ihren Rücken gegen seine knochige Wirbelsäule lehnte.

»Ach ...« Jessica zog die Stirn kraus und schaute unbehaglich und mißmutig drein. »Ich hätte nur gern das Schlauchboot, das ist alles.«

»Schon gut, schon gut.« Ein großes Tamtam wegen ihres abweisenden Verhaltens zu machen, war das letzte, was Robert wollte, es würde alles nur noch schlimmer machen. So etwas kam eben vor und würde sicher auch wieder vorbeigehen. Er sprang auf und warf das Kerngehäuse seines Apfels ins Gras. »Kann ich jemandem sonst noch etwas mitbringen, wenn ich schon dort bin?«

»Siehst du Frances?« fragte Tom.

»Vielleicht.« Robert sah auf ihn herab; er saß zwischen Oliver und Jessica. »Meinst du, sie könnte oben sein?«

Tom zuckte die Achseln. »Ich weiß nicht.«

»Auch wenn sie nicht da ist, sie kommt bestimmt gleich zurück.«

»Sie ist schon *ewig* weg«, sagte Jack.

»Manchmal wollen die Leute ein bißchen allein sein«, sagte Claire.

»Ich nicht.«

»Ich weiß. Du willst den ganzen Tag gedrückt und gehätschelt werden, du bist eine alte Schmusekatze.« Sie kollidierte mit seiner Wirbelsäule, als er kicherte. »*Müssen* wir eigentlich so sitzen?«

»Mein Gott, muß das sein?« fragte Jessica. Sie sah zu Oliver hinüber und hob den Blick zum Himmel; er lachte.

»Also dann«, sagte Robert. »Bis gleich.« Er bückte sich nach seiner Sonnenbrille und ging davon, sich einen Weg durch das hohe Gras und die Wiesenblumen bahnend, die trocken und reglos in der Hitze standen.

»Und wenn du zurückkommst, mußt du dich ausruhen«, rief Claire ihm nach und beobachtete, wie er mit dem Hut Schmetterlinge verjagte.

»Eine herrliche Vorstellung«, rief er über die Schulter. »Bis gleich.«

Als er gegangen war, senkte sich ein Schweigen über die Gruppe, das möglicherweise auf volle Mägen, Schläfrigkeit und die Sonne zurückzuführen war, aber, so dachte Claire, nicht allein. Waren sie und Oliver schon einmal mit den Kindern allein gewesen? Sie meinte, nicht. Worüber sollten sie reden? Und wo war Frances hingegangen?

»Steh auf«, sagte sie zu Jack, und dann: »Im Ernst, Jack, es reicht mir jetzt, es ist zu heiß. Los, ich möchte mich ein wenig ausstrecken.«

Er stand ohne Widerspruch auf, denn auch sein Rücken war schweißnaß, und sie legte ihren Kopf auf ein zusammengerolltes Handtuch, und er legte seinen Kopf auf ihren Bauch und machte es sich bequem.

»Ich kann dein Mittagessen hören«, sagte er fasziniert.

»Pscht.«

Und dann verstummte er, sein dunkler Kopf hob und senkte sich im gleichen Rhythmus wie ihr Bauch, und er schlief ein, während sie den Grillen ringsum im Gras und dem Summen der Bienen lauschte und zusah, wie Oliver und Jessica die Reste des Picknicks wegräumten, Krümel wegwischten und Plastikbecher aufeinanderstapelten. Jessica half viel mehr als zu Hause; vielleicht lag es an ihrem und Roberts gemütlichem Durcheinander, daß sie so faul geworden war, vielleicht brauchte sie, um erwachsen zu werden, jemanden wie Oliver, der hohe Maßstäbe an sich und andere anlegte. Gerade wies er Tom an, alle Reste in eine Tüte zu packen.

»Danke«, sagte sie schläfrig.

Oliver lächelte sie an. »Keine Ursache.« Sein Gesicht, das so düster und verschlossen aussehen konnte, wurde durch dieses Lächeln völlig verändert: Sie dachte das jedesmal, wenn sie es sah, und jetzt mußte sie wieder an den Gang durch die Markthalle und die charmante Art denken, in der er angeboten hatte, den Einkauf zu übernehmen. Sie erinnerte sich auch an die Augenblicke der Kälte und des Ärgers, wenn ein Wutausbruch drohte – gegenüber Frances, gegenüber Tom.

Tom hatte getan, worum man ihn gebeten hatte, und stopfte ungeschickt die Tüte mit den Brotresten und Orangenschalen in den Picknickkoffer.

»Gut gemacht.« Oliver schüttelte sein Handtuch in der Luft, breitete es im Gras aus, legte sich darauf und griff nach seinem Buch. Wieder Larkin, wie Claire feststellte. Larkin war seit ihrer Ankunft mit Unterbrechungen immer wieder aufgetaucht, hin und wieder abgelöst von Büchern über Portugal aus dem Bestand des Hauses. Tom lungerte herum, sah in die Gegend und gab Geräusche von sich. Oliver sah ihn an. »Wo ist dein Buch?«

»Was?«

»Dein Buch. Hast du es dabei?«

»Weiß nicht.«

Oliver stieß einen Seufzer aus.

»Vielleicht ist es bei meinem«, sagte Jessica zuvorkommend und wühlte in Claires Baumwolltasche, die sie vor langer Zeit während eines Urlaubs ohne Kinder in Griechenland erstanden hatte. »Mum? Hast du unsere Bücher eingepackt?«

»Ich nehme es an«, sagte Claire, die beim Weggehen wie gewöhnlich einen Stapel vom Tisch genommen hatte.

Aber Toms Enid Blyton befand sich nicht bei ihrer Nina Bawden und Jessicas Judy Blume, was ihm nicht besonders viel auszumachen schien. Oliver möchte, daß er liest, dachte Claire, die die Szene beobachtete; Tom sieht aus, als könnte er ein wenig Schlaf gebrauchen. Er stand neben Oliver und sah auf ihn herab.

»Darf ich dasselbe machen wie Jack?«

»Was macht Jack denn?« Oliver blickte von seinem Buch auf und hinüber zu Jack, der, den Kopf auf Claires vollem Bauch, fest eingeschlafen war.

»Es ist gar nicht schlimm«, sagte Claire. »Wirklich, eigentlich ganz erträglich.«

»Das hängt vom Grad der Zappeligkeit ab«, sagte Oliver. Er sah zu Tom auf. »Versprichst du, nicht zu wackeln, zu zappeln oder zu zwicken?«

Tom nickte.

»Also gut, dann komm.«

Und das, dachte Claire, während sie zusah, wie Tom sich neben seinem Vater niederließ und vorsichtig seinen struppigen, mit Strohhalmen bedeckten Kopf auf dessen Magen bettete, ist wohl das erste Mal, daß ich eine Geste der Vertrautheit zwischen den beiden sehe. Eigentlich kann das nicht sein, aber ich glaube, daß es so ist. Nun gut. Dann tat der Urlaub wenigstens irgend jemandem gut. Und sie gähnte, während Jessica sich ebenfalls ausstreckte, auf den Bauch legte, die Füße in der Luft, und ihr Buch aufklappte.

Und was war mit Frances, überlegte Claire und hatte wieder das Bild vor Augen, wie sie heute vormittag neben ihr gesessen, geraucht und schließlich geredet hatte.

Sie füllt mich aus ... Als ich ihn kennenlernte, kam er mir vor wie Gott ...

Zweifellos hatte es da Enttäuschungen gegeben.

Tom gab Geräusche von sich.

»Hör auf damit«, sagte Oliver.

»Entschuldige.«

Stille, Seiten wurden umgeblättert, die Geräusche kehrten wieder.

»Ich habe gesagt, du sollst aufhören. Was ist denn los mit dir?«

Tom rollte sich zur Seite.

»Tom ...«

»Entschuldige.«

Wieder Geräusche, das Gezappel nahm zu.

»Ach, geh runter«, sagte Oliver. »Geh, bitte. Ich kann es nicht aushalten, nicht in dieser Hitze.«

Tom setzte sich auf und las verstreute Grashalme auf.

»Such dir einen Platz und gib Ruhe.«

Jess blätterte eine Seite um und gähnte.

»Willst du hierhin kommen?« fragte Claire.

Tom stand erhitzt und unschlüssig da. Dann sagte er: »Ich geh' Pipi machen.«

»Also los«, sagte Oliver. »Vielleicht bist du deshalb so schwierig. Und dann kommst du wieder her und ruhst dich aus.«

»Ist gut.«

Er ging fort von ihnen, heraus aus dem Schatten, in die drückende Hitze der Wiese, in die Richtung, die Robert genommen hatte, durch das hohe Gras auf das Gebüsch zu, wo der Weg begann.

»Verlauf dich nicht«, rief Claire. »Komm gleich zurück.«

»Keine Sorge«, sagte Oliver. »Ich passe auf.«

Und Claire, der es mittlerweile kaum noch gelang, gegen den Schlaf anzukämpfen, schloß die Augen und dachte: Ja, natürlich wird er das, es ist schließlich sein Kind.

Jessica sah ihn an. »Darf ich dasselbe machen wie Jack?« fragte sie, Tom nachäffend.

»Was?« Oliver schob seine Sonnenbrille auf die Nasenspitze und brachte sie damit zum Lachen.

»Darf ich?«

»Nein.«

»Warum nicht?«

»Weil ich es sage. Lies weiter.«

»Bitte.«

»Sei nicht albern.«

»Ach, seien Sie doch nicht so spießig.«

»Jessica«, sagte Claire. »Hör auf, Oliver zu nerven.«

»Ich dachte, du würdest schlafen.«

»Das tu ich auch. Mütter schlafen mit offenen Augen, wußtest du das nicht?«

Jessica zog eine Grimasse und wandte sich wieder ihrem Buch zu.

Claire sah in Olivers Richtung, um einen kurzen Blick unter Erwachsenen auszutauschen, doch er las bereits wieder, und sie ließ sich auf ihr Handtuch zurücksinken. Tom war nicht zu sehen, die Luft war erfüllt vom Summen der Grillen und Bienen und dem Gezwitscher der Vögel unten am Fluß. Wo war Frances, die schon vor so langer Zeit dorthin gegangen war? War Oliver so an ihr langes Fernbleiben gewöhnt, daß er es gar nicht mehr bemerkte?

Ich will ihn, ich will Dora, ich will den Mond …

Ihr gehört ordentlich der Hintern versohlt, hörte sie im Geist ihren Vater in seinem breiten Derbyshire-Dialekt sagen, und sie mußte insgeheim lächeln und schlief ein, genau in dem Moment, als Robert auf dem schattigen Weg unterhalb des Dorfes Frances begegnete, die ihm weinend entgegenkam.

»Hey ...«

Sie blieb stehen, starr vor Verlegenheit.

»Was ist los?« fragte er. »Was ist passiert?«

»Nichts, nichts.« Ein Mückenschwarm tanzte vor ihnen in der Sonne; sie verjagte ihn mit der Hand. »Ich war gerade auf dem Rückweg.«

»Ja, das sehe ich. Und ich gehe das Schlauchboot holen ...« Er lächelte sie an, weil er spürte, daß sie ein Lächeln gebrauchen konnte. »Tut mir leid, daß ich Sie gestört habe.«

»Das haben Sie nicht.« Sie sah an ihm vorbei und wischte sich die Augen.

»Aus irgendeinem Grund weinen sich Frauen andauernd bei mir aus«, sagte er in dem Bemühen, es ihr leicht zu machen. »Im Büro, meine ich. Sie können mir alles erzählen, wenn Sie wollen.«

Aber sie erwiderte sein Lächeln nicht und schickte sich an weiterzugehen. »Es ist nichts«, sagte sie. »Ich habe nur nachgedacht, das ist alles ... Ich nehme an, es ist die Hitze.«

»Ja. Ja, es ist wirklich sehr heiß, nicht wahr?« Er wich zur Seite und drückte sich in die dichte Hecke und das hohe üppige Unkraut, um sie vorbeizulassen. »Frances –«, sagte er aus einem jähen Impuls heraus und berührte sie am Arm. »Ich will mich nicht aufdrängen. Aber falls Sie mich brauchen, stehe ich zu Ihrer Verfügung, okay?«

»Danke«, sagte sie, aber sie wich seinem Blick aus. Sie gingen aneinander vorbei und in unterschiedlichen Richtungen davon, und keiner von ihnen sah Tom, der auf der Suche nach Robert einen Umweg durch das Gebüsch am Rand des breiten, strohbedeckten Weges gemacht hatte, der auf diesen Pfad führte; dann hatte er Stimmen gehört, war stehengeblieben und hatte gesehen, daß seine Mutter weinte und Jacks Vater sie berührte, als wäre er ihr Mann oder so ähnlich.

Frances fand ein Papiertaschentuch in der Tasche ihrer Shorts und putzte sich die Nase; sie steckte sich eine Zigarette an und ging weiter, auf der einen Seite den kühlen, feuchten Graben, auf der anderen üppig wachsende Hecken und Unkraut. Das Dorf über ihr war still und schlief; sie erreichte die Abzweigung, das verfallene Haus und die süßlich riechenden Strohballen unter den Weinranken, und auf der niedrigen Mauer auf dem Platz mit dem Kopfsteinpflaster saß Dora, drehte sich zu ihr um und lächelte sie herzlich an.

»Nein«, sagte Frances laut und fing wieder an zu weinen. Der Weg leuchtete gelb von Sonne und Stroh, ihre Schritte wurden in der Hitze langsamer. Sie erreichte das Gebüsch, die Verbreiterung des Weges zur Wiese, das hohe, reglose Gras und die umherschwirrenden Schmetterlinge, blaßblau, blaßbraun, sanftgelb; sie sah vor sich die Baumgruppe und alle darunter ausgestreckt; aber aus der Ferne, durch den Tränenschleier und die blendende Helligkeit konnte sie nicht erkennen, welches Kind auf Claires Schoß lag, und sie sah auch nicht, daß Jessicas Kopf, das prachtvolle Haar wie eine Feenkönigin ausgebreitet, auf Olivers Brust ruhte und sie friedlich schlief.

Danach hatte er keine Lust mehr, Robert zu folgen, und wartete, bis er außer Sicht war; dann trat er aus dem Gebüsch, machte einen Schritt über den scheußlich dunklen Graben, kauerte sich daneben nieder und hielt nach Tieren Ausschau. Ruderwanzen huschten vorbei, Mücken umschwirrten seinen Kopf. Er versuchte immer wieder, eine der Wanzen zu fangen, doch sie waren zu flink; er hob die Gräser, die seitlich über den Graben hingen, und spähte darunter, ob vielleicht Frösche oder andere Tiere zu sehen wären, aber er hatte kein Glück. Er legte sich auf den Bauch, langte hinüber und hob das herabhängende Gras auf der anderen Seite; er stellte sich vor, daß ein ganz besonderes Geschöpf in dem Graben auf ihn wartete, eine Art Chamäleon oder Wassereidechse, auf jeden Fall etwas mit Beinen; es saß reglos in Lauerstellung da, grün in dem dunkleren Grün des Grabenrands, mit leuchtend gelben Augen und riesigen schwarzen Pupillen, und beobachtete ihn. Und bei dieser Vorstellung klappte der Deckel in seinem Kopf auf, und wieder einmal, nur einen Augenblick lang, war er gar nicht da, es war, als ob sein Verstand einen Moment ausgesetzt hätte. Dann kam er wieder zu sich, und der Deckel schloß sich wieder feinsäuberlich und nahtlos.

Tom erhob sich und wanderte den Weg entlang. Er fand einen Stock und peitschte damit die hohen Gräser, schlug Spitzen ab, brach Stengel. Die Luft war voller Mücken, doch sonst regte sich nichts; er ging an Gärten und Häusern mit geschlossenen Läden vorbei, ohne einem Menschen zu begegnen. Er bog um die letzte Gartenmauer und fand sich am Fuß der langen Treppe wieder, die sie heute vormittag heruntergekommen waren. Er betrachtete sie, wie sie sich nach oben schlängelte und im Schatten über ihm verlor, wie die Bohnenstange, die zu dem Riesenschloß in den Wolken führte, und der Deckel in seinem Kopf machte nur ein einziges Mal: »Klick!«.

Langbeinige Insekten krabbelten über die nackten Gliedmaßen der Schläfer unter den Bäumen und hinterließen kleine, brennende Nadelstiche wie bei einem Ausschlag. Jessica, die etwas Kitzelndes über ihr Gesicht spazieren spürte, bewegte sich, wischte es fort und erwachte; sie blieb einen Moment lang liegen, setzte sich dann auf und kratzte sich die Beine. Oliver neben ihr schlief noch immer, was er, da war sie fast sicher, auch schon getan hatte, als sie zu ihm herübergeschlichen war und ihren Kopf auf seine Brust gelegt hatte. Ein paar Schritte entfernt wachten Claire und Jack gerade auf; hinter ihnen erkannte sie Frances, die über die Wiese auf sie zukam. Sie trug ihre Sonnenbrille und ging sehr langsam. Jessica winkte.

»Hallo.« Frances ging in den Schatten und betrachtete alle von oben. »Wo ist Tom?«

»Hast du ihn nicht gesehen?« fragte Claire, schob Jack von sich und hob ihre Bluse auf und ab, um sich Luft zuzufächeln. »Er wollte nur mal Pipi machen.«

»Wo?«

»Tja ... da drüben im Gebüsch, glaube ich. Er kann nicht weit hinter Robert gewesen sein – er ist zum Haus zurück, um das Schlauchboot zu holen.«

»Ja, ich weiß. Wir sind uns auf dem Weg begegnet.« Frances sprach in abweisendem Ton, wie mit jemandem, den sie erst vor kurzem kennengelernt hatte und mit dem sie nicht mehr Zeit als unbedingt nötig verbringen wollte. »Tja ... wie seltsam. Wo ist er wohl hingegangen?«

Oliver, der sie sprechen hörte, erwachte und reckte sich. Er rieb sich die Stirn, setzte sich auf und quittierte Frances' Erscheinen mit einem Nicken.

»Wir fragen uns gerade, wo Tom ist«, sagte sie.

Er runzelte die Stirn.

»Claire sagt, er wollte Pipi machen – er ist aber nicht zurückgekommen.«

»In diesem Falle«, sagte Oliver, »nehme ich an, daß er dich gesucht hat. Was hast du gemacht?«

»Ich bin spazierengegangen.« Frances sprach auch mit ihm so, als würde sie ihn kaum kennen. »Ich habe Tom bei dir gelassen.«

Genaugenommen hast du ihn bei gar niemandem gelassen, dachte Claire. Du hast ihn einfach hiergelassen. »Vielleicht ist er ja bei Robert«, sagte sie beschwichtigend. »Was meint ihr? Laßt uns noch ein paar Minuten warten. Möchtest du etwas trinken?«

»Nein, danke.« Frances beobachtete weiter die Stelle, wo die Büsche standen und der Weg anfing. »Bestimmt ist alles in Ordnung«, sagte sie unsicher. »Vielleicht sollte ich gehen und –«

»Bitte geh nicht und tu nichts«, sagte Oliver. »Wahrscheinlich ist er bei Robert, und wenn nicht, will ich nicht auch noch nach dir suchen müssen. Bleib doch um Gottes willen mal fünf Minuten an einem Ort.«

Frances errötete und griff nach ihren Zigaretten.

»Vielleicht ist er gekidnapped worden«, sagte Jack.

»Sag das nicht dauernd.« Claire suchte mit dem Blick die Wiese ab.

»Ich sage es ja gar nicht dauernd.«

»Hoffentlich beeilt Dad sich.« Jessica, erhitzt und ungeduldig, warf ihre Haare zurück. »Es ist kochend heiß.«

»Warum gehst du nicht noch mal ins Wasser, während wir warten?«

Sie schüttelte den Kopf. »Ich will nur noch mit dem Schlauchboot fahren.«

»Nun, das klappt vielleicht nicht.« Claire verlor plötzlich die Geduld. »Wir müssen vielleicht nach Tom suchen. Und setz bitte ein anderes Gesicht auf.«

Jessica wandte sich ab, und ein Schweigen, das sich nicht mit einer harmlosen Bemerkung überspielen ließ, senkte sich auf die Gruppe und blieb auf ihr lasten.

»Da ist er!« sagte Jack. »Da ist Dad!«

Und alle schauten erleichtert auf die Stelle, wo Robert, das Schlauchboot an einem Nylonseil mit der einen, die über die Schulter gelegten Paddel mit der anderen Hand haltend, aus dem Gebüsch getreten war und auf sie zukam.

»Ist Tom bei dir?« rief Claire aufspringend.

»Nein.« Er klang erstaunt. »Er war doch bei euch, als ich weg bin.«

»Oh, Gott.« Claire stand neben Frances und wartete auf ihn. »Am besten machen wir uns auf die Suche«, sagte sie. »Ich möchte nicht, daß Robert noch länger in dieser Hitze herumläuft.«

»Nein. Nein, natürlich nicht. Aber es gibt keinen Grund, warum du –« Frances brach ab und wandte sich an Oliver. »Hilfst du mir suchen?«

»Nein«, sagte Oliver. »Ich habe den ganzen Morgen auf ihn aufgepaßt. Ich bin mir ziemlich sicher, daß er sich ganz in der Nähe versteckt, und ich bin mir ganz sicher, daß er von dir gefunden werden möchte, glaubst du nicht auch? Seitdem du verschwunden bist, hat er keine Sekunde lang Ruhe gegeben.« Sein Ton war beiläufig, seine Worte nicht ganz unberechtigt, aber Claire, die die Hand über die Augen gelegt hatte, um Robert entgegenzusehen, fröstelte es.

»Ich komme mit dir«, sagte sie zu Frances, und da sie um Jacks willen die Atmosphäre etwas auflockern wollte, streckte sie ihm die Hand hin und sagte: »Komm, du kannst uns helfen.«

Robert legte das Schlauchboot und die Paddel ab und wischte sich die Stirn. »Wir sind hier in Portugal«, sagte er. »Keine Panik. Hier ist er allein sicherer als in London unter Menschen, oder? Gibt mir jemand was zu trinken?«

»Du brauchst nicht mitzukommen«, sagte Frances zu

Claire mit gepreßter Stimme, als sie sich auf den Weg machten.

Claire nahm Jack an die Hand. »Natürlich komme ich mit.«

Er würde nur mal kurz nachsehen, wie es dem Schwein ging, dann würde er zu den anderen zurückgehen. Er begann die Treppe hinaufzusteigen, zu zählen, zu schnaufen: elf Stufen, zwölf, dreizehn ... um die Kurve ... einundzwanzig, zweiundzwanzig ... sie nahmen kein Ende. Neunundzwanzig, dreißig ... vierunddreißig. Er hatte das obere Ende und die Lücke zwischen den Häusern erreicht: Er fuhr mit seinem Stock an der Mauer entlang, trat auf die stille kopfsteingepflasterte Straße hinaus und überlegte stirnrunzelnd, wo er sich befand. Es war glühend heiß hier oben, viel heißer als unten auf dem Weg, und er schwitzte und hatte Durst von dem Aufstieg. Aber er sah nirgends einen Wasserhahn, und nach einigen Augenblicken erinnerte er sich, wo das Schwein war, irgendwo links ab, in der Nähe des Ladens, und er machte sich langsam dorthin auf, vorbei an braunen, zusammengerollt in der Sonne schlafenden Hunden und schmutzigen Katzen.

»Schwein!« rief er. »Schwei-ein!«

Auf dem Balkon über ihm bewegte sich jemand: Eine dicke alte Frau mit faulen Zähnen starrte auf ihn herab.

»Ich schaue nach dem Schwein«, erklärte Tom und ging weiter.

Doch als er an die rohe, in die Mauer eingelassene Holztür mit der abblätternden schwarzen Farbe und der Öffnung in Fußhöhe kam, vernahm er keinen Laut. Er kniete auf der ausgetretenen Stufe, spähte hinein, wobei er die Augen zusammenkniff, um in der übelriechenden Dunkelheit etwas zu erkennen. Erst sah er nur zerwühltes, nasses Stroh, dann, ganz hinten, den riesigen, bleichen, haarigen Umriß des Schweins, das auf der Seite lag, ohne einen Muskel zu bewegen, als wäre es tot.

Tom klapperte mit seinem Stock an der Tür. »Schwei-ein!«

Man hörte ein Schnauben, und das Tier hob den Kopf. Er konnte mit Mühe ein weißrosa Auge und weiße Augenwimpern erkennen; dann bewegte es sich schwerfällig, grunzte, stemmte seinen massigen Körper in die Höhe und kam auf seinen kurzen, schmutzigen Beinen auf ihn zu.

»Hallo.« Tom preßte sein Gesicht gegen die Öffnung und blickte genau auf Brust und Bauch des Schweins, die schmutzigrosa waren; als das Tier die Tür erreicht hatte, senkte es den Kopf und begann erwartungsvoll zu schnüffeln, dann grunzte es wieder. »Oje. Tut mir leid.« Daran hätte er denken müssen. Man konnte nicht einfach einen Besuch machen und nichts mitbringen, das war gemein.

»Ich geh' die Äpfel holen«, sagte er zu dem Schwein. »Es dauert nicht lange. Du bleibst da, ja?« Das Schwein schnaubte und fuhr mit seiner nassen borstigen Nase an der Öffnung entlang: Man mußte einfach lachen, auch wenn es einem leid tat. Das arme Ding. Das arme Ding, den ganzen Tag eingeschlossen. Wie konnten sie es nur hier unten einschließen? Es sollte draußen in der Sonne sein, auf einem schönen sonnigen Rübenfeld. Er rappelte sich auf und lief den Berg zum Haus hinauf, wobei er überlegte, ob Robert wohl da war. Hoffentlich nicht.

Er war nicht da. Das Haus war verschlossen, die Doppeltüren auf der Terrasse waren ebenso abgeschlossen wie die Küchentür. Tom stand draußen und überlegte, was er tun sollte. Man würde bald anfangen, nach ihm zu suchen, und böse auf ihn sein.

Hinter ihm lief Wasser in die grüngekachelte Zisterne. Er wußte nicht, ob es Trinkwasser war, aber niemand hatte das Gegenteil gesagt, und es war ihm sowieso egal. Er stieg die Stufen hinauf und trat unter die Wäscheleine, an der die sauberen Kleidungsstücke in der Sonne trockneten; dann tauchte er das Gesicht ins Wasser, machte sein Haar naß und besprengte Hals und Arme. Er hielt seine gewölbten Hände unter den Messinghahn in der Wand und trank, ohne aufzuhören, und als er sich besser fühlte, ging er die Treppe in den Garten hinunter und dann die Treppe zur Terrasse wieder hinauf.

Jenseits des Tales stieg über den Pinien grauer Rauch auf. Der ferne Fluß unten sah wie der Fluß in einem Traum aus. Er wandte sich ab, ließ sich in die Hollywoodschaukel fallen, spürte das sanfte Auf und Ab, streckte sich aus und gähnte. Er beobachtete das Schattenspiel der Zitronenbaumblätter auf dem Baldachin, während er schaukelte; nach einer Weile fuhr seine Hand wieder in seine Shorts, und da war er, steif und weich. Niemand konnte ihn sehen, niemand würde es erfahren, und er rieb und rieb und rieb, solange er wollte, bis er nicht mehr wollte und einschlief.

Jessica saß weit zurückgelehnt da, eine Hand ließ sie ins Wasser hängen, ihr Strohhut war ein wenig verrutscht und lag auf dem breiten Rand des von der Nachmittagssonne erwärmten Schlauchboots. Das Wasser war wie grünlichbraune Seide, tief und still unter den Felsen am gegenüberliegenden Ufer zeigte es das dunkle Spiegelbild der Bäume, brach sich in kräuselnden Wellen an den silbernen Paddeln, als Oliver langsam flußauf ruderte, die blühende Wiese hinter sich lassend. Robert hatte sich mit einem Drink und seinem Buch im Schatten ausgestreckt und war gerade dabei einzuschlafen.

»Es ist wie in einem Film«, sagte sie, als sie sich von ihm entfernten und um eine Biegung fuhren. Hohes Schilf stand am Ufer; stumme Fische berührten die Wasseroberfläche und tauchten wieder unter.

»Ja.« Oliver sah sie lächelnd an, dann ließ er die Ruder ruhen, und sie trieben eine Weile dahin, von der gemächlichen Strömung getragen, und lauschten den Vögeln.

»Wir fahren rückwärts«, sagte Jessica.

»*Du* fährst rückwärts. Ich fahre vorwärts.« Er ergriff wieder die Paddel, sah einen Moment nach oben und runzelte die Stirn.

»Was ist?«

»Da oben ist ein Feuer, siehst du es? Fast genau auf dem Gipfel – es breitet sich ziemlich schnell aus.«

Jessica drehte sich um, wobei sie sich fast den Hals verrenkte. Dunkle, geballte Rauchwolken stiegen von den Kiefern eines Bergkamms auf, in dem sie einen der Hügel erkannte, die sie vom Haus aus sehen konnten; der Qualm zog nach oben in den bleichen Dunst des Himmels, zersetzte sich, löste sich auf, und neue Schwaden folgten.

»Was wird geschehen?«

Oliver schüttelte den Kopf. »Ich weiß nicht. Vermutlich wird das Feuer sich weiter ausbreiten und die halbe Anpflanzung vernichten. Sie schicken wahrscheinlich Maschinen herauf, wenn es möglich ist, aber viel können sie nicht tun, nicht wahr?«

»Hol Wasser, lieber Heinrich.« Jessica begann zu kichern.

»Was?«

»Kennen Sie das nicht? Wir singen es immer im Auto: ›Ein Loch ist im Eimer, liebe Liese, liebe Liese …‹«

»Oh, ja. Ja, natürlich. ›Dann stopf es, lieber Heinrich, lieber Heinrich …‹«

»Sie sind Heinrich«, sagte Jessica, als sie weiterruderten, auf weitere Maisfelder zufuhren und das Feuer hinter sich ließen. »Los, Sie fangen an, und ich bin Liese.«

»Nein.«

»Bitte.«

»Mein Gott, bist du eine Nervensäge.«

»Los.«

Oliver räusperte sich, begann und brach ab. »Ich kann nicht singen.«

»Natürlich können Sie. Außerdem, wer hört Sie hier schon?«

»Ach so, das stimmt.« Er räusperte sich erneut. »Ein Loch ist im Eimer, liebe Liese, liebe Liese ...«

Seine Stimme wurde lauter; Jessica sang die nächste Strophe, und nach ein paar weiteren Strophen schallte das Lied so laut über das Wasser, daß jeder Vorübergehende – aber es kam niemand vorbei – seine Freude gehabt hätte an Vater und Tochter, die sich so prächtig amüsierten.

»Womit denn, liebe Liese, liebe Liese ...«

Jessica machte eine lange Pause.

»Mit 'nem Eimer, lieber Heinrich ...« Sie brach in Gelächter aus.

Oliver sah sie ernst an. »Ein Loch ist im Eimer, liebe Liese, liebe Liese ...«

»So ist es schon viel besser«, sagte Jessica, als er geendet hatte. »Sie sehen nicht mehr halb so böse aus.«

»Habe ich böse ausgesehen?«

»Wegen Tom.«

»Sind deine Eltern nie böse auf dich?«

Sie dachte darüber nach. »Schon, aber nicht so.«

Er antwortete nicht.

»Und mit Frances manchmal«, sagte sie. »Warum sind Sie böse auf sie?«

Wieder antwortete er nicht, sondern ruderte weiter; die Luft war inzwischen etwas kühler, ein leichter Wind raschelte im Mais.

»Wollen Sie noch mehr Kinder?«

»Ich – nein, ich glaube nicht.«

»Warum nicht?«

»Das waren jetzt genug Fragen.« Langsam wendete er das Schlauchboot; sie sah ihn bestürzt an.

»Wohin fahren wir? Ich will noch nicht zurück.«

»Ich denke, wir sollten zurückkehren, es wird spät.« Sie ruderten schweigend; hin und wieder tauchte ein Fisch auf. Er hielt ihr die Ruder hin. »Möchtest du?«

»Nein.« Sie schüttelte den Kopf und starrte ins Wasser. »Mir gefällt es, wenn Sie rudern.«

»Gut, dann rudere ich. Alles in Ordnung. Schau nicht so bedrückt.«

Jessica gab keine Antwort, ihre Stimmung hatte sich geändert und war gedämpft. Ein paar Augenblicke später sagte sie: »Kehren wir um wegen meiner Fragen? Ich wollte nicht unhöflich sein.«

»Das warst du nicht. Ich möchte nur wissen, was mit Tom ist, das ist alles.« Er stupste sie mit dem Fuß an. »Na, komm, was ist los? Bin ich solch ein Unmensch?«

»Sie können manchmal schrecklich wütend aussehen.«

»Nun«, sagte er, während er die silbernen Paddel hob und das Wasser in glitzernden Wellen aufleuchtete, »ich versichere dir, daß ich nie wütend auf dich bin –« Er brach ab. »Schau! Schau mal – ein Eisvogel!«

»Wo?« Sie setzte sich jäh auf und brachte das Boot zum Schwanken. »Oh, ja!«

Sie beobachteten ihn. Das blitzschnelle Aufleuchten eines herrlichen Blaus vor den Felsen am anderen Ufer, ein zweites, Sekundenbruchteile nur, dann war er verschwunden.

»Das war toll!« Jessica wandte sich zu ihm um, jetzt wieder übers ganze Gesicht strahlend.

»Nicht wahr?« Er ließ die Ruder sinken und berührte

plötzlich ihr sonnengebräuntes Gesicht. »Bist du jetzt zufrieden?«

»Ja«, sagte sie und beobachtete, wie er sich wieder zurücklehnte und die Ruder ergriff; er ruderte langsam, obwohl sie jetzt mit der Strömung fuhren. Sie hatten noch viel Zeit.

»Hier ist er«, sagte Claire, während sie die Treppe zur Terrasse hinaufstieg. »Ich habe dir ja gesagt, daß ihm nichts passiert ist.«

»Ach, Gott sei Dank.« Frances, die ihr folgte, trat neben sie; sie betrachteten den fest schlafenden Tom unter den hin- und herhuschenden Schatten des Baldachins, ausgestreckt, entspannt. »Warte – ich hol dir was zu trinken.« Sie tastete unter dem Stein neben der Doppeltür nach dem Schlüssel und betrat den kühlen, dunklen Wohnraum.

Claire ließ sich auf einen der Stühle an dem Marmortisch fallen; unten im Garten hatte Jack vor der Kellertür einen Cricketschläger und einen Ball entdeckt und schlug den Ball in das Weinlaub.

»Schlag die Trauben nicht ab«, rief sie.

»Mach ich ja gar nicht.«

»Gut.«

Sie reckte sich, fuhr sich mit der Hand durchs Haar und hätte sich trotz des Schlafes am Vormittag am liebsten neben Tom ausgestreckt und ein wenig geschlafen. Sie hatten über eine halbe Stunde lang gesucht und gerufen, auf Wegen, im Gebüsch, auf der Treppe, die ins Dorf hinauf führte, und dabei kaum ein Wort gewechselt, nur Jack ab und zu am überlauten Rufen gehindert. Jetzt wollte sie nur noch ihre Ruhe: keine Kinder, keine komplizierten Ehen, keine Probleme. Sie lehnte sich auf dem harten weißen Stuhl zurück, blickte über das Tal und bemerkte, daß wieder mal ein Feuer im Gebirge gegenüber wütete. Ich habe genug von dieser Hitze, dachte sie zum erstenmal seit ihrer Ankunft und mußte an den Regen im vergangenen Jahr denken, wie er auf die Dächer des Dorfes herabgeprasselt und an feuchtwarmen Nachmittagen unaufhörlich auf Garten und Terrasse gefallen und von den Zitronenbäumen heruntergetropft war, während sie alle zusammen drinnen bei geöffneten Fenstern Spiele gespielt hatten. Ich hätte nichts dagegen, wenn das Wetter sich änderte, dachte sie, legte die Arme auf den Tisch und den Kopf darauf und sehnte sich plötzlich nach friedlichem Regen und auch nach friedlichen Gefährten.

Inzwischen bereitete Frances in der dunklen, wie stets leicht nach Gas riechenden Küche Tee und Saft für die Jungen zu, fand ein paar Kekse, stellte alles auf ein Tablett und trug es hinaus auf die Terrasse. Dort blieb sie stehen, als sie Claire in dieser friedlichen, idyllischen Pose sah, und mußte sofort an ihre Träumerei vom Vormittag denken, sah sich selbst wieder an dem verwitterten Tisch in dem stillen, abgeschiedenen Garten sitzen, wie sie, den Kopf auf die Arme gelegt, in der Wärme des frühen Nachmittags darauf wartete, daß Dora aus dem Haus kam und sich zu ihr setzte. Sie stand einen Augenblick lang da, von so starken Gefühlen erschüttert, daß ihr beinahe das Tablett entglitt, dann sah Claire auf und sagte mit ihrem trägen Lächeln: »Oh, wie schön«, und Frances ging mit ruhigem Schritt zum Tisch, stellte alles ab und sagte leichthin und kühl, als wäre überhaupt nichts gewesen:

»Das mit heute morgen tut mir leid – können wir den Schleier des Vergessens darüber breiten?«

Der nächste Tag verlief unbeschwerter. Sie verbrachten den Vormittag unten im Dorf, kauften Vorräte im Laden, statteten dem Schwein im Vorbeigehen einen Besuch ab und gingen beim Metzger vorbei, der einmal in der Woche seinen kleinen, acht Quadratmeter großen, weißgekachelten Laden mit dem sägemehlbestreuten Fußboden aufmachte. Stücke billigen Fleisches lagen im Schaufenster, darüber hingen Hühner am Haken. Claire warf einen Blick auf Tom, der die steifen Körper anstarrte, jedoch, genau wie Jack, bald vom Anblick zweier drahtiger Männer mit nacktem Oberkörper abgelenkt wurde; sie zersägten die Kiefernstämme, die man auf einem Schubkarren vom Gebirge herantransportierte, zu großen Stapeln von Klötzen und Scheiten. Die Tätigkeit und das Geräusch wirkten beruhigend, und die Luft, die durch die offene Ladentür hereindrang, roch süß und frisch. Die beiden Jungen gingen hinüber und sahen zu, wenig später gefolgt von Jess und den Erwachsenen. Lächeln und Grüße wurden ausgetauscht; die Jungen kauerten sich nieder, ließen Ströme von Sägemehl durch ihre Finger rinnen und beobachteten, wie es herabrieselte.

»Wir brauchen eine Menge Sägemehl für meine Maus«, sagte Tom.

Sie gingen weiter, am Dorfrand entlang, und nahmen die Straße, die einen ausgetrockneten Nebenarm des Flusses überbrückte, wo Kinder zwischen Backsteinen und Unkraut spielten. Dann verbreiterte sich die Straße und führte auf die Hauptstraße und das Marktstädtchen zu. An dieser Straße lagen das Postamt und das kleine Café nebenan; sie setzten sich unter das Rebdach, bestellten Kaffee und Eis und betrachteten aus diesem Blickwinkel die Welt.

Die Atmosphäre war etwas entspannter, doch Claire, die Oliver und Frances ab und zu beobachtete, wunderte sich, wie wenig sie miteinander sprachen, wieviel Zeit sie getrennt verbrachten.

Zu Hause bereiteten sie für alle das Mittagessen zu. Als Claire in die Küche ging, um für die Kinder oben am Pool etwas zu trinken zu holen, war Oliver dabei, Gurken und Tomaten für einen Salat zu schneiden und Kräuter darauf zu verteilen, die die Kinder ganz bestimmt fein säuberlich wieder herausfischen würden, und Frances stellte Teller und Besteck auf ein Tablett; das Schweigen war drückend von unausgesprochenen Worte.

»Das sieht wunderbar aus«, sagte sie strahlend, als Oliver Fischstücke auf den Salat legte, und er lächelte sie an, doch sie kam sich albern vor und ging rasch hinaus, wobei sie Saft auf dem Fußboden verschüttete.

Nach dem Essen begaben sich alle zur Ruhe. Claire war froh, sich nach der gestrigen Hitze und der langen Suche nach Tom in einem dunklen Raum im Haus aufzuhalten; er schien heute in Ordnung zu sein, gab zwar wie immer seine Geräusche von sich, genoß jedoch das Schwimmen im Bassin und hatte nichts dagegen, nach dem Essen mit Jack nach oben zu gehen und sich hinzulegen. Sie sorgte dafür, daß sie in ihren Betten lagen, ging über den Läufer in ihr eigenes Zimmer und schloß die Tür.

»Komm her«, sagte sie zu Robert und zog ihre Schuhe aus.

Er schloß die Läden an dem Fenster über der Terrasse und wandte sich zu ihr um.

»Was ist in dich gefahren?« fragte er, als sie sich aufs Bett legte und die Arme ausstreckte. »Es muß an der Hitze liegen.« Er trat ans Bett, setzte sich neben sie und legte die Hand auf ihren Bauch.

»Es liegt nicht an der Hitze«, sagte sie, während sie ihn zu sich herabzog und hörte, wie Oliver mit schwerem Schritt den Korridor entlangging und die Tür am anderen Ende sich öffnete und schloß. »Es liegt nicht an der Hitze, es liegt an dir.«

Frances ging nicht mit den anderen nach oben. Sie lag auf dem Wohnzimmersofa, hatte die langen Baumwollvorhänge vorgezogen und las und dachte nach, während Jessica in ihrem Zimmer schlief. Am frühen Nachmittag nahm sie, bevor einer der anderen wach war, ihren Badeanzug und ihr Handtuch und ging durch das Dorf und den weichen, staubbedeckten Weg unter den Weinranken entlang bis zu den Maisfeldern, wo die Hitze wie eine Decke unter dem Himmel ausgebreitet lag.

Es war niemand am Fluß; sie schwamm und schwamm. Das Wasser war seidig, gelb und grün; es teilte sich vor ihr in glänzenden, sanften Wellen; Bäume, Felsen und Himmel spiegelten sich, zerfielen und setzten sich wieder zu einem glatten Bild zusammen. Sie schwamm eine halbe Stunde lang, vielleicht auch länger, und als sie aus dem Wasser stieg, fühlte sie sich entspannt.

Es war kühler geworden. Sie ging die rissigen Wege entlang, zwischen dem hohen trockenen Mais hindurch, überquerte die kleinen Bewässerungsgräben, hörte Wasser rieseln. Sie blickte auf und sah einen feinen Sprühregen, der glitzernd über die trockenen Blätter und den Boden herniederging, und am Ende der Reihe begegnete sie einem alten, sonnenverbrannten Mann mit einer dunklen Stoffkappe und in Hemdsärmeln, der sein Stück Land bewässerte. Er nickte ihr zu; sie wünschte ihm leise einen guten Nachmittag, obwohl es inzwischen fast Abend war und die Sonne langsam hinter den Bergen versank.

Woanders, dachte sie beim Weitergehen, in einem anderen Land, selbst in England, hätte ich wahrscheinlich Angst, wenn ich mitten im Feld allein einem fremden Mann begegnete, selbst wenn es ein alter Mann wäre. Obwohl sich hier in den endlosen Reihen der Maisfelder mühelos jemand verstecken konnte, fühlte sie sich vollkommen sicher, umgeben von der warmen, trockenen Luft und fern von allen Menschen, die ihre Gedanken stören konnten. Und außerdem war sie gar nicht allein; sie war nie allein: Sie ging, wie immer, zusammen mit Dora.

Frances ließ das Feld hinter sich und kehrte über den staubigen Weg ins Dorf zurück, und das Gefühl von Frieden verließ sie nicht, bis sie das Haus wieder erreichte und die Steintreppe zur Terrasse hinaufstieg, wo Claire und Robert nebeneinander in der Hollywoodschaukel saßen, lasen und leise hin und her schaukelten. Sie blieb stehen, und der Anblick dieser echten, unverbrüchlichen Zweisamkeit nahm ihr fast den Atem.

Sie blickten auf und begrüßten sie, und sie lächelte und sagte, sie sei ein schönes Stück geschwommen, und erkundigte sich nach den Kindern, die mit Oliver am Swimmingpool waren. Und dann ging sie langsam ins Haus, lehnte sich gegen die erstbeste Wand und wehrte sich mit aller Macht dagegen, auf den Boden zu sinken und zu weinen.

An diesem Abend aßen sie alle früh mit den Kindern draußen zu Abend und sahen im schwächer werdenden Licht eine winzige Fledermaus in den Zitronenbäumen umherfliegen.

»Letztes Jahr haben wir eine Sternschnuppe gesehen«, sagte Jessica plötzlich.

»Das ist wahr.« Robert aß den letzten Rest des cremigen Vanillepuddings aus dem Laden. Er lehnte sich zurück und betrachtete forschend den Himmel. »Vielleicht sehen wir heute nacht wieder eine«, sagte er, aber es tat sich nichts.

Es wurde dunkel; die Kinder badeten und bekamen eine Gutenachtgeschichte vorgelesen; die Erwachsenen gingen der Reihe nach in ihre Zimmer. Und als Oliver sein Buch und seine Brille genommen und sich verabschiedet hatte und es im Hause still geworden war, kehrte Frances, die sich in der Küche zu schaffen gemacht und auch noch den letzten Teller weggeräumt hatte, in den leeren Wohnraum zurück, setzte sich an den ausladenden Schreibtisch in der Ecke, erhellt von der Lampe mit dem Pergamentschirm, und schrieb ihren Brief.

Immer mehr Plakate, die auf die Fiesta hinwiesen, tauchten im Dorf auf, und am Sonntagmorgen überreichte Guida Robert einen schlechtgedruckten Handzettel, den er mit Hilfe des Wörterbuches entzifferte. Wie er den anderen beim Frühstück mitteilte, sollte eine Prozession stattfinden zu Ehren der Jungfrau Maria und diverser anderer Heiliger, es würde Stände und Buden geben, und eine Band würde auftreten; das für drei Uhr erwartete Eintreffen ihrer Musik- und Lautsprecheranlage wurde als besondere Attraktion angekündigt. Man war übereinstimmend der Ansicht, daß man auf diesen Programmpunkt verzichten konnte, aber um fünf Uhr schlossen sie das Haus ab und machten sich über die Bergstraße in das etwa eine halbe Meile entfernte Nachbardorf auf.

Die Hitze ließ allmählich nach, obwohl es immer noch warm war. Sie gingen langsam, im Gänsemarsch, über trokkene Berge von Piniennadeln am Straßenrand, und die Erwachsenen streckten beim hektischen Herannahen von Mopeds oder, seltener, von Autos vorsorglich den Arm nach den Kindern aus.

»Ist schon *in Ordnung*«, sagte Jessica und schüttelte ärgerlich Roberts Hand ab. »Keine Aufregung.«

»Sei nicht albern«, sagte Oliver hinter ihr. »Wir müssen auf euch aufpassen.«

Sie wurde rot und blickte beim Weitergehen zu Boden, das Gesicht hinter einem Vorhang von Haaren verborgen.

»Schaut mal!« rief Jack. »Sie haben die Bäume dekoriert.«

Sie sahen nach oben und erblickten flatternde Schlangen

in Rosa und Weiß in den unteren Ästen. »Es ist Toilettenpapier!«

»Genau«, sagte Claire. Mit der Zeit wurde es dichter und kunstvoller geschlungen, auch wenn hier und da einzelne Blätter an den Zweigen hingen oder auf den Boden gefallen waren. Man hörte bis ins Unerträgliche verstärkte Popmusik, und die Jungen begannen herumzuhüpfen.

»Vorsicht!« sagte Oliver, als Tom vom Straßenrand auf die Fahrbahn tanzte, und als aus der entgegengesetzten Richtung ein Auto auf sie zukam, packte er ihn am Arm. »*Bleibst* du jetzt wohl hier!«

Sie kamen an einer kleinen Kapelle aus Beton vorbei, die zurückgesetzt auf einer Lichtung stand, bogen um eine Ecke, und dann wurde die Musik leiser und verstummte schließlich. Vor sich sahen sie eine Reihe geparkter Autos und Lieferwagen, abgestellte Mopeds und eine Menge Leute, die sich beim Herannahen einer prachtvollen Prozession auf deren beiden Seiten drängten. Kinder in Baumwollkleidern und bestickten Westen folgten dem vorausgehenden Priester mit Blumen in den Händen, Mädchen im Teenalter trugen Bänder in den Haaren, und verlegen aussehende Knaben hielten geschmückte Stäbe und Stöcke. Hinter ihnen schwebte eine schreiend bunte Sänfte, getragen von Männern mit Hüten auf dem Kopf. Die Menge begann zu singen, Glockenläuten setzte ein.

»Kommt«, sagte Robert, »suchen wir uns einen Platz«, und die Jungen an die Hand nehmend, eilten sie auf die Menschenmenge zu.

Die Prozession kam näher, das Singen der Hymne wurde lauter; von der mit Dutzenden von Plastikblumen überhäuften Sänfte lächelte eine große, in Blau und Weiß herausgeputzte Gipsfigur mit knallrotem Mund auf sie herab und starrte mit glänzenden braunen Augen in die Luft.

»Wer ist das?« fragte Tom.

»Die Jungfrau Maria«, sagte Oliver. »Unsere Liebe Frau, sagen die Leute hier.«

Er runzelte die Stirn. »Ich dachte, sie wäre in London, in der Kirche.«

»Angeblich ist sie doch im Himmel«, sagte Jack.

»Es ist doch nur ein *Modell*«, sagte Jessica in vernichtendem Ton.

»Es ist nur ein Modell«, sagte Oliver, »aber für die Leute hier hat sie große Bedeutung – du solltest dich nicht darüber lustig machen.«

»Ich wollte mich gar nicht ...« Jessicas Stimme versagte, und Claire, die sie von der Seite ansah, bemerkte, daß sich ihre Augen mit Tränen füllten. Sie streckte die Hand aus.

»Jess ... was hast du?«

»Nichts«, sagte Jess zornig. »Nichts!«

»Oh, Gott.« Claire drehte sich zu Robert um, dann besann sie sich eines Besseren – dies war kaum der geeignete Ort. Sie erkannte gegenüber in der Menge ein paar andere englische Gesichter, Leute, die sie nie unten im Dorf gesehen hatte, die wohl hier oben etwas gemietet hatten: ein großer blonder Mann mit Bart, eine Frau mit kurzgeschnittenem dunklem Haar und Brille. Dann kam die Jungfrau Maria näher, und sie verlor die beiden aus den Augen. Hinter Maria folgten zwei weitere Heiligenfiguren aus Gips, und sie beobachtete, wie Tom sich bückte, als sie vorbeikamen, eine heruntergefallene Plastikblume aufhob und sich beeilte, sie wieder auf der Sänfte zu befestigen, mit einer Geste, die sie überraschte – sie hätte eher erwartet, daß er sie herausgezogen und dafür von seinen Eltern getadelt worden wäre, statt dessen sah er von Ehrfurcht ergriffen und aufgeregt aus, sichtlich beeindruckt von der Atmosphäre und dem melodischen Singen der Hymne.

Ganze Familien folgten den vorbeiziehenden Figuren den Berg hinab zur Kapelle, und als sie hinter der breiten Straßenkehre verschwanden, hörte man ein ohrenbetäubendes, durch Verstärker gesteigertes Kreischen aus den Lautsprechern, und sie sahen, was ihren Blicken bisher verborgen geblieben war: einen Bierstand und neben einem Café eine erhöhte Plattform, schwarz gestrichen und mit Toilettenpapier geschmückt. Drei oder vier Männer in Hemdsärmeln schwenkten elektrische Gitarren. Wieder ertönte das Kreischen, und alle hielten sich die Ohren zu, und mit einem schrillen Ton setzte die Musik erneut ein, so laut, daß man kein Wort mehr wechseln konnte.

»To-oll!« Tom sprang in wilder Verzückung auf die Straße und begann zu tanzen; begeistert, wenn auch schwerfällig, bewegte er seinen ganzen Körper hin und her. Jack griff nach Claires Hand.

»Er ist verrückt geworden.«

»Bitte?« Sie beugte sich zu ihm herab, und er brüllte es ihr ins Ohr.

»Ich habe gesagt, er ist verrückt geworden!«

»Pscht«, sagte sie absurderweise und begann den Abend zu genießen. Leute gingen paarweise durch die Straßen und tanzten gesetzt miteinander; auf der anderen Seite des Cafés hatte man einen Billardtisch aufgestellt, kaum zu erkennen, weil sich heranwachsende Jugendliche darum scharten. Robert berührte sie am Arm.

»Eis? Drink?« Er formte die Worte mit den Lippen.

»Drink«, gab sie genauso tonlos zurück, und sie bahnten sich einen Weg durch die Paare, mit der Aufforderung an Jessica, ihnen zu folgen.

Doch Jessica blieb zurück, sie schien sie gar nicht zu sehen. Sie stand neben Oliver, der Frances ansah. Und Frances, das konnte man sehen, war meilenweit entfernt. Claire versuchte, ihrem Blick zu folgen, herauszufinden, wen oder was sie betrachtete, gab es jedoch auf, als Jack an ihrer Hand zerrte. Sie folgte Robert in Richtung auf das überfüllte Café; zurück blieben der tanzende, hüpfende Tom, Jessica, die mit übertriebener Konzentration auf und ab ging, Oliver, der Frances beobachtete, und Frances, die traumverloren auf die andere Straßenseite starrte, wo Dora stand, als wäre sie endlich einem nicht aufgegebenen Brief gefolgt, und lächelnd den Tanzenden zusah.

Natürlich war es nicht Dora – aber das Haar, die Brille, dieses ganz bestimmte Lächeln ... Dieser besondere Gesichtsausdruck, der spüren ließ, daß sie sich selbst genügte. Frances, deren Herz beim Anblick dieser fremden Frau einen Sprung getan hatte, sah sie von Gefühl und Sehnsucht durchdrungen an. *Dreh dich noch einmal um*, sagte sie stumm zu ihr, denn auch die Art ihrer Bewegungen erinnerte etwas an Dora, als die Frau sich – ja, jetzt – dem großen, blonden, bärtigen Mann zuwandte, etwas zu ihm sagte und seine Hand ergriff. Sie traten wie die anderen Paare auf die Straße und begannen zu tanzen, langsam, die Arme in einer längst vertrauten Geste jeweils um die Hüfte des Partners gelegt.

Natürlich war es nicht Dora. Frances, die sie nun aus der Nähe sehen konnte, erkannte, daß die Frau jünger, ihr Gesicht nicht so feingeschnitten war: Die Brille, die Dora nur beim Arbeiten trug, war kein Modell, das Dora sich ausgesucht hätte. Es gab eben nur eine Dora, niemand reichte an sie heran. Und dennoch, hier eine Frau zu treffen, die ihr so ähnelte, die sie war und zugleich nicht war ... Frances schloß die Augen, um die echte Dora, das Original zu erkennen. Und Dora kam auf sie zu und begrüßte sie mit einem Lächeln.

»Hallo, Frances.«

»Dora ...«

»Frances!« Jemand schüttelte sie; sie öffnete die Augen und erkannte Oliver, der sie nachdenklich und ungehalten ansah. Die Musik war ohrenbetäubend, vibrierte in ihrem Körper, hatte wie ein Liebhaber von ihr Besitz ergriffen.

»Was?«

Er formte lautlose Worte, beschrieb Gesten. »Möchtest du tanzen?«

Sie schüttelte den Kopf, wollte hinzufügen: Später, gleich. Oliver sah sie an, sein Gesicht verdüsterte sich. »Bitte ...«, sagte sie. »Ich war ...« Aber er hatte sie bereits stehenlassen, überquerte die Straße, ergriff im Vorbeigehen Toms Hand und zog den Erstaunten und Ängstlichen auf das Café zu. Erschrocken stellte Frances fest, daß auch Dora – die echte Dora, nicht ihre Doppelgängerin, die hier tanzte – sie verließ und verschwand: Sie blieb allein mit der betrübt aussehenden Jessica zurück.

»Was ist los?« fragte sie in dem Versuch, sich wie ein vernünftiger Mensch zu benehmen, der in der Lage ist, sich um ein Kind zu kümmern.

Jessica schüttelte den Kopf, wich ihrem Blick aus und bemühte sich, deutlich zu zeigen, daß überhaupt nichts in Ordnung war.

Mit einem Geräusch, als kratzte man mit einem Nagel über Glas, ging das Lied zu Ende; Applaus und Beifallrufe setzten ein, und der Bandleader trat einen Schritt vor und ergriff das quietschende Mikrofon.

»Obrigado, obrigado ...« Er begann schnell zu sprechen, was mit Gelächter und weiterem Beifall quittiert wurde.

»Komm«, sagte Frances, sich um Jessica kümmernd. »Ich kauf' dir ein Eis oder sonst etwas.« Sie bahnten sich durch die Tanzenden den Weg, und sie warf einen letzten langen Blick auf die Frau, die nicht Dora war; dann sah sie vor sich in der Schlange Oliver und Tom, nebeneinander, in einem Schweigen, das, wie selbst aus dieser Distanz zu spüren, erbittert war; dann setzte die Musik wieder ein, noch lauter als zuvor.

»Oliver …« Sie ging zu ihm, bemühte sich zu lächeln, die Situation zu entschärfen. »Du hast mich falsch verstanden –«

»Tatsächlich? Das glaube ich kaum.«

»Aber ja. Ich habe an etwas anderes gedacht, das war alles – du hast mir keine Chance gegeben –« Sie lauschte ihren eigenen Worten, ihrem Bemühen, sich von Schuld freizusprechen und ihre Geistesabwesenheit zu beschönigen, und er sagte abweisend: »Versuch bitte nicht, mir zu sagen, was ich getan oder was ich nicht getan habe.« Und er wandte sich ab.

Tom, zwischen ihnen, schlang die Arme um sich.

»Mußt du Pipi?« fragte sie ihn. Er schüttelte den Kopf. »Ich glaube doch.« Sie ergriff seine Hand.

»Ich möchte ein Eis.«

»Du bekommst eins, wenn wir zurück sind. Komm.« Sie führte ihn durch die Menge, verzweifelt um sich schauend. Mit Ausnahme des einzigen Cafés schien es nirgends eine Toilette zu geben, und wozu auch?« Zwischen den Häusern gab es Lücken, von wo aus farngesäumte Sandwege geradewegs in die Berge führten. Zu einem dieser Wege führte sie Tom und wartete, bis er fertig war, während sie versuchte, sich wieder zu fangen; nach einem abschließenden Schlenkern zog er seine Hosen wieder hoch.

»Oliver ist böse«, sagte er, als sie den Weg zurückgingen.

»Nicht auf dich.« Der Sänger auf der Bühne heulte; die Luft vibrierte. »Hat dir das Tanzen gefallen?« fragte sie, und Tom nickte, sagte jedoch kein Wort mehr. Sie reihten sich in die Schlange ein und sahen Claire, Jack und Robert, die ihr Ziel erreicht hatten und mit Eistüten und Bierdosen versehen wieder auf der Straße standen; sie winkten und nickten ihnen zu. Frances winkte zurück – soweit man das bei ihr als Winken bezeichnen konnte – und suchte in der Schlange, die in das Café hineinführte, nach Oliver, von dem jedoch keine Spur zu sehen war.

»Siehst du Oliver irgendwo?« fragte sie Tom.

»Er tanzt.«

»Er tanzt?« wiederholte sie verdutzt, und dann sah sie ihn mit Jessica auf der anderen Seite des Podiums, neben dem Bierstand. Jessica drehte der Schlange, die in das Café wollte, den Rücken zu; sie bewegte sich im Takt der Musik, das Haar flatterte um ihre Schultern, die Hände hielt sie seitlich vom Körper. Oliver, ihr gegenüber, blickte geflissentlich auf den Boden, ein hochgewachsener, schöner Mann, der sich beim Tanzen kaum rührte, nur im Wechsel die Füße bewegte.

Vor langer, langer Zeit, als Frances und Oliver tanzen gegangen waren – es schien ihr so fern, als wäre es nie wirklich gewesen –, hatte sie diese Beherrschung und Zurückhaltung und das Gefühl der Stärke, das darin zum Ausdruck kam, faszinierend und erregend gefunden, ihrer eigenen Zurückhaltung ebenbürtig, eine Herausforderung.

Jetzt, da ihre Ehe von Schweigen und Rückzug geprägt wurde, sah sie nur noch Verdrängung, Verweigerung und Kälte darin. Sie wunderte sich, daß er überhaupt tanzte, und vor allem mit Jessica, doch sie vermutete, daß das hübsche und energische Mädchen, das Oliver bestimmt im Kontrast zu Tom – und wahrscheinlich auch zu ihr selbst – als willkommene Abwechslung empfand, ihn zum Tanzen aufgefordert hatte.

Etwa vierzig Leute tanzten jetzt, und Oliver und Jessica, Erwachsener und Kind, wirkten durchaus nicht fehl am Platz: Eine alte Frau in Schwarz tanzte mit ihrer Enkelin, eine lachende Mutter mit ihrem Kleinkind, eine Gruppe von Mädchen, Teenager, die sich, von der Prozession zurückgekehrt, an den Händen hielten. Und wo war Dora? Dora war nirgends zu sehen. Frances, die die Zuschauer und die Tanzenden musterte, nach der besonderen, anmutigen Drehung des Kopfes Ausschau hielt und auf das Höherschlagen ihres Herzens wartete, sah nur fremde Gesichter.

»Was ist mit meinem Eis?« fragte Tom. »Was ist mit meinem *Eis*?«

»Ja«, sagte sie abwesend, voller Enttäuschung – denn wenn es schon nicht Dora sein konnte, war doch die Ähnlichkeit mit Dora ein Trost gewesen –, und stellte sich wieder in die Schlange und wartete, während Tom sich zu den Murrays gesellte und das Tischfußballgerät neben ihr, unter den Anfeuerungsschreien der dicht gedrängt stehenden Jugendlichen, wild ratterte und krachte. Die Schlange bewegte sich langsam vorwärts, in der Luft lag der Geruch von Schweiß, Speck, Grillwürstchen, Kaffee und Bier; an den dünnbeinigen Tischen in dem kleinen heißen Raum saßen dichtgedrängt lärmende Familien. Frances beobachtete ein Mädchen in Schürze und mit Pferdeschwanz, das Eis aus einem Behälter schaufelte, selbst von allen Seiten bedrängt durch Leute, die herausströmten, und Leute, die an ihre Stelle traten. Und hier, als sie endlich vorn angekommen war, fand sie auch Dora, die ihr beim Hinausgehen mit ihrem bärtigen Begleiter entgegenkam. Sie näherte sich, blieb ein wenig zurück und hielt sich von der Menge fern, genau wie Frances und die echte Dora es getan hätten, und als sie nahe genug war, blickte Frances, die selten von sich aus eine Begegnung herbeiführte, ihr direkt ins Gesicht und lächelte sie an. Die Frau blickte sie ebenfalls an, überrascht von der Freundlichkeit der Fremden; sie lächelte nicht, und Frances sagte mit bebender Stimme: »Verzeihen Sie – ich habe Sie mit jemandem verwechselt.«

Die Frau wandte sich an ihren Begleiter und fragte auf deutsch: »Was hat diese Frau zu mir gesagt?«

Mit einem verbindlichen Lächeln – glatt, dachte Frances, die ihn nichtssagend fand – fragte der Mann in stockendem Englisch: »Können wir Ihnen helfen?«

»Nein«, sagte sie kurz angebunden. »Ich habe mich geirrt.« Sie hatte die Theke und das Pferdeschwanzmädchen erreicht. Sie öffnete ihre Geldbörse und wies auf Hörnchen mit Erdbeergeschmack; sie wußte, daß sie sich unfreundlich und aufdringlich gegenüber dem Paar benommen hatte, die wahrscheinlich über ihr Verhalten rätseln würden, bevor sie sie vergaßen, und während sie abgegriffene Escudoscheine abzählte, wurde sie von Überdruß über sich selbst erfaßt. Mit den Eistüten in der Hand sah sie draußen, wie das deutsche Paar sich von den Tanzenden entfernte und durch das Dorf davonging.

Genug, sagte sie. Genug, genug.

Tom stand neben Claire, Jack auf ihrer anderen Seite; sie beobachteten die Tanzenden und ganz besonders nicht etwa Oliver und Jessica, sondern Robert und Guida, die sich untergehakt im Kreis drehten und sichtlich ihren Spaß hatten.

Froh über die Ablenkung, gab Frances Tom sein Eis und dann Jack, der es sehnsüchtig ansah, ihr eigenes.

»Und wie ist es dazu gekommen?« fragte sie Claire, die die Szene amüsiert verfolgte. Das Lied brach ab; Robert und Guida trennten sich lachend voneinander.

»Ich hatte gar nicht gesehen, daß Guida hier ist«, fügte sie etwas leiser hinzu.

»Wir auch nicht«, sagte Claire. »Ich glaube, sie ist nach der Prozession mit ihren Freunden hergekommen. Immerhin hat sie es geschafft, Robert zum Tanzen zu bewegen, was mir nicht gelungen ist.« Ein neues Stück setzte ein, und sie hielt sich die Ohren zu. »Ich glaube, viel länger kann ich das nicht mehr aushalten«, sagte sie und winkte Robert, der wieder tanzte, mit großer Geste zum Abschied.

»Wollen wir gehen?« Frances formte die Worte stumm mit den Lippen, und Claire nickte.

Sie drängten sich durch das Gewühl, vorbei an Ständen mit Töpferwaren und Ledertaschen; die Jungen folgten, während geschmolzenes Eis von ihren Fingern tropfte. Sie kamen am Podium der Band mit ihrem ohrenbetäubenden Lärm vorbei und traten zu Jessica und Oliver, die jetzt nicht mehr tanzten, sondern in der Schlange am Bierstand anstanden. Claire tippte Jess auf die Schulter.

»Wir gehen«, sagte sie.

Jessica sah sie mit strahlendem Gesicht an. »Tschüs.« Sie entdeckte Jacks Eis und ging zu ihm. »Laß mich mal lecken.«

Oliver sah Frances an. »Möchtest du jetzt vielleicht mit mir tanzen?« fragte er, und es war deutlich zu hören, daß er noch immer wütend war und Frances seine in diesem Ton erfolgte Aufforderung keinesfalls akzeptieren konnte.

Frances zögerte. »Ich –«, begann sie – und dann merkte sie und spürte, daß Claire es ebenfalls wahrnahm, daß Oliver, der selten mehr als ein paar Gläser Wein zum Essen trank, inzwischen einiges getrunken hatte.

»Nein«, sagte er, Schweißperlen auf der Stirn und am Ansatz seines dichten Haares. »Natürlich nicht. Warum solltest du auch mit mir tanzen?« Tom stand neben Frances und blickte zu Boden; Jessica, die ein paar Schritte entfernt war und an Jacks Eis leckte, bekam von dem Wortwechsel nichts mit.

»Jessica«, sagte Claire und ging zu ihr. »Du kommst am besten mit uns.«

»Wie bitte?« Sie sah ihre Mutter an und machte ein langes Gesicht. »Ich will aber nicht«, sagte sie. »Es ist toll hier.«

»Ich weiß, aber –« Claire geriet ins Stocken. Es war noch nicht spät, es war noch nicht kalt, es gab keinen ersichtlichen, einleuchtenden Grund, mit dem man einer Zwölfjährigen plausibel machen konnte, daß sie nach Hause mußte. »Es ist gleich Zeit für das Abendessen«, sagte sie wenig überzeugend.

»Ich habe keinen Hunger.«

»Jess ... Es tut mir leid, ich will keine Diskussion. Ich möchte einfach, daß du mitkommst.«

»Warum?«

»Weil ich es dir sage«, sagte Claire, ihre elterliche Autorität zu Hilfe nehmend.

»Warum?«

»Weil Oliver betrunken ist«, sagte sie schließlich wütend.

»Wirklich?« fragte Jack fasziniert. »Er sieht aber gar nicht betrunken aus.«

»Oh, Gott.« Claire wandte sich um und sah, daß Oliver einige Dosen Bier erstand. Sie nickte Frances zu. »Paßt du einen Moment auf die zwei hier auf?« fragte sie, als Frances mit Tom herangekommen war, der die Füße nachzog und Geräusche machte. »Ich will nur rasch ein Wort mit Robert wechseln.« Und sie drängte sich winkend und rufend durch die Menge und fand Robert und Guida, die immer noch, wie sie mürrisch dachte, munter herumhüpften.

Robert sah sie fragend an.

»Ich dachte, ihr wärt gegangen«, rief er.

Claire wölbte die Hände vor dem Mund.

»Waren wir auch. Ich brauche dich.«

Robert seufzte. Er entschuldigte sich betont zerknirscht bei Guida, die lächelte und nickte und sich wieder zu ihren Gefährten gesellte, einer Gruppe von Jugendlichen, die Claire aus ihrem Dorf kannte.

»Was ist los?« fragte er, als sie gegangen war, und Claire erklärte es ihm und führte ihn zurück zu der Stelle, wo Frances und die drei Kinder in einem trostlosen Grüppchen beieinanderstanden; die Jungen scharrten mit den Füßen, und

Jessica kaute auf den Nägeln, was sie schon seit Jahren nicht mehr getan hatte. Claire schaute sich um.

»Wo ist Oliver?«

»Er ist verschwunden.« Frances war kreidebleich. »Er ist davongestürmt.«

»Oh. Du liebe Zeit. Tja ...« Claires Stimme versagte.

»So«, sagte Robert im Befehlston. »Laßt uns nach Hause gehen und zu Abend essen.« Er nahm Jack und Tom an die Hand, jeden auf einer Seite, und schwenkte ihre Arme beim Weitergehen im Takt der Musik. »War es schön? Ein lustiges kleines Fest?«

»Idiot«, sagte Jessica leise.

Robert ließ das Armeschwenken und sah sie an. »Was hast du gesagt?«

»Nichts.« Das Haar fiel ihr über das Gesicht; sie vergrub die Hände in den Taschen.

»Das will ich auch hoffen«, sagte Robert in einem Ton, den beide nicht gewöhnt waren. »Weil ich nämlich genug habe von deinen Grobheiten mir gegenüber in diesen Ferien. Kapiert?«

Jessica gab keine Antwort. Sie blieb stehen, bis er mit den Jungen weitergegangen war, und als Claire mit Frances näherkam und ihr die Hand hinstreckte, stieß sie sie beiseite.

»Was soll das?« fragte Claire. »Komm, Jess, benimm dich bitte nicht so ...«

»Hör auf«, sagte Jessica. »Hör auf!«

Claire schüttelte den Kopf und gab es auf. Sie hatten das Ende der am Seitenstreifen geparkten Autoschlange erreicht; vor ihnen gingen ein paar Leute auf ihr Dorf zu, über eine mit Toilettenpapier aus den Bäumen übersäte Straße; unter den Brombeerhecken lagen Blechdosen und Papiertüten. Robert und die Jungen blieben stehen und pflückten ein paar

Beeren, und Claire, die die Situation entschärfen und die Stimmung etwas auflockern wollte, sagte zu Frances:

»Vielleicht könnten wir morgen mit einer Schüssel herkommen ...«

Frances gab keine Antwort, sondern blickte starr geradeaus. Sie gingen weiter die Straße hinunter, Sommerschuhe mit Kordelsohlen tappten leise über den Teer, die Lichter und die Musik wurden allmählich schwächer. Jessica folgte ihnen langsam, sie wollte mit keinem von ihnen etwas zu tun haben; bei jedem Geräusch von Schritten auf der Straße hinter ihnen sah sie sich um, ob es vielleicht Oliver war, der ohne einen Abschiedsgruß, einfach verschwunden war.

Die Kinder waren nach einer Partie Scrabble ins Bett geschickt worden; auch Frances war früh nach oben gegangen, bleich, mit Kopfschmerzen, und hatte Robert und Claire mit dem letzten Rest Rotwein auf der Terrasse alleingelassen. Von Zeit zu Zeit wurde die Stille von einem vorbeirasenden Moped zerrissen und die Straße hinter dem Haus von einem wild schwankenden Scheinwerfer erhellt; dann war es wieder ruhig, nur das schwächliche Summen des Sicherungskastens drang aus dem Haus, und aus dem dunklen Garten unten vernahm man das Zirpen der Grillen. Claire saß in der Hollywoodschaukel, und Robert zurückgelehnt auf seinem Stuhl, und sie beobachteten die Motten, die gegen die Außenlampe oberhalb der Doppeltüren flogen.

»Was meinst du, wo er hingegangen ist?« fragte Claire.

»Keine Ahnung«, sagte Robert. »Hör auf, dir Sorgen zu machen.«

»Ich kann es nicht ändern.« Die Kerze auf dem Unterteller brannte nur schwach; sie beugte sich vor und hantierte mit dem Streichholz, stocherte damit im Wachs herum. »Beunruhigt dich das Ganze nicht?«

»Ich denke, ihm geht es gut«, sagte Robert und reichte nach dem Krug. »Soweit das überhaupt je der Fall ist. Ihm und Frances, sollte ich besser sagen. Es ist ja mehr als deutlich, daß es ihnen nicht gutgeht.« Er füllte ihre Gläser. »Willst du es mir erzählen?«

»Nein.«

»Das hieße Geheimnisse ausplaudern?«

»Ja.«

Robert schüttelte den Kopf. »Also kann ich nur Vermutungen anstellen«, sagte er und drehte langsam das Glas in seinen Händen. »Was soll ich nur tun?« fragte er nach einer Weile. »Was soll ich nur wegen Jess tun?«

»Gar nichts. Das geht vorüber.«

»Das sage ich mir ja auch.« Unaufhörlich drehte sich das Glas in seinen Händen. »Warst du auch so zu deinem Vater?«

Sie versuchte sich zu erinnern. »Ich glaube nicht. Vielleicht ein bißchen. Was ist mit Penny? Wie war sie?«

Robert dachte an seine Schwester, die so anders war als er, immer kurz davor, in die Luft zu gehen, enttäuscht von ihren Kindern, versessen darauf, wieder zu arbeiten. »Mmmh«, sagte er langsam. »Vielleicht hat sie es von ihr. Na ja.« Er trank sein Glas aus. »Wollen wir hineingehen?«

»Wie könnten wir?« Wieder raste ein Moped vorbei, und sie hielt sich die Hand vor den Mund, weil sie eine Schrekkensvision hatte: Oliver, der betrunken die Straße entlangwankte, der schwache Strahl eines Scheinwerfers, der ihn nicht erfaßte, ein Bremsenquietschen, das er zu spät hörte, zu spät …

»Hör auf«, sagte Robert, der sie beobachtete. »Ihm fehlt nichts. Hey – was war das?«

Die Außenlampe über ihnen flackerte, genauso wie die Beleuchtung, die die Straße zu ihnen herauf säumte. Dann fielen alle Lichter im Dorf aus: Straßenlaternen, Fernsehgeräte, Neonröhren in Küchen und schwache Glühbirnen in den Schlafzimmern der oberen Stockwerke. Sie flackerten auf, verloschen erneut, dann wurde es wieder hell, und alle Lichter blieben an, als wäre nichts geschehen.

»Na, na, was hatte das wohl zu bedeuten?« Robert stand auf. »Ich glaube, ich sehe mir lieber mal den Sicherungskasten an.« Man hörte ihn noch immer leise summen.

»Du kannst ihn dir ansehen«, sagte Claire, »aber du kannst nicht das geringste ausrichten, oder?«

»Wir sind anscheinend auf der ganzen Linie machtlos«, sagte er und ging ins Haus.

Claire blieb in der Hollywoodschaukel sitzen, die Füße auf dem Boden, und schaukelte vor und zurück; der Rhythmus besänftigte sie etwas, doch sie lauschte weiterhin angestrengt, ob sie Olivers Schritte hörte, die die Straße herunterkamen und sich dem Haus näherten, oder auf das Quietschen des Tores neben der Zisterne. Doch es gab weder Schritte noch Quietschen, und ein paar Augenblicke später kam Robert zurück und blieb in der offenen Tür stehen.

»Also, ich weiß auch nicht«, erklärte er. »Er summt einfach vor sich hin, ich glaube, es ist nichts Besorgniserregendes. Komm, laß uns zu Bett gehen.«

Sie seufzte und erhob sich. »Was machen wir mit der Tür? Den Schlüssel am üblichen Platz hinterlegen?«

»Ja, was denn sonst?« Und damit ging Robert hinein und überließ es ihr, den Kerzenstummel auszublasen.

Im Wohnzimmer nahm sie den Schlüssel aus ihrer Börse und ging wieder hinaus, um ihn unter den Stein am oberen Ende der Treppe zu legen; dann schloß sie die Doppeltür und sah nach Jessica, die wie immer bei Licht eingeschlafen war. Claire blieb stehen und betrachtete sie; sie versuchte, beim Anblick ihrer schlafenden Tochter deren Erwachsenwerden und wachsende Unabhängigkeit zu verdrängen und wieder das Kind von früher vor sich zu sehen. Sie gab sich alle Mühe, aber es war schwierig. Während sie sich hinabbeugte, sie küßte und das Licht ausknipste, verspürte Claire ein tiefes Gefühl der Trauer und Besorgnis, und sie ging langsam aus dem Zimmer und den getäfelten Korridor entlang ins Bad; das Herz war ihr schwer, und für eine Weile vergaß sie sogar Oliver, der in seinem trunkenen Zorn im Gebirge umherlief.

Sie schliefen kurz nach elf ein und wurden irgendwann jäh geweckt, als sie ein lautes Hämmern an der Tür und Rufe hörten.

»Verdammt noch mal.« Robert, der tief geschlafen hatte, setzte sich im Bett auf. Er streckte die Hand nach der Nachttischlampe aus und tastete nach dem Schalter. Nichts. Er versuchte es erneut. »Scheiße.«

»Was ist los?« Claire setzte sich ebenfalls auf. »Mein Gott, ist das Oliver?«

»Sieht so aus. Warte, die Birne ist kaputt.«

Das Gehämmere unten wurde lauter; sie hörten, daß sich eine Tür zum Flur öffnete. Robert stieg aus dem Bett.

»Es ist so *finster*«, sagte Claire.

»Natürlich ist es finster, es ist mitten in der Nacht ...« Er stolperte durch das Zimmer und stieg, immer noch im Halbschlaf, über Kleidungsstücke und Sandalen hinweg, die auf dem Boden lagen. Er tastete nach dem Lichtschalter neben der Tür und drückte ihn herunter. Nichts geschah. Noch einmal. Wieder nichts.

»Stromausfall«, sagte Claire mit unsicherer Stimme. »Keine Taschenlampe. Oh, Gott ...« Sie schlug das Federbett zurück und zog es dann wieder bis zum Kinn, als das Hämmern unten stärker wurde. Dann erklang Jessicas Stimme: »Mummy! Mummy!« Sie sprang aus dem Bett.

»Okay, okay, ganz ruhig.« Robert öffnete die Tür zum Flur

und wartete, bis sie bei ihm war; sie faßten einander an den Händen und traten in das Dunkel des Korridors.

»Claire?« Frances stand unsichtbar in der Tür ihres Zimmers; ihre Stimme klang entsetzlich ruhig.

»Ja«, sagte Claire, dann fuhr sie zusammen, als Jessica wieder rief. »Schnell!« sagte sie zu Robert. »Schnell!«

»Es ist überall dunkel«, sagte Frances hinter ihnen. »Nicht nur hier im Haus. Ich habe aus dem Fenster gesehen – das Dorf liegt völlig im Dunkeln.«

»Mummy!«

»Ich komme!« rief Claire und hatte plötzlich ein durchdringendes Gefühl der Angst im Magen, als sie sich an Jacks und Toms Tür vorbei den Korridor entlang bis zu dem schrecklichen offenen Treppenabsatz tasteten. Der Mond war hinter einer Wolke verborgen: Kein Lichtstrahl fiel durch das Fenster, vor dem der Pfirsichbaum stand.

»Bleiben Sie bei den Jungen«, sagte Robert zu Frances.

»Ja, ist gut.« Eine dünne, ferne Stimme, eine Geisterstimme.

Sie ließen sie allein, bewegten sich vorsichtig auf die Treppe zu, tappten barfuß über das glatte Holz, erreichten die Kehre und gingen an dem schwarzen Viereck des Fensters vorbei.

»Macht die Tür auf! Macht diese verdammte Tür auf!«

Oliver trat jetzt gegen die Tür; man hatte den Eindruck, das ganze Haus würde hochgehoben und geschüttelt.

»Das ist die Küchentür – er muß zu betrunken sein, um auf die andere Hausseite zu gehen«, sagte Robert.

»Mummy!«

»Ich bin hier!« rief Claire und riß sich los, als sie das Ende der Treppe erreicht hatten; sie stolperte den Korridor hinunter, tastete sich an der Vertäfelung entlang und stieß plötzlich gegen Jessicas kalten, zitternden Körper. Sie stand im Nachthemd in der offenen Tür, und ihr Haar fühlte sich weich und tröstlich an, als sie sich in Claires Arme warf, um sich selbst trösten zu lassen.

»Schon gut, schon gut …«

Hinter sich hörte sie Robert in der Küche gegen irgendwelche Gegenstände stoßen und fluchen.

Und dann gingen lautlos die Lampen an; das Licht vom oberen Treppenabsatz ermöglichte es ihr, im beruhigenden Widerschein, der auf die Stufen fiel, den Schalter zu erkennen und im Korridor Licht zu machen. »Na bitte, komm, komm mit mir nach oben …« Am anderen Ende des weitläufigen Wohnraumes begann der Sicherungskasten wieder zu summen, doch sie achtete nicht darauf und führte Jessica, den Arm um sie gelegt, die Treppe hinauf.

»Was ist denn los?« fragte Jessica kläglich. »Hat Tom irgend etwas angestellt?«

»Nein, nein … Ich glaube, Tom hat alles verschlafen, genau wie Jack.« Sie hörte, wie die Küchentür entriegelt und aufgeschlossen wurde und Oliver hereingepoltert kam. Sollte sie – nein. Robert wurde mit allem fertig. Sie hatten die Kehre erreicht und stiegen zu dem Treppenabsatz hinauf, wo Frances in ihrem hellen Schlafanzug an die Wand gelehnt stand, als würde sie im nächsten Moment ohnmächtig. Claire faßte nach ihrer Hand. Sie führte beide, Frances und Jessica, den Flur entlang, ließ Jessica in ihrem Zimmer zurück, brachte Frances in ihres und steckte sie wieder ins Bett, als wäre auch sie ein Kind.

»Bleib hier«, sagte sie. »Ich hol' dir einen Brandy.«

»Oliver …«, sagte Frances und griff nach ihren Zigaretten.

»Robert kümmert sich um Oliver. Und steck nicht das Haus in Brand, das fehlte uns gerade noch.«

Frances legte die Zigaretten beiseite und sank zurück. »Es tut mir leid. Es tut mir so leid.«

»Pscht. Gott sei Dank sind die Jungen nicht aufgewacht.«

Claire ging zurück zu Jess, die ihren Kopf unter der Bettdecke vergraben hatte, schlich dann ans obere Ende der Treppe und lauschte den Männerstimmen unten.

Oliver saß zusammengesunken auf der Sofakante, den Kopf in die Hand gestützt, zitternd vor Kälte. Zum zweitenmal in dieser Woche saß Robert mit ihm mitten in der Nacht da, obwohl er am liebsten ins Bett gegangen wäre. Er blieb aus Pflichtgefühl: Oliver gegenüber, der in einem schlimmen Zustand war; Frances gegenüber, die beschützt werden mußte, auch wenn sie das Ganze irgendwie verursacht hatte.

Aber Oliver wollte nicht reden. Er war zu betrunken gewesen, um an Schlüssel zu denken und über Möglichkeiten, im Dunkeln ins Haus zu gelangen, nun war er erschöpft, ausgelaugt von seiner eigenen Wut.

»Ich schlafe hier unten«, sagte er.

»In Ordnung.« Robert schaute sich um und fragte sich, wo. Das Sofa war viel zu kurz, doch sonst gab es keine Schlafgelegenheit, weil er selbst wieder in Jessicas Zimmer schlafen würde. Er seufzte und stand auf, um Wolldecken zu suchen; dabei begegnete er Claire, die leise herunterkam.

»Was ist los?« flüsterte sie.

»Nichts Besonderes – er wird hier unten schlafen. Ist mit Jess alles in Ordnung?«

»Mehr oder weniger.«

»Frances?«

»Sie ist völlig fertig. Wo ist der Brandy?«

»Auf dem Küchentisch. Haben wir noch zusätzliche Wolldecken?«

»Im Schrank in Jessicas Zimmer. Wir klingen wie zwei Schulleiterinnen.« Claire begann zu kichern, dann fing sie an zu weinen.

»Pscht«, sagte Robert. »Pscht. Es ist alles gut, wir sind immer noch am Leben.«

»*Nichts* ist gut – das ist alles entsetzlich. Wie sollen wir diesen Urlaub nur überstehen?«

»Morgen ist ein neuer Tag.«

Claire sah ihn an. »Manchmal«, sagte sie, »bist du ein selbstgefälliger Narr.«

»Vielen Dank. Wenn ich mir die Bemerkung erlauben darf, du wolltest diese Leute schließlich fragen. Ich habe gleich gesagt –«

»Ach, sei still!«

Im Wohnzimmer hörte man Oliver auf und ab gehen.

»Hilf mir –«, sagte Claire und setzte sich plötzlich kreidebleich auf die Treppe.

Robert ging den Brandy holen. Sie trank einen Schluck, und er brachte sie nach oben und packte sie zu Jessica ins Bett.

»Frances –«, sagte sie, während sie sich zurücksinken ließ.

»Schon gut, schon gut.«

Er ging den Korridor entlang und klopfte an die Tür.

»Ja?«

Sie saß zusammengekauert im Bett wie ein Kind, die Arme um die Knie geschlungen.

»Oliver schläft unten.« Er hielt ihr fragend den Brandy hin. »Einen Schluck?«

Sie schüttelte den Kopf. »Nein, danke. Es tut mir so leid –«

»So etwas kommt vor.«

Sie sah ihn dankbar an. »Aber das sollte es nicht.«

»Machen Sie sich nichts draus. Bis morgen.«

Frances nickte und preßte das Gesicht auf ihre Knie. Er ließ sie allein und ging wieder nach unten; er richtete Oliver auf dem Boden im Wohnzimmer ein Lager aus Sofakissen her und deckte ihn mit Wolldecken zu. Dann ging er in Jessicas Zimmer, kroch ins Bett und sank auf der Stelle in einen tiefen Schlaf; doch vorher fiel ihm plötzlich noch ein, daß er, als sie von dem wilden Geklopfe an der Küchentür geweckt worden waren, von Frances geträumt hatte; sie hatte geweint.

Oben lag Tom hellwach in seinem durchnäßten Bett. Verfroren und unbehaglich drehte er sich von einer Seite auf die andere, aber er traute sich nicht aufzustehen; schließlich, als er spürte, daß seine Beine seltsam ruckten und zuckten, schlief er wieder ein, wie Jack, der auf seiner Seite des Zimmers lag und völlig normal aussah, genau wie immer, als könnte ihm nie etwas zustoßen.

In ihrem Zimmer am Ende des Korridors rauchte Frances eine Zigarette und wartete, bis alles still war; dann, als die Kirchturmuhr zweimal schlug und irgendeine Zeit anzeigte, umfaßte sie mit den Armen ihr Kissen und trieb, auf der Suche nach Dora, dem langersehnten Schlaf entgegen.

Claire lag neben Jessica im Bett; sie hatte das Licht angelassen. Sie legte den Arm um ihre Tochter, schloß die Augen und versuchte, die Angst zu vergessen, die sie verspürt hatte, als sie im Dunkeln durchs Haus gegangen war und Olivers Wutausbruch gehört hatte. Sie versuchte es, doch es gelang ihr nicht. Sie lag lange wach und bekämpfte nicht nur die Angst von vorhin, sondern auch ein Gefühl, das daraus erwuchs und das sie vor noch nicht allzu langer Zeit als hysterisch oder neurotisch abgetan hätte: das Gefühl, daß es in der ringsum wachsenden Spannung durchaus möglich war, daß in diesem Urlaub noch etwas wirklich Entsetzliches passieren könnte.

7 »Ich muss mich bei allen entschuldigen.« Oliver erschien in der Eßzimmertür; seinem Aussehen und seiner Stimme nach zu urteilen, hatte er sich wieder unter Kontrolle, als er sie der Reihe nach ansah, wie sie müde und übernächtigt bei einem späten Frühstück saßen. Sie waren nach und nach einzeln oder zu zweien heruntergekommen, Claire zuerst: Sie hatte Robert Tee in Jessicas Zimmer serviert und die Läden geöffnet; vor dem Fenster sah man dichtes Grün.

»Wie geht es Oliver?« murmelte er, sich auf die Seite rollend.

»Ich weiß nicht – er ist nicht da.«

Das Bett war vom Fußboden verschwunden, die Kissen wieder an Ort und Stelle auf dem Sofa, die Decken lagen zusammengefaltet auf einem Stuhl. Die Terrassentüren standen offen.

»Wahrscheinlich ist er schwimmen gegangen«, sagte Robert.

Und das war er offenbar wirklich: Wie er in der Tür stand, sah er frischer aus als alle anderen, mit feuchtem Haar, gut durchbluteter Haut, ein Handtuch um die Schultern geworfen. Jessica, die gerade Zucker auf ihre Cornflakes häufte, sah zu ihm hoch und sofort zur Seite; Zucker fiel auf die Tischdecke.

»Vorsichtig«, sagte Claire neben ihr. »Na«, fragte sie ihn, um der Kinder willen um Normalität bemüht, »wie ist der Fluß heute morgen?«

»Ich war nicht am Fluß, ich war nur im Schwimmbecken.« Oliver trat nicht näher und mied ihren Blick; er sah keinen von ihnen direkt an, vor allem nicht Frances, die neben Tom saß und sich ihrem Kaffee widmete, als wäre er das wichtigste auf der Welt.

»Und ich entschuldige mich auch«, fuhr er fort, wobei er seine Worte an die Luft über ihren Köpfen richtete. »Ich habe euch bestimmt einen Schrecken eingejagt, besonders den Kindern.«

»Wir sind alle unversehrt«, sagte Robert. »Setzen Sie sich doch.«

Aber Oliver erwiderte: »Ich komme gleich«, in einem Ton, dem Claire deutlich entnahm, daß er noch immer nicht geneigt war, sich von jemandem sagen zu lassen, was er zu tun hatte, und er ging wieder hinaus. Sie hörten, wie er durch die Küche nach draußen ging und sein Handtuch auf die Wäscheleine neben der Zisterne hängte.

»Was passiert eigentlich, wenn man betrunken ist?« fragte Jack.

»Das erzähle ich dir ein anderes Mal.« Robert griff nach der Kaffeekanne und stellte fest, daß sie leer war.

Frances schob ihren Stuhl zurück. »Ich mache welchen.«

»Bestimmt? Mir macht es nichts aus ...«

»Sie haben bereits mehr als genug getan«, sagte sie, ging um den Tisch herum, um die Kaffeekanne zu holen, und verließ langsam den Raum.

Robert und Claire tauschten einen Blick. Tom, der neben Jessica saß, begann Geräusche von sich zu geben und mit seinem Löffel herumzufuchteln. Jack, gegenüber am Tisch, fing an, ihn nachzuäffen, räusperte sich, schnalzte mit der Zunge.

»Jack ...«, sagte Claire, aber Tom schien es nicht zu bemerken, und als sie ihn beobachtete, dachte sie, daß etwas an ihm war, das nicht nur auf die Müdigkeit oder das Bettnässen zurückzuführen war: Trotz der aufdringlichen Geräusche wirkte er abwesend und in sich gekehrt – sie ertappte sich bei dem Gedanken, ob sie mit dem Finger schnipsen sollte, um zu prüfen, ob er überhaupt da war.

»Tom? Alles in Ordnung?« Er hörte auf, mit dem Löffel zu fuchteln, gab jedoch keine Antwort. »Tom?«

»Was?«

»Geht es dir gut?«

»Ja.« Er klang überrascht. Aus der Küche hörte man lauter werdende Stimmen; er glitt von seinem Stuhl.

Robert fragte schnell: »Wollen wir die Hühner rauslassen, Tom?«

»Ich möchte sie rauslassen«, sagte Jack. »Warum soll er das dürfen?«

Doch stolpernd und sein Gleichgewicht wiederfindend, war Tom bereits aus der Tür und lief auf die Küche und die Stimmen zu.

Claire wollte ihm nach.

»Laß«, sagte Robert. »Was können wir tun?«

»Antworte mir«, sagte Oliver. »Antworte!«

Er stand mit dem Rücken zum Eingang, die Arme ausgebreitet, und versperrte den Fluchtweg, so daß Tom nur die beeindruckende Ansicht seines Vaters von hinten und nichts von seiner Mutter sehen konnte, die völlig still mitten im Raum stand und die Kaffeekanne umklammerte.

»Antworte!«

»Ich kann nicht. Ich kann nicht mit dir reden, wenn du so bist.«

»Und wie sollte ich deiner Meinung nach sein?«

Die Küche roch wie immer leicht säuerlich nach Butangas. Wenn alle schlafen, gehe ich hier herunter, dachte Frances, während sie ihre Ohren vor dieser Stimme, dieser Wut verschloß. Ich gehe hier herunter, drehe jeden einzelnen Schalter an diesem Herd an und verstopfe alle Ritzen.

Oliver ging einen Schritt auf sie zu. Sie trat beiseite und stellte die Kaffeekanne neben dem Herd ab; sie nahm den dünnen Aluminiumkessel und ging zur Spüle, um ihn zu füllen; sie stellte ihn wieder auf den Herd, nahm die Streichholzschachtel, öffnete sie, und alle Streichhölzer fielen auf den Boden.

»Laß sie liegen. Laß sie liegen! Sieh mich an.«

»Nein.« Sie bückte sich und versuchte mit zitternden Händen, die Streichhölzer aufzuheben. »Geh«, sagte sie, während sie sich wieder aufrichtete; die Schachtel war erst halbvoll, die Streichhölzer standen auf allen Seiten wie kleine Knochen heraus. »Ich werde mit dir reden, aber nicht jetzt. Bitte.« Sie drehte sich zum Herd um und entzündete den Brenner unter dem Kessel, schüttelte das Streichholz aus, warf es auf den Unterteller und schloß die Augen, sie wollte ihn zwingen, sie allein zu lassen. Schwere, schnelle Schritte kamen auf sie zu: Sie sah sich schon auf dem Boden liegen und hielt die Hand vor den Mund, doch die Schritte gingen an ihr vorbei, und die Tür zu der sonnenbeschienenen Treppe unter dem Rebdach, noch zerbeult von den Schlägen der letzten Nacht, wurde aufgestoßen und so fest zugeschlagen, daß Farbpartikel abblätterten und auf den Boden fielen.

Frances stand reglos da, bis sie ihn nicht länger hörte, wie er die Treppe zum Garten hinunterlief; dann öffnete sie die Augen. Sie wartete, bis das Wasser im Kessel kochte, spülte den

Satz aus der Kaffeekanne, bereitete frischen Kaffee zu und trug ihn den Flur entlang nach draußen. Inzwischen hatte Tom, der sich in das Dunkel am Fuß der Treppe gedrückt hatte, längst vorsichtig die Kellertür geöffnet und war nach unten gegangen.

Die Riesengestalt in der Ecke regte sich nicht, und ihr Kopf war unter dem Hut verborgen, doch er wußte, daß sie ein Gesicht hatte und ihn beobachtete, und er holte tief Luft, sein Herz klopfte wild und seine Knie zitterten, als er in gehörigem Abstand den staubigen Boden überquerte. Er hatte das Zuschlagen der Küchentür noch im Ohr, genau wie das Hämmern letzte Nacht und das Gebrüll: Es war wie bei der Stimmgabel, die man ihnen gezeigt hatte, als er noch in der ersten Klasse war, deren Ton endlos weiter schwang. Das Mädchen, das neben ihm im Kreis auf dem Boden gesessen hatte, wollte es noch einmal hören, und sie hatten es noch einmal gehört und dann noch einmal, und alle hatten es ganz toll gefunden, aber er hatte sich, als die Gabel über ihm summte, die Ohren zugehalten. Er hatte lange nicht mehr daran gedacht, komisch, daß er jetzt daran denken mußte, in einem fremden Land. Twaaaang, baaaang, twaaaang. Irgend etwas geschah wieder in seinem Kopf – es hatte nichts mit dem Deckel zu tun, mit dessen Hilfe er eigentlich Geräusche immer abstellen konnte, aber er mochte es einfach nicht.

Dennoch war er sicher hier unten, ganz allein, wie das Schwein. Das machte auch komische Geräusche, wenn es im Dunkeln grunzte und schnaubte. Twang, bang; jetzt war es nicht mehr so laut. Gut. Und jetzt – wo war das Haus?

Er entdeckte den Durchgang und den Schrank. Er ging hinein und zog das Haus zu sich heran. Staub hatte sich seit dem letzten Mal darauf gelegt, und er blies ihn vorsichtig weg, was ihn selbst erstaunte – er hatte gar nicht gewußt, daß er so sanft sein konnte. Dann öffnete er das Vorderteil, und auch der Deckel in seinem Kopf klappte auf, aber nur ganz wenig, und er vergaß es ohnehin, als er die Zimmer alle wieder betrachtete. Es war toll, so etwas zu machen, er wünschte, er wäre auch so geschickt. Vielleicht konnte er ein paar Menschen herstellen, die hier wohnten, und ein paar Möbel oder so etwas. Es war traurig, wenn so ein schönes Haus völlig unbewohnt war.

Tom bückte sich und besah sich das Regal unter dem Haus. Da war die Kiste mit den Meißeln, den Schraubenziehern und der hübschen kleinen Säge, und da stand auch eine Kiste mit Holzresten. Er sah sie durch, sortierte die Holzstücke nach Größen. Ein großes Stück, ein mittelgroßes Stück und ein kleines Stück. Er hielt sie in der Hand.

So, wie sollte das Mobiliar aussehen? Ein dickes, viereckiges Stück als Tisch, das war einfach. Er legte die Familie hin: Sie lagen da wie tot. Er stellte den Tisch in die Mitte des großen, weitläufigen Raumes, fand ein paar kleine runde Stücke als Stühle und gruppierte sie um den Tisch. Sie würden etwas zu essen brauchen, aber das konnte er später herunterbringen, ein paar Brotkrumen oder so. Er mußte ihnen natürlich nichts geben, wenn er keine Lust dazu hatte. Er konnte mit ihnen tun, was er wollte, er konnte sie sogar verhungern lassen. So, und wo sollten sie schlafen?

Er nahm sie wieder hoch und ließ sie die Treppe hinaufgehen, Stufe für Stufe. Tapp, tapp, tapp, Holz auf Holz. Tapp, tapp, tapp, den Korridor entlang. Wo sollten sie hin?

Über ihm knarrten Fußbodendielen, er hörte Schritte, gleich darauf Stimmen. »Tom? Tom! Wo steckt er nur?« Er rührte sich nicht, machte sich unsichtbar. Wenn man unsichtbar war, konnte man tun, was man wollte, anderen Leuten das Essen vom Teller stibitzen oder jemanden umbringen, niemand würde je erfahren, wer der Täter war. Die Schritte entfernten sich, und die Stimmen wurden leiser. Gut.

Also gut. Drei Schlafzimmer. Die Familie bestand aus drei Personen, also konnte jeder ein eigenes haben. Er ließ einen nach dem anderen hineinspazieren und legte ihn ab. Wie sah das aus? Einsam und traurig. Am besten, er legte sie alle zusammen, aber das war nicht richtig, in Familien schliefen nie alle zusammen. Also dann, wie es bei ihnen zu Hause war: das kleine Stück in ein Zimmer und das große und das mittelgroße Stück in ein anderes, und warum war das auch irgendwie nicht richtig? Er nahm das große Stück und begann sich zu fürchten. Wie konnte man sich vor einem Stück Holz, einem Stöckchen eigentlich, fürchten? Solche Dinge, leblose Dinge, besaßen doch keine Macht, oder?

»Tom!« Das war Frances. Er wollte rufen, wollte ihr sagen, wo er war, aber er wollte nicht, daß jemand erfuhr, daß er hier war, gerade hier nicht. Deshalb wartete er, bis sie wieder gegangen war, vermutlich nach draußen, und dann legte er das große Holzstück ab, ließ es einfach auf dem Treppenabsatz liegen, ganz allein, verschloß das Haus an der Vorderseite, verließ den Schrank und schloß auch diesen. Klick, klick, klick. Türen zu, Deckel drauf. Alles verriegelt.

Und dann rannte er durch den Keller, keuchend vor Angst, als er an der Gestalt vorbeikam, denn sie war wirklich, sie konnte er nicht verschwinden lassen, sie war zu groß, und dann die Treppe hinauf zur Tür; er schaltete das Licht aus und ging ganz langsam heraus, so, als wäre er nur mal eben auf der Toilette gewesen.

Irgendwie brachten sie den Tag hinter sich.

Guida kam – das war eine Hilfe. Sie erschien, kurz nachdem Tom mit der Behauptung wieder aufgetaucht war, er wäre draußen bei den Hühnern gewesen. Niemand glaubte ihm, aber niemand brachte die Energie auf, ihn näher zu fragen, und außerdem war es ja auch egal. Er war da. Und Guida war da, sichtlich verkatert, aber strahlend gelaunt; den Stromausfall überging sie mit einem Achselzucken und dem Hinweis, das habe es schon häufiger gegeben, und für die Kinder brachte sie schauerlich bunte kleine Kärtchen mit.

»*Nossa Senhora*«, erklärte sie, als sie sie ihnen überreichte. »Von der Fiesta.«

Sie starrten auf wallende leuchtendblaue Kleider, himmelwärts gerichtete Gesichter, karmesinrote Herzen in einem Kranz blutroter Strahlen.

»*Obrigada*, Guida.«

Sie nahmen sie an sich.

»Was sollen wir mit ihnen machen?« fragte Jack draußen auf der Terrasse.

»Leg sie irgendwohin«, sagte Claire schwach. »Wo ist Frances?«

Niemand wußte es.

»Sind das Aufkleber?« Jack drehte sie um. »Es ist Klebstoff drauf.« Er leckte vorsichtig daran. »Puh.«

»Laß das lieber«, sagte Robert, der ihn beobachtete. »Er besteht wahrscheinlich aus Dritte-Welt-Chemikalien und bringt dich um. Los, leg es hin. So, wer hat Lust, schwimmen zu gehen?«

Sie rannten davon, um ihre Badesachen von der Leine zu holen, und ließen die Kärtchen liegen, die sich in der Sonne wellten. Claire sagte zu Robert: »Tut mir leid, daß ich gestern abend so gemein war.«

»Du warst nicht gemein. Am besten vergessen wir das Ganze.«

Wie gestern abend warf sie ihm einen Blick zu. »Weißt du, Robert – man kann nicht einfach immer alles übergehen.«

Er erwiderte ihren Blick. »Das reicht. Hör auf, mir zu sagen, wie ich mich benehmen soll.«

»Aber –«

»Ein einziges Mal. Bitte.«

Sie holte Atem. »In Ordnung. Befassen wir uns also mit dem heutigen Tag. Sollen wir vielleicht irgendwohin fahren? Einen Ausflug machen oder so etwas?«

»Wohin?«

»Tja ...« Sie schaute sich um. »Vielleicht die Kathedrale ...« Sie brach ab, als sie sein Gesicht sah.

»Ein Auto voller innerlich hocherregter Leute in dieser Hitze. Tom, der sich übergibt, Jessica, die schmollt. Oliver und Frances –«

»Nein. Du hast recht. Heute nicht.«

»Vielen Dank«, sagte er. »Nimm es leicht. Nimm es um Himmels willen leicht. Laß sie abschalten. Laß uns alle abschalten.«

»Wo ist Oliver?« fragte Jessica, die mit dem Handtuch um die Schultern zurückkam.

»Spazieren.« Claire streckte ihre Hand aus. »Wir machen heute einen ruhigen Tag nach – na ja, nach der Fiesta und dem ganzen Theater.«

»Gut.« Sie klang gleichgültig.

»Also, dann.« Robert stand auf, als die Jungen erschienen. »Bis gleich, oben am Swimmingpool.«

»Wo gehst du hin?« fragte Jack.

»Viel Wissen macht Kopfweh.«

»Wieso Kopfweh?« Er drehte sich zu Claire um. »Was meint er?«

»Das ist nur so eine Redensart.« Claire sah Robert an. »Und wohin gehst du wirklich?«

»Nur ein Kontrollgang«, sagte er. »Los, ab mit euch.«

»Hör auf, *mich* herumzukommandieren«, sagte sie; aber

sie gingen die Treppe hinunter in den sonnengesprenkelten Garten, wo die Hühner, die Guida bei ihrem Eintreffen herausgelassen hatte, erwartungsvoll herumspazierten und auf dem Boden scharrten. Robert sah zu, wie Claire und Jack, Tom im Schlepptau, langsam zu der anderen Treppe hinübergingen und dann über den oberen Weg zum Swimmingpool hinaufstiegen. Er sah nackte Schultern zwischen den Weinranken verschwinden, die Stimmen wurden leiser; ein paar Augenblicke später hörte er das erste Geplansche. Er kehrte ins Haus zurück.

Guida hatte das Frühstücksgeschirr abgewaschen und fegte das Wohnzimmer. Der rauhe gelbe Besen fuhr vor und zurück, bewegte sich zwischen riesigen Sonnenflächen in der Nähe der offenen Türen und dem Dunkel des Raumes hin und her; Staub, Sand und Brotkrumen lagen in kleinen Häufchen auf den Dielen. Sie sah zu Robert auf und lächelte; beide begannen zu lachen.

»Schöner Tanz«, sagte sie.

»Sehr schön.«

Die Tür zum Eßzimmer stand halb offen; er sah Frances am Tisch sitzen und rauchen. Ein holländisches Interieur, dachte er und mußte an einen Druck in der Diele des Hauses seiner Mutter in Maidenhead denken. Man mußte sich nur die Zigarette wegdenken, schon hatte man die gleiche Stimmung. Das kleine Dienstmädchen in einem großen, kühlen Raum, dahinter, durch eine weitere Tür gesehen, eine Frau, in sich ruhend, allein. Doch die Frau hier war nicht ruhig.

Er klopfte an die Tür. Guida, die hinter ihm stand, ging auf die Terrasse hinaus und begann, dort zu fegen. Wisch, wisch, wisch, ging es in der Sonne über die Fliesen.

»Frances?«

»Ja?« Sie sah auf, die Ellbogen auf das karierte Tischtuch gestützt, Kaffee und Zigaretten neben sich. Zu dieser frühen

Tageszeit waren die Läden geöffnet, auch der obere Teil des Fensters; Rauch stieg in die Luft und zog durch die Öffnung nach draußen.

»Wie geht es Ihnen?«

»Gut.« Sie sah wieder weg und saß regloser da als gemalt.

»Wollen Sie mit mir reden?«

»Nein.« Eine Pause entstand, dann begann sie wieder zu rauchen. »Wo ist Tom?«

»Oben am Swimmingpool mit den anderen. Claire ist bei ihnen.«

»Gut.« Wieder eine Pause. »Und Oliver?«

»Oliver ist noch nicht zurück«, sagte er. »Also ... bis später.«

»Bis dann«, sagte Frances, ohne sich zu rühren.

Tom, der zurückgekommen war und neben dem Kleiderständer stand und lauschte, hörte, daß Robert wieder auf die Tür zukam. Rasch lief er hinaus auf die Terrasse.

Jessica saß am Rand des Schwimmbeckens und beobachtete die Bergstraße. Der Ochsenkarren, mit Holzstämmen beladen, fuhr quietschend vorbei; ein Moped fuhr hinauf, ein Lieferwagen hinunter, sonst gab es keinerlei Verkehr. Es wurde heißer; Claire, die ins Haus ging, um Getränke zu holen, wies sie an, auf die Jungen zu achten; sie kehrte mit einem Tablett zurück und rief sie alle an den Tisch auf dem Pfad unter den Weinranken, um Limonade mit Eis zu trinken, doch Jessica blieb, wo sie war, den Sonnenhut auf dem Kopf.

Und endlich sah sie ihn; er kam aus der Lücke im Gebüsch ein Stück weiter unten auf der Straße, wo ein Weg ins Gebirge hinaufführte. Es war die Stelle, wo an einem Nachmittag kurz nach ihrer Ankunft der hungrige, streunende Hund herausgekommen und hinter der alten Frau hergelaufen war. Sie hatten damals das Schwimmbecken den ganzen Nachmittag für sich allein gehabt.

Er kam die Straße herauf auf sie zu; sie winkte und rief. Er sah sie an, sie wußte, daß er sie sehen konnte, aber er winkte nicht zurück, er kam einfach mit seinem wunderbaren Gang auf sie zu. Sie winkte wieder, und diesmal bewegte er die Hand, aber das war kein Winken, es war eher, als wischte er etwas beiseite. Sie schluckte. Bestimmt winkte er nicht absichtlich so, ganz bestimmt nicht. Sie wußte nicht, was sie tun sollte; ihre Hand fiel auf den heißen Rand des Beckens, und sie hob ein paar lose Brocken des Betons auf, die Füße im Wasser, die Beine der sengend heißen Sonne ausgesetzt.

Er kam näher, kam auf sie zu, immer noch auf der gegenüberliegenden Seite, der Schattenseite der Straße.

»Hallo.« Sie wandte ihm das Gesicht zu, versuchte wie immer zu lächeln, doch es wurde ein steifes Lächeln, und im Bauch verspürte sie ein Kribbeln.

»Hallo«, erwiderte er, als spräche er mit einer Fremden, mit jemandem, der zufällig vorüberging. Er ging weiter bis zu dem oberen Tor und stieß es auf. Sie hörte, wie er die erste Treppe hinunter- und an der Zisterne vorbeiging und dann stehenblieb, als wüßte er nicht recht, was er als nächstes tun sollte, und dann sah er anscheinend ihre Mutter und die Jungen; sie hörte seine Schritte auf dem Weg zwischen den Weinranken und wollte ihn innerlich zwingen, weiterzugehen, den anderen nur kurz zuzunicken und zu ihr zu kommen, zu ihr, die er doch sehen wollte, aber es geschah nicht, er blieb am Tisch stehen. Sie hörte, wie er einen Stuhl heranzog und sich setzte; sie hörte das öde Hin und Her von Erwachsenenstimmen, seine und die ihrer Mutter – was hatte sie ihm schon zu sagen? –, und sie wollte aufstehen und hingehen, nur mit ihm zusammen sein, aber nein, das würde sie nicht, sie würde abwarten.

Irgendwie brachten sie den Tag herum.

Guida blieb – das war eine Hilfe. Sie kehrte und wischte Staub, wusch den Küchenboden auf und putzte den Herd; sie ordnete Bücher und Zeitungen, brachte Wäsche zum Einweichen in die Zisterne, und als sie zum Mittagessen nach Hause ging, ließ sie das Haus sauber und gepflegt zurück. Die Familien aßen im Eßzimmer zu Mittag, bei geschlossenen Läden. Keiner redete viel, aber alle gaben sich Mühe, reichten einander beflissen Brot, Käse und Wein, vergewisserten sich, daß die Kinder auch ja bekamen, was sie wollten, und rissen sich zusammen, als Robert Gedächtnisspiele vorschlug.

»Ich fahre in die Ferien und packe meinen Koffer, und in meinen Koffer packe ich ...«

»Eine Zahnbürste«, sagte Claire.

»Eine Zahnbürste und einen Schlafanzug«, sagte Robert.

»Eine Zahnbürste, einen Schlafanzug und ein Schachspiel«, sagte Jessica und sah Oliver an.

»Eine Zahnbürste, einen Schlafanzug, ein Schachspiel und ein Buch«, sagte Oliver, während er Brot abschnitt.

»Eine Zahnbürste, einen Schlafanzug, ein Schachspiel, ein ... ein Buch? Ein Buch und einen Eimer mit Spaten«, sagte Jack.

»Frances?«

»Was?«

»Du bist an der Reihe.«

»Entschuldigt. Ich fahre in die Ferien und packe meinen Koffer, und in meinen Koffer packe ich ... eine Zahnbürste, einen Schlafanzug, ein Schachspiel, einen Eimer mit Spaten – nein, ein Buch, einen Eimer mit Spaten und einen Brief.«

»Einen Brief«, sagte Robert in fragendem Ton.

Sie griff nach ihren Zigaretten.

»Tom?«

»Was?«

»Was hast du in deinen Koffer gepackt?« fragte Claire.

»Welchen Koffer?«

Später beim Aufräumen fragte Jessica Oliver: »Spielen Sie nachher mit mir Schach?«

»Mal sehen«, sagte Oliver, und ihr Herz tat einen Sprung: Er hatte nicht nein gesagt, er hatte gesagt, mal sehen. Sie trug das Tablett in die Küche und begann mit dem Abwasch, um ihn Guida zu ersparen, weil sie dachte, daß er so etwas guthei-ßen würde. Die Tür stand offen; die Nachmittagssonne fiel auf den frisch geputzten Boden, die Seifenblasen im Spülstein glitzerten im Licht. Sie räumte die sauberen Teller in das Holzregal und kam sich wie ihre Mutter vor; sie versuchte, wieder sie selbst zu sein. Hatte Oliver gesehen, daß sie sich nützlich gemacht hatte? Wo war er?

Guida kam zurück und stieg die Treppe zur Galerie hinauf. Sie stellte das Bügelbrett auf und stöpselte die Bügeleisenschnur in die Steckdose; binnen kurzem war das Haus erfüllt vom Geruch sauberer, gebügelter Wäsche, vom Zischen und Brodeln von Dampfwolken. In einer ruhigeren, besänftigten Atmosphäre begaben sich alle zur Ruhe: Claire und Robert in ihrem Zimmer, die Jungen in ihrem, und Frances in ihrem, wo sie sich auf das frischgemachte Bett legte und Zeile für Zeile ihren Brief durchging. Jessica ließ in ihrem Zimmer die Läden offen, da die Kletterpflanze vor dem Fenster den Raum dunkel genug machte. Sie lag auf dem Bett und betrachtete die Schatten der Blätter an der Wand, hörte ihre Kassette und überlegte, wie lange sie warten sollte, bis sie auf die Terrasse ging, wo Oliver sich in der Hollywoodschaukel ausgestreckt hatte, leicht hin- und herschwang und Landkarten studierte. Sie hatte das Schachspiel auf dem Schreibtisch in der Ecke des Wohnzimmers aufgebaut, neben dem großen Fenster, weil das ein kühler Ort war, an dem man nicht gestört wurde, so daß sie sich konzentrieren konnten. Alle Figuren standen an ihrem Platz, alles war für das Spiel bereit.

I'll send you all my dreams, every day in a le-etter ...

Sie gähnte. Vielleicht würden sie sich schreiben, wenn die Ferien vorbei waren. Vielleicht war es leichter, Dinge zu schreiben, als sie zu sagen. *Lieber Oliver* ... Was sollte sie sagen?

I don't want to say good-bye for the summer/but I'll fill the emptiness ...

Sie schloß die Augen und durchlebte noch einmal jeden Augenblick, den sie zusammen verbracht hatten; angefangen vom ersten Tag, als sie die Treppe zur Terrasse heraufgestiegen war und sie alle dort hatte stehen sehen; sie waren gerade angekommen, überall stand ihr Gepäck herum, und er hatte sie angelächelt, als Claire sie miteinander bekannt gemacht hatte, hatte ihr die Hand hingestreckt wie einer Erwachsenen und mit seiner wunderschönen Stimme gefragt: »Wie geht's?« Hatte sie es damals bereits gewußt? Sie hatte das Gefühl, es immer schon gewußt zu haben, obwohl sie nicht begriff, daß jemand, der so nett war, gleichzeitig so furchterregend sein konnte. Was war gestern geschehen? Warum war er so gewesen?

Darling, I promise you this ...

Das Lied wurde lauter, wie es bei Musik manchmal war, ehe man einschlief, so wie früher die Stimmen ihrer Eltern im Auto, als sie noch klein war und auf dem Rücksitz in Schlaf fiel. Sie gähnte erneut, zog sich das Haar, das sich ganz warm anfühlte, über das Gesicht und schlief ein, während Oliver draußen auf der Terrasse mit den Fingern den Verlauf der Wege auf der Landkarte verfolgte und einen Plan für eine Wanderroute machte.

Guida ging nach Hause und ließ fein säuberlich gebügelte und gestapelte Wäsche auf der breiten Fensterbank des Treppenabsatzes zurück.

»Robert und ich hatten vor«, sagte Claire beim Tee auf dem oberen Weg, »morgen noch einmal in die Stadt zu fahren – die Speisekammer ist ziemlich leer.« Sie reichte Becher und Gläser herum. »Will sonst noch jemand mit?«

»Ich wollte wandern gehen«, sagte Oliver, »falls niemand etwas dagegen hat.«

»Wohin?« fragte Jessica, mit ihrer Perlenkette spielend.

»Soweit das Auge reicht«, erwiderte er, wieder etwas freundlicher. Er wies auf den Bergkamm oberhalb des Dorfes. »Da gibt es weitere Dörfer, ein anderes Tal. Ich möchte ein bißchen mehr sehen, ich brauche die Bewegung ...«

»Mußt du ein bißchen allein sein?« fragte Jack. »Mum sagt, die Leute brauchen das manchmal.«

»Ist gut, Jack.« Claire sah Frances an, die sich eine Zigarette ansteckte. »Würdest du auf die Kinder aufpassen?« fragte sie. »Falls sie nicht mit in die Stadt wollen.«

»Natürlich.«

»Ich will nicht mit«, sagte Jessica. »Oliver? Spielen Sie nach dem Tee Schach mit mir?«

»Mal sehen.«

Aber er tat es nicht, obwohl sie neben dem Brett saß und wartete und so tat, als denke sie sich Züge aus.

»Wie spielst du denn?« fragte Jack.

»Geh weg. Bitte, Jack. Bitte.«

Sie saß nach dem Tee dort, sie saß nach dem Abendessen dort und hoffte und hoffte, aber er kam nicht, er blieb draußen und sprach mit ihrem Vater und schaute auf diese langweilige Landkarte, während Frances und Claire die Jungen zu Bett brachten und sie ganz allein dasaß.

Oliver brach am nächsten Morgen um acht Uhr auf, weil er vor der Hitze loswollte. In dem Bemühen, wie eine richtige Gruppe zu wirken, was ihnen auch beinahe gelang, begleiteten ihn alle zum Gartentor, sahen ihm nach und winkten, während er die Straße hinabging. Er wollte einen Kreis beschreiben, nach etwa einer Meile den Fluß auf einer Brücke überqueren, dann die erste Bergkette auf der gegenüberliegenden Seite erklimmen, ins nächste Tal hinabsteigen, dann wieder hinauf, kehrtmachen und über den Kamm, der rechts vom Haus verlief, zurückkehren. Er würde durch die Kiefernwälder zurückkommen, auf dem Weg, auf dem ihn Jessica gestern vormittag hatte auftauchen sehen.

Er wollte meilenweit laufen, ungefähr zwanzig, sagte er. Sie konnte sich nicht vorstellen, daß jemand so weit lief oder auch nur Lust dazu verspürte, wenn es so heiß war. Warum mußte er überhaupt gehen? Es fiel ihr nichts ein, was sie sagen konnte, außer auf Wiedersehen.

»Also, auf Wiedersehen«, sagte er zu allen, nicht an jemand Bestimmten gerichtet, nicht zu ihr. Er trug seinen Strohhut, alte Baumwollhosen und ein T-Shirt und hatte eine Segeltuchumhängetasche dabei, die etwas zu trinken, die Landkarte und Äpfel enthielt. Er sah wundervoll aus, groß und stark, und sie wollte hinter ihm herlaufen und ihn fragen, ob sie mitdürfte, damit sie alle sehen konnten, wie sie mit ihm davonging, neidisch, weil er sie auserwählt hatte, aber statt dessen war alles ganz anders, es war so erbärmlich, mit allen anderen in den Garten zurückzukehren, nichts als einen sinnlosen Tag vor sich.

»Willst du ganz bestimmt nicht mitkommen?« fragte Claire, als sie zum Frühstück zurück ins Haus gingen und Robert und Jack die Hühner herausließen. Jessica zögerte einen Augenblick lang, erwog, ob das nicht die Zeit besser ausfüllen würde, als den ganzen Tag hier mit den Jungen zu verbringen, doch dann dachte sie, daß Oliver es sich vielleicht anders überlegen würde, vielleicht wurde er müde und kam früher zurück, und sie wollte nicht mit ihren Eltern bei dem langweiligen Einkauf sein, während er sich vielleicht mit ihr unterhalten wollte. Deshalb schüttelte sie den Kopf.

»Nein, danke.« Tom, neben ihnen, machte seine üblichen Geräusche. »Mensch, hör auf damit«, sagte sie ärgerlich.

»Jess ...« Claire sah sie vorwurfsvoll an. Wie der Urlaub auch sein mochte, Jess war von Tom nicht gestört worden, Jack war es, auf den man ein wenig aufpassen mußte. Jess war eigentlich überhaupt wenig mit den Jungen zusammengewesen.

»Es geht mir auf die Nerven«, sagte sie jetzt, als Tom ins Eßzimmer hinüberging, wo Frances die Schüsseln für die Haferflocken verteilte. »*Warum* macht er immer diese Geräusche?«

»Ich weiß nicht«, sagte Claire, »aber wenn es dir wirklich auf die Nerven geht, komm mit uns – wir hätten dich gern dabei.«

»Ich habe doch nein gesagt.« Jessica schaute störrisch drein. »Ich habe gesagt, daß ich nicht will.«

»Okay, okay.«

Durch die offene Eßzimmertür sah Claire, wie Tom Frances um den Tisch herum folgte und eine Handvoll Löffel verteilte, die sie ihm gegeben hatte, einen nach dem anderen. Wie nett. Wie nett und kameradschaftlich und normal für ihn – und wie selten. Na ja, vielleicht würde es für alle ein guter Tag, Frances wirkte sichtlich gelöster, seitdem Oliver gegangen war. Und ausnahmsweise konnten sie und Robert einmal stundenlang allein sein, sich in der Markthalle Zeit lassen, zu Mittag essen und sich wieder vertragen. All die Angst, die sie die ganze Zeit über gespürt hatte, fiel bei dieser herrlichen Vorstellung von ihr ab – welch eine Wonne.

»Ich möchte mitkommen«, sagte Jack, der von der Terrasse hereinkam.

»Ach, Jack ...«

Er zupfte sie am Ärmel und flüsterte: »Ich will nicht mit ihr hierbleiben.«

»Ach, Jack ...« Auch das noch. »Wo ist Dad?«

»Hier«, sagte Robert, der ebenfalls eintrat.

»Ich möchte mit dir reden.«

Schließlich überredeten sie Jack dazubleiben und fuhren kurz nach zehn mit einer Mischung aus Schuldbewußtsein und Erleichterung winkend davon.

»Es kann ihm nämlich gar nicht schaden«, sagte Claire, als sie sich vom Fenster wegdrehte, »mal für kurze Zeit nicht an Mummys Rockschößen zu hängen. Manchmal fürchte ich, daß er ein bißchen zu anhänglich ist.« Sie warf einen letzten Blick durch das Rückfenster, als sie beim Metzgerladen um die Kurve bogen, und sah die kleine Gruppe oben am Tor in der sengenden Sonne stehen und immer noch winken, Tom an der Hand seiner Mutter, Jessica ein Stück abseits, Jack sichtlich betrübt. Nun, es waren schließlich nur ein paar Stunden.

»Siehst du Oliver irgendwo?« fragte Robert, als sie das Dorf verließen und die Brücke überquerten. Sie suchten mit dem Blick die Gegend ab, sahen ihn jedoch nicht, nur das langgestreckte Tal und das Gebirge unter dem glühenden Himmel.

Der Fluß – nicht ihr Fluß, sondern ein Nebenarm – lag schon lange unter ihm, ein sanft geschwungener blauer Faden, hin und wieder hinter Bäumen verborgen. Dieses Tal war anders als das, das ihnen vertraut war: Er blickte jetzt nicht mehr auf Pinien- und Eukalyptuswälder hinab, sondern auf ausgedehnte, wellenförmig angelegte Terrassen, die von Mauern aus Trockensteinen begrenzt wurden. Die Bergstraße endete abrupt ein paar hundert Yards oberhalb der niedrigsten Terrasse; den ganzen Hang entlang hatte man in regelmäßigen Abständen Gruppen von Eichen gepflanzt. Wie er aus den Büchern wußte, die er im Haus gefunden hatte, war es Korkeiche, ebenso nützlich wie der Eukalyptus, aber weniger belastend für den Boden. Die Terrassen selbst waren größtenteils kahl und unbebaut: Wo einst Getreide gesprossen war, war unten am Fluß jetzt nur noch Weideland und hier oben am Berghang nur ausgedörrte Erde. Auf einigen Terrassen hatte man noch Kürbisse und Pflaumenbäume angepflanzt, aber das meiste Gelände zeugte davon, daß man es sich selbst überließ.

Er dachte an die jungen Paare, die ab und zu im Dorf auftauchten und in ihren eleganten Anzügen und funkelnden Autos den Ort ihrer Kindheit besuchten und dann den weiten Weg nach Porto oder sogar bis nach Lissabon zurückfuhren. Während die jungen Leute in Irland nach Übersee gingen, waren sie hier Emigranten im eigenen Land, die als Chemiker, Rechtsanwälte oder Lehrer, nur nicht als Bauern arbeiteten. Allein die Alten blieben auf dem Land, bearbeiteten ihre winzigen Maisfelder und bauten Wein an, mästeten ein Schwein, hatten ihr Auskommen.

Es wurde sehr heiß; auf der Karte waren in der Nähe ein Bach und ein Weg eingezeichnet. Er ging auf einen kleinen Weiler zu, nicht weit unterhalb des Gipfels, der, so hatte er gelesen, wie die meisten Häuser hoch oben im Gebirge mit Solarenergie versorgt wurde. Er wollte sich die Solarzellen ansehen; es interessierte ihn zu erfahren, wie das Leben hier oben aussah. Was ihm noch wichtiger war: Er suchte Ablenkung.

Dafür sorgte allein schon die Hitze: Er hatte bereits sein Hemd ausgezogen und es sich zum Schutz über die Schultern gehängt. Schweiß lief ihm in die Augen; alle paar Schritte wischte er sich das Gesicht, auf der Suche nach dem Bach, und da war er endlich, sprudelte aus den Felsen über ihm und strömte ihm entgegen. Dankbar blieb er stehen, trank, bespritzte sich mit Wasser, ließ es über Gesicht und Kopf rinnen und erhob sich tropfnaß und erfrischt. Eine Taufe. Er fuhr sich mit der Hand durch das triefnasse Haar. Die Taufe reinigte und wusch von der Sünde rein, an die zu glauben Robert seltsamerweise behauptet hatte. Und ich glaube auch daran, dachte Oliver, aber das ist weniger seltsam: Jeder Scheißkatholik tut das.

Er konnte jetzt den Weg sehen; eine ausgetrocknete Karrenspur führte von einer der oberen Terrassen zu dem Weiler und wieder zu der entfernten Straße zurück; er sah auch die nebeneinander aufgereihten glänzenden Solarzellen: riesige Vierecke, durch Drähte miteinander verbunden, dem Himmel zugewandt. Man erwartete beim Näherkommen unweigerlich ein Summen, aber es gab kein Summen, und auch das Dorf war völlig still, als er es betrat.

Am Ortseingang stand ein kleiner Schrein: eine Höhle aus aufeinandergeschichteten Steinen, in der man eine Marienfigur aus Gips aufgestellt hatte, wesentlich kleiner als die auf der Fiesta, mit Plastikrosen zu ihren Füßen. Er wollte nicht an die Fiesta oder die anschließenden Ereignisse denken, und er sah an dem Schrein vorbei auf eine halbzerfallene Gruppe von Steinhäusern mit verwitterten Ziegeldächern, die entlang einer schmalen Straße mit Kopfsteinpflaster standen. Es war noch früh am Morgen, doch die Läden waren bereits geschlossen: Bis auf ein paar von den Winterstürmen in eine Richtung gekrümmte Bäume gab es keinerlei Schutz gegen die Sonne. Es gab keine Geranien auf Balkonen, keinen kleinen braunen Vogel im Käfig. Dieser rund zweitausend Fuß über dem Fluß gelegene Ort wirkte öde und verlassen: Wer konnte ein Leben hier oben ertragen?

Oliver ging langsam über das holprige Pflaster und war froh, als er am anderen Ende der Straße einen gebrechlichen alten Mann entdeckte, der Kohlköpfe auf einen Karren lud. Neben der Deichsel stand ein gelangweilter Ochse und blinzelte, um die Fliegen zu vertreiben. Na also. Wo es Kohl gab, mußte es auch Gärten geben, die sich ansehnlich den Blicken darboten, mit Gemüse für den Markt, bewässert durch die Pumpe, die er neben dem Karren sah und die ihrerseits aus dem Bach gespeist wurde. Irgendwie ging auch hier oben das Leben weiter. Die Läden waren geschlossen, aber einige der Türen, die mit Vorhängen aus Plastikstreifen behängt waren, standen offen; vor einer dieser Türen lag ein zusammengerollter Hund und schlief, das Fell stumpf, von Flöhen zerbissen, mager. Hunde wie diesen gab es in ihrem Dorf an jeder Ecke, aber dieser hier schien irgendwie anders zu sein, obwohl er aus der Entfernung nicht hätte sagen können, weshalb. Dann, als er näherkam, hob der Hund den Kopf, und er erkannte den Grund: Er trug ein Halsband mit Stacheln.

Sie waren zum Schutz des Hundes da – aber wogegen? Es gab keine Wölfe mehr; wer oder was strich des Nachts hier umher, bereit zu töten? Was es auch war, die Stacheln wirkten bedrohlich und beunruhigend, und als er die Augen in dem länglichen, scheußlich aussehenden Kopf des Mischlingshundes sah, zögerte er und blieb stehen.

Der Hund stand langsam auf, als er den Fremden sah; er knurrte. Oliver spürte, wie der Schweiß auf seinem Rücken kalt wurde, und sah weg. Der Alte am Ende der Straße hatte ihm den Rücken zugekehrt: Wenn er riefe – und was sollte er rufen? –, würde das vielleicht mehr als nur ein Knurren provozieren. Er könnte dem Tier die Faust entgegenstrecken, damit es daran riechen konnte, aber auch diese Geste könnte mißverstanden werden. Also blieb er stehen, ohne einen

Muskel zu bewegen, und sah sich um, dann wurde der Plastikvorhang in der Türöffnung beiseite geschoben, und eine alte gebückte Frau mit einem Korb kam heraus. Sie schaute erst den Hund – *»O que éque tens?«* – und dann Oliver an. Er ging vorwärts, zum Gruß seinen Strohhut abnehmend.

»Bom dia.«

»Bom dia.« Sie sah ihn mit der gleichen Neugier an wie der Hund; auf ihren Befehl hin wich er zu der Treppe zurück, immer noch wachsam. Sie und Oliver sahen einander an; er zog seine Landkarte hervor und wies auf die zusammengefalteten Seiten und das Gebirge im Hintergrund; er lächelte beruhigend, und die alte Frau nickte. Seite an Seite gingen sie die Straße entlang, sie in ausgefransten, ausgetretenen Schuhen, schwarz gekleidet, mit ihrem Eierkorb; sie rief dem Alten, der den Karren belud, etwas zu. Er sah Oliver mit staunender Neugier an, nahm den Korb mit den Eiern von der Frau entgegen und stellte ihn vorsichtig auf den Wagen, dann starrte er hinter Oliver her, als dieser das Dorf verließ.

Die Wagenspur schlängelte sich bis zur Bergstraße hinab; er ging jetzt über steinigen, mit harten Grasbüscheln bewachsenen Boden. Vor ihm lag der Bergkamm, mit Felsbrokken übersät, zu dem er hinaufwollte. Auf der Seite lag sein Tal: Ein langer Anstieg, bei dem er der prallen Sonne ausgesetzt sein würde, lag vor ihm, aber danach würde er wieder zwischen Bäumen entlanggehen, die vertrauten dichten Wälder würden Schatten spenden. Er steckte die Karte wieder in seine Tasche und begann den Aufstieg, warf von Zeit zu Zeit einen Blick zurück auf das kleiner werdende Dorf und den Ochsenkarren, der sich langsam den Weg zwischen den Terrassen entlang auf die Straße zubewegte.

Wie seine Geste mit dem Hut schien die Szene aus einem anderen Zeitalter zu stammen; zwar standen die Solarzellen aus dem zwanzigsten Jahrhundert dort oben, aber alles andere war tiefes Mittelalter: ein abgelegenes Bergdorf, wo man sich mit dem Ochsenkarren fortbewegte, wo einst hungrige Wölfe ihr Unwesen trieben und ein magerer Hund noch immer ein gefährlich aussehendes Stachelhalsband trug.

Es war lange her, seit Oliver sich so gefürchtet hatte wie beim Anblick dieser Stacheln, als er dieses Knurren gehört hatte. Er hatte vergessen, wie es war, wenn man Angst hatte. Er wollte es vergessen, wie vieles andere auch, nicht zuletzt die Tatsache, daß das, was ihm in den letzten zwei Tagen am meisten Angst gemacht hatte, er selbst gewesen war. Er hatte diese Wanderung unternommen, um sich abzulenken; er stieg immer höher, keuchend und in Schweiß gebadet.

Der Boden war steinig und hart. Käfer und kleine Klettertiere krochen durch vereinzelte Büschel Farn und hochstieliges Heidekraut, aber es gab weder Vögel noch Zikaden noch Bäume. Die Sonne brannte von einem wolkenlos blauen Himmel herunter; seine Beine begannen zu zittern, doch er stieg stetig weiter hinauf, zwang sich, nicht schwach zu werden, die Kammhöhe ohne Aufenthalt zu erreichen, nur an die nächsten Schritte, die nächsten umherliegenden Felsbrocken oder Steine zu denken. Es gab allein den Aufstieg, den Gipfel.

Endlich war er oben. Eine öde Ebene unfruchtbaren Bodens und sonnenverbrannten braunen Grases, unterbrochen von niedrigen Steinmauern, zeigte sich seinen Blicken, als er keuchend dastand. Gut zum Wandern, aber unwirtliches, steinhartes Ackerland, obwohl die Leute eindeutig irgendwann einmal die kleinen Felder hier oben bewirtschaftet hatten, so wie sie die Terrassen unten bebaut hatten. Er holte seine Flasche heraus und trank, ohne aufzuhören, ging ein Stück weiter und sah sich um. Nie zuvor hatte er sich in einer solchen Höhe befunden: Auf beiden Seiten erstreckte sich ein Panorama aus Berg und Tal, nackten Felsen, abfallenden Terrassen, Waldstücken, abgelegenen Dörfern. Hier und da glänzte der Fluß, hier und da kroch ein Fahrzeug über die gewundene Straße; er befand sich hoch über allem, an diesem kahlen, einsamen Ort, mit diesem Blick, jetzt in diesem Moment.

Er sah auf die Uhr: kurz nach eins, er hatte nicht lange gebraucht, und von jetzt an würde das Gehen leicht sein. Er würde sich in den Pinienwald setzen, ausruhen und etwas essen, bevor er den langen Heimweg antrat.

Heimweg war falsch. Rückweg. So schön es war, er sah das Haus nur als einen Ort, an dem sich Leute aufhielten, und im Augenblick verspürte er zu keinem dieser Menschen auch nur die Spur einer Beziehung. An Frances und Tom zu denken, konnte er nicht ertragen, obwohl er das natürlich mußte; an die Murrays zu denken, bis zu diesem Urlaub praktisch Fremde, bereitete ihm seit letzter Nacht Verlegenheit. Was die Kinder betraf: Jack stellte einen zu schmerzlichen Kontrast zu Tom dar; Jessica war die einzige, deren Gesellschaft er als angenehm empfunden hatte: Sie war intelligent, hübsch und ungezwungen, während sein eigenes Kind ihm so viel Kummer bereitete.

Nein, nicht darüber nachdenken. Einfach weitergehen. Gehen war besser als Trinken, besser als Denken. Aber er war es gewöhnt zu denken, Bücher und Gedanken waren seine Arbeit, sein Leben, und als er über eine der niedrigen Steinmauern stieg, kam ihm plötzlich ein schöner Ausspruch in den Sinn, erneut aus einer anderen, wenn auch weniger lang zurückliegenden Epoche: *Vergib mir – ich bin nicht ich selbst.* Höflichkeit und Beherrschtheit sprachen daraus, Eigenschaften, die er immer geschätzt hatte; es verwies auf ein Selbst, das sich normalerweise unter Kontrolle hatte und das Schiff des Lebens ruhig durch die Wellen steuerte. Die Worte beschwichtigten: Dieser Zustand ist nur vorübergehend. Er war letzte Nacht nicht er selbst gewesen – als er in tödlicher Wut in der Dunkelheit gegen die Tür gehämmert hatte. Das war nicht das Selbst, das er kannte.

Vergib mir – ich bin nicht ... Der kleine Spruch bat auch um Trost. Bat jemand anderen, das Steuer in die Hand zu nehmen, während die Tür des Krankenzimmers sich leise schloß und der Patient ruhte. Er war es weder gewohnt, sich so zu verhalten, wie er es getan hatte, noch, um etwas Derartiges zu bitten. Er war es gewohnt – was war er gewohnt? Er war gar nichts mehr gewohnt: In den letzten Jahren hatte sich sein Leben von Grund auf geändert. *Vergib mir – ich bin ...* Wer war er? Wohin gehörte er?

Er war am Ende der Ebene angekommen; fast ohne es zu merken, hatte er eine Bodensenke erreicht, von der aus er wieder in das vertraute Tal hinabsehen konnte. Er konnte – gerade – die winzige weiße Kirchturmspitze und das Dorf unten erkennen; er konnte – so gerade – das Haus hoch oben an der sich aufwärts windenden Straße erkennen.

Er wollte das Haus nicht sehen. Er wollte nicht dorthin zurück. Nicht nur, weil er die körperliche Herausforderung des Marsches genoß, was er im voraus gewußt hatte; nicht nur, weil dort niemand war, mit dem er sprechen wollte, sondern weil er sich beim Wandern in dieser völligen Einsamkeit allmählich von Dingen befreien konnte, die er erst kürzlich an sich entdeckt hatte und die ihm durchaus nicht gefielen; es war, als ob er wie Peter Pan seinen dunklen Schatten abgestreift und zurückgelassen hätte. Dieser Schatten befand sich jetzt in dem Haus: Ärger, Enttäuschung, Zorn, Gewalt. Hier konnte er versuchen, den Menschen wiederzuentdecken, der er zu sein geglaubt hatte: förmlich und zurückhaltend, ja, aber auch fähig zu Herzlichkeit und Großzügigkeit, zur Liebe. War er das wirklich? Wäre das möglich?

Er fühlte sich, und das schon lange Zeit, bar jeder Regung, die man mit dem Wort Liebe hätte bezeichnen können. *Weder die Liebe zu einem Menschen noch die Liebe zu Gott* ... Und woher stammten diese Worte? Aus der Jugendzeit oder der Kindheit, wo der Glaube oder der Verlust des Glaubens alles für ihn gewesen war.

Er hatte die kahle, felsige Bergspitze hinter sich gelassen; er wanderte unter Kiefern entlang. Ich versuche, Dämonen auszutreiben, dachte er, während er auf die spitzen Nadeln unter seinen Füßen starrte; das ist ein biblischer Satz, und es ist ganz sicher eine Regung, die man als religiös bezeichnen muß – Dämonen austreiben, nach dem Guten in sich selbst suchen. Wo ist das Gute in mir, das noch vorhanden ist?

Die Nadeln hörten jäh auf. Er roch verkohltes Holz, sah auf und stellte fest, daß er an ein abgebranntes Stück Land gekommen war, eine Stelle, an der ein Waldbrand gewütet hatte. Schwarze Baumstümpfe standen wie nackte Gerippe zwischen anderen Stämmen, die zu Boden gefallen waren; die Erde selbst war schwarz, hier und da lagen Haufen grauer Asche und braune Äste. Rund eine Viertelmeile zog sich dieses trostlose, tote Gelände hin, und während er es durchquerte, bestrebt, es rasch hinter sich zu lassen, dachte Oliver: Vielleicht ist es genauso, wie ich bin oder sein werde – ausgebrannt, gottlos, leblos.

Schließlich hörte es auf. Irgendwann hatte das Feuer sich selbst verzehrt und war erloschen. Er ging wieder unter lebenden Bäumen einher, roch den Duft des Harzes und des sonnenwarmen Bodens.

Aber er war noch immer hoch oben im Gebirge, der Boden hier und da übersät mit kleinen Felsbrocken und Steinen, und er ein ganzes Stück von dem Weg entfernt, der ihn ins Tal bringen würde. Es war noch immer sehr still, und so tief im Wald gab es keinen schönen Ausblick, der ihn ablenken oder seine aufkommende Verzweiflung hätte ersticken können. Ich werde nicht geliebt und liebe nicht, dachte er ... *und es ist keine Gesundheit in mir.* Das ist aus den Bekenntnissen. Wen, wenn es so etwas wie Sünde gibt, soll ich um Vergebung bitten? Wer könnte mich um Vergebung bitten?

Ein schwacher Tierlaut störte die Stille: Er blieb stehen und schaute sich um, doch er sah nichts. Ich habe zu Robert gesagt, daß ich an die Suche glaube, dachte er beim Weitergehen. Ich habe von Gott gesprochen, aber vergessen wir Gott für einen Moment. Ich kann weiter philosophische Gedankengänge verfolgen oder kann nach echten Antworten auf diese Fragen suchen. Ich kann mein Kind zu ergründen versuchen, das nicht mein Kind zu sein scheint; ich kann meine Frau zu ergründen suchen, die nicht länger meine Frau zu sein scheint, die stets fern und abwesend ist. Ich kann erneut versuchen, sie zu attackieren und ihre Dämonen zu ergründen – aber wenn ich das tue, besteht die Gefahr, daß meine Dämonen uns beide zerstören. Was soll ich tun? Wie soll ich mich verhalten?

Da war der Laut wieder; er blieb wieder stehen. Irgend etwas tappte über die Piniennadeln, schnupperte, kam näher. Wie in dem Bergnest, als der Hund mit dem Stachelhalsband aufgestanden war und zu knurren angefangen hatte, spürte Oliver, wie ihn eine Welle der Angst überkam, und dann wurden die Geräusche lauter, als das Tier seine Witterung aufgenommen hatte und schneller lief, und dann sah er plötzlich, was es war: nicht ein Tier, es waren mehrere, zwar keine Wölfe, aber halbverhungerte Hunde, die jetzt bellend und knurrend zwischen den Bäumen hindurch auf ihn zustürzten.

Dora, schrieb Frances, während sie auf dem Rückweg vom Fluß den Kindern durch die Maisfelder folgte, *alle anderen sind heute unterwegs. Oliver ist auf einer Wanderung, Claire und Robert sind in das Marktstädtchen gefahren, so daß ich mich um die Kinder kümmern muß. Wir waren den Vormittag über schwimmen, wie gewöhnlich, und nun kehren wir zum Mittagessen ins Haus zurück. Es ist wieder ein heißer, schöner Tag – wir wissen gar nicht mehr, wie Regen aussieht, obwohl ich an Dich denke, in London, wo es jetzt vielleicht gerade schüttet.*

Ich denke die ganze Zeit an Dich ... Nein. Das war nicht diese Art von Brief. Dieser Brief lag in einem versiegelten Umschlag in ihrer verschlossenen Schreibmappe, ganz hinten in der untersten Schublade des Schreibtisches. Sie würde ihn morgen abschicken. Vielleicht. Noch eine Nacht darüber schlafen, und dann vielleicht. Dies hier war ein ganz gewöhnlicher Brief, wie sie ihn fast jedem schicken könnte.

Die Kinder sind alle braungebrannt und gesund. Zu Beginn hatten wir eine schwierige Nacht mit Tom, aber seither geht es ihm gut ...

Dora nahm Anteil an Toms Befinden. Sie lauschte teilnahmsvoll komprimierten Berichten über gestörte Nachtruhe und schwieriges Verhalten, wollte sogar nähere Einzelheiten hören, suchte nach Erklärungen, während Frances alles herunterspielte.

»Unser Hausarzt sagt, das sei nur eine Phase ...«

»Ja, aber trotzdem. Phasen durchzumachen, kann die Hölle sein, oder?«

»Vermutlich.«

Sie saßen an einem Tisch im Freien auf dem Platz vor Covent Garden, nur ein paar Gehminuten vom Büro entfernt. Es war Freitag, die Leute waren gut aufgelegt und ließen sich Zeit beim Essen, so daß die Tische vollbesetzt waren, doch es gelang ihnen, einen Tisch für zwei Personen zu ergattern, am oberen Ende, wo man eine Lücke für die Straßenmusikanten gelassen hatte. Ein junges Paar, er im kragenlosen Hemd mit

Weste, sie mit langem ungekämmtem Haar, spielten Geige und Cello: flacher, rasch heruntergespulter Mozart schwang zwischen klappernden Tischen, zurückgeschobenen Stühlen und Gesprächen hin und her. Dora rückte ihren Stuhl ein wenig beiseite, um Neuankömmlinge vorbeizulassen, und hielt die Hand schützend vor einen Strauch, den sie unterwegs an einem Stand gekauft hatte und am Wochenende in den Garten pflanzen wollte. Dora liebte und hegte ihren Garten; sie liebte und hegte auch ihren Mann und ihre Kinder.

»Haben Sophie und Jason auch so schwierige Phasen durchgemacht?« fragte Frances.

»Das weißt du doch. Als Jason drei war, hätte ich ihn am liebsten umgebracht. Noch gestern hätte ich gern mit Sophie dasselbe getan.«

Sie lachten, aber Frances wußte, daß Menschen, die ihre Kinder wirklich umbringen wollten, nicht so offen und ungezwungen und im Spaß darüber sprachen. Sie wußte, daß Dora und der gutmütige Adrian ihren Kindern über alle Schwierigkeiten hinweghelfen würden, und als Dora, wieder ernst geworden, jetzt sagte: »Es muß im Moment schlimm für euch beide sein – und auch für Tom, den armen Kerl«, warf Frances schnell ein: »Wir werden es überleben.« Denn es mußte so aussehen, als hätte sie alles unter Kontrolle, und sie, die so viel verbarg, mußte als normal, fähig und patent erscheinen.

Da im Büro sonst niemand Kinder hatte und Frances, die Tom jeden Tag bei der Tagesmutter ablieferte und wieder abholte, wenig Kontakt mit anderen Eltern von Kindern aus seiner Klasse hatte, war es nur natürlich, daß sie mit Dora häufiger über ihn sprach als mit anderen Leuten. Sie wollte nicht über ihn sprechen. Angesichts von Doras offener Art und der zentralen Stellung, die ihre Kinder in ihrem Leben einnahmen, wurde ihr ihre eigene Unzulänglichkeit als Mutter nur um so deutlicher bewußt. Und außerdem –

»Dora?«

»Ja?«

Ich möchte nicht über die Kinder mit dir reden, sondern über dich. Über uns. Was würdest du sagen, wenn ich dir sagte, daß ich …

»Ja?« fragte Dora noch einmal. Sie ließ Messer und Gabel sinken und sah Frances an. Ihr hübsches Gesicht war aufmerksam, aufnahmebereit; sie streckte die Hand über den Tisch. »Du kannst es mir erzählen«, sagte sie. »Verdräng nicht alles. Kinder können einem entsetzlich auf die Nerven gehen, ich weiß, wie zermürbend das ist.«

»Bei dir wirkt alles so mühelos, du bist so gelassen …«

»Frances – wir versuchen alle, gelassen zu wirken. Gib dich bitte keinen Illusionen hin. Sag schon, was ist los?«

Frances schluckte. »Es hat nichts mit –«

Sie sahen einander direkt in die Augen. Einen Augenblick, einen Wimpernschlag lang, war es vielleicht anders als sonst, wenn sich ihre Blicke begegneten, herzlich und freundschaftlich. In Doras Augen lag dieselbe Wärme wie immer, doch Frances hätte in ihren Blick beinahe – ach, nur beinahe – einen Ausdruck hineingelegt, der alles verraten hätte.

»Nichts«, sagte sie und sah zur Seite. »Vielleicht ein andermal.«

Dora schüttelte in gespieltem Unmut lächelnd den Kopf: »Dir ist nicht zu helfen. Macht nichts – du weißt, ich bin immer da.«

»Ja«, sagte Frances. »Ich weiß. Kaffee?«

»Prima. Ich hole welchen.« Dora stand auf und bahnte sich zwischen den Tischen hindurch den Weg zur Theke.

In einem Gemisch aus Liebe und Angst beobachtete Frances, wie sie in ihrer marineblauen Jacke mit dem hochgeschlagenen Kragen in der Schlange stand, die Umhängetasche über der Schulter, einen Schritt beiseite trat, um einen Kellner vorbeizulassen, und ihn anlächelte, wie sie alle Leute anlächelte, selbstsicher, entspannt. Sie sah zu, wie sie zwei weiße Tassen entgegennahm und damit an den Tisch zurückkam, anmutig, konzentriert, den Blick auf Frances gerichtet, als wollte sie sagen: Hier bin ich, es ist alles in Ordnung, mach dir keine Sorgen, und die mageren Mozartschen Töne hinter ihnen versiegten plötzlich, und alles applaudierte.

Die Kinder sind alle braungebrannt und gesund ... Ich möchte nicht über die Kinder schreiben, sondern über dich ...

Die Sonne brannte auf das Feld, auf die nackten Rücken der Kinder, die in Shorts und Sonnenhüten vorangingen, ohne zu reden, ihr Mittagessen im Kopf. Ich werde noch alles auffliegen lassen, wenn ich nicht aufpasse, dachte Frances, tastete in ihrer Tasche nach den Zigaretten, blieb stehen, um sich eine anzuzünden, und ging weiter. Dann laß doch alles auffliegen – los, tu's, wirf den Brief ein, wart ab, was geschieht. Nein, nein, nein.

»Frances?« Jessica war stehengeblieben und wartete auf sie. »Glauben Sie, Oliver ist zu Hause, wenn wir ankommen?«

Sie schaute auf ihre Uhr. »Nein, ganz bestimmt nicht. Es ist noch nicht einmal halb zwei, er wird kaum mehr als die Hälfte zurückgelegt haben.«

»Oh.« Jessica ging schweigend neben ihr her. Zikaden sangen schrill in den Stoppelfeldern rechts und links der Gräben, die Luft war trocken, glühend heiß.

»Ich habe Durst«, sagte Tom, sich zu ihnen umwendend. »Ich habe *Durst!*«

»Ich auch«, sagte Jack, aber leiser, als ob er das Gefühl hätte, er dürfte es nicht sagen, sich nicht beklagen.

»Wir haben alles ausgetrunken«, sagte Frances. »Aber macht nichts – wir sind gleich da.«

Das vor ihnen liegende Feld sah endlos aus, der Weg unter den Weinranken unerreichbar.

»Mir ist komisch«, sagte Tom, blieb stehen und fuchtelte mit den Händen in der Luft, als wollte er ein paar Insekten verjagen.

»Wenn du erst etwas gegessen hast, geht es dir besser.« Sie trat neben ihn und schob ihn weiter.

»Ich habe auch Hunger«, sagte Jack.

»Ich auch«, sagte Jessica und lachte entschuldigend, als wäre es nicht so schlimm.

»Tut mir leid«, sagte Frances. »Ich hätte etwas zu essen mitnehmen sollen – na ja, wir hätten uns früher vom Fluß aufmachen sollen, nicht wahr?«

Keines der Kinder gab eine Anwort; sie gingen weiter, ihre Hände berührten unwillkürlich die Trauben an den Weinstöcken, die zwischen den einzelnen Maisreihen wuchsen.

»Sie gehören uns nicht«, sagte Frances automatisch, genau wie Oliver es getan hätte, und sie zogen die Hände wieder zurück.

Aber natürlich, sagte Dora, die immer für ihre Kinder sorgte. *Aber natürlich, nur ein paar …*

»Na los«, sagte Frances. »Es sieht ja keiner.«

»Danke.« Sie rissen kleine Büschel ab und stopften die Trauben in den Mund.

»Sind Mum und Dad daheim, wenn wir zurückkommen?« fragte Jack, als sie endlich den weichen, schattigen Weg erreichten.

Sie schüttelte den Kopf. »Ich glaube nicht.«

»Was glauben Sie, um wieviel Uhr sie wieder da sein werden?« Seine Stimme klang schrill.

»Spätestens zum Tee«, sagte sie und legte ihm ihre Hand

auf die Schulter, im Bemühen um Freundlichkeit, doch er entzog sich ihr.

»Wann kommt Oliver Ihrer Meinung nach zurück?« fragte Jessica beiläufig.

Frances seufzte. »Ungefähr zur gleichen Zeit«, sagte sie, warf ihre Zigarette auf den Boden und trat sie mit dem Absatz aus. »Ich fürchte, im Moment müßt ihr mit mir vorliebnehmen.« Die Kinder verfielen in ein unbehagliches Schweigen, das Tom brach, indem er seine üblichen Geräusche machte. »Ist schon gut«, sagte sie etwas herzlicher, sich einen Ruck gebend, als sie bemerkte, daß die beiden anderen finster blickten. »Wir essen schön zu Mittag und danach können wir uns ausruhen. Kommt, beeilen wir uns ein bißchen.«

Der Weg hörte auf; sie gingen durch das Dorf, in dem bereits alle Läden gegen die Nachmittagshitze geschlossen waren; endlich erreichten sie das Haus, Frances holte den Schlüssel unter dem Stein auf der Terrasse hervor und öffnete die großen Doppeltüren. Die Kinder folgten ihr, und sie bemühte sich, es ihnen angenehm zu machen, bereitete schnell Thunfischsandwiches für die Kinder, nichts Ausgefallenes, nichts Ungewohntes; doch als sie sich alle in dem dunklen Eßzimmer zur Mahlzeit niederließen, spürte sie, daß sie sich fremd und unbehaglich fühlten in dem stillen Haus, das plötzlich viel zu groß und viel zu leer war ohne die anderen Erwachsenen, allein mit ihr, die keinen von ihnen ersetzen konnte.

Er stand reglos da, ohne einen Muskel zu bewegen, und auch die Hunde blieben plötzlich stehen, in einem Halbkreis, nur wenige Fuß von ihm entfernt, keuchend, abwartend. Es waren vier, nein fünf, und einen erkannte er wieder: Es war das abgemagerte Geschöpf, das er an jenem Nachmittag auf der Straße gesehen hatte, das der alten Frau mit ihrem Farnbündel gefolgt war und vor Hunger geknurrt hatte. Seine Augen schimmerten gelb, sein Unterkiefer hing sabbernd herab; er war klein, nicht größer als ein Whippet, doch die anderen um ihn herum waren riesengroße, schwarzbraun gefleckte Mischlinge, deren Knochen aus dem rauhen, stumpfen Fell hervorstachen. Die Haut hing lose an ihnen herunter, sie hatten gewaltige Kiefer; sie knurrten leise, gespannt, zum Sprung bereit.

Oliver rührte sich nicht, doch sein Herz hämmerte wild, sein Körper war vor Entsetzen gelähmt. Er fühlte sich ohnmächtig, kraftlos, schwammig. Dann machte einer der Hunde, der größte, einen Schritt auf ihn zu.

»Nein!«

Der Hund gab aus der Tiefe seiner Kehle ein grauenhaftes Knurren von sich. Schweißgebadet sah Oliver sich um, entdeckte die um ihn verstreut liegenden Steine und schob sich unmerklich zu dem nächstgelegenen hin. Der Hund knurrte erneut und zog die Lefzen zurück; jetzt knurrten und geiferten sie alle, und dann, als er sich bückte und eine Handvoll Steine aufhob, begannen sie zu bellen; das Echo des Gebells hallte in dem Pinienwald wider, und als er aufstand und den Arm hob, stürzten sie sich alle gleichzeitig auf ihn.

»Grrrrr!« Er sprang in die Luft und brüllte sie wie ein Tier an. »Grrrrr!« Wütend schleuderte er die Handvoll Steine nach ihnen. Einige landeten auf dem Boden, und Piniennadeln flogen in die Luft, ein oder zwei trafen jedoch die Hunde schmerzhaft, Kieferknochen und knochige Hinterbeine, und einer von ihnen jaulte auf und zog sich zurück. Er bückte sich wieder, hob fieberhaft weitere Steine vom Boden auf und brüllte die Hunde an.

»Grrrrr! Haut ab, verzieht euch, zur Hölle mit euch! Grrrrr!«

Er schleuderte die Steine nach ihnen, ging auf sie zu, forderte sie heraus; mehr Steine, noch mehr. Er traf den großen schwarzen Hund mit voller Wucht seitlich an der Schnauze, und dieser machte daraufhin kehrt, alle machten kehrt, blickten zwar noch ab und zu zurück, doch dann hetzten sie davon, zwischen den Baumstämmen hindurch, zum Gipfel hinauf.

Als nichts mehr von ihnen zu hören war, sank Oliver zu Boden. Seine Beine zitterten – er war schweißgebadet und zitterte am ganzen Körper. Seine Stimme war heiser, und er nestelte ungeschickt am Riemen seiner Schultertasche, zog die Wasserflasche hervor und trank, als verdurstete er. Dann saß er, den Kopf zwischen den Knien, immer noch zitternd da und lauschte, ob sie nicht vielleicht zurückkamen.

Doch sie kamen nicht zurück, und nach ein paar Minuten zog er die Karte zu Rate, stand auf und machte sich auf den langen Heimweg. Bei dem Gedanken an das Haus und seine Rückkehr hatte er jetzt eher das Gefühl, als kehrte er tatsächlich heim. Sein Herz schlug wieder ruhiger, sein Atem wurde gleichmäßiger, er holte einen Apfel aus der Tasche, aß ihn und warf das Gehäuse fort. Er wurde nicht von Fragen gequält, er fühlte nicht den Druck, Antworten finden zu müssen; er hatte die Empfindung, als hätte er durch diese schreckliche Begegnung – mit den Hunden, mit der Angst selbst – tatsächlich Dämonen ausgetrieben. Ich bin vor dem Tod gerettet worden, dachte er – nein, ich habe mich selbst gerettet. Ich habe meine Erlösung gefunden.

Die Kinder wollten sich nach dem Essen nicht hinlegen, sie wollten ein Spiel spielen, aber Frances hatte genug und schickte sie auf ihre Zimmer. Gehorsam trollten sie sich, während sie Kaffee und Zigaretten auf die Terrasse hinaustrug, sich auf die Hollywoodschaukel legte und vor sich hin träumte.

Die Zeit verging. Das Wasser rann unaufhörlich in die Zisterne, eine Eidechse lief über die Brüstung und verschwand in einem Loch darunter. Auf dem oberen Weg lag die hungrige Katze an ihrem warmen sicheren Platz im Gebüsch, und unten im Garten scharrten die Hühner, kratz, kratz, kratz, auf dem kahlen, staubigen Boden. Frances trank ihren Kaffee aus, rauchte ihre Zigarette zu Ende und schwang leise hin und her. *Dora,* schrieb sie, *ich habe Dir noch einen Brief geschrieben, eine andere Art von Brief, aber ich weiß nicht, ob ...* Es war sehr heiß und sehr behaglich hier; gleich darauf war sie eingeschlafen.

Die Zeit verging. Jack hörte, daß Tom Geräusche machte. Er folgte ihm.

»Was machst du hier unten?«

»Nichts.« Tom fuhr zusammen. Er kam rückwärts aus dem begehbaren Schrank, schloß die Tür mit dem Fuß und lehnte sich dagegen.

»Was ist da drin?«

»Gar nichts.«

»Warum stehst du dann so davor? Warum machst du die Tür nicht auf?«

Er gab keine Antwort.

»Da muß doch etwas drin sein.«

Tom scharrte mit dem Fuß auf dem Boden und hinterließ eine Spur im Staub. »Das ist privat.«

»Privat? Wieso privat? Das ist doch nicht dein Haus.«

»Deines auch nicht«, murmelte Tom.

»Was? Was hast du gesagt?«

»Nichts.« Es war stickig hier unten, nicht heiß, aber stickig, man kam sich eingeschlossen, weggesperrt vor. Er wurde nicht gern so in die Enge getrieben – das war sein Reich, sein heimliches Reich, woher wußte Jack überhaupt, daß er hier war? Als er ihn zuletzt gesehen hatte, hatte er wie alle anderen geschlafen.

»Mach die Tür auf.«

»Nein.«

»Los – du traust dich nur nicht.«

»Doch.«

»Feigling.«

Tom gab keine Antwort.

»Du machst ins Bett«, sagte Jack. »Du gibst komische Geräusche von dir.«

»Na und?«

»Du spielst an dir herum.«

Er spürte, wie ihm ein Rinnsal aus Schweiß den Nacken herunterlief, wie ein dünnes, kaltes Tier. »Halt den Mund.«

»Du läufst im Schlaf herum.«

»Was?«

»Warum fragst du dauernd ›Was?‹ Wußtest du das nicht? Du läufst im Schlaf herum, deshalb hast du auch dieses Ding umgeworfen.« Er wies mit dem Kopf auf die Gestalt in der Ecke; sie beobachtete sie wütend: Auf wessen Seite stand sie? Tom hörte sich schneller atmen, als geriete er in Panik, als könnte er sich nicht beherrschen.

»Du bist *seltsam*«, sagte Jack, und beim Klang dieses Wortes – es klang, als drehte sich ein Messer in einen Gegenstand und öffnete etwas – sprang der Deckel in seinem Kopf auf und schlug so fest wieder zu, daß er spürte, wie ihm schwindlig wurde, und er streckte die Hand aus und griff ins Leere. Er war nicht mehr da. Doch, er war wieder da. Er fiel auf den Boden.

»Was ist denn jetzt los?«

Er konnte nicht antworten.

»Was machst du da unten?«

»Nichts.« Er spürte, daß er gleich in die Hosen machen

würde, nein, bitte, nur das nicht. Er rappelte sich auf und lief auf die Treppe zu, ließ die Schranktür offen stehen, sollte Jack doch hineingehen, sollte er sein geheimes Haus entdecken und die Leute, die langsam verhungerten.

Die Zeit verging. Jessica ging hinaus auf die Terrasse.

»Wo sind die Jungs?«

»Oben, nehme ich an. Ich hab' nichts von ihnen gehört.« Immer noch schläfrig, lächelte Frances sie an, im Bemühen, den wenig gelungenen Vormittag wiedergutzumachen. »Gut geschlafen?«

»Ja, danke.« Jessica nahm sich einen Stuhl und setzte sich an den runden weißen Tisch, das Kinn in die Hand gestützt, die Haare zerzaust. Es war nicht mehr so heiß, aber sie hatte Durst. »Wie spät ist es?«

Frances sah auf die Uhr. »Kurz nach halb vier«, – und während sie das sagte, schlug die Kirchturmuhr sechsmal, und sie mußten beide lächeln. »Deine Eltern müssen jede Minute zurück sein, denke ich.«

»Mmm.« Jessica erhob sich wieder. »Ich schau mal, ob sie kommen.« Sie ging auf die geöffnete Tür zu, blieb auf der Schwelle stehen und fragte zuvorkommend, wie Oliver es sicher gern gesehen hätte: »Kann ich Ihnen irgend etwas holen?«

Frances schüttelte den Kopf. »Das ist nett. Aber ich brauche nichts, danke. Ich warte auf die Jungen.«

»Okay.« Sie ging ins Haus, um in der Küche etwas zu trinken, hörte die Wasserspülung der Toilette im Badezimmer und dann Tom, der mit seiner Zunge schmatzende Geräusche machte. Tschuk. Er kam heraus und hätte sie beinahe gerempelt.

»Wo ist Mum, Frances, meine ich?«

»Auf der Hollywoodschaukel.«

Mit der Zunge schnalzend, ging er davon. Mein Gott, er war wirklich seltsam, kein Wunder, daß Oliver sich über ihn aufregte. Oliver konnte jeden Moment zurück sein, sie hielt es kaum noch aus, länger zu warten, vielleicht sollte sie sich das Haar bürsten und eine Halskette oder sonst etwas anlegen – nein, sie ließ es, es war auch so gut. Sie eilte durch die Küche und zog an der klemmenden Tür; als sie sich öffnete, sah sie, wie die räudige, halbverhungerte Katze davonsprang und gleich darauf wieder angekrochen kam und maunzte. »Verschwinde«, sagte Jessica. »Schschsch!« Sie ging, zwei Stufen auf einmal nehmend, die Treppe zu dem Eisentor hinauf und blieb stehen, um aus dem Wasserhahn neben der grüngekachelten Zisterne zu trinken. Dunkle Efeuranken hingen von der Mauer herab, das Geräusch des strömenden Wassers darunter war schön, romantisch. Vielleicht könnten sie sich heute abend in der Dämmerung hierhin setzen. Sie würde zuhören, wenn er von seiner Wanderung erzählte, als stimmungsvoller Hintergrund würde unaufhörlich das Wasser fließen, und dann würde sie ihm alles sagen.

»Mir ist nicht gut«, sagte Tom auf der Terrasse.

Frances runzelte die Stirn. »Meinst du, du hast Fieber? Tut es dir irgendwo weh?«

»Ich weiß nicht. Mir ist nur irgendwie komisch.«

Sie schwang die Beine von der Schaukel. »Laß dich mal ansehen.«

Er kam und stellte sich vor sie, und sie fühlte ihm die Stirn. Sie war kühl, vielleicht ein wenig feucht, aber nicht besorgniserregend. Er sah ein wenig müde aus, aber das tat er oft.

»Du wirst es überleben«, sagte sie. »Vermutlich ist es die Hitze. Wo ist Jack?«

»Unten im – ich weiß nicht. Ich weiß nicht, wo er ist.«

»Na ja, irgendwo wird er schon sein. Und Claire und Robert kommen sicher gleich zurück – willst du mir helfen, den Tee zuzubereiten?«

Er nickte und folgte ihr ins Haus. Oliver wird auch bald zurück sein, dachte Frances, während sie in der Küche den Kessel füllte und das Gas ansteckte. Sie blies das Streichholz aus und sah einen Moment zu, wie Tom Kekse auf einen geblümten Teller legte, vorsichtig, einen nach dem anderen. Er versuchte es, gab sich Mühe, aber sie wußte, daß das Paket jederzeit auf den Boden fallen konnte, und er, wenn er sich bückte, um es aufzuheben, wahrscheinlich drauftreten und alle Kekse zertrampeln würde. Sie mußte daran denken, wie sie selbst gestern morgen die Streichhölzer hatte fallenlassen und auf dem Boden herumgekrochen war, um sie aufzuheben, während sich Olivers Zorn gegen sie entladen hatte. Nicht noch einmal. Bitte, nicht noch einmal. Vielleicht hatte die Wanderung ihm gutgetan, vielleicht konnten sie den Schleier des Vergessens über alles breiten.

Jessica zog das Tor auf und trat auf die Straße. Er mußte jeden Moment kommen. Zwanzig Meilen! Sie hörte ein Auto aus dem Dorf heraufkommen. Oh, Gott, das waren wahrscheinlich ihre Eltern. Sie wünschte, Oliver wäre vor ihnen zurückgekommen, vor dem ganzen Trubel. Sie waren es. Das lange blaue Auto bog um die Kurve und kam hupend auf sie zu. Na ja, das war schließlich auch ganz nett, und vielleicht hatten sie ihr ja etwas mitgebracht. Sie hob die Hand und winkte, und dann kam Jack die Treppe heraufgerannt und brüllte: »Sind sie es? Ja?«

»Nur keine Aufregung.«

»Sie *sind* es!« Er stürzte durch das Tor und schrie: »Mummy!« Das Auto fuhr knirschend über die losen Steine auf der

Straße und hielt, er rannte zur Beifahrertür und warf sich in Claires Arme. »Mummy!«

»Schon gut, schon gut. Hast du den ganzen Tag hier gewartet?« Sie umarmte ihn und nahm ihn auf den Schoß. »Hast du mich vermißt?«

»Ob ich dich *vermißt* habe?« Er bedeckte sie mit Küssen.

»Ich gehe davon aus, daß mich keiner vermißt hat«, sagte Robert trocken und stellte den Motor ab. Er sah Jess durch das geöffnete Fenster an, als sie langsam auf sie zukam.

»Hi, Dad.«

»Hi. War der Tag schön?«

»Ja, danke.«

»Es war schrecklich«, sagte Jack. »Es war *schrecklich.*«

»Weshalb? Was ist passiert?«

»Ach, wir waren am Fluß und kamen spät zurück, und es war glühend heiß, und ich habe dich *vermißt* –«

Claire strich ihm übers Haar. »So, das langt, laß mich aussteigen, Jack. Wo sind die anderen?«

»Oliver ist noch nicht zurück«, sagte Jessica beiläufig. »Ich habe eigentlich gerade nach ihm Ausschau gehalten.«

»Ach, tatsächlich?« Robert kletterte aus dem Auto und ging nach hinten zum Kofferraum, um die Einkäufe auszuladen.

»Ja. Ich gehe mal bis zu dem Weg da vorn, ja?« Schon war sie davon und ging, die Hände in den Taschen, die Straße hinab. »Frances und Tom sind auf der Terrasse«, rief sie über die Schulter, als wäre das von Bedeutung, als wäre sie, nachdem sie ihnen das mitgeteilt hatte, für den Rest des Tages von der Unterhaltung befreit, und damit beschleunigte sie ihre Schritte, und es war eindeutig zu spät für den Hinweis, daß sie vielleicht beim Auspacken helfen oder sich sonst irgendwie mit ihren Eltern befassen könnte. Aber Oliver entgegenzugehen, war natürlich … Robert seufzte und zog den Karton mit den Dosen zu sich heran.

Während er ihn zum Haus trug, überfiel ihn plötzlich die Frage, ob Jessica in Oliver wirklich nur einen besseren oder sympathischeren Vater sah? Und was sah Oliver in ihr?

»Claire«, sagte er in fragendem Ton, als sie hinter ihm mit einer Kiste Obst und Gemüse die Küche betrat. »Glaubst du –«

Aber Jack war ihr gefolgt, und dann kam Frances herein, um sie zu begrüßen und zu verkünden, der Tee sei fertig, und dann erschien Tom und erzählte, er habe dabei geholfen, und wo die Katze sei. Und irgendwie war der geeignete Moment vorüber.

Jessica lief eilig die Straße hinunter – schnell, bevor man sie aufhalten konnte und ihr eine Menge lästiger Fragen stellen würde und sie nett und freundlich sein mußte. Sie würde ihn als erste sehen, sie würde ihn beiläufig begrüßen, ganz normal, als ob sie ganz zufällig vorbeiginge, und sie würden zusammen zum Haus zurückkehren, sich zu den anderen setzen, aber ein wenig abseits, um deutlich zu machen, daß sie anders waren, nicht unbedingt besser, einfach anders eben. Sie ging in Gedanken noch einmal alles durch. Sie würde am Beginn des Weges warten, ihn beiläufig grüßen …

Hallo, Oliver. Hatten Sie eine schöne Wanderung?

Sehr schön, danke. Nett, dich zu sehen.

Ach, er hatte eine so wunderschöne Stimme. Was würden sie dann sagen? Sie begann zu überlegen – bisher hatte sie sich keine Gedanken darüber gemacht, worüber sie reden sollten, sie hatten einfach geredet, es war ganz einfach, das war ja das Schöne. Doch seit er so seltsam und komisch geworden war, nach dieser schrecklichen Nacht, an die sie nicht mehr denken wollte, war alles so schwierig und kompliziert, und sie hatte immer Angst, etwas Falsches zu sagen und alles noch schlimmer zu machen.

Hallo, Oliver. Hatten Sie eine schöne Wanderung? Damit machte sie bestimmt nichts falsch. Bestimmt war es richtig, ihm ein Stück entgegenzugehen. Oder? *Hallo, Oliver ...*

»Hallo, Jessica.«

Sie zuckte zusammen und wurde knallrot. Da war er! Sie war, den Blick auf den Boden gerichtet, die Straße entlanggelaufen, hatte wahrscheinlich vor sich hingemurmelt – mein Gott, wie albern –, während er auf sie zugekommen war und gesehen hatte, wie lächerlich sie sich benommen hatte.

»Hallo.« Sie hob zaghaft den Kopf, während ihr Herz wie wild klopfte. Er sah erschöpft aus, vollkommen erschöpft, erhitzt und verschwitzt und viel, viel älter, als sie in Erinnerung hatte, aber es war immer noch wunderbar, ihn wiederzusehen, ihn wieder hierzuhaben, als käme damit alles ins Lot.

»Was machst du hier?« fragte er sie lächelnd.

»Ich – ich wollte nach Ihnen Ausschau halten.« Nun, das hatte sie schließlich, oder? Warum sollte sie es dann nicht sagen? Warum nicht alles sagen, warum nicht, wenn sie sich am liebsten in seine Arme geworfen hätte, so wie Jack bei Claire, nur anders.

»Wirklich?« fragte er, und sie gingen gemeinsam den Berg hinunter. »Das ist nett.«

»Hatten Sie eine schöne Wanderung?« fragte sie ihn, genau so, wie sie es sich vorgenommen hatte.

»Sehr schön, danke. Aber was meinst du, was passiert ist?«

»Was denn?«

»Ich bin einem Rudel Wölfe begegnet.«

»*Wölfe?*«

»Na ja, sie waren so ähnlich wie Wölfe.« Er erzählte ihr davon; er ging langsam, weil er so erschöpft war, und sie verlangsamte ihren Schritt, um sich ihm anzupassen, und hörte ihm vollkommen sprachlos zu. »So«, sagte er abschließend. »Das war mein Tag. Wie war deiner? Hast du auch Wölfe gesehen?«

»Nein.« Sie hatten das Tor erreicht, das von den anderen offengelassen worden war, als sie die Einkäufe hereingebracht hatten. Die Küchentür am Fuß der Treppe stand ebenfalls offen, und alle taten irgend etwas und redeten miteinander; dies war vielleicht die letzte Gelegenheit am heutigen Tag, mit ihm allein zu sein. Ohne ihn anzusehen, sagte sie: »Ich bin froh, daß Ihnen nichts passiert ist.«

»Danke. Ich auch.« Er machte ein Zeichen, daß sie zuerst durch das Tor gehen sollte, aber sie rührte sich nicht. Sie wollte sagen: »Ich würde sterben, wenn Ihnen etwas zustieße«, aber sie tat es nicht, sie konnte nicht, sondern blieb einfach stehen.

»Geh weiter«, sagte er freundlich, legte ihr die Hand auf die Schulter und schob sie durch das Tor und die ersten Stufen hinunter, auf den oberen Weg zu. »Ich gehe direkt durch zum Schwimmbecken. Sagst du den anderen Bescheid? Ich bin gleich da.«

»Gut«, sagte sie und sah ihn zwischen den herabhängenden Ranken verschwinden, groß und erschöpft und wundervoll, und sie schloß die Augen und stellte ihn sich ganz allein in diesem fernen Wald vor, wie er wilde Hunde besiegte, Steine schleuderte, ein Held. Und ihr hatte er alles zuerst erzählt.

»Jessica? Jess?« Claire stand in der Küchentür und rief; sie öffnete die Augen. »Trinkst du mit uns Tee?«

Sie nickte stumm; sie wollte mit niemandem sprechen, sie wollte nur an ihn denken, an seine Stimme, als er ihr alles erzählt hatte. *Ihr.*

»Ist Oliver zurück?« fragte Claire, als sie das Ende der Treppe erreicht hatte, und sie nickte erneut.

»Hast du deine Stimme verloren?« fragte Robert ironisch, aber sie gab keine Antwort, einfach, weil es nicht der Mühe wert war zu antworten. Was hatte es schon zu bedeuten, was war überhaupt von Bedeutung? Das einzige, was zählte, war, daß er unversehrt war, daß er zurück war und sie wieder beieinander waren.

Sie schwieg die ganze Zeit über, während sie Tee tranken, und wartete darauf, daß er vom Swimmingpool herunterkam und sich zu ihnen setzte; sie behielt ihre Gefühle für sich, verschloß sie tief in ihrem Innern, niemand würde erfahren, daß sie existierten, sie wartete auf das ganz besondere Lächeln, das er ihr vorbehalten hatte. Und dann hörte sie seine Schritte.

»Hallo«, sagte Robert, als Oliver endlich, frisch umgezogen, auf der Terrasse erschien. »Wie war es?«

»Schön«, sagte Oliver. »Sehr lang und sehr schön.« Er schenkte ihr kein besonderes Lächeln, aber das machte nichts; sie wußte ja, daß das jetzt nicht ging. Sie sah, wie er zu Frances hinüberging und ihr die Hand auf die Schulter legte, so ähnlich wie bei ihr, aber es war natürlich nicht dasselbe; sie sah, wie sie einander anlächelten, wie er zu Tom ging und ihn begrüßte und daß Tom wieder auf seine merkwürdige Art in die Luft starrte; Oliver runzelte leicht die Stirn, dann ließ er sich auf einen Stuhl fallen, und Claire reichte ihm einen großen Becher Tee, und er trank, ohne aufzuhören.

»So«, sagte Frances, »jetzt erzähl uns alles.«

Und er berichtete ausführlich, erzählte langweiliges Zeug von Solarzellen und Landwirtschaft und sagte dann beiläufig: »Ich habe es Jessica schon erzählt – ich hatte am Ende eine Art Abenteuer zu bestehen.«

Sie lauschte ein zweites Mal seinem Bericht, sie merkte, daß alle von seinem Mut beeindruckt waren, nicht, daß er etwa prahlte, er schilderte einfach alles, wie es gewesen war. Es war ein bißchen komisch, daß er es auch allen anderen erzählte, aber er hatte ihnen ja auch deutlich zu verstehen gegeben: Ihr hatte er es zuerst erzählt, es war etwas Besonderes an ihr.

Und dieses Gefühl bewahrte sie sich den ganzen Abend über, während sie ihrer Mutter bei der Zubereitung des Abendessens half, obwohl sie nicht sicher war, daß er dies auch bemerkt hatte, und während des gemeinsamen Abendessens, wo er sie einmal angesehen und mit einem wunderschönen müden Lächeln bedacht hatte. Zwanzig Meilen! Er ging früh zu Bett, deshalb ergab sich natürlich keine Gelegenheit, eine Partie Schach vorzuschlagen, damit sie allein sein konnten, aber vielleicht morgen. Morgen war Mittwoch – noch drei Tage Ferien. Zweiundsiebzig Stunden, bevor sie voneinander Abschied nehmen mußten. Sie schaute auf ihre Uhr. Das waren viertausenddreihundertzweiundzwanzig Minuten. Einundzwanzig. Sie würde es ihm sagen, und dann würde er es ihr endlich sagen. Sie ging ohne Murren ins Bett und merkte kaum, daß ihre Mutter hereinkam, um ihr gute Nacht zu sagen und das Licht auszumachen. Sie lag einfach da, dachte immer wieder an alles und machte Pläne.

»Dora«, sagt Frances, »ich habe dir einen Brief geschrieben …«

»Ja.« Dora steht vor ihrem Schreibtisch und befaßt sich mit einem Stapel Transparente in Plastikhüllen. Sie wendet sich ab, hält eines nach dem anderen gegen das Licht, sieht die Blätter prüfend an, sucht nach etwas. Frances kann von ihrem Schreibtisch aus nicht erkennen, was sie betrachtet, nur Doras Rücken, kerzengerade und schön, während sie an dem Fenster mit dem Blick auf die Straße steht. Sie trägt ihre marineblaue Jacke und einen schmalen dunklen Rock; sie wirkt wie von Dornen umgeben.

»Dora ...«, sagt Frances wieder. Es ist sonst niemand im Büro, doch unten hört man eine Tür schlagen und Schritte auf der Treppe. Sie muß sich beeilen. »Hast du ihn bekommen?« fragt sie und bemüht sich, unbefangen zu klingen, als wäre es irgendein Brief und dies ein beliebiger Tag.

Das Telefon auf Doras Schreibtisch klingelt; sie schickt sich an, den Hörer abzunehmen. »Bitte«, sagt Frances, »laß es klingeln.« Aber Dora läßt es nicht klingeln, und Frances wartet, nimmt eine Zigarette aus der Packung. Sie hat ihr Feuerzeug verloren und benutzt eine Streichholzschachtel; sie öffnet sie falsch herum, und alle Streichhölzer fallen auf den Boden. Sie bückt sich, um sie aufzuheben, sucht sie hektisch zusammen, als wäre das von großer Bedeutung; als Dora den Hörer auflegt und Frances sie ansprechen kann, kniet sie wie eine Bittstellerin vor ihr, versucht sich zu erheben, aber ihre Beine und Füße sind schwer wie Blei, so daß sie sich nicht von der Stelle rühren kann.

»Hast du ihn bekommen?« fragt sie erneut und blickt auf. Dora steht jetzt mit dem Rücken zum Licht, so daß Frances ihr Gesicht und den Ausdruck darin nicht richtig erkennen kann.

»Ja«, sagt Dora, »ich habe ihn bekommen«, und dann werden die Türen aufgestoßen, und der Raum füllt sich mit Leuten, Leuten, die sie beide kennen, die zu einer Party gekommen sind: Derek, Kate und Elaine, Jocelyn und seine Frau und verschiedene Autoren und Vertreter und Robert, der zu Frances herüberkommt.

»Was machen Sie da unten?« fragt er und bückt sich, um die heruntergefallenen Streichhölzer aufzuheben.

»Nichts«, sagt Frances. »Lassen Sie mich in Ruhe.«

Irgendwie rappelt sie sich auf. Sie bahnt sich durch die

Menge einen Weg zu Dora, die sie nicht ansieht, die alle ansieht außer ihr.

»Dora«, sagt Frances, »Dora, bitte. Ich möchte nur mit dir reden – über uns, über unsere Freundschaft. Irgend etwas ist zwischen uns geschehen …«

Da wendet Dora sich um und sieht sie an, und auf ihrem Gesicht liest Frances alles, wovor sie sich immer gefürchtet hat: Verlegenheit, Beunruhigung, Ablehnung.

»Oh nein, Frances«, sagt sie behutsam und sieht plötzlich sehr müde aus. »Mit dir ist etwas geschehen.«

»Nun – ja«, sagt Frances. »Ja, das stimmt natürlich, du hast recht, natürlich, ich wollte nicht sagen … Aber wenn auch. Bitte. Aber Dora, bitte …«

Aber Dora hat sich wieder abgewendet; sie will ihrem Blick nicht begegnen. Frances geht langsam zurück an ihren Schreibtisch; sie setzt sich und starrt ihre Papierstapel an, hört die Leute lebhaft und angeregt miteinander reden. Jedesmal, wenn sie aufblickt, sieht sie Dora im Gespräch mit jemand anderem: Sie hört interessiert zu, erzählt selbst viel; sie sieht jeden an, nur Frances nicht; ihre Augen sind überall, sie nimmt jeden wahr, doch Frances ist irgendwie unsichtbar geworden.

Die Leute zerstreuen sich, einer nach dem anderen geht durch die Tür des Büros hinaus; Frances sitzt reglos da und sieht sie verschwinden, sie wartet auf den Moment, wenn alle gegangen sind und sie es noch einmal versuchen kann. Aber Dora geht hinaus, mit einer anderen Frau ins Gespräch vertieft; sie wirft nicht einmal einen flüchtigen Blick in Frances' Ecke, und langsam nimmt Frances die Blätter von ihrem Schreibtisch und reißt sie in Fetzen.

Tränenüberströmt wachte sie in der Dunkelheit auf. Oliver neben ihr schlief fest, zur anderen Seite gekehrt, er lag an der

Wand, die langen, müden Glieder unter der Bettdecke ausgestreckt. Im Zimmer war es still, genau wie im Haus; durch die Ritzen der Fensterläden drang ein dünner Streifen bläulichen Lichts von den Straßenlaternen im Dorf. Ich muß wieder einschlafen, dachte Frances, als die Kirchturmuhr eins schlug, und etwas anderes träumen. Ich muß wieder einschlafen und diesen Traum vergessen, denn es ist schließlich nur ein Traum, der nie Wirklichkeit werden wird.

Sie drehte sich um, wischte sich die Augen, zog das Kopfkissen zu sich heran, nahm es in die Arme und betrachtete die schmalen Lichtstreifen, die durch die Läden des anderen, kleineren Fensters einfielen, das auf den Garten hinausging. Sie versuchte, Dora zu finden, die Dora, die sie kannte – die jedoch Frances natürlich nicht kannte oder die Wahrheit über sie und ihre Gefühle. Ich habe sie getäuscht, dachte Frances; ich habe sie insgeheim während unserer ganzen Freundschaft belogen, und wenn sie so reagieren würde, bekäme ich nur meine gerechte Strafe. Aber ich könnte es nicht ertragen.

Sie grub die Finger ins Kissen; sie schloß die Augen und versuchte tief und gleichmäßig zu atmen, um wieder einzuschlafen und Dora mit sich zu nehmen. Aber es erwartete sie eine unnahbare Dora, und Frances, erneut den Tränen nahe, gab es auf; sie schlug die Bettdecke zurück, schlich aus dem Zimmer und schloß hinter sich die Tür.

Der Korridor wurde vom Mondschein erhellt, der durch das Fenster auf dem Treppenabsatz hereinfiel. Silberne Vierecke, durchsetzt vom Schattenspiel der Pfirsichbaumblätter, leuchteten auf dem verblaßten grünen Teppich, Folge der strahlenden Sonne, die nachmittags hier hereinschien, wenn sie sich alle oben zur Ruhe begaben. Barfüßig ging sie über die knarrenden Dielen auf die leuchtenden Vierecke und die dahinter liegende Holztreppe zu. Sie ging ins Wohnzimmer, so geräumig, so weitläufig, und zum Schreibtisch in der Ecke; dort kniete sie nieder, zog leise die unterste Schublade auf und tastete nach ihrer Schreibmappe. Sie holte sie hervor, zog den Reißverschluß auf und nahm den Brief heraus; sie zog den Reißverschluß wieder zu, legte die Mappe an ihren Platz zurück und schloß die Schublade lautlos. Dann erhob sie sich langsam und überlegte, was sie tun sollte.

Sie könnte den Brief zerreißen, aber was sollte sie mit den Schnipseln anfangen? Ein einziger Schnipsel konnte sie verraten.

Was dann? Sie könnte ihn mit in die nach Gas riechende Küche nehmen und auf dem kleinen, undichten Herd verbrennen. Oder sie könnte einen Schritt weiter gehen. *Ich werde nachts, wenn alle schlafen, wieder hinuntergehen und alle Ritzen verstopfen ...* Das war, als Oliver getobt hatte. Jetzt tobte er nicht. Von allem anderen einmal abgesehen.

Außerdem war es noch nicht so weit, noch nicht, dachte Frances, während sie im Zimmer auf und ab schritt. Erst wenn Dora – falls Dora – je so sein sollte wie heute nacht in meinem Traum. Aber das wird sie nie, denn ich werde diesen Brief vernichten und nie wieder einen schreiben.

Auf dem Tisch in der Mitte des Raumes, wo sie alle ihre Bücher und Sonnenbrillen ablegten, lagen ihre Zigaretten und das Feuerzeug. Sie nahm das Feuerzeug und öffnete die Terrassentür.

Es war kalt, und der Himmel voller Sterne. Ein leichter Wind regte sich in den Blättern der Obstbäume und raschelte in den Weinranken am anderen Ende des Gartens. Der Mond stand hoch über dem gegenüberliegenden Gebirge, das Oliver durchwandert hatte; wo Wölfe oder zumindest wolfsähnliche Tiere zwischen den Pinien umherschlichen.

Frances fröstelte, umklammerte ihren Brief und ihr Feuerzeug. Der Mond stieg höher und verschwand hinter Wolken.

Sie stand ängstlich in der Dunkelheit, und dann schoß plötzlich jenseits der Berge ein heller Lichtstrahl an dem sternenübersäten Himmel entlang und ging auf die Erde nieder. Es geschah so schnell, so lautlos, daß sie fast bezweifelte, ihn wirklich gesehen zu haben, doch sie wußte, daß es so war: eine Sternschnuppe, ein sekundenschnell aufflammender Bogen, ein Stern, der alle anderen in den Schatten stellte, selten und schön, und im Nu war er verschwunden.

Dora, sagte Frances, den Himmel nach einer weiteren Sternschnuppe absuchend, obwohl sie wußte, daß es sehr unwahrscheinlich war, nochmals eine auftauchen zu sehen, ich habe dich wirklich angebetet, das weißt du. Ich habe dich quer durch den Raum angesehen, und alles andere verschwand.

Dann knipste sie das Feuerzeug an und begann, ihren Brief in der gleichmäßig brennenden Flamme zu verbrennen; sie fing bei einer Ecke des Umschlags an und beobachtete, wie die Ränder sich kräuselten. Bald stand er in hellen Flammen, und sie ließ ihn auf die Fliesen fallen und sah zu, wie die Flamme alles verzehrte, bis nur noch dunkle Papierasche zurückblieb, die der Wind gleich darauf davontrug.

Der Mond kam wieder hinter den Wolken hervor und verschwand erneut, und Frances blieb stehen, ohne sich zu rühren. Voller Abneigung betrachtete sie sich selbst: eine Frau, die, ohne daß jemand davon wußte, nachts allein in der Dunkelheit stand und einen Brief verbrannte, den sie besser nie geschrieben hätte, entfremdet von ihrem Mann, den Tod erwägend, und sie dachte: Du bist nah am Rand.

Sie sah sich, wie Dora, die sie nur als zurückhaltend, aber kompetent und gelassen kannte, sie jetzt sehen würde, und sie wußte, daß sie schockiert und erschüttert wäre, daß es undenkbar war, auch nur eine Spur des Menschen zu enthüllen, der sie heute nacht war; und dies zu wissen, war, als stünde sie auf der einen Seite einer unüberwindlichen Wasserscheide: auf der einen Seite ihre Träume und Sehnsüchte, auf der anderen die Wirklichkeit.

Sie sah sich nach London zurückkehren, die Treppe zum Büro hinaufsteigen, lächeln, grüßen, lügen; gefangen, zerrissen von Gefühlen, die sie nicht zeigen durfte. Sie hatte den Eindruck, die Küche mit ihrem schwachen, aber durchdringenden Gasgeruch wartete auf sie wie ein Freund, der ihr die Möglichkeit bot zu vergessen, und während sie mit diesen Gedanken auf der Terrasse stand, schien sich ihr ganzes Leben hinter ihr zusammenzuballen und ihr einen Schlag zu versetzen: Dieses Ende hatte sie immer schon erwartet, es war nur eine Frage der Zeit gewesen.

Also dann. Dann tu es.

Der Mond erschien wieder; der leise Wind ließ das Weinlaub am anderen Ende des Gartens rascheln. Dann hörte sie hinter sich noch ein Geräusch, und Frances wurde klar, daß sie ganz und gar nicht allein war, daß jemand ihr vielleicht die ganze Zeit gefolgt war, sie die ganze Zeit beobachtet hatte, und am ganzen Körper von einer Gänsehaut überlaufen drehte sie sich um und sah Tom, die Augen wie glänzende starre Steine, über die mondhellen Fliesen auf sich zukommen.

»Oh, Allmächtiger, verdammt.« Sie fluchte nie, doch jetzt tat sie es, halb außer sich vor Angst. Tom kam näher, mit langsamen Schritten tastete er sich voran; sie kauerte sich nieder, so daß sie auf einer Höhe mit ihm war, und streckte die Arme aus. Nein, Vorsicht, nein, nicht wecken, kühlen Kopf bewahren, ihn an sich zu ziehen, könnte ihn aufwecken wie beim letzten Mal und ihn zu Tode erschrecken. Sie war selbst zu Tode erschrocken, obwohl sie es nicht zum erstenmal sah; in London, in der Wohnung, war es etwas anderes, alles ringsum war vertraut, sie konnte Oliver rufen, am nächsten

Morgen würde sie wie immer zur Arbeit gehen. Und wie immer würde Dora da sein. Nein.

Er kam näher; vorsichtig legte sie ihm die Hände auf die Schultern, um ihn aufzuhalten, und er blieb stehen.

So blieben sie, und es schien, als würden sie für immer und ewig so verharren: Sie betrachtete forschend sein breites, bleiches Gesicht, während er hinter diesen starren, glänzenden Augen meilenweit entfernt und völlig abwesend war.

Es war kalt. Jetzt war es richtig kalt. Bruchstücke eines Gesprächs, das an einem kalten Abend hier draußen stattgefunden hatte, drangen wie ferne Stimmen zu ihr:

»... aber ich glaube an die Sünde ... Wenn man das Leben anderer Leute zerstört, nehme ich an ... Liebst du mich ... liebe ich dich ...«

Dora, sagte Frances, denn sie spürte, daß sie des Trostes, menschlicher Wärme bedurfte, habe ich den Bereich der Sünde betreten? Glaubst du an so etwas?

Langsam richtete sie sich auf, mit zitternden Knien, und langsam drehte sie Tom um und nahm seine Hand. Sie führte ihn zurück über die Terrasse und vorsichtig über die Schwelle; Hand in Hand überquerten sie die riesige Fläche des Wohnzimmerbodens, gingen an Jessicas Zimmer vorbei und die Treppe hinauf bis zu der Stelle, wo das Mondlicht in leuchtenden silbernen Vierecken auf den Treppenabsatz fiel. Hand in Hand gingen sie über den Läufer, die knarrenden Korridordielen entlang und in das Zimmer, in dem Jack lag und schlief.

Sie hob Tom hoch, so schwer und reglos – wie war es nur möglich, daß er bei diesem langen Weg nicht aufgewacht war? –, und legte ihn auf das Bett, zog die Bettdecke über ihn und stopfte sie fest. Dann sank sie zitternd neben dem Bett auf den Boden und lehnte sich dagegen, den Kopf zwischen den Knien.

Nach einer Weile erhob sie sich, völlig durchgefroren, nie

im Leben war ihr bisher so kalt gewesen, und ging noch einmal hinunter, um die Terrassentüren zu schließen. Sie trat in die Küche und erhitzte auf einem flackernden blauen Gasring ein wenig Milch; sie dachte nicht mehr an den Tod, sie dachte an nichts mehr, nur noch daran, sich aufzuwärmen. Sie stieg mit ihrer Milch die Treppe hinauf, sie stieg neben Oliver ins Bett und trank sie aus, dann drängte sie sich dicht an ihn, umschlang ihn und preßte das Gesicht in seinen Nacken.

»Mir ist kalt«, flüsterte sie. »Halt mich fest, halt mich fest.«

Doch Oliver war zwanzig Meilen gelaufen und hörte sie nicht.

Irgendwann schlug die Kirchturmuhr viermal. Frances dachte: Ich habe alles endgültig hinter mich gebracht. Morgen werde ich anders sein; alles wird anders sein.

8 Jessica sass in der Hollywoodschaukel und enthülste Erbsen. Die Schoten lagen auf einem Stück Zeitungspapier neben ihr, einige grün und frisch, einige verschrumpelt, gelb und welk. Claire hatte gesagt, sie solle großzügig sein, es sei das Ende der Saison, und sie habe gestern auf dem Markt nichts Besseres gefunden, sie solle nur die wirklich faulen aussortieren. Sie war großzügig; weshalb auch nicht, was bedeuteten schließlich ein paar Erbsen? Sie hatte das Frühstücksgeschirr abgespült, ihr Haar gebürstet und saß nun hier draußen und machte sich nützlich, nervös und aufgeregt, da sie darauf wartete, daß er herauskam und sich zu ihr setzte.

Im Garten unten orgelten unaufhörlich die Zikaden, und es war angenehm und warm. Sie schwang vor und zurück und drückte mit Finger und Daumen seitlich auf eine der frischen, knackigen Schoten, so daß sie aufplatzte; sie streifte die Erbsen in die weiße Porzellanschüssel auf ihrem Schoß; sie gaben ein sattes kleines Ping von sich, als sie auf dem Boden der Schüssel landeten und herumkugelten. Sie nahm die nächste Schote: aufdrücken, abstreifen, ping, ping, ping. Es machte Spaß.

Schnalzgeräusche näherten sich; Tom blieb stehen und sah ihr zu.

»Darf ich das machen?«

»Nein. Leider nicht.«

»Warum nicht?«

Oh, Gott.

»Warum nicht?« Er kam herüber und stellte sich neben sie, schwer atmend, aufmerksam. »Bitte, darf ich?«

Oh, *Gott.* »Also los.«

Er nahm eine der älteren Schoten und drückte darauf; nichts geschah. »Wie machst du es?«

Sie seufzte und zeigte es ihm; er versuchte es noch einmal.

»Wo ist Jack?«

»Ich weiß nicht«, erwiderte sie, während sie beobachtete, wie er die Schote zwischen den Fingern zermalmte und die Erbsen zerdrückte. »Warum gehst du nicht und suchst ihn?«

Er schüttelte den Kopf.

»Willst du ihn gar nicht finden?«

»Nein.«

»Warum hast du mich dann gefragt, wo er ist?«

Er gab keine Antwort, und sie hörte auf, Erbsen zu enthülsen und sah ihn an. Er hatte dunkle Ringe unter den Augen, als bekäme er nicht genug Schlaf, und schnaufte, als bekäme er eine Erkältung, und selbst während er sich auf die Erbsen zu konzentrieren versuchte, sich bemühte, sie ordentlich zu palen, was ihm nicht gelang, war er unruhig und zappelig.

»Tom?«

Er gab keine Antwort; er hatte diesen komischen Ausdruck von Abwesenheit in den Augen, und plötzlich ließ er die Schote fallen, die er gerade zerdrückt hatte, und stand reglos da.

»Hey«, sagte Jessica. »Du hast sie fallenlassen, heb sie auf.«

Doch Tom hob sie nicht auf, er stand einfach da mit diesem seltsamen grauen Ausdruck im Gesicht, und dann vernahm man Schritte im Wohnzimmer. Er war es, er war es! Sie fuhr zusammen, und die Porzellanschüssel fiel ihr vom Schoß, und die Erbsen lagen überall verstreut auf den Fliesen und rollten umher, und Tom trat sie alle platt und zerdrückte sie mit seinen breiten Sandalen, als er wieder zu sich kam – wo war er gewesen? – und ziellos davonging, die Treppe zum Garten hinunter. So daß Oliver, als er aus der weißen Tür trat, sie nicht, wie sie gehofft hatte, in aller Ruhe und bei einer vernünftigen Beschäftigung vorfand, ihre Nervosität und Aufregung verbergend, sondern sie dabei ertappte, wie sie mit hochrotem Kopf wütend auf den Knien lag und hektisch die Erbsen auflas, während die weiße Porzellanschüssel, die wider Erwarten heil geblieben war, sich wie ein Brummkreisel endlos auf den orangefarbenen Fliesen hin- und herdrehte. Und obwohl er sehr freundlich war, sich bückte, um ihr zu helfen, und die Schüssel wieder ordentlich hinstellte, konnte sie es ihm *jetzt* natürlich auf keinen Fall sagen.

Frances erwachte in einem leeren Zimmer. Die Läden waren noch geschlossen, aber die Fenster standen offen: Es war warm, aber nicht so wie an den Nachmittagen hier oben, drückend und ohne jeden Windhauch. Es war frisch und luftig, und sie lag unter der Decke und lauschte den Geräuschen des beginnenden Tages: Leute riefen sich auf der Dorfstraße etwas zu, das Tor der Dreschhalle wurde schwungvoll geöffnet, Säcke mit Mais wurden über den Hof und die Treppe hinaufgeschleppt, und kurz darauf erklang das rhythmische Schlagen, als die langen trockenen Stengel geklopft wurden.

Ab und zu drangen auch aus dem Haus selbst Geräusche irgendwelcher Aktivitäten zu ihr herauf: Jack, der ins Haus gerannt kam, nach Claire rief und wieder hinauslief; Schritte, die den Wohnzimmerboden überquerten; Wasserhähne, die aufgedreht wurden; Leitungen, die dröhnten; Roberts Stimme, die leicht aufgebracht nach der Luftpumpe fragte.

Sie roch Kaffee; sie schaute auf die Uhr auf dem Nachttisch. Halb zehn.

Halb zehn, und alle waren auf und mit irgend etwas beschäftigt. Ich könnte ewig hier liegenbleiben, dachte sie, doch sie wußte, daß sie das nicht durfte, daß man, wenn man mit anderen Leuten Urlaub machte, seinen Teil dazu beitragen mußte und daß sie in diesem Urlaub, der nun beinahe zu Ende war, viel zu wenig getan hatte. Sie schlug die Bettdecke zurück und setzte sich auf die Bettkante, entsetzt darüber, wie erschöpft sie war: als wäre sie krank gewesen und würde versuchen, zu früh wieder zur Arbeit zu gehen. Und dann, als sie aufstand, dachte sie: Heute wird alles anders. Die Geschehnisse der Nacht, die von den herrlich normalen häuslichen Geräuschen verdrängt worden waren, überfielen sie mit solcher Macht, daß sie zurücksank, die Bettdecke wieder hochzog und das Gesicht ins Kissen preßte.

Auf dem Korridor waren Schritte zu hören, schwerfällig und derb; komische Geräusche, ein Klopfen an der Tür. Sie antwortete nicht; das Gesicht ins Kissen gedrückt, wünschte sie, er ginge wieder. Der Türknauf wurde gedreht und die Tür vorsichtig geöffnet.

»Frances? Mum?«

Nicht jetzt – bitte, nicht jetzt. Nachher komme ich herunter, nachher bin ich so, wie ich sein sollte.

»Mum?«

»Was?«

»Was machst du?«

»Ich ruhe mich aus.«

Schweigen, er trat von einem Bein aufs andere.

»Wann kommst du herunter?«

»Gleich. Ich habe ein bißchen Kopfweh.«

Schwer atmend kam er ein wenig näher.

»Wieso hast du Kopfweh?«

»Tom«, sagte sie und haßte sich selbst dafür, »geh bitte. Bitte. Ich bin bestimmt gleich unten.«

Schweigen. Wieder schnaufte er.

Ich sollte ihn in den Arm nehmen. Ich sollte ihn zu mir ins Bett holen, ihm etwas vorlesen, über den kommenden Tag reden. Oder ich sollte auf sein, mit ihm spielen, mich mit ihm beschäftigen, ihn glücklich machen. Statt dessen kann ich es nicht einmal ertragen, ihm ins Gesicht zu sehen; es ist zuviel. Im Augenblick ist es einfach zuviel.

»Bitte«, sagte sie noch einmal. »Geh.«

Und er schlich davon, sie spürte, daß er schlich, und ließ die Tür sperrangelweit offen.

»Mach die *Tür* zu!« fuhr sie ihn an, und er kam zurück, schloß die Tür und ging langsam davon.

Sie hinterließen eine Nachricht für sie, daß sie zum Mittagessen zurück wären; sie legten den Zettel, mit einem Stein beschwert, auf den Marmortisch und begaben sich alle mit dem Schlauchboot an den Fluß. Claire und Jack gingen Hand in Hand, wobei sie die Arme auf- und abschwangen und über Elefantenwitze lachten; Robert und Tom machten einen Umweg, um nach dem Schwein zu sehen, und Jessica trug zusammen mit Oliver das Schlauchboot; er ging vorn, sie hinten, sie bemühte sich, Schritt zu halten, beobachtete ihn, wünschte sich, er würde stehenbleiben und sagen, er sei noch müde von gestern, ob sie nicht vielleicht rasten und sich unterhalten sollten, nur sie beide.

»Oliver?«

»Mmm?«

»Die Arme tun mir weh.« Das taten sie wirklich.

»Junge, Junge. Das kommt bestimmt vom Erbsenenthülsen.« Er ging langsamer, warf einen Blick über die Schulter und hob eine Augenbraue, und sie lachte.

»Was ist denn so lustig?«

»Sie.«

»Ich bin lustig?«

»Ja.« Es war genau wie vorher, sie waren froh und glücklich miteinander, es war *herrlich*. Und die anderen störten fast gar nicht, Robert und Tom waren weit hinter ihnen und besuchten das stinkende Schwein, Claire und Jack ein Stück voraus, auf dem angenehm weichen Weg unter den Weinranken. Dort. Dort würde sie es ihm sagen. Sie würde warten, bis die beiden im Maisfeld waren, und dann würden sie und Oliver an diesem herrlichen romantischen Ort stehen und ... Und dann würden Robert und Tom sie einholen, sie unterbrechen und alles verderben. Auf dem Fluß. Das war viel besser, niemand konnte sie dort einholen oder sehen, sie wären für alle unerreichbar.

»Komm weiter«, sagte er, drehte sich um und folgte Claire. Das Schlauchboot stieß sie in die Seite, und das Nylonseil scheuerte allmählich in ihrer Hand; sie nahm es einen Moment in die andere und wischte sich den Schweiß an ihren Shorts ab, und er mußte stehenbleiben, bis sie fertig war, und er wartete mit hochgezogenen Augenbrauen und sah so wundervoll aus, daß sie ihm beinahe alles gesagt hätte, fast wäre es ihr herausgerutscht, sie fühlte die Worte schon in sich aufsteigen, aber sie sagte es nicht, nein, sie würde wie ein Erwachsener warten, bis der richtige Augenblick gekommen war.

»Es ist ein drolliges Ding«, sagte Robert und stand auf. Er wischte sich den Schmutz und ein paar Strohhalme von den Knien, die ihm nach einer gewissen Zeit weh taten. »Also dann. Wollen wir weiter?« Es war bereits wieder viel zu heiß, vor allem nach dem gestrigen Tag, den sie im Auto und in der Stadt verbracht hatten, und ihm war etwas schwindlig, weil er zu rasch aufgestanden war. Er wollte zum Fluß, er hatte ihn vermißt, und er konnte ihn nur noch zwei oder drei Tage lang genießen, wobei der größte Teil des dritten Tages zweifellos mit Packen und dem Beladen des Autos draufgehen würde. »Komm, Tom.«

Tom gab keine Antwort, kauerte immer noch auf der Stufe und spähte durch die Öffnung. Robert wollte gerade seine Autorität spielen lassen, als er sah, daß Guida mit einem Korb aus dem Haus kam, um Einkäufe zu machen.

»Bom dia!«

»Bom dia, Guida. Como estás?«

»Bem, obrigado. Eo senhor?«

»Heiß«, sagte er und zeigte, sich die Stirn wischend, zum Himmel. Er ahmte eine welkende Pflanze nach, und sie lachte. Nettes Mädchen, man konnte gut mit ihr reden. Na ja, nicht reden, aber gut auskommen. Und da standen sie im Sonnenschein und kamen gut miteinander aus, während Tom auf der ausgetretenen Steinstufe hin- und herrutschte und dem Schwein Geheimnisse anvertraute.

»Ich habe einen Deckel im Kopf«, sagte er zu ihm in Tiersprache. »Hast du auch einen Deckel?«

Hatten Schweine Deckel? Hatten andere Tiere Deckel? Er wußte nur, daß Menschen welche hatten – das mußte schließlich so sein, sonst hätte er ja keinen, und er war ja ein Mensch. Aber Tiere? Er war sich nicht sicher. Fühlten sie das gleiche wie Menschen? Kamen und gingen diese Gefühle?

Die blasse feuchte Nase bewegte sich die Öffnung entlang, die beiden dunklen Löcher darin öffneten und schlossen sich. All diese Borsten. Ja, es hatte einen Deckel, sagte das Schwein in Tiersprache, in Schweinesprache. Wie sah er aus? Nun, er war groß, breit und rosa, zwar aus Knochen, aber rosa, und wenn er aufklappte, was ganz langsam geschah, sah man im Innern … Puh. Puh. Er wollte nicht weiter darüber nachdenken, Tierdeckel waren noch schlimmer, es wurde einem schlecht davon. Und er stand auf, und allein dabei war ihm schon komisch.

»Tom?«

Er wollte antworten, aber er konnte nicht, noch nicht. Gleich, in einer Minute.

»Tom? Alles in Ordnung?«

Er nickte.

»Du siehst ein bißchen ...« Robert hockte sich vor ihn hin und legte ihm die Hände auf die Schultern. Er sah wieder grau aus unter der Sonnenbräune; er sah ein bißchen elend aus. »Dir wird doch nicht schlecht?« fragte er.

»Nein.« Tom fröstelte leicht. »Ich bin in Ordnung. Es war mir nur komisch, das ist alles.«

»Wahrscheinlich liegt es an der Hitze und daran, daß du zu schnell aufgestanden bist – das habe ich auch manchmal.«

»Wirklich?« Hand in Hand gingen sie die Straße hinab.

»Ja, manchmal. Gerade vorhin erst, als ich aufgestanden bin. Das ganze Blut steigt in den Kopf, und wenn man plötzlich aufsteht, wird einem schwindlig.«

»Ach so.« Ach so. Das war es also. Blut. Blut im Kopf. Er wußte nicht, daß es *das* war. »Ich dachte, es wäre ein –«, setzte er an und brach jäh ab. Jeder mußte einen Deckel haben, aber niemand, den er kannte, hatte je darüber gesprochen, vielleicht tat man das nicht. Oder er verschwand vielleicht, wenn man älter wurde – das wäre schön. Er hoffte, sein Deckel würde verschwinden, er hatte allmählich genug davon, immer fühlte er sich so komisch. Er versuchte sich eine Zeit vorzustellen, in der er viel älter sein und sich an jetzt zurückerinnern und Erleichterung darüber verspüren würde, daß der Deckel verschwunden war. Aber auch dabei wurde ihm schon schwindlig, wenn er abwechselnd voraus- und zurückdachte.

»Woran hast du gedacht?« fragte Robert freundlich, und Tom hätte es ihm beinahe gesagt, da erinnerte er sich wieder, wie Robert und Frances ... Na ja. Er zog seine Hand zurück. Er wußte nicht, was nicht in Ordnung gewesen war, als er sie damals zusammen gesehen hatte, aber es war nicht in Ordnung, und wie hatte er das vergessen können? Er konnte es doch nicht *ausgerechnet ihm* erzählen.

Schließlich ergab es sich so, daß Jack mit ihnen im Boot den Fluß entlang fuhr. Sie war wütend. Wütend.

»Na, komm, Jess«, sagte Claire, als sie sie vom Ufer abstieß. »Guck nicht so mißmutig. Warum sollte Jack nicht mitfahren?«

»Ich bin nicht mißmutig.«

»Mir erscheinst du auch ganz schön mißmutig«, sagte Oliver, und sie zwang sich zu einem Lächeln. »So ist es schon besser. Gut – vielen Dank, Claire.«

Claire beugte sich vor und gab dem Boot einen Schubs, und er stemmte eines der Paddel in den weichen grauen Sand, um sich abzustoßen. Dann glitten sie langsam vom seichten Ufer fort, und Jessica lehnte sich gegen den runden Rand und versuchte, das Geräusch der Ruder im Wasser zu genießen, das silbern herabfiel, wenn er sie hob, und das sanfte Dahingleiten, aber es war anders, als wenn sie mit ihm allein gewesen wäre.

»Rück ein Stück«, sagte sie wütend zu Jack, ihrer Hoffnungen so jäh beraubt. *»Los, rück.«*

»Weiter kann ich nicht, dein dicker fetter Hintern nimmt nämlich schon den meisten Platz weg.«

»Halt den Mund!« Wie konnte er das sagen, wie *konnte* er?

»Kinder, Kinder«, sagte Oliver, und sie errötete, sah zur Seite und starrte interessiert erst die Felsen und dann die gelbe Wiese mit den lose um lange Stangen geschichteten Heuhaufen an, die wie Hexenhauben aussahen; sie versuchte, sich zu distanzieren, sich über Jack und seine schrecklich kindischen Frotzeleien zu erheben.

»Warum stellen sie sie Ihrer Meinung nach so auf?« fragte sie, denn diese Art von Gespräch schien Oliver zu interessieren, wenn er mit den anderen Erwachsenen zusammen war. »Die Heuhaufen.«

»Hocken«, sagte Jack und machte es sich bequem. »Dad hat gesagt, es seien Hocken, nicht Haufen.«

»Ich meinte Hocken.«

»Ich weiß nicht, ob es einen besonderen Grund dafür gibt.« Oliver hielt die Paddel still und blickte über das Wasser. »Wahrscheinlich trocknet das Heu so besonders gut, aber ich denke noch eher, daß es nur eine Tradition ist.«

»Aha.« Es war ihr sowieso ziemlich egal.

Dann ließen sie sich eine Weile treiben und sahen den Fischen zu, die an die Oberfläche kamen.

»Diese Hunde«, sagte Jack, als sie weiterfuhren und langsam an den Bäumen am Ufer vorüberglitten und die Heuwiesen hinter sich ließen, »denen Sie in den Bergen begegnet sind.«

»Ja?«

»Sind Sie ganz sicher, daß das keine Wölfe waren?«

»Ziemlich sicher.«

»Aber woher wußten Sie das? Ich meine, wenn alles so plötzlich ging, wie Sie gesagt haben, und Sie so große Angst hatten, ich meine, es hätten doch wirklich Wölfe sein können, Sie waren doch nicht ganz sicher.«

Worauf wollte er hinaus? Sie wollte nicht, daß er darüber sprach, es war *ihre* Geschichte, *ihr* stand es zu, sich später mit Oliver darüber zu unterhalten. Und außerdem –

»Er hatte keine Angst«, sagte sie.

»Oh doch, die hatte ich«, sagte Oliver ernst. »Ich kann dir

versichern, ich hatte mehr Angst als je zuvor in meinem Leben.«

Sie wußte nicht, was sie dazu sagen sollte. Natürlich wußte sie, daß er Angst gehabt haben mußte, aber er hatte alles so harmlos dargestellt, ein Abenteuer hatte er es genannt, und außerdem – er war so geistesgegenwärtig gewesen, so, ja, so furchtlos, das war das Wort, mit dem man die Helden in den Büchern immer bezeichnete, und so war er ihr auch erschienen. Daß er Angst gehabt hatte – ihn selbst sagen zu hören, daß er Angst gehabt hatte –, verursachte ein merkwürdiges Gefühl.

Sie fuhren um die Biegung; sie drehte sich um, weil sie ein Spritzen hörte, und sah, daß ihre Eltern und Tom ins Wasser gingen und ein Riesentheater machten, weil es so kalt war. Na ja, wenigstens war Tom nicht hier bei ihnen, das war auch schon was. Mein Gott, war er seltsam, wie konnte Oliver nur so ein Kind haben? Wenn sie erwachsen war, würde sie – was würde sie haben? Sie schloß die Augen, lehnte sich wieder zurück, ließ Jack weiterplappern über Wölfe und welch eine Überraschung es gewesen wäre, wenn es *wirklich* Wölfe gewesen wären, ganz haarig und grau, und gestattete sich den Blick in eine Zukunft, aus der Frances und Tom irgendwie verschwunden waren und Oliver auf sie wartete.

»Weiter, Tom, gleich hast du es geschafft, sehr schön.«

Tom schwamm schwerfällig zwischen ihnen, das Wasser durchpflügend, keuchend, den Blick auf die Felsen vor ihm gerichtet.

»Gleich sind wir da, gleich sind wir da … prima!«

Sie waren quer durch den Fluß geschwommen. Die Klippen über ihnen ragten so hoch empor, daß sie die Spitzen nicht sehen konnten; schnaufend erklommen sie die glatten, runden, sonnenwarmen Felsen, die tief im Wasser gründeten.

»Gut gemacht«, sagte Claire noch einmal und wischte sich mit einer Hand das Wasser aus dem Gesicht. »Inzwischen bist du ein richtig guter Schwimmer, was?«

Tom nickte. »Ich glaube schon.« Er versuchte, sich auf die schräge, sonnenwarme Oberfläche des Felsens hochzuziehen, an dem er sich festhielt, und stemmte sich dazu unter Wasser dagegen. Claire beobachtete ihn: Unter Wasser waren diese Felsen mit glitschigen braunen Gräsern und Algen bedeckt, sie waren schlüpfrig und tückisch, und als sie Panik in seinem Gesicht aufflackern sah, weil er bei seinen Versuchen immer wieder abrutschte, legte sie ihm die Hand auf die Schulter.

»Vorsichtig.«

»Ich komme nicht heraus.«

»Doch, doch, keine Angst, wir helfen dir.«

»Da drüben ist ein flacheres Stück«, sagte Robert auf der anderen Seite und wies mit dem Kopf in die angegebene Richtung, und sie bewegten sich darauf zu.

Das Herausklettern war das Heikelste an der Sache: Man konnte ausrutschen, man konnte sich heftig das Knie aufschlagen wie Robert letztes Jahr, als er sich übel das Knie zugerichtet hatte. Und wenn man schließlich draußen war, war es zu heiß, um sich lange dort aufzuhalten: Die Felsen waren ganz und gar der Sonne ausgesetzt, die Pinien, die an dem Abhang hinter ihnen wuchsen, standen zu weit entfernt, um Schatten zu spenden. Man lag da und wurde gebraten, und während dies dem Rest der Familie gefiel, mochte Robert es überhaupt nicht; und Tom, das sah er, würde es auch nicht gefallen, denn die Hitze schien ihm ab und zu ohnehin zuzusetzen. Trotzdem empfand man immer ein Gefühl der Befriedigung, wenn man den Fluß überquert hatte, und das spürte er auch jetzt wieder, vor allem Toms wegen, als sie sich endlich aus dem Wasser hievten, an einen schönen Platz kletterten und sich auf der glatten, grauen Oberfläche niederließen, um sich trocknen zu lassen und über den Fluß zu blicken.

Die anderen waren mit dem Schlauchboot ihren Blicken entschwunden. Später würden vielleicht Teenager und größere Kinder aus dem Dorf zum Baden herkommen; manchmal rumpelte ein vorsintflutlicher Traktor mit Anhänger über den steinigen Weg zwischen der niedrigen Mauer und dem Feld und stieß durch einen rostigen Schornstein blauen Rauch aus, beladen mit heruntergefallenen Ästen oder mit Mais, um ihn in die Trockenhütten zu bringen. Heute morgen waren keine Kinder da, kein Traktor fuhr vorbei, und der Fluß war jetzt, nachdem sie ihm entstiegen waren, wieder glatt und ruhig und strömte langsam und glänzend dahin.

»Ich wünschte, wir würden noch einen Eisvogel sehen«, sagte Tom neben Robert.

»Ich auch. Das war schön damals mit Jack, nicht wahr?« Robert wandte sich zu ihm um. »Ist es jetzt besser hier draußen? Bist du froh, daß du es gewagt hast?«

Er nickte. »Wann kommt Frances?«

»Gleich, nehme ich an. Dann kannst du ihr ja erzählen, wie weit du mittlerweile schwimmen kannst.«

»Mmm.« Er fuhr mit einem kleinen Stein einen Spalt im Felsen entlang, auf und ab, auf und ab, nachdenklich und langsam. Es war eine Bewegung, die Robert eher mit Jack verband, der sich konzentrieren und still sein konnte. Tom, mit seinen Geräuschen und seinen Tieren, seiner Rastlosigkeit, seiner jähen Abwesenheit, war niemals still, obwohl er jetzt etwas frischer aussah, seine Haut wieder etwas Farbe hatte: Das Schwimmen und das Gefühl, es geschafft zu haben, hatten ihm wahrscheinlich gutgetan. Aber wo war Frances?

Robert hielt sich die Hand über die Augen und blickte über den Fluß zu der schräg abfallenden Sandbank auf der anderen

Seite und den gelben Feldern dahinter; er hielt nach einer schlanken blonden Gestalt Ausschau, die langsam auf sie zukam, geistesabwesend, meilenweit von ihnen entfernt. Wo war sie mit ihren Gedanken? Die Maisfelder waren verwaist, und niemand ging an der niedrigen Steinmauer entlang.

»Wann wird sie denn hier sein?«

»Bald.« Doch es war schon elf Uhr gewesen, als er auf der anderen Seite des Flusses seine Uhr abgenommen hatte: Wo war sie? Was tat sie da oben im Haus?

»Wir sehen sie auf jeden Fall beim Mittagessen«, sagte Claire, genüßlich Sonne tankend. »Mach dir keine Sorgen, Tom.« Sie beobachtete die Libellen über den moosbewachsenen Felsen am seichten Uferrand und lauschte dem gleichmäßigen Dröhnen eines Flugzeugs, das hoch über ihnen gen Norden flog.

Nur noch ein paar Tage. Nachdem sie einen Tag nicht hier verbracht hatten, war der Fluß schöner als je zuvor; einen Tag danach wirkte alles ruhiger, die Nacht des Stromausfalls und ihre Schrecken kamen ihr so alptraumhaft vor, daß sie sich kaum noch vorstellen konnte, daß sich das alles wirklich ereignet hatte. All ihre Vorahnungen hatten sich in Luft aufgelöst, so etwas phantasierte man, wenn man in den frühen Morgenstunden wachlag; es war verständlich, wenn man sich in Krisenzeiten derartige Gedanken machte, doch zum Glück schwanden sie dahin wie Nebel über einem See in der Sonne.

»Da kommen sie«, sagte Robert, und sie stützte sich auf und sah sich um. Oliver und die Kinder kamen um die Biegung, er drehte ihnen den Rücken zu, seinen alten Strohhut auf dem Kopf, und ruderte gemächlich, wirkte entspannt; Jack hatte sein Hemd ausgezogen und winkte. Jessica saß so ähnlich wie Robert da, die Arme um die Knie geschlungen, und starrte über das Wasser.

»War es schön?« rief Claire, als sie näherkamen, und Oliver brachte das Schlauchboot dicht unter ihnen zum Halten.

»Sehr schön, danke.« Er ließ die Paddel sinken, und Jack kletterte heraus und über die Felsen auf sie zu. Absichtlich setzte er sich zwischen Claire und Tom und machte sich so breit, daß Tom ein Stück weiterrücken mußte, Jack legte die Arme um ihren Hals und gab ihr einen Kuß.

»Sachte«, sagte Robert, der fast vom Rand abrutschte, als Tom ihn ungeschickt anstieß. »Sachte.« Er stand auf. Allein das war schon unangenehm heiß, er verbrannte sich die Fußsohlen an den Felsen. »Autsch.« Er hob erst einen Fuß, dann den anderen, und Jessica fing an zu lachen, brach jedoch jäh ab.

»Entschuldige, Dad.«

Na ja, es war bestimmt komisch, aber trotzdem. Es wäre schön, wenigstens einmal nicht nur als Witzfigur behandelt zu werden. Herrje, war das heiß; selbst am Fluß wurde es zuviel, sie mußten sich in den Schatten begeben. »Also – wer hat Lust zu rudern?«

»Ich«, sagte Claire.

»Ich«, sagte Jack.

»Tom?«

Sag ja, betete Jessica unten im Schlauchboot, während sie einen Pfefferminzbonbonkäfer aus einer Wasserlache auf dem Boden des Bootes rettete. Sie setzte ihn auf den Rand und beobachtete, ob er sich wieder bewegte. Sag ja, und dann können Oliver und ich …

Über ihnen maulte Jack: »Warum nicht wir *allein*?«

»Jack …«

»Er hat ganz recht«, sagte Oliver und sah zu ihnen hoch. »Tom, du kommst herunter, und ich bringe dich hinüber auf die andere Seite. Dort ist es kühler.«

Nein! Nein, nein, nein. Warum mußte er das vorschlagen,

er wußte doch ... Sie schnippte den Käfer vom Rand, sah ihn durch die Luft fliegen, jedoch nicht mehr, wo er landete.

»Wissen Sie überhaupt, daß er die ganze Strecke mit uns hier herüber geschwommen ist, Oliver?« fragte Claire. »Ist das nicht toll?«

»Prima. Willst du auch wieder zurückschwimmen, Tom?«

Tom saß auf dem glühend heißen Felsen und schaute über das Wasser. Schaffte er es noch einmal? Von hier oben schien das graue sandige Ufer auf der anderen Seite sehr weit entfernt. Der Fluß glitzerte, der Fluß machte ihn schwindlig; er kniff die Augen zu und sah Lichter dahinter tanzen. Nun, das geschah oft, wenn man ins Helle sah, in eine Glühbirne oder ähnliches. Es war nur Wasser, nur die Sonne auf dem Wasser.

»Tom?«

Das Problem war nicht nur, daß er den ganzen Weg zurück schwimmen mußte, er mußte ja auch wieder die Felsen hinabklettern, das auch noch. Es gefiel ihm nicht, wie sie unter der Oberfläche lauerten, so glitschig und braun, und wie weit sie nach unten reichten, wie Zähne. Puh. Es war so ähnlich wie das Gefühl mit dem Deckel – er wartete. Nichts geschah, der Deckel klappte nicht auf, aber er wußte, er konnte nicht wieder hier herunterklettern. Er saß fest.

»Tom!«

Robert rüttelte ihn an der Schulter, ganz sanft, aber er mochte es nicht. Er öffnete die Augen, und das Licht und das Wasser tanzten auf und ab, flacker, flacker, flacker.

»Was ist denn jetzt schon wieder mit dir los?«

Das war Oliver, unten in dem Schlauchboot, das einmal gekentert war und sie alle ins Wasser gekippt hatte.

»Wo ist Frances?« flüsterte er und räusperte sich. »Wo ist Frances?«

»Ich *weiß* nicht, wo sie ist.« Unten im Schlauchboot streckte Oliver ungeduldig die Hand nach ihm aus, die Balance haltend, als es schwankte. »Sie wird gleich hier sein, nehme ich an, mach kein Theater. Kommst du jetzt mit hinüber? Alle warten – es dreht sich nicht alles nur um dich, verstehst du?«

Sich drehen hieß herumwirbeln. Kreisen und drehen und wirbeln bis ins Nichts. Er stand auf, die Sonne erlosch.

»Tom …«

Er fiel, er fiel, er fiel –

Jemand fing ihn auf.

»Er ist weiß wie ein Laken …«

»Er hat nicht genug zum Frühstück gegessen –«

»Zuviel Sonne –«

»Das Schwimmen – es war doch zu weit …«

»Tom, nimm den Kopf zwischen die Knie, so, runter, prima, so ist es richtig …«

Kein Deckel, kein Deckel, nur Schwimmen und Drehen, und jetzt war er hier unten, kam rasch wieder zu sich, wurde wieder warm, fühlte sich besser mit dem Blut in seinem Kopf. Er blickte auf, vorsichtig, langsam.

»Das ist schon besser …«

»Er bekommt wieder Farbe …«

Wo war sie geblieben?

»Alles in Ordnung?«

»Wieder besser?«

Er nickte. »Ich möchte etwas trinken.«

»Das kann ich mir vorstellen. Die Thermosflasche ist auf der anderen Seite, jede Menge Eis … komm …«

Sie halfen ihm die Felsen hinab, vorsichtig, vorsichtig, ins Schlauchboot, das zu schwanken begann.

»Los, Jess, raus mit dir.«

Sie kletterte rasch heraus und stieß sich dabei das Knie. »Autsch.« Niemand nahm Notiz davon.

Oliver und Claire beförderten ihn zurück ans Ufer, und Claire schraubte rasch die Thermosflasche auf und goß kaltes

Wasser in den Becher. Die Eiswürfel fielen heraus. Klick, klick, klick. Das war ein – nein. Der Deckel blieb geschlossen, und er trank, ohne aufzuhören.

»Geht's dir bestimmt wieder besser?« Oliver beugte sich über ihn. Tom schaute auf, sah seinen riesigen Umriß gegen die Sonne. Fast so groß wie das Ding im Keller. Er sah wieder fort.

»Ja, danke.«

»Gut. Also, dann ...« Er wandte sich an Claire. »Was sollen wir tun?«

»Ich bleibe hier bei Tom«, sagte sie, im Sand kniend, immer noch die Thermosflasche in der Hand. »Und dann gehen wir am besten zum Haus zurück, es ist ohnehin beinahe Essenszeit. Aber wenn Sie hierbleiben wollen –«

Oliver kauerte sich nieder, so daß er mit Tom auf gleicher Höhe war, im Rücken die Sonne. »Ich bleibe bei dir, soll ich?«

Weil er mit dem Rücken zur Sonne stand, konnte er ihn nicht richtig sehen, er war irgendwie im Dunkeln, im Schatten, und obwohl er jetzt freundlich mit ihm sprach, gefiel es ihm nicht, daß er so nahe war. Er schaute in den Plastikbecher, auf dessen Boden die Eiswürfel lagen, drei waren es; sie schmolzen und wurden kleiner. Gleich würden sie sich in Wasser verwandeln und verschwinden, und er würde sie alle schlucken.

»Ist gut«, sagte er, während er den Becher von einer Seite auf die andere kippte und beobachtete, wie die Eiswürfel hin- und herglitten.

»Hättest du es nicht gern?«

Er sollte es eigentlich gern haben. Er sollte. Er kippte den Becher von einer Seite auf die andere, und die Eiswürfel glitten hin und her, wohin er wollte.

»Nein«, sagte er ausdruckslos. »Nein, danke.«

Oliver erhob sich. »In Ordnung«, sagte er von ganz hoch

oben, so riesig, so weit entfernt. »Ich schau' mal, was die anderen machen.« Er ging über den Sand zum Schlauchboot, stieg hinein, stieß sich mit dem Paddel ab und ruderte schnell davon.

Schweigen breitete sich aus.

»Tom? Möchtest du noch etwas trinken?«

»Schon gut«, sagte er. »Ich habe den Becher noch nicht ausgetrunken.« Er nahm einen Eiswürfel heraus und zerbiß ihn mit den Zähnen. Er spürte, daß er plötzlich das Bedürfnis hatte zu weinen, weil ihm auf einmal lauter traurige Dinge einfielen, aber er würde nicht weinen, er würde zum Haus zurückgehen und Frances suchen und ihr alles erzählen, und wenn sie ihm nicht zuhörte, würde er auch sie umbringen.

»Bitte«, sagte Jessica auf der anderen Seite des Flusses. »Ich möchte noch nicht zurück.«

»Hast du keinen Hunger?« fragte Robert und streckte ihr die Hand hin, als sie über die Felsen zu der Stelle hinunterkletterten, wo Oliver mit dem Schlauchboot wartete.

»Nein«, sagte sie, seine Hand übersehend.

»Aber du *warst* doch schon mit Oliver auf dem Fluß«, sagte Jack. »Wieso willst du denn noch mal?«

Auch ihn beachtete sie nicht; sie hatte den untersten Felsen erreicht, blieb stehen und blickte auf Oliver hinab, der unten wartete; sie betete, er möge verstehen, es den anderen erklären, es ganz natürlich erscheinen lassen. Aber er tat nichts dergleichen, er sah mürrisch und aufgebracht aus, und wieder wegen Tom. Also wirklich. Nur, weil er in der Sonne gewesen war. Sie waren doch alle in der Sonne gewesen, weshalb mußte es Tom so komisch werden, irgend etwas konnte mit ihm nicht stimmen.

»Bitte«, sagte sie zu Oliver und versuchte, wieder die Stimmung herzustellen, die heute vormittag zwischen ihnen geherrscht hatte, als sie zusammen das Schlauchboot über das Feld getragen hatten. »Bitte, fahren wir noch einmal?«

Er lächelte. »Aber du hast doch bestimmt genug.«

»Nein, ehrlich nicht. Die Ferien sind fast zu Ende, und es ist so schön auf dem Wasser. Bitte.«

Gleich würde er ja sagen, er würde ja sagen.

»Also gut, wenn dein Herz daran hängt.«

Er hatte es gesagt!

»Wenn es Ihnen und Claire recht ist«, fuhr er an Robert gewandt fort, der mit Jack an der Hand neben sie trat.

Natürlich war es ihnen recht, warum zum Teufel sollte es ihnen nicht recht sein?

»Klar«, sagte Robert und half Jack ins Boot. »Aber ich sage gerade noch Claire Bescheid.«

Sie hob unwillkürlich den Blick zum Himmel. Zum Glück sah es nur Jack, und sie streckte ihm die Zunge heraus und ließ sie blitzschnell wieder verschwinden.

»Warum streckst du mir die Zunge heraus?« fragte er betont laut.

Aber sie gab ihm keine Antwort, ließ sich nicht mehr auf seine kindischen Spiele ein und kletterte vorsichtig in das Schlauchboot, das jetzt wirklich schwankte, nachdem alle an Bord waren, und sie ruderten wieder hinüber; die anderen stiegen aus, Robert ging zu Tom, der jetzt wieder vollkommen normal aussah, Oliver hatte recht, er machte immer Theater, und dann mußten sie das Thema noch einmal mit Claire besprechen, die ganze Leier ging von vorn los, und wollte sie auch bestimmt, und was war mit dem Essen, und *endlich* konnten sie sich verabschieden und davonrudern.

Sie lehnte sich wieder gegen den warmen blauen Rand und ließ ihre Hände ins Wasser hängen, beobachtet von den anderen; sie waren bestimmt neidisch, als sie das gleichmäßige Auf und Ab der Paddel verfolgten, das sanfte Plätschern, bis sie an der Insel aus abgebrochenen Zweigen vorbei um die Biegung gefahren und schließlich außer Sicht waren.

Oliver ruderte langsam, gedankenverloren, an den locker aufgeschichteten Heuhocken vorbei und auf die gegenüberliegende, von hohem, reglosem Schilf gesäumte Wiese zu. Vorhin hatte Jack an dieser Stelle über Wölfe geplappert; in Jessicas Gegenwart, die sich ruhig zurücklehnte, ihn nicht ansah, sondern nur die Landschaft und das gekräuselte Wasser rings um das Boot zu genießen schien, konnte Oliver wieder über diese Wanderung nachdenken. Wenn man allein ist, dachte er, kann man so viele Entscheidungen treffen, wie man will. Man kann sich sagen: Ich habe etwas gelernt, ich habe eine persönliche Erfahrung gemacht, und morgen wird alles anders sein. Morgen wird alles in diesem langersehnten, trügerischen Zustand sein: alles gut. Er war voller Hoffnung und Erwartung aus dem Gebirge zurückgekehrt; innerhalb von Tagen, ja Stunden, hatte er entdeckt, daß er nicht einfach dies oder jenes sein konnte, und während er jetzt an dem hohen Riedgras des Ufers und der blühenden Wiese dahinter entlangfuhr, fühlte er sich so fern von Frances und Tom wie nie zuvor.

»Oliver?«

»Ja?«

Sie hatte sich von den Bäumen abgewandt; sie sah ihn an und dann auf das gekräuselte Wasser.

»Ja?« fragte er noch einmal.

Wenn man allein war, konnte man alle möglichen Entscheidungen treffen. Man konnte sich sagen: Ich werde so oder so sein, und von jetzt an wird alles ... Das waren Frances' Gedanken, als sie endlich aufstand in dem leeren Haus und die nächtlichen Träume, Geschehnisse und Entscheidungen in ihrem Innern in Widerstreit miteinander traten.

Nachdem Tom gegangen war, wartete sie, bis sie seine Schritte nicht mehr hörte. Sie wartete, bis es im ganzen Haus still geworden war und sie wußte, daß alle fort waren; Oliver mußte den anderen gesagt haben, daß sie ihre Ruhe brauchte, daß sie müde war. Sie vermutete, daß sich ohnehin niemand besonders darum kümmerte, ob sie mitging oder nicht, daß sie im großen und ganzen wahrscheinlich sogar erleichtert waren, wenn sie aus dem Weg war. Von der anderen Seite des Hauses, unten aus dem Garten, hörte sie alle reden und lachen, Jack und Jessica, die sich darüber freuten, wieder mit ihren Eltern zusammen zu sein; sie hörte, wie sie durch das große, niedrige Tor hinausgingen und den Kopfsteinpflasterweg durch das Dorf einschlugen, ihre Stimmen wurden immer leiser, dann war nichts mehr zu hören.

Frances schloß die Augen, und die ungewohnte Stille bewirkte, daß sie sich entspannte, wieder schläfrig wurde und tatsächlich noch einmal tief und fest schlief; und falls sie träumte, erinnerte sie sich jedenfalls beim Erwachen nicht mehr an den Traum, sondern blieb noch ein wenig in dem abgedunkelten Raum liegen und hörte zu, wie unten in der Dreschhalle die Frauen noch immer die Körner aus dem Mais klopften. Dann stand sie auf und ging langsam die Treppe hinunter.

Das ganze Haus für sich allein zu haben ... So luftig, kühl und still. Sie ging an der Kellertür vorbei in das durch Kletterpflanzen verdunkelte Badezimmer mit den schwarzweißen Fliesen und dem abgetretenen Teppichboden, und während sie wartete, bis die Wanne vollgelaufen war, ging sie hinüber ins Wohnzimmer.

Die Sonne fiel durch die offenen Terrassentüren, die nackten Holzdielen waren warm. Sie stand mitten im Zimmer, nahm die Wärme in sich auf und mußte wieder an die Kälte und Dunkelheit der Nacht denken, den langen Weg, den sie mit Tom im Mondschein zurückgelegt hatte, daran, wie sie ihn ins Bett gebracht hatte, und es fiel ihr wieder ein, wie schlecht sie ihn vorhin behandelt hatte. Von jetzt an würde sie großzügig, freundlich und nett sein – nachdem Dora aus ihrem Leben verbannt, mit den Wurzeln ausgerissen und weggeworfen war –, so ein Verhalten Tom gegenüber sollte der Vergangenheit angehören, ausgelöscht sein, unter dem Schleier des Vergessens begraben.

Die Badewanne war vollgelaufen. Sie lag in dem grünlichen, kühlen Wasser, tauchte unter, und ihr Haar breitete sich um sie aus; dann setzte sie sich wieder auf, atmete tief durch und wischte sich das Wasser aus den Augen. Eine Taufe, eine Reinigung: Ich werde mein Selbst wiederherstellen und werde – was werde ich sein?

Sie wusch die Haare, kletterte aus der Wanne, trocknete sich ab und ging, in das Handtuch gewickelt, nach oben, um sich anzuziehen.

Auch auf dem Treppenabsatz war es warm, und Guida hatte das Bügelbrett stehenlassen, das Bügeleisen aufrecht darauf, die ausgefranste Schnur hing herab; automatisch blieb sie stehen und sah nach, ob sie nicht in der Steckdose steckte. Sie war herausgezogen, und es gab keinen Grund, länger zu verweilen, doch sie blieb, betrachtete die dicke Baumwolldecke auf dem Bügelbrett mit den vereinzelten Brandflecken und dem anheimelnden Aussehen geordneter Häuslichkeit. Guida sah es wahrscheinlich nicht so; wahrscheinlich war es auch nicht so – Bügeln konnte schließlich wie jede andere Hausarbeit Plackerei sein.

Dennoch, auf diesem sonnenüberfluteten Absatz zu stehen, vom Bügelbrett zum Pfirsichbaum vor dem Fenster mit seinen glänzenden Blättern und den reifenden Früchten und wieder zurück auf die weiche Glätte dieser dicken Baumwolldecke zu schauen, mit der Hand langsam darauf entlangzufahren, nach der letzten Nacht friedlich und ungestört hier sein zu können, war mehr als nur angenehm häuslich: Es vermittelte das Gefühl von Ruhe und Tiefe.

Wie Susan in *Die Wellen*, dachte Frances und erinnerte sich an längst vergangene Stunden in der Bibliothek von Bristol und an Claire, die sie an der Schulter berührte und sie zu einem Kaffee, zum Mittagessen, zu einer Party einlud. Hatte sie damals wirklich so viel für Claire empfunden? Ja, das hatte sie, und dann war das Gefühl verblaßt. Konnte man das als Liebe bezeichnen?

Sie mußte sich anziehen, sie mußte hinunter an den Fluß zu den anderen. Aber sie blieb stehen, versuchte, diesen visionären Augenblick festzuhalten – eine Vision tiefer Zufriedenheit, von Liebe und Erfüllung, eine Vision so tiefer Harmonie mit dem Alltagsleben, daß es mehr wurde als etwas Alltägliches, es wandelte sich, wurde strahlend, erhöht: Liebe in ihrer reinsten Form, Liebe in Vollendung, die Gefühle hervorbrachte und Gefühle weckte, die erfüllte.

Der Augenblick ging vorüber: Wie könnte eine solche Intensität auch andauern?

Sie dachte: Susan, nicht wahr? Es war so lange her: War sie wirklich so gewesen? Schließlich wandte sich Frances vom Fenster und dem Alltagsbügelbrett ab, ging den Korridor entlang, bückte sich, um den Läufer in verschossenem Rosa, Blau und Grün geradezuziehen, und erinnerte sich, als sie an den anderen Türen vorbei zu ihrem Zimmer ging, an eine weniger lang zurückliegende Begegnung mit Virginia, zu einem Zeitpunkt, als sie so gewesen war, wie sie meistens war, ruhelos und abwesend: die anderen in der Dämmerung draußen auf der Terrasse und sie drinnen im Wohnraum, ein Exemplar von *Life* durchblätternd, das sie aus dem Regal genommen hatte.

Virginia hatte Vita nicht geliebt, jedenfalls nicht so. Während sie hier im schwachen Schein des Pergamentschirms gesessen hatte, die Stimmen der anderen auf der Terrasse im Hintergrund, hatte Frances versucht, Dora herbeizurufen, aber Dora hatte sich geweigert zu kommen. Und es war richtig, daß Dora nicht gekommen war, genauso wie es richtig war, was sie in diesem schrecklichen Traum gesagt hatte: Mit Frances war etwas geschehen, nicht mit ihr.

Frances ging ins Schlafzimmer und zog einen langen Baumwollrock, ein graues T-Shirt und eine Kette aus gelblichen Perlen an. Sie bürstete ihr Haar, machte das Bett, öffnete die Läden weit und ging dann hinaus und wieder die Treppe hinunter, um in der Küche Kaffee zu machen.

Die Tür zu der Treppe und der Zisterne stand offen, und frische Luft erfüllte den Raum, nicht einmal der leichteste Gasgeruch lag in der Luft. Sie setzte den Kessel auf und schnitt das Maisbrot in Scheiben, und als die halbverhungerte Katze erschien und scheu durch die Tür schlich, gab sie ihr ein paar Kartoffelstückchen und Milch, blieb auf der Schwelle stehen und sah zu, bis sie alles vertilgt hatte; sie spürte, wie ihr Haar trocknete und fand sich hübsch, wie Jessica damals im Keller, als sie den Schäferumhang von seinem Ständer genommen hatten. Sie trug ein Tablett ins Wohnzimmer und dachte: Bin ich wirklich gestern nacht hier heruntergekommen und habe sehnsüchtig an das Gas gedacht? Wie konnte ich das tun? Wie war das möglich?

Noch während sie sich diese Frage stellte, mit ihrem Tablett die Holzdielen überquerte und dachte, daß der Raum mit seinen großen Fenstern und lockeren Baumwollvorhängen eines der schönsten Zimmer war, die sie je gesehen hatte, wußte sie genau, weshalb es möglich war. Sie dachte an die entscheidende Sache bei Virginia, die jeder kannte, nämlich, daß sie sich ertränkt hatte; und sie erkannte ganz genau, weshalb es möglich war, so zu empfinden, denn es gab nur einen

Menschen, dem sie diesen Augenblick, den sie vorhin auf dem Treppenabsatz erlebt hatte, beschreiben wollte, nur einen Menschen, der ihn so wie sie akzeptieren und verstehen würde, und das war Dora.

Dora kannte sich aus, sie wußte, worauf es ankam. Das klang so simpel und ging so tief. Sie stand im Leben und sie brauchte Momente der Ruhe. Jahrelang war sie für Frances das Herz dieser Vision gewesen – Liebe in ihrer reinsten Form, Liebe in Vollendung –, und nun schien sie auf sie zu warten, sie saß gegenüber auf dem Sofa, blickte ernst von ihrem Buch auf und legte es beiseite: Ich bin hier. Komm, erzähl mir alles.

Frances stellte das Tablett auf den Tisch. Sie ging langsam durch das Zimmer, setzte sich zu Doras Füßen auf den Fußboden und sagte laut: »Aber ich liebe dich, ich liebe dich, du mußt das verstehen. Niemand sieht die Welt so wie du; ich kann es nicht ertragen, dich zu verlieren.« Sie begann zu weinen, und alle Entschlüsse, alle Entscheidungen fielen von ihr ab, flogen davon wie Asche im Wind, wurden bedeutungslos, unrealisierbar.

So kam es, daß sie, statt die anderen bei ihrer Rückkehr mit einem herzlichen Lächeln ungezwungen zu begrüßen, Tom in die Arme zu nehmen und ihn zu küssen und alles wiedergutzumachen, beim Hören ihrer Schritte aufsprang und weinend und völlig außer sich aus dem Zimmer stürzte.

Robert, der erhitzt und abgekämpft von der Terrasse hereinkam, sah, wie Tom auf sie zulief und sich gleich darauf Schrecken und Enttäuschung in seinem großen bleichen Gesicht ausbreiteten, und mit einemmal geriet er in Wut, eilte auf sie zu, packte sie am Arm und drehte sie herum, so daß sie ihn ansehen mußte, und fragte: »Was zum Teufel ist eigentlich los mit Ihnen?«

»Hören Sie auf«, sagte Frances zurückweichend und machte den Versuch, ihm ihren Arm zu entziehen.

Hinter ihnen sagte Claire bestürzt: »Robert – um Himmels willen ...«

Robert beachtete sie nicht. »Also?« fragte er Frances erneut. »Was ist es? Was geht in diesem Kopf vor? Wollen Sie immer und ewig dasitzen und die Empfindsame spielen? Erwarten Sie von uns, daß wir immer verschwinden, damit Sie in Ruhe ihren Gedanken nachhängen können?«

»Hören Sie auf!«

Ihre Stimme wurde lauter. Er sah, wie Claire hinter ihm die Kinder wieder nach draußen scheuchte, auf die Terrasse und hinunter in den Garten, doch ihr vernünftiges, praktisches Handeln wurde von ihrer bebenden Stimme Lügen gestraft, als sie zu ihnen sagte: »Kommt, wir lassen die Hühner heraus, die armen Dinger, wir haben sie ganz vergessen ...«

»Lassen Sie mich los«, sagte Frances zu Robert. »Lassen Sie mich los! Lassen Sie mich in Ruhe!« Ihre Stimme wurde lauter und lauter, sie hörte sich schreien ... *»Lassen Sie mich in Ruhe!«*

Er ließ ihren Arm los, und während ihr die Tränen aus den Augen stürzten, drehte sie sich um und lehnte sich an die Wand, an die Stelle, wo früher der Schäferumhang gestanden hatte, und schluchzte und schluchzte.

»Es tut mir leid, es tut mir leid ... gehen Sie bitte ...«

»Nein«, sagte Robert. »Ich möchte mit Ihnen sprechen.«

Sie wusch sich das Gesicht, und er wärmte den Kaffee wieder auf und suchte ihre Zigaretten. Sie saß am Schreibtisch, eine Zigarette neben sich im Aschenbecher, als er hinausging, um nach Claire und den Jungen zu sehen.

Die Hühner waren draußen, und Claire und die Jungen

saßen an dem Tisch am oberen Weg und aßen im Schatten des Rebdachs Trauben.

»Mum geht es jetzt besser«, sagte er zu Tom. »Tut mir leid, wenn ich gerade ein bißchen zornig war.«

Tom sah ihn nicht an.

»Ich denke, ich mache einen kleinen Spaziergang mit ihr«, sagte er zu Claire. »Damit sich alles wieder ein wenig beruhigt.«

Auch sie sah ihn nicht an.

»Einverstanden?«

»Ja, ja.«

»Sieh mich an.«

Sie sah ihn an; er küßte sie. »Ich bin nicht lange weg.«

»Wo gehst du hin?« fragte Jack, während er sich Traubenschalen aus dem Mund holte.

»Nur ein Stück spazieren.«

»Mit Frances?«

»Ja.«

»Warum?«

»Genug gefragt«, sagte er. »Kümmer du dich um Mummy und deinen eigenen Kram.«

»Um Mummy muß man sich nicht kümmern.«

Robert schaute Claire an, bereit, darüber zu scherzen und in elterlicher Übereinstimmung den Blick zum Himmel zu richten, aber sie zupfte schwarze Trauben von einem Stengel, und ein Blickaustausch fand nicht statt.

»Also gut«, sagte er. »Bis später. Jess und Oliver werden bestimmt gleich zurück sein«, und er verließ sie, während sie stumm dasaßen, und ging zurück ins Haus.

Sie stiegen die Treppe zu dem Eisentor hinauf, wo das Wasser in die grüngekachelte Zisterne lief, und gingen ein Stück die Straße hinauf, dann bogen sie ab und liefen zwischen den Kiefern und Eukalyptusbäumen entlang. Ihre Schritte knirschten auf dem Teppich aus Nadeln und Pinienzapfen; weit entfernt ertönte der Klang einer Säge.

»So«, sagte Robert und wartete.

Frances schwieg, die Hände in den Rocktaschen vergraben. Endlich sagte sie, geradeaus sehend:

»Ich liebe eine andere Frau, und es bringt mich um.«

»Ah«, sagte Robert, und es entstand eine Pause. »Ah. Das ist es also. So, so.«

Sie gingen weiter; Zweige knackten unter ihren Füßen.

»Sie meinen, Sie haben eine Affäre ...«

»Ganz und gar nicht. Sie weiß nichts von meinen Gefühlen.«

»Ich verstehe.« Er dachte darüber nach, und die Ereignisse während des Urlaubs und alles, worauf er sich keinen Reim hatte machen können, wurden auf einmal begreiflich.

»Darf ich fragen – weiß Claire davon?«

»Ja.«

»Alles?«

»Man sollte nie jemandem alles sagen.«

»Ich weiß nicht, ob das stimmt. Was ist mit Oliver?«

»Stellen Sie nicht zu viele Fragen.«

»Gut«, sagte er vorsichtig. »Wollen Sie weitersprechen? Ich höre zu.«

»Ich bin müde«, sagte sie. »Ich bin völlig fertig. Ich war die halbe Nacht auf, und ich habe sie aus meinem Leben verbannt. Heute morgen dachte ich, es ginge mir besser. Es stimmt nicht. Wie Sie gesehen haben.«

»Erzählen Sie mir von ihr.«

»Es kommt mir wie Betrug vor, wenn ich über sie spreche.«

»Also gut – dann erzählen Sie mir von sich. Sie leben wie im Traum, Sie sind geistesabwesend. Woran denken Sie? An sie?«

»Immer.«

»Wenn Sie sagen: immer ...«

»Dann meine ich: immer.« Sie gingen langsam; sie sagte ruhig: »Ich meine, von dem Moment, wenn ich aufwache, bis zu dem Moment, wenn ich einschlafe, und danach träume ich von ihr. Sie begleitet mich den ganzen Tag, jede Sekunde, sie ist in meinen Kreislauf integriert. Ich bin von ihr infiziert – von ihrem Aussehen, ihrer Art, zu denken und zu sprechen, von allem, was sie ausmacht.«

»Dann sind Sie besessen«, sagte Robert und blieb stehen.

»Verliebt.«

»Besessen. Sie befinden sich am Rand des Wahnsinns.«

»Das sagen Sie, weil es sich um eine andere Frau handelt.«

»Nein«, sagte er sanft und streckte die Hand aus, um sie am Weitergehen zu hindern. »Ich würde dasselbe sagen, wenn es um einen Mann ginge. Niemand sollte so viel Macht über einen erlangen.«

»Es handelte sich auch schon einmal um einen Mann. Das gleiche empfand ich bei Oliver.«

»Du lieber Himmel.«

Sie starrte zu Boden.

»Fangen Sie nicht wieder an zu weinen.«

Sie blieb stehen und bedeckte das Gesicht mit den Händen.

»Also gut, weinen Sie, wenn Ihnen danach ist – warum auch nicht? Es tut mir leid.«

»Schon gut.« Sie schüttelte den Kopf; sie zog die Zigaretten aus der Tasche, zündete eine an und blies den Rauch von ihm weg.

»Diese verfluchten Zigaretten.«

»Es ist mir gestattet zu rauchen«, sagte sie mit einem geisterhaften Lächeln. »Das wenigstens ist mir gestattet.«

Ein Auto bewegte sich die Bergstraße hinauf und bog langsam um die Kurve. Als es vorbei war, wurde die Stille noch deutlicher spürbar als zuvor, während sie in der lautlosen Mittagshitze zwischen den Bäumen einhergingen.

Wenn er Geräusche von sich gab, würden sie ihn hören, deshalb machte er keine, er gab sich wirklich alle Mühe; er öffnete ganz langsam die Tür und ging hinein, wagte kaum zu atmen. Er schloß die Tür hinter sich: klick. Dann die steile Holztreppe hinab, ohne das Licht anzuknipsen: Er kannte den Weg inzwischen, außerdem drang durch das schmutzige Fenster genügend Licht, und man gewöhnte sich schnell an das Halbdunkel. Er stand am Fuß der Treppe und versuchte, wieder normal zu atmen, denn manchmal wurde einem schon komisch, wenn man den Atem anhielt, aber er konnte nicht normal atmen, erst wenn er an der Gestalt vorbei war. Sie war größer denn je, und die Augen unter dem Hut verfolgten jede Bewegung. Er wollte daran vorbeistürzen, aber seine Knie zitterten zu stark; er drückte sich an die Wand und schob sich daran entlang, ohne der Gestalt einen einzigen Blick zu gönnen.

Er hatte es geschafft, es war ihm gelungen. Er war unbeobachtet im Durchgang und öffnete die Schranktür. Er ging hinein und lehnte sich gegen die von Spinnweben überzogene Wand, sein Atem ging jetzt schnell, er keuchte, und obwohl die Wand kühl war, lief ihm der Schweiß den Rükken herunter.

Er wartete; er fühlte sich besser. Er wollte die Schranktür hinter sich schließen, aber dann wäre es stockdunkel, so wie für das Schwein, das arme Ding, den ganzen Tag allein da unten, niemand da, mit dem es sprechen konnte, und dieser entsetzliche knöcherne rosa Deckel. Eines Tages würde jemand die Tür aufmachen, und alles würde gut. Jetzt würde er die Tür seines Hauses aufmachen und nachsehen, ob die Leute darin schon tot waren.

Er löste den Haken auf der Seite, und die Vorderfront des Hauses schwang auf ihn zu. Er wartete, aber nichts geschah: kein Deckel, nichts klappte auf, kein leeres Gefühl. Nichts. Es ging ihm langsam besser! Selbst heute morgen in der Sonne, als ihm so komisch war, war er nicht einmal aufgeklappt – vielleicht verschwand er tatsächlich, schrumpfte oder so. Vielleicht war er völlig verschwunden, wenn sie nach Hause fuhren.

Also dann. Er sah ins Innere des Hauses. Wie war es ihnen ergangen?

Er hatte sie alle unten gelassen, um den leeren Tisch verteilt. Das große Holzstück, das mittelgroße, das kleine. Jemand hatte sie anders hingelegt, hatte etwas mit ihnen gemacht; sie lagen auf dem Boden verstreut. Wer hatte sich hier zu schaffen gemacht? Er wußt es. Er nahm das andere große Stück, das er vor ein paar Tagen gemacht hatte. Dieser Große war ihm so freundlich und nett vorgekommen, aber das war er nicht. Er faßte sie an, er fragte sie aus. Er fluchte und schrie und brachte sie zum Weinen. Er nahm sie auf, hielt ein Holzstück in jeder Hand. Er stieß sie auf dem Fußboden hin und her und hielt sie einander gegenüber.

Peng, peng, peng. Peng, peng, du bist tot, fünfzig Kugeln in deinem Kopf: Wer würde sterben? Jetzt kam der Kleine: halt, halt, halt. Was konnte der Kleine tun? Und nun der Große, der wirklich Große, er nahm die Mittelgroße und schleuderte sie die Treppe hinunter. Gänschen, Gänschen, Ganter, dorthin sollst du wandern, treppauf, treppab und in die Kammer meiner Liebsten … Hier kommt eine Kerze, die leuchtet dir heim, und hier kommt ein Holzhacker –

»Ich wünschte, du wärst *tot*!« Er schrie jetzt, er hörte sich schreien und nahm alle Holzstückchen und zerbrach sie in kleine Teile, die er überallhin schleuderte, dann knallte er die Tür des Hauses zu. Er haßte sie alle, den Großen, die Mittelgroße, den Kleinen, der Kleine war seltsam, der Kleine war der Schlimmste von allen, wenn es den Kleinen nicht gäbe, wäre alles in Ordnung –

»Tom! Tom, was um alle Welt machst du?«

Claire kam durch den Keller auf ihn zugeeilt. Er hatte auch sie verärgert, das tat ihm leid, sie war so nett.

»Hier bist du«, sagte sie. »Ich suche schon die ganze Zeit nach dir, es gibt Mittagessen.« Sie machte alles wieder normal, machte alles besser. »Du liebe Zeit, du hast ein Puppenhaus gefunden – ich wußte gar nicht, daß es so etwas hier gibt, laß mich mal sehen.«

»Nein«, sagte er, während er rückwärts aus dem Schrank trat. »Es ist privat.«

Sie sah ihn an, verschwitzt und bleich war er; sie nahm seine Hand. »Okay. Jetzt komm und iß mit mir und Jack zu Mittag, ja?«

Sie führte ihn durch den Keller, an der Gestalt vorbei, die ihm nichts tat, und die Treppe hinauf. Sie hatte das Licht angeknipst, alles sah so normal und alltäglich aus, wie es aussehen sollte.

»Wo ist Frances?«

»Sie ist doch ein Stück spazierengegangen. Sie wird gleich zurück sein.«

»Wo ist Oliver?«

»Noch unten am Fluß mit Jessica. Sie haben bestimmt Hunger und sind auf dem Rückweg.«

»Wenn Ihnen etwas zustieße, würde ich sterben.«

So. Sie hatte es gesagt. Sie hatte fast die ganze Strecke dazu gebraucht, den ganzen Weg an den Wiesen vorbei und um die nächste Flußbiegung: Feld und Gebirge, Feld und Gebirge, so schön, so friedlich, sie glitten fast die ganze Zeit schweigend dahin, aber es war ein angenehmes Schweigen, es war einfach gut, und sie sah, daß es auch ihm gefiel. Und als sie jetzt langsam zurückruderten, auf die Insel der heruntergefallenen Äste zu, sagte sie es und ließ ihn nicht aus den Augen.

Er schüttelte belustigt den Kopf. »Na, komm.«

»Ich meine es ernst. Ich meine – gestern. Die Wölfe.«

»Wolfsähnliche Hunde.«

»Wolfsähnliche Hunde. Sie hätten getötet werden können.«

»Ich hätte getötet werden können, aber ich wurde nicht.«

»Aber wenn es passiert wäre – wenn Ihnen etwas geschehen wäre – ich könnte es nicht ertragen ...«

»Jessica ...«

Wie er ihren Namen aussprach. Es war ein Gefühl – was für ein Gefühl? Sie hatte nicht gewußt, daß es solche Gefühle in ihrem Leben gab.

Und dann sagte sie es ihm. »Ich liebe Sie«, sagte sie mit bebender Stimme, weil es so außergewöhnlich klang, es nach all der Zeit tatsächlich auszusprechen. Als ob alles andere verschwunden wäre, als ob sie beide allein auf der Welt existierten und auf dem Wasser dahintrieben, während Felder und Gebirge versanken, alles versank, nichts anderes zählte. »Ich liebe Sie wirklich«, sagte sie noch einmal und wartete.

»Jessica ...«

Nie zuvor hatte jemand ihren Namen so ausgesprochen. Es war, als gäbe er ihr diesen Namen.

»Lieben Sie mich?« fragte sie ihn, weil sie das Warten nicht mehr länger aushielt, sie mußte es jetzt auch von ihm hören.

Er antwortete nicht.

»Sie lieben mich, nicht wahr?«

»Jessica ... Du weißt nicht, wovon du redest.« Er sprach langsam, als bemühte er sich, freundlich zu sein. Er liebte sie, bestimmt, sie konnte sich doch nicht alles eingebildet haben?

»Wie meinen Sie das?« fragte sie mit einem plötzlichen Gefühl der Kälte.

»Ich meine ... du bist ein Kind. Ich mag dich als Kind, verstehst du? Als – ja, als Tochter.«

»Aber ...«

Sie konnte es nicht ertragen, ihn anzusehen.

»Aber gar nichts.«

»Aber ich dachte ... Wir haben uns so gut verstanden ... ich dachte ...« Sie begann zu weinen.

»Ich hatte keine Ahnung«, sagte er. »Und es tut mir leid. Sehr leid.«

Sie weinte und weinte. Mitten auf dem Fluß, der ihr plötzlich gar nicht mehr wie ein besonderer, verzauberter Ort vorkam, ihr Ort, wo nichts zählte, solange sie zusammen waren. Es war nur noch ein ganz gewöhnlicher Fluß.

»Bitte«, sagte er. »Bitte hör auf zu weinen.« Er griff in die Tasche seiner wunderbaren alten Hosen und reichte ihr ein Taschentuch. Sie schneuzte sich ausgiebig. »So ist es richtig. Und jetzt vergessen wir das Ganze am besten, was meinst du? Komm, wisch dir die Augen, so, sei tapfer. Wir sind doch Freunde, gute Freunde, oder?«

Er war freundlicher als je zuvor, sie konnte es nicht ertragen, und sie gab ihm sein Taschentuch zurück und wollte ihn zwingen zu sagen, es sei alles ein Irrtum, natürlich liebe er sie wirklich, aber er tat es nicht, er nahm nur die Paddel wieder auf und begann zu rudern. Sie saß unglücklich und mit roten Augen da und lauschte dem gleichmäßigen Plätschern des Wassers; sie beugte sich über die Seite und spritzte sich Wasser ins Gesicht, denn wenn jemand sie so sähe, würde sie sterben.

»Schau«, sagte er plötzlich. »Schau, schnell!«

Sie hob den Kopf und sah ihn – ein helles, strahlendes Aufblitzen von Blau, das flußabwärts schoß, leuchtend, selten schön. Dann war er verschwunden.

»Nun«, sagte er lächelnd zu ihr, »wir sind bestimmt die einzigen, die in einem Urlaub zwei Eisvögel gesehen haben, was meinst du?«

»Drei«, verbesserte sie ihn. »Beim letztenmal waren es doch zwei.«

»Stimmt, du hast ganz recht. Gut aufgepaßt.« Wieder lächelte er sie herzlich an, und sie lächelte zurück, mit dem Versuch, tapfer zu sein. Es war schön, befreundet zu sein, aber es war nicht dasselbe.

»Ist nicht jede Liebe besessen?« fragte Frances, den Blick geradeaus gerichtet.

»Ich glaube nicht. Meiner Erfahrung nach nicht.« Er hielt inne, weil er daran denken mußte, wie er an dem Morgen, nachdem Tom im Schlaf umhergelaufen war und den Schäferumhang umgeworfen hatte, im Bücherregal gestöbert hatte und fündig geworden war. »›Wahre Liebe will das Beste des anderen‹«, sagte er. »›Romantische Liebe will den anderen.‹ Ich zitiere diese treffenden Worte aus dem Reader's Digest – schön, nicht wahr?«

»Nicht schlecht.« Sie zog an ihrer Zigarette. »Nur, daß die meisten beides wollen, oder? Geben und Nehmen.«

»Ja. Na ja – ich halte es auch für unwahrscheinlich, daß man das Geheimnis des Lebens im Reader's Digest entdeckt.«

»Es ist sehr unwahrscheinlich. Aber man kann nie wissen.« Sie mochte Robert: Es war unmöglich, ihn nicht zu mögen, auch wenn sie ihn vor noch nicht einmal einer Stunde vorübergehend gehaßt hatte. Wie Claire, die großzügig die Verantwortung übernahm, wann immer es nötig war, besaß er Eigenschaften, die ihr im Vergleich zu ihrem eigenen emotionalen Aufruhr vorkamen wie Felsen, auf die man bauen konnte: Er war fair, er war ehrlich, er war freundlich. Ein guter Mensch, dachte sie beim Weitergehen. Genau das ist er.

»Sie haben gesagt, Sie glaubten an die Sünde«, sagte sie und rauchte wieder. »Warum haben Sie das gesagt?«

»Habe ich das gesagt? Wann?«

»Sie wissen genau, daß Sie es gesagt haben – Sie erinnern sich bestimmt. An dem Abend draußen auf der Terrasse ...«

»Es gab viele Abende draußen auf der Terrasse.«

»Ja, aber Sie wissen es noch. Als wir über – Gott geredet haben und woran wir glauben. Sie sagten, Sie glaubten an die Sünde.«

»Ich muß zuviel getrunken haben.« Er lächelte. »Schon gut, ich erinnere mich jetzt.« Er bückte sich, um einen Pinienzapfen aufzuheben, und spielte geistesabwesend damit, während sie weitergingen. »Wenn ich mich recht erinnere, war der letzte, der in diesem Urlaub zuviel getrunken hat, Oliver. Noch eine gequälte Seele. Wollen Sie, daß ich von Oliver spreche?«

»Nein.«

»Frances. Er weiß es. Oder? Jedenfalls weiß er etwas.«

»Natürlich weiß er etwas. Wenn er nichts wüßte, wäre er ein Narr, und Oliver ist alles andere als das.« Sie warf ihre Zigarette auf den Boden und trat sie mit dem Absatz aus.

»Und noch immer –«

»Noch immer was?« Wieder lächelte sie ihr geisterhaftes Lächeln, mit einem spöttischen Gesichtsausdruck, der ihn an niemanden so erinnerte wie an Oliver. »Ob ich ihn noch immer liebe? Ja. Überrascht Sie das? Ich habe Sie nach der Sünde gefragt – erscheint Ihnen all das selbstsüchtig und böse? Zwei Menschen gleichzeitig zu wollen?«

»Wollen Sie das denn?«

»Ich fürchte, ja.«

»Wenn Sie sagen ›wollen‹ –«

»Ich meine, ich möchte sie in meinem Leben haben. Entspricht das Ihrer Vorstellung von Sünde?«

Er drehte trockene Schuppen von den Pinienzapfen ab und warf sie beim Gehen auf den Boden. »Ich denke, Sünde ist nicht so sehr ein Miltonsches Wort als eines von Alice im Wunderland. Es bedeutet immer das, was man will, je nachdem, was einen gerade quält.«

»Was ist mit den absoluten, unleugbaren Dingen? Sie sagten, Sie versuchten, nach einer Art unumstößlicher Regeln zu leben.«

»Mmm. Ich habe anscheinend wirklich viel getrunken. Ich erinnere mich dunkel, daß Sie gesagt haben, es gäbe immer ein ›Und doch‹. Mir erscheint es immer als Wunder, daß eine Ehe auf Dauer besteht ohne ein gewisses – wie soll man es nennen? – Risiko? Blicke in andere Richtungen?«

»Sind Sie und Claire schon ein Risiko eingegangen?«

»Stellen Sie nicht zu viele Fragen. Nein, noch nicht. Soviel ich weiß, jedenfalls nicht. Wenn es passierte, würde unsere Ehe es hoffentlich überleben, das ist alles. Ohne zu viele Menschen dabei unglücklich zu machen. Nach meiner Ansicht soll die Liebe das Leben schöner, nicht schwieriger machen. Macht diese Frau, von der Sie die ganze Zeit träumen, das Leben schöner? Warum haben Sie vorhin geweint?«

»Weil ich sie vermisse – was glauben Sie denn?« fragte sie. »Weil ich den Gedanken nicht ertragen kann, ohne sie leben zu müssen. Ich kann Ihnen nicht sagen, wie schön sie ist, wie sehr ich mich danach sehne, mit ihr zusammen zu sein. Ich möchte über alles mit ihr reden, damit alles klar ist zwischen uns, und es kann nicht sein. Nicht so, wie ich es gern hätte. Sie hat eine Familie; ich habe eine Familie. Ich will mehr; ich weiß, daß sie das nicht will. Es ist schwer, das ist alles.«

Sie stiegen den Abhang wieder hinauf; auf der Straße über ihnen quietschte ein Ochsenkarren.

»Man kann niemanden zwingen, einen zu lieben«, sagte Robert.

»Ich will sie nicht zwingen, mich zu lieben. Ich will es ihr nur sagen, und sie soll es akzeptieren. Aber das kann sie vielleicht nicht, es schreckt sie vielleicht ab.«

»Es scheint mir eine recht bescheidene Forderung.«

»Versuchen Sie einmal, damit zu leben.«

Er schüttelte den Kopf. »Ist Ihnen das früher schon einmal passiert?« fragte er nach einer Weile.

Sie sah ihn nicht an. »Ein-, zweimal. Zweimal, wenn Sie es genau wissen wollen, aber es dauerte nie sehr lange. Ich habe niemals etwas unternommen, falls es das ist, was Sie wissen wollen.«

»Aber Sie hätten es gern.«

»Nicht so wie jetzt. Jetzt bin ich erwachsen, das ist der Unterschied.«

»Und Sie sind ganz sicher«, sagte er, »Sie sind sicher, daß sie nicht so wie Sie empfindet?«

»Ganz sicher.«

»Das bewahrt Sie, nicht wahr? Das bewahrt Sie vor einer Entscheidung.«

»Was wollen Sie damit sagen?«

»Ich bin nicht ganz davon überzeugt, daß Sie wirklich mehr wollen, das ist alles. Wenn Sie es ihr erzählten, und sie würde sich umdrehen und Ihnen sagen, sie empfände das gleiche für Sie – wollen Sie das wirklich, was Sie in Ihren Träumen wollen?«

»Wer will schon das wirklich, was er in seinen Träumen will?«

»Frances. Treiben Sie keine geistreichen Spielchen mit mir und versuchen Sie nicht, mich abzulenken. Das hier ist ernst, oder?«

»Ja«, sagte sie und dachte an die Geschehnisse der Nacht und die Turbulenzen am Vormittag; sie dachte an die letzten fünf Jahre. »Es ist ernst.«

»Gut. Dann antworten Sie mir. Sie sagen, Sie wollten eine Liebesaffäre – ja? Mit allem, was dazugehört – ja?«

Frances blickte wieder zu Boden, auf die grauen Pinienzapfen und den dichten braunen, sonnenwarmen Teppich aus Nadeln.

»Darin liegt die Erfüllung, nicht wahr?« sagte sie schließlich.

»Möglich.«

Sie gingen schweigend dahin.

»Also. Ist es das, was Sie wollen?«

»Ich weiß nicht.« Wieder eine Pause. »Ich denke schon, aber wenn es dazu käme – wahrscheinlich nicht. Wahrscheinlich nicht. Jedenfalls nicht mit einer anderen Frau, das kann ich Ihnen sagen. Mit jemand anderem würde es mich krank machen.«

»Wir befinden uns am Ende des zwanzigsten Jahrhunderts«, sagte Robert, »wie Sie vermutlich bemerkt haben. Es hat eine soziale Revolution stattgefunden, und Männer sind aus der Mode gekommen. All das scheint an Ihnen vorbeigegangen zu sein. Ich kann mir nicht vorstellen, daß Sie in den letzten was weiß ich wie vielen Jahren nicht gefunden hätten, was Sie suchen, falls Sie es wirklich gewollt hätten. Mmm?«

»Mmm.« Sie zündete sich eine neue Zigarette an. »Manchmal habe ich das Gefühl, nirgendwohin zu gehören, manchmal, als stünden mir alle Möglichkeiten offen. Anderer Leute Befreiung mitanzusehen, ist eine Sache, sich selbst zu befreien, eine andere. Jedenfalls bin ich nicht skrupellos genug.«

»Wollen Sie wissen, was ich glaube?«

Sie sah ihn an und lächelte. »Ja«, sagte sie.

»Ich glaube, Sie suchen eine Art Ersatzreligion, eine Art träumerischer Anbetung eines Menschen, der niemals echte Forderungen an Sie stellt. Und das ist einer der Gründe, warum ich Religion so verabscheue – genaugenommen ist es nämlich einfacher, Gott zu lieben als einen anderen Menschen. Glauben Sie nicht? Es ist viel leichter, die Braut Gottes zu sein als die Braut eines lebendigen Mannes. Viel leichter, jemanden aus der Ferne zu lieben, als mit ihm zu leben.«

»Eigentlich«, sagte Frances, »glaube ich, daß der Weg zu Gott, falls es einen Gott gibt, ungeheuer steinig, schwierig und voller Opfer ist. Und nur durch die Liebe zu anderen Menschen erreicht werden kann. Was das Lieben aus der Ferne betrifft – nun, vielleicht haben Sie recht, aber wie langweilig ist das. Aus der Ferne zu lieben kann sehr inspirierend sein.«

»Sie haben gesagt, es bringe Sie um.«

Sie verstummte.

Sie hatten das obere Ende des Abhangs erreicht und traten wieder auf die Straße, auf die die sengende Sonne herniederbrannte.

»So«, sagte Robert. »Genau das ist der Punkt. Sie zermartern sich den Kopf darüber, was Sie wollen oder vielleicht doch nicht wollen, was Sie bekommen oder nicht bekommen. Sie träumen von dieser Frau und verbannen Sie aus Ihren Gedanken. Aber sie hat ihr eigenes Leben. Sie möchte vielleicht gar nicht, daß man von ihr träumt –«

»Ich bin ganz sicher, daß sie das nicht will.«

»Sie möchte vielleicht auch gar nicht verbannt werden. Hat sie nicht auch etwas dazu zu sagen? Wenn sie so nett ist, wie Sie glauben, verdient sie doch zumindest Ehrlichkeit. Meinen Sie nicht?«

»Ich – ja.«

Sie wechselten auf die Schattenseite und gingen langsam bergab auf das Haus zu.

»Und in der Zwischenzeit –«

»Ich weiß. Ich weiß. Hatten Sie das im Sinn, als Sie damals von Sünde gesprochen haben?«

»Ich meine es im Sinn von Alice«, sagte er wieder. »Es ist ein Begriff, der die Bedeutung hat, die wir ihm geben, nicht mehr und nicht weniger.« Er hob den Arm und schleuderte den Pinienzapfen über die Straße; er prallte am Rand auf und rollte den Berg hinab. »Wie Gott, geht mir gerade auf.«

»Wie die Liebe.«

»Da bin ich mir nicht so sicher.«

Nach dem Essen mit den Jungen wollte Claire erst sicher sein, daß Tom eingeschlafen war, bevor sie sie alleinließ; Jack blätterte noch immer die Seiten in seinem Buch um, als sie sich von dem gelben Stuhl in der Ecke des Zimmers erhob und die Läden einen Spalt öffnete, um eine Fliege hinauszujagen.

»Los, raus, schsch.« Sie schwirrte mit einem Luftzug davon, hinüber zum Hof der Dreschhalle, und Claire schloß langsam die Läden. Es war jetzt ein klein wenig kühler. Wo war Robert? Warum war er nicht nach Hause gekommen?

»Mum?«

»Ja?«

Er legte sein Buch weg und reckte gähnend die Arme.

»Nimmst du mich in den Arm?«

Sie legte die Arme um ihn und strich sein störrisches Haar glatt.

»Wo ist Dad?«

»Er muß jeden Moment zurück sein. So, und jetzt schlaf, wir sehen uns beim Tee.« Sie befreite sich von ihm und legte sein Buch auf den Stuhl neben dem Bett; in der Tür warf sie ihm eine Kußhand zu und begab sich, als sie Geräusche hörte, nach unten. Die Geräusche kamen von der Rückseite des Hauses. Sie ging ins Wohnzimmer.

Schritte kamen vom Garten herauf; Jessica trat von der Terrasse ins Haus.

»Ihr müßt ja umkommen vor Hunger«, sagte Claire, »ihr seid ja seit Urzeiten weg.«

Jessica ging schnurstracks an ihr vorbei in ihr Zimmer.

»Jess ... wo ist Oliver?«

»Er verstaut das Schlauchboot.« Die Tür flog zu und wurde mit einem Klicken verschlossen. Claire hörte tatsächlich, daß unterhalb der Terrasse das Schlauchboot über die Steinfliesen gezogen und in die Ecke gestellt wurde und daß die Paddel an die Wand gelehnt wurden. Schritte kamen vom Garten herauf: Oliver trat durch die hohen weißen Türen ein.

»Es tut mir leid, daß wir so spät kommen – ich hoffe, Sie haben schon gegessen.«

»Ja«, erwiderte Claire. »Ich habe gegessen, die Jungen auch. Sie schlafen beide.«

»Vielen Dank, Sie sind wirklich sehr freundlich.« Er stellte seine Tasche mit den Badesachen in die Ecke, sorgfältig aus dem Weg. Er ging ordentlich mit Dingen um, genau wie Frances, anders als sie selber. »Wo sind die anderen?« Er richtete sich wieder auf.

»Sie sind spazierengegangen.« Sie stand inmitten des großen, weitläufigen Raumes, der vor noch nicht einmal zwei Stunden kurz vor der Explosion gestanden hatte – so war es ihr jedenfalls erschienen: Sie hatte das Weinen, Brüllen und die Schritte der weglaufenden Kinder noch im Ohr. Sie hatte das Gefühl, selbst gleich zu explodieren.

»Ist mit Frances alles in Ordnung?«

Sie wollte zu ihm sagen: Nein, nichts ist in Ordnung, und mit mir auch nicht. Ich bin heute nicht ganz ich selbst. Sie wollte ihn fragen: Was ist mit Jessica los? Aber sie konnte nichts sagen, mitten in diesem Raum mit einem Mann, vor dem sie ein wenig Angst hatte, den sie immer noch nicht verstand, mit dem zu reden sie nicht verstand, nie verstanden hatte. Es war lange her, daß sie, außer im ganz normalen Alltag, mit einem Mann gesprochen hatte, Robert ausgenommen, und wo war Robert? Wer sorgte sich überhaupt noch um den ganz normalen Ablauf der Dinge?

»Claire? Ist irgend etwas passiert?«

»Ich weiß es nicht«, sagte sie eisig. »Vielleicht können Sie es mir sagen. Was ist mit Jessica los?«

Er sah sie an.

»Sie hat geweint –«

»Ja.«

»Warum?«

»Weil –«

»Was haben Sie mit ihr gemacht?«

»Ich – nichts.«

»Sind Sie sicher?«

»Claire. Bitte. Bitte denken Sie nicht –«

»Ich weiß nicht, was ich denken soll. Über alles. Warum hat sie geweint?«

»Weil«, sagte er langsam, »weil ich, wie man so schön sagt, blind war.«

Genau wie ich, dachte sie, während Bilder wie Schnappschüsse in einem Album an ihr vorbeizogen: Jess und Oliver, die zusammen schwammen, endlos miteinander Schach spielten, sprachen, lachten, ständig beieinander zu finden waren, wie sie zusammen den Fluß hinabfuhren, an der Insel der gefallenen Zweige vorbei, und den Blicken entschwanden. Woran habe ich nur die ganze Zeit gedacht? Ich habe an

Frances gedacht. Ich habe an Tom gedacht. Was war mit meinem eigenen Kind?

Sie standen stocksteif und schweigend mitten im Raum.

»Weiter«, sagte sie.

»Ich habe sie als eine Art Tochter betrachtet, und sie ... Ich fürchte, ich habe sie verletzt. Aber nicht so, wie Sie vielleicht denken. Claire? Ich versichere es Ihnen. Ich gebe Ihnen mein Wort.«

Sie sahen einander an: zwei Menschen, die sich wenig, genaugenommen gar nichts zu sagen hatten. Mit Ausnahme von jetzt. Nur zu diesem Thema.

»Ich gebe Ihnen mein Wort«, sagte er noch einmal. »Sie müssen mir glauben. Um ihret- und aller anderen willen. Bitte.«

»In Ordnung«, sagte sie schließlich. »Ich glaube Ihnen. Aber ich mußte das fragen.«

»Natürlich.«

Man hörte Geräusche von der Seite des Hauses: Die Küchentür ging auf, Schritte, Robert und Frances, die miteinander redeten –

»Wahrscheinlich schlafen sie alle«, sagte Frances.

»Wahrscheinlich.« Robert öffnete den Kühlschrank. »Essen wir etwas. Ich habe fürchterlichen Hunger.«

»Ich auch«, sagte Oliver, als er sie hörte. »Ich schließe mich ihnen an, wenn ich darf. Kann ich Ihnen etwas holen, Claire? Oder sagten Sie, Sie hätten schon gegessen?«

»Ich sagte, ich hätte gegessen. Ich möchte nichts, danke.«

In der Küche wurde mit Tellern und Gläsern geklappert; als er gegangen war, ging sie zu Jessicas Zimmer und klopfte an die Tür.

»Jess?«

Keine Antwort.

»Jess?« Sie drehte den Knauf und trat ein. Die Läden waren

geschlossen, und Jessica lag auf dem Bauch im Bett, den Kopf ins Kissen gegraben.

»Geht es dir gut?« fragte Claire. »Möchtest du mit mir reden?«

»Nein, geh weg.« Ihre Stimme klang belegt. »Laß mich in Ruhe.«

Claire ging hinaus und schloß die Tür hinter sich. Aus der Küche drangen Stimmen, höflich, aber freundlich. Sie wartete, ob Robert vielleicht käme, um nach ihr zu sehen, aber er tat es nicht, und so stieg sie wieder die Treppe hinauf, langsam, sehr langsam, überquerte den sonnenüberfluteten Absatz und blieb stehen, um das Bügelbrett zusammenzuklappen, falls, was Gott verhüten mochte, Tom noch einmal schlafwandeln und dagegenstoßen würde. Sie ging weiter zum Schlafzimmer, und während sie sich bückte, um den abgetretenen Läufer geradezulegen, dachte sie: Ich habe an Frances und Tom gedacht. Und Jessica? Und ich?

»Frances?«

»Ja.«

»Komm und setz dich.«

»Gleich.«

»Warum nicht jetzt?«

Sie stand in der Eßzimmertür, das Tablett mit dem Geschirr vom Mittagessen in der Hand, im Begriff, Robert zu folgen, der in die Küche gegangen war, um Kaffee zu machen. Sie wies mit dem Kopf auf den Stapel blauweißer Teller, die halbleere Schüssel Salat.

»Ich will nur –«

»Laß es stehen. Bitte.«

Sie kehrte um und stellte das Tablett auf die Anrichte. Die Läden waren zur Hälfte geöffnet, und eine Fliege summte zwischen Läden und Fensterscheibe hin und her; draußen fiel ein reifer Pfirsich mit einem dumpfen Ton auf den Boden. Frances rückte sich einen Stuhl zurecht, setzte sich und holte ihre Zigaretten aus der Tasche. Das Seersucker-Tischtuch war mit Krümeln übersät; Oliver zog mit einer Gabel unaufhörlich die Linien des Schachbrettmusters nach.

»Claire?«

Er schloß die Tür hinter sich und zog seine Schuhe aus. Die Läden waren geschlossen, das Zimmer dunkel und warm. Sonnenstrahlen fielen vereinzelt auf herumliegende T-Shirts und Sommerschuhe, auf das Durcheinander auf der Kommode, auf die Taschentücher und auf Claire, die keine Antwort gab.

»Schläfst du?«

Sie kehrte ihm den Rücken zu, das Gesicht der Balkontür zugewandt, von dem üppigen, dunklen Haar verborgen. Er ging hinüber zu dem niedrigen Doppelbett, legte sich neben sie und küßte durch die Haare ihren Nacken.

»Schläfst du ganz bestimmt?«

Er konnte spüren, wie sie lächelte. Nein, sie lächelte nicht.

»Was ist los?«

»Nichts.«

»›Nichts‹ scheint mir ein bißchen anders zu sein.« Er richtete sich auf, beugte sich über sie und betrachtete ihr Gesicht: die Augen geschlossen, sonnengebräunt, von feinen Linien durchzogen. Ganz wenigen Linien. »Mmm?«

Ihre Augen blieben geschlossen. »Wo sind die anderen?«

»Sitzen schweigend im Eßzimmer mit Kaffee, den ich für sie gekocht habe; dann habe ich mich auf Zehenspitzen verzogen.«

Sie lächelte.

»So ist es schon besser. Schau mich an.«

Sie schaute. Er drehte sie zu sich herum und auf den

Rücken. Seine Hand glitt unter ihren schwarzweißen Rock; er berührte sie, genau an der richtigen Stelle. Sie begann zu weinen.

»Nicht noch mehr Tränen. Tränen hatten wir heute schon genug.«

»Jetzt bin ich eben an der Reihe.«

»Du hast recht. Was hast du? Warum weinst du, mein geliebter Schatz?«

Sie klammerte sich an ihn und ließ ihn nicht mehr los; sein Hemd war von Tränen durchnäßt.

»Wenn etwas uns auseinanderbrächte, würde ich sterben –«

»Pscht«, sagte er, sie an sich drückend und in den Armen wiegend. »Nichts wird uns auseinanderbringen.«

Gegenüber auf dem Korridor wurde die Tür geöffnet; einer der Jungen kam heraus.

»Ich liebe dich, ich liebe dich –«

»Ich weiß«, sagte er einfach. »Ich liebe dich auch. Wir haben auf Fels gebaut.«

»Was sollen wir tun?«

»Ich weiß nicht.« Sie nippte an ihrem Kaffee, schwärzer als schwarz, viel zu stark. Was hatte Robert verändert? Sie schnippte Asche in einen Unterteller – altes, englisches Porzellan, grünweiß, einst von den Hausbesitzern mitgebracht, vermutlich mit der dazugehörigen Tasse. Dora würde es bestimmt gefallen. Wer waren sie, diese Besitzer? Sie stellte sich eine Frau vor, die frühmorgens auf der Terrasse Kaffee trank und zusah, wie der Nebel aufriß und das Dorf erwachte. Sie stellte sich Dora bei dieser Beschäftigung vor, wie sie mit dem Rücken zur Tür an der Brüstung stand und wie sie, während Frances aus dem Haus kam, einen Hahn krähen hörte und den Tag begann.

Nicht Liebe, sondern Besessenheit ... Sie befinden sich am Rande des Wahnsinns ...

»Woran denkst du?«

»An nichts. Nein, verzeih. Das stimmt nicht.«

»Ich weiß, daß es nicht stimmt. Sieh mich an. Sieh mich an!«

Sie sah ihn an. »Sei bitte nicht böse.«

Schritte, die Badezimmertür wurde geschlossen.

»Ich gebe mir Mühe«, sagte er. »Ich gebe mir wirklich Mühe.«

»Ich weiß. Ich weiß, daß du das tust. Es ist alles meine Schuld.«

»Also. Dann sprich mit mir. Bitte.«

Sie legte ihre Zigarette ab; sie brannte vor sich hin. Dora, in einem langen grauen Rock, die Kaffeetasse in der Hand, wendete sich von der Brüstung ab und betrachtete sie mit einem ruhigen Lächeln.

Frances sagte langsam: »Ich kann einen Traum nicht aufgeben.«

»Was?«

Im Badezimmer hörte man die Wasserspülung; die Tür ging auf; Schritte näherten sich.

Wollen Sie das, was Sie in Ihren Träumen wollen, wirklich?

Wer will das schon?

»Eines Tages werde ich es versuchen. Jetzt noch nicht. Ich kann es nicht.«

»Wovon sprichst du?«

Zumindest verdient sie Ehrlichkeit ...

Ich werde es ihr sagen, ich werde es ihr sagen –

»Frances!«

Er verdient auch Ehrlichkeit. Ich kann nicht. Ich kann nicht.

»Frances!«

Die Tür flog auf.

»Mum?«

Beide zugleich drehten sich zu ihm herum.

»Einen Moment –«

»Bitte! Jetzt nicht!«

Er floh.

Früher Abend, ein wenig kühler.

»Jessie?« Claire klopfte an die Tür. Keine Antwort. »Darf ich reinkommen?« Keine Antwort.

Sie drehte den Knauf und warf einen Blick ins Zimmer. Kurz vor Einbruch der Dunkelheit war der Wohnraum mit seinen riesigen Flügelfenstern und weit geöffneten Türen schon ein wenig dämmerig, aber es war noch hell genug, um etwas zu erkennen. In Jessicas Zimmer herrschte aufgrund der dichten grünen Büsche und Kletterpflanzen vor dem Fenster fast völlige Dunkelheit.

»Jess? Kann ich das Licht einschalten?«

Sie lag mit geschlossenen Augen auf dem Rücken und hatte den Walkman angestellt; ihre Finger bewegten sich langsam auf der Steppdecke hin und her. Claire ging zu ihr und berührte sie sanft. Jessica zuckte zusammen und blickte finster. Claire machte ihr Zeichen; sie nahm den Walkman-Kopfhörer auf einer Seite ab.

»Was?«

»Ich habe gefragt, ob ich das Licht anmachen darf.«

»Nein.«

Claire setzte sich auf die Bettkante, aus den Kopfhörern erklang Frank Sinatra. Ihr Band. Nicht schlimm. Sie nahm Jessicas Hand.

»Stell es bitte leiser. Oder ganz ab. Nur eine Minute.«

Jessica sah sie an und dann zur Seite.

«Bitte.« Claire schickte sich an, die Kopfhörer abzunehmen; Jessica kam ihr zuvor, ihr schönes Haar blieb statisch aufgeladen an den Kopfhörer-Polstern haften. Sinatra sang in die zerwühlte Steppdecke; die »Fremden in der Nacht« fragten sich gedämpft, welche Chancen sie hatten. Jessica schaltete sie ab.

»Was ist denn?«

»Nur –« Claire zögerte, weil sie den richtigen Ton treffen wollte. »Nur, daß ich hier bin, das ist alles. Und es tut mir leid, daß du traurig bist.«

Jessica blickte zum Fenster.

»Willst du mit mir reden? Mmm? Ich sage niemandem ein Sterbenswörtchen, das verspreche ich dir.«

Sie schloß die Augen, und Tränen tropften auf das Kissen.

»Arme kleine Jess. Es tut mir so leid.«

»Ach, Mummy –«

Sie konnte nicht aufhören zu weinen; Claire nahm sie in den Arm und wiegte sie hin und her.

»Es tut *so* weh.«

»Ich weiß, ich weiß.«

»Was hat er dir erzählt?«

»Nicht sehr viel. Nur, daß du ... für ihn schwärmst ...«

»Schwärmen?« Jessica hob wütend den Kopf. »Hat er es so bezeichnet?«

»Nein, nein, ich glaube nicht, nicht genau –«

»Untersteh dich, von *schwärmen* zu sprechen!« Sie brach wieder in Tränen aus. »Wie *kannst* du nur?«

»Tut mir leid«, sagte Claire, nahm sie wieder in die Arme und strich ihr die nassen Haare aus dem Gesicht. »Du hast recht, verzeih mir.«

Und worin, dachte sie, als Jessica sich endlich ausgeweint hatte und aufstand, um ein Taschentuch zu holen, besteht letzten Endes der Unterschied? Man bezeichnet es immer als Schwärmerei, wenn jemand etwas bewundert, wo es nichts zu bewundern gibt, etwas idealisiert, einen Menschen zu etwas erhebt, was er gar nicht ist. Gut. Vielleicht sieht sie Eigenschaften an ihm, die keiner von uns sieht. Das heißt ja nicht, daß er sie nicht besitzt.

Sie stand auf und küßte sie.

»Ich schlage vor, du nimmst vor dem Abendessen ein Bad. Aus irgendeinem Grund hilft das«, sagte sie.

»Okay.« Jessica hatte in der obersten Schublade ein Taschentuch gefunden; sie putzte sich die Nase und machte das Licht an.

»Und wenn wir zurück in London sind, kauf' ich dir was Schönes.«

»Ich möchte nichts.«

»Nun«, Claire öffnete die Tür, »warten wir's ab.«

»Okay, danke.«

Als sie fort war, blickte Jessica in den Spiegel, der auf der Kommode stand. Ihre Augen waren vom Weinen entzündet, ihre Haut hatte überall rote Flecken. Schrecklich. Sie nahm ihre Haarbürste aus dem Durcheinander von kleinen Schachteln, Halsketten und Sonnencremes und bürstete sich ausgiebig die Haare; sie zog ihr Nachthemd an und faßte die Haare mit einem Band zusammen, das sie fest verknotete. Dann ergriff sie ihren Toilettenbeutel und öffnete leise die Tür.

Im Wohnraum war niemand, und niemand hatte das Licht angeknipst; das letzte Tageslicht fiel durch die Fenster, und von der Terrasse drangen Stimmen herein. Sie waren alle draußen, tranken, redeten und aßen Chips. Unterhielten sie sich über sie? Hatten es alle erraten? Sie ging leise ins Badezimmer und drehte die Wasserhähne auf, putzte sich die Zähne, wusch sich das Gesicht und ging gähnend wieder hinaus und ins Wohnzimmer, um zu warten, bis die Wanne voll war. Sie stand im Halbdunkel und lauschte: Sie redeten über das Wetter. Das Wetter!

In der Ecke, wo die Bücher standen, erkannte sie das Schachspiel, so, wie sie es auf den Schreibtisch gestellt hatte, alles bereit, alle Figuren auf dem Brett. All die Figuren, all die schönen Partien. Sie ging hinüber. Einen Moment lang fühlte sie sich versucht, alle Figuren vom Brett zu fegen und zuzuschauen, wie sie herunterfielen und über die Dielen rollten, aber sie widerstand. Sie blieb einen Augenblick stehen; sie nahm die schwarze Dame und klopfte sich nachdenklich damit an die Lippen. Dann räumte sie alle Figuren vorsichtig ab und legte sie auf den Schreibtisch; sie drehte das Brett um, so daß es wieder zu einem Kästchen wurde, und legte alle Figuren eine nach der anderen hinein: den tapferen kleinen Bauern, den agilen Läufer, den mächtigen Turm und das springende Pferd, den einsamen König und die allmächtige Dame. Sie legte alle Figuren in das Kästchen, klappte es zu, befestigte den Haken an der Seite, und als sie hörte, daß die Badewanne sich füllte, machte sie das Licht an.

Abend, etwas kühler als sonst. Alle stellten es fest, man beschloß deshalb, im Eßzimmer zu essen, sie zündeten Kerzen an und beobachteten durchs Fenster, wie die Sterne aufgingen, erst blaß, dann wie Eisblumen an einem dunklen Himmel.

Die Kinder waren bereits mit dem Essen fertig; sie lungerten noch herum.

»Dürfen wir noch aufbleiben?« fragten die Jungen.

»Du darfst«, sagte Claire zu Jess.

Sie schüttelte den Kopf. »Ich möchte nicht.«

Sie umarmten einander; sie ging in ihr Zimmer, nachdem sie der Allgemeinheit, ohne genauer hinzusehen, eine gute Nacht gewünscht hatte.

»Ist alles in Ordnung mit ihr?« fragte Robert Claire, als die Tür sich geschlossen hatte.

»Ich erzähl' es dir später.«

Er schüttelte den Kopf und goß sich selbst und Oliver etwas zu trinken ein, als die Frauen in die Küche gingen. »Was gibt's denn jetzt schon wieder?« fragte er laut, dann fiel ihm auf, wie bedrückt Jess den ganzen Abend über gewesen und wie still Oliver jetzt war, und er dachte: Herrgott noch mal. Auch das noch.

Jack und Tom standen neben ihm und bedrängten ihn.

»Dürfen wir noch ein bißchen aufbleiben? Bitte!«

»Nein.« Er betrachtete sie, als wären sie ein ganzes Stück entfernt. Tom, dem es nach dem Essen immer besser ging, schien immer noch etwas –

»Alles in Ordnung?« fragte er ihn. War in dieser Familie eigentlich niemand in Ordnung?

Tom nickte. »Mir ist nur ein bißchen –«

»Zeit, daß er ins Bett kommt«, sagte Oliver, der am Tisch saß und an seinem Glas nippte.

»Ja. Und du auch«, sagte Robert zu Jack. »Los, ab nach oben mit euch beiden.«

Die Jungen gingen nach oben, und die Frauen kehrten zurück. Claire hatte einen Schmortopf gemacht aus einem Stück Schweinefleisch, das sie, als der Metzger offen hatte, gekauft und dann eingefroren hatte. Sie servierte es mit Reis und den Erbsen, die Jess am Vormittag enthülst hatte, und sie aßen es mit großem Appetit, ausnahmsweise etwas Warmes, und unterhielten sich, jetzt wo alle zusammen waren, über Belanglosigkeiten: Jeder dachte an andere Gespräche, die über dies und jenes während des Tages geführt worden waren.

Früher Morgen, kalt. Dunkelgraue Wolkenmassen verzogen sich über das Gebirge, das Licht wurde fahl und fahler. In tiefem Schlaf glitt Tom aus dem Bett und setzte sich in Bewegung.

Durch die Ritzen in den Läden drang die Morgendämmerung; unten im Dorf wurden die ersten Läden aufgestoßen, die ersten Wasserkessel gefüllt. Hunde erhoben sich von den Türschwellen und schüttelten sich, alte Männer spuckten aus, ein Hahn krähte. Tom ging langsam die Treppe hinunter.

Es wurde heller. Unten im Dorf saßen Guidas Vater und Onkel an dem Tisch in der Küchenecke, tranken aus angeschlagenen Bechern Kaffee, tunkten ihr Maisbrot ein, ließen sich Zeit.

Tom erreichte das Ende der Treppe. Er blieb stehen und ging dann weiter, in die Küche mit ihrem leichten Gasgeruch. Er durchquerte sie, seine nackten Füße klebten an dem abgetretenen braunen Linoleumboden; er kam an die Tür und stieß dagegen. Die Katze mit dem stumpfen Fell, die draußen unter der Gartentreppe schlief, vernahm das Geräusch und erwachte. Sie lief die Treppe zur Tür herauf und miaute heiser. Tom hörte sie, er schlief nicht mehr ganz so fest; er zog an der Klinke, und die Tür ging auf. Von der Schwelle sah die Katze zu ihm auf. Die Luft war kühl und frisch. Er ging hinaus, an ihr vorbei, an den Rand der steil zum Garten abfallenden Treppe. Sein Fuß trat vorwärts, ins Leere; er zog ihn zurück; er blieb stehen, dann ging er weiter, wandte sich zur Seite und stieg die lange Treppe hinauf, die unter dem Rebdach hindurch zu der Zisterne und dem oberen Weg führte. Es wurde heller; wieder krähte der Hahn.

Guidas Vater und Onkel nahmen ihre Gerätschaften, verließen das Haus und gingen die Seitentreppe hinunter. Sie gingen nach vorn und ein paar Schritte die Straße hinunter, zu der alten Brettertür, die man unten im Haus eingebaut hatte. Sie drückten sie auf, schoben aufgeweichte Strohhaufen beiseite und traten ein. Man hörte ein Grunzen, das Klappern einer Futterschüssel. Einer der beiden hatte einen Eimer. Einer der beiden hatte ein Messer.

Tom stieß gegen den weißen Eisentisch und blieb stehen; er ging weiter, berührte die Weinranken, kam an das Ende des Weges. Er erreichte das untere Ende der kurzen Treppe, die zum Schwimmbecken führte, und blieb stehen; er stieg hinauf; wieder krähte der Hahn. Es wurde heller. Die Luft über dem Becken war kühler, er konnte es spüren. Er wachte auf.

Wie war er dort hingekommen? Was machte er hier draußen im Freien? Direkt am Swimmingpool, wo er hätte hineinfallen können. Er trat einen Schritt zurück, blickte in das grünliche Wasser und sah fort. Weit entfernt, jenseits des Tales, erhoben sich die Berge. Es war noch sehr früh, aber sie wurden immer heller und grüner, und der Himmel wurde blasser und blasser, als die Sonne aufging. Es war schön, ein herrlicher Morgen. Was tat er hier draußen?

Aus dem Dorf unten drangen Geräusche herauf: Türen wurden geöffnet, Grüße gewechselt, Fußmatten ausgeschlagen. Und dann noch ein anderes Geräusch. Auch im Haus hörten sie es und bewegten sich unruhig im Schlaf.

Ein gräßliches Geräusch erklang aus dem Dorf: ein Quieken, ein gequältes Quieken und Schreie. Aufhören! Aufhören! Aufhören! Wieder ein Quieken, lauter, schriller, in Todesangst. Ein kreischender Angstschrei.

Und bei diesem Laut öffnete sich der Deckel in seinem Kopf sperrangelweit, so entsetzlich, daß er ihn nicht mehr zuklappen konnte, niemand konnte das – immer weiter klappte er auf, Hilfe, Hilfe, sein ganzes Inneres klappte heraus, nein, nein, nein, er streckte die Hände aus, um sich an etwas festzuhalten, aber da war nur Luft, überall nur Luft, und Luft konnte einen nicht festhalten, Hilfe, und dann war er plötzlich in einen Schraubstock gezwängt und er fiel – ins Wasser, Hilfe, Hilfe, dann nichts mehr und hinunter, hinunter, hinunter.

Oliver, der immer früh aufwachte, war von dem Kreischen erwacht und hörte es noch einmal. Er stand auf, ging ans Fenster und öffnete die Läden.

Morgendämmerung. Ein Tier in Todesangst. Ein Aufklatschen im Wasser.

Er runzelte die Stirn. Er ging ins Zimmer der Jungen.

Er rannte.

Den Korridor entlang, die Treppe hinunter, durch die Küche, die offene Tür, eine erschreckte Katze flüchtete, die Treppe hinauf, den Weg entlang und die Treppe zum Schwimmbecken hinauf. Dort entdeckte er ihn, zuckend, zappelnd, um sich schlagend, wild mit den Armen fuchtelnd, und er tauchte ins Wasser, brüllte und zerrte ihn an die Seite des Beckens. Er hob ihn hinaus und drehte ihn auf den Bauch, er pumpte und pumpte. Toms Gesicht war blau angelaufen, und das Zucken hatte aufgehört; seine Zähne waren fest zusammengebissen, und er rührte sich nicht. Oliver hörte nicht auf, zu pumpen und zu schluchzen und zu rufen; oben im Haus wurden Türen aufgestoßen, Leute kamen die Treppe heruntergestürzt.

Tom lag reglos da. Bis auf die normalen, alltäglichen Geräusche war alles still unten im Dorf.

9 Schritte, die den Weg entlangrannten.
Sie hastete die Treppe hinauf, hielt jäh inne, als sie ihn dort liegen sah, nein, nein, nein –

»Nein! Nein!«

»Er lebt.« Oliver zitterte am ganzen Körper. »Er lebt.«

Toms Gesicht war blau, seine Zähne krampfhaft zusammengebissen, doch er atmete, wenn auch schwach. Er hatte Schaum vor dem Mund und Blutstropfen auf den Lippen, doch es kam kein Wasser mehr heraus, und Oliver hatte aufgehört zu pumpen, drehte ihn um und preßte sein Ohr auf sein Herz, das ganz schwach schlug.

Er regte sich, der Herzschlag wurde kräftiger. Der Krampf ließ plötzlich nach: Sein Unterkiefer fiel herab, mehr Blut und eine große Menge Speichel kamen aus seinem Mund und liefen auf den Beton. Oliver sah eine geschwollene, an den Rändern ausgefranste Zunge.

Wieder bewegte er sich. Oliver und Frances nahmen einander bei den Händen. Hinter ihnen standen Robert, Claire und die Kinder aneinandergedrängt auf der Treppe und warteten stumm. Toms Füße bewegten sich ein wenig auf dem Beton; er bewegte leicht den Kopf; seine Lider flatterten, öffneten sich, schlossen sich wieder.

»Tom – Schatz, Schatz –«

Er versuchte zu sprechen. Er versuchte es noch einmal. Er schlug die Augen auf und sagte: »Mum –«, und dann spürte er, wie überall Pipi hinlief.

Sie trugen ihn hinunter ins Haus. Sie trockneten ihn ab und legten ihn in Jessicas Bett, den nächstgelegenen Raum, kühl und dunkel.

»Er ist schlafgewandelt«, sagte Frances mit kreidebleichem Gesicht, während sie ihn zudeckte. »Er hat das Schwein gehört und ist losgelaufen – oder umgekehrt ... Dann ist er ausgerutscht und gefallen ...«

»Viel mehr als das«, sagte Oliver.

Sie sah ihn an. »Wie meinst du das?«

Robert rannte hinunter ins Dorf und klopfte an Guidas Tür. Es war halb acht; sie kam besorgt an die Tür und zeigte auf ihre Digitaluhr. Sie kam nie vor acht.

»Nein«, sagte er, während er keuchend im Wörterbuch blätterte. »Doktor – wir brauchen einen Doktor.«

Sie schaute in das kleine zerlesene Buch und führte ihn durch das Dorf. Sie gingen am Haus ihres Onkels vorbei, wo die in Fußhöhe liegende Tür halb offen stand. Blut lief aus einem umgekippten Eimer über das Kopfsteinpflaster; Robert sah flüchtig, wie sich zwei Männer in Hemdsärmeln über etwas beugten. Er wandte den Blick ab.

Am anderen Ende des Dorfes gelangten sie zu einem kleinen Haus mit einem gepflasterten Garten, einem Feigenbaum, einer schlafenden Katze. Sie weckten den Arzt, einen kleinen Mann, der etwas Englisch sprach. Er begleitete sie mit seiner Arzttasche und seinem eigenen Wörterbuch, das größer war und medizinische Begriffe enthielt. Er sei für drei Dörfer zuständig, erklärte er ihnen, das Gespräch suchend, während sie zum Haus zurückeilten; er habe in Lissabon Englisch gelernt. Robert nickte, ohne richtig zuzuhören.

Im Haus besah der Arzt sich den schlafenden Tom; er lauschte Olivers Schilderung. Sie saßen in dem großen luftigen Wohnraum, und er blätterte in seinem Wörterbuch. Infantiler Krampfanfall – das würde passen. Vielleicht die Hitze, vielleicht hohes Fieber. Hatte er Fieber gehabt? Das glaubte niemand. Vielleicht war es auch ernster. Vielleicht hatte es mit dem Schlafwandeln zu tun, vielleicht auch nicht. Hatten sie ... er blätterte im Wörterbuch ... so etwas wie Bewußtseinstrübungen festgestellt? War er ihnen manchmal abwesend vorgekommen –

Ja, sagte Claire, oft –

Er ließ Sachen fallen, sagte Jessica. Er ließ Sachen fallen und stand einfach da.

Lag so etwas in der Familie? Keine derartigen Fälle? Nein ... Epilepsie. Das Wort, ausgesprochen mit seinem starken ausländischen Akzent, blieb in der Luft hängen. Es war möglich, ja. Sie mußten ihn in London von einem Spezialisten untersuchen lassen.

Sie brachten ihn an die Tür; er wollte später wiederkommen, wenn Tom wach war. Sie saßen schweigend im Eßzimmer und tranken den Kaffee, den Guida für sie gekocht hatte, angereichert mit einem großen Schuß Brandy.

Tom schlief und schlief.

Claire, Jack und Jessica saßen in der Hollywoodschaukel. Pfirsiche fielen mit einem dumpfen Aufprall vom Baum: einer, noch einer. Jack lief hin und hob sie auf.

»Wir können sie zu Mittag essen«, sagte er, während er sie die Treppe hinauftrug. »Den hier kann Tom haben.« Er probierte den anderen: Er schmeckte nach nichts und war so hart wie ein Stein. Er spuckte das Stück aus, verzog das Gesicht und warf den Pfirsich über die Brüstung. »Puh.«

»Macht nichts«, sagte Claire. »Es war ja gut gemeint.«

Er ging hinüber zur Tür und spähte ins Innere. »Wann wacht er denn endlich auf?«

»Gleich. Der Arzt meinte, er würde vielleicht Kopfschmerzen haben.«

»Der Doktor war nett.«

»Ja.«

Er kam zurück und setzte sich neben sie. Sie schaukelten auf und ab.

»Wann fahren wir nach Hause?«

»Am Samstag.«

»Wann ist Samstag?«

»Übermorgen. Wir fahren wieder durch Spanien zurück, weißt du?«

»Mmm.«

Sie schaukelten weiter.

»Was passiert mit ihm?« fragte Jess.

»Er muß in England zu einem Arzt.« Claire sah sie an. »Geht es dir wieder gut? Hast du es überwunden?«

Jess schüttelte den Kopf. »Es war schrecklich.«

»Ja. Fang nicht wieder an zu weinen.«

»Ich kann nichts dran ändern.«

Claire legte den Arm um sie.

»Ich verstehe es immer noch nicht«, sagte Jack. »Ich komme einfach nicht dahinter.« Seine Sandalen schleiften über die Fliesen; er blickte finster zu Boden.

Die Hollywoodschaukel quietschte beim Hin- und Herschaukeln, auf dem Baldachin trieben die Blätter des Zitronenbaums ihr Schattenspiel. Robert erschien in der Tür und entdeckte sie.

»Wie geht's uns denn?«

»Nicht sehr gut«, sagte Claire.

Frances saß auf einem niedrigen Stuhl in der Zimmerecke und betrachtete ihn. Er atmete jetzt gleichmäßig, zuckte und zappelte nicht mehr, sein Gesicht war bleich, aber seine Gliedmaßen wirkten völlig entspannt. Der Schlaf eines Toten – ihr Magen stülpte sich um: Wach auf, wach auf. Sie ging zu ihm, beugte sich herab, hielt die Hand zögernd über seinen Haarschopf, die schwarzumränderten Augen, die geschlossenen Lippen, die die verletzte, zerbissene Zunge verbargen. Toms Brust hob und senkte sich. Sie küßte ihn und kehrte zu ihrem Stuhl zurück.

Eine Tasse Kaffee, nicht angerührt, kalt geworden, stand auf dem Boden, daneben ihre Zigaretten, doch während sie unaufhörlich geraucht hatte, als sie auf den Arzt gewartet hatten und er dagewesen war, kam es ihr jetzt gar nicht in den Sinn: Sie hatte sie mitgebracht, ohne darüber nachzudenken. Das Schiebefenster war oben und unten geöffnet; die Ranken der dichten Kletterpflanzen bewegten sich leise. Sie beugte sich auf dem hochlehnigen Stuhl zurück und schloß die Augen. *Dora,* schrieb sie, *Tom wäre beinahe gestorben –*

Auf dem Holzboden des Korridors hörte man Schritte.

»Frances?«

Sie öffnete die Augen. Er stand in der Tür und wies mit dem Kopf fragend auf das Bett.

»Ich glaube, es ist alles in Ordnung. Ich habe gerade nachgesehen.«

Oliver trat ans Bett und beugte sich genau wie sie darüber. Er setzte sich auf den Stuhl neben dem Bett; er nahm Toms Hand und hielt sie wortlos fest. Er sah sie an.

»Komm her.«

Dora, ich –

Sie erhob sich von ihrem Stuhl und ging zu ihm. Er streckte seine andere Hand aus, und sie nahm sie, küßte sie und setzte sich auf seinen Schoß. Sein Arm umfing sie, sie legte den Kopf an seine Schulter. Schritte durchquerten das Wohnzimmer. Robert erschien in der Tür und schaute sich um.

»Ah. Da sind Sie.« Er lächelte. »Ich denke, wir verschwinden mal ein bißchen, falls Sie einverstanden sind. Die Kinder brauchen etwas Abwechslung ... oder wollen Sie, daß wir in der Nähe bleiben?«

»Nein«, sagte Oliver, »wir kommen zurecht, wir warten auf den Arzt.«

»Alles klar. Dann so bis um fünf, würde ich sagen. Wir fahren einfach ein Stück durch die Gegend, essen irgendwo zu Mittag ...«

»Viel Spaß«, sagte Frances. »Vielen Dank für alles, was Sie getan haben.«

Sie sahen einander an und lächelten.

»Grüßen Sie Tom von uns, wenn er aufwacht.«

»Machen wir.«

Er ging wieder hinaus. Oliver warf mit dem Fuß die Tür zu.

Frances und er saßen da und küßten sich, hörten, wie die anderen das Haus verließen, wie die Autotüren zufielen und Stille einkehrte; sie warteten darauf, daß Tom aufwachte.

Er saß auf der Bettkante, und der Doktor bat ihn zu tun, was er ihm sagte. Dem Finger mit dem Blick zu folgen, während er ihn an seinen Augen vorbeiführte. Erst die eine, dann die andere Hand auszustrecken und einzelne Finger zu berühren, mit den Zehen zu wackeln. Der Doktor schlug mit einem hübschen kleinen Hammer auf sein Knie: Sein Bein flog in die Luft. Er schien das für gut zu halten, aber er hatte gar nichts zu tun damit, sein Bein tat es von selbst. Dann leuchtete er mit einem kleinen Lämpchen in seine Augen: Ob er den Deckel darin sehen konnte? Er mußte die Augen schließen und seine Nase mit dem Finger berühren – selbstverständlich konnte er das, wenn man die eigene Nase nicht berühren konnte, war etwas nicht in Ordnung. Sehr gut, sehr gut, sagte der Doktor, und ob er Kopfschmerzen habe. Er hatte Schmerzen im Kopf, aber das lag an seiner Zunge, die ihm zu schaffen machte: Sie tat weh und fühlte sich rundherum komisch an. Er streckte sie heraus und betastete sie; er glitt aus dem Bett.

»Tom –«

Er ging zur Kommode und versuchte, in den Spiegel zu sehen; er zog ihn näher heran, schob dabei ein Durcheinander von Dosen und Flaschen beiseite, Jessicas Sachen, und streckte die Zunge erneut heraus. Puh. Wie war sie nur *so* geworden?

»Tom, das ist bald besser –«

Sie erinnerte ihn an irgend etwas, an irgend etwas Schreckliches. Er runzelte die Stirn, während er angestrengt nachdachte. Puh. *Puh.*

»Laß, Schatz, laß –«

Er beugte sich vor bis dicht an den Spiegel und streckte die Zunge heraus, so weit er konnte, sah die Stelle, wo dieses komische schlenkernde Ding hinten in seinem Rachen größer wurde. Er stieß mit dem Ellenbogen etwas um; eine von Jessicas Dosen, eine kleine Blechdose mit einem Scharnierdeckel, fiel herunter, sprang auf, und Perlen rollten über den Boden –

Er wußte, was es mit seiner Zunge auf sich hatte. Das Schwein hatte einen Deckel gehabt, und wenn es ihn ganz langsam aufgeklappt hatte, sah man darin –

Etwas war mit dem Schwein geschehen –

Aufhören, aufhören, aufhören!

Er hob die Dose auf und schleuderte sie –

»Tom ... Tom ...«

Niemand schrie ihn an. Alle waren nett zu ihm. Sie nahmen ihn in den Arm und drückten ihn an sich. Er weinte und weinte.

Sie fuhren in die Stadt mit der Kathedrale und parkten in einer Seitenstraße am Ortsrand in der Nähe eines Rummelplatzes, an den sie sich noch vom vergangenen Jahr erinnerten.

»Können wir hingehen?« fragte Jack. »Jetzt gleich?«

Es war sehr heiß. Benzinschwaden erzeugten innerhalb und außerhalb von herumwirbelnden Raumschiffen anmutige Regenbogen.

»Später?« fragte Robert.

»Nein, jetzt, bitte.«

»Ich glaube, heute morgen lassen wir ihnen mal ihren Willen«, sagte Claire. Sie legte trotz des Sonnenhuts die Hand über die Augen und holte ihre Sonnenbrille heraus.

»Gut. Also dann, wer will womit fahren?«

»Mit allem«, sagte Jack. »Wir fahren mit allem.«

Dreißig Fuß über ihnen hörte man gellende Schreie: Die Achterbahn kam ratternd herabgesaust und verlangsamte die Fahrt.

»Damit. Damit!«

Sie blieb mit surrendem Motor stehen. Jeweils zwei Leute in einem Wagen.

»Fährst du mit mir?« fragte Robert Jess, während er Escudos aus der Hosentasche zog.

Sie sah zur Seite.

»Du mußt nicht.«

»Schon gut.« Sie kletterte mit ihm hinein, Claire und Jack hinter ihnen. Jack hüpfte auf und ab.

»Klasse.«

»Halt dich an der Stange fest –«

Los ging's. Langsam, langsam, wuschsch.

»Huiii!«

»Hiiilfe!«

Schneller, schneller, schneller. Ihre Mägen flatterten.

Jessica drückte den Kopf an Roberts Schulter; er legte den Arm um sie.

»Hiii-iiilfe!«

Es war herrlich, es war wie Fliegen, schnell, schnell, schnell.

»Alles klar?« Gebrüllt.

Das Gesicht an ihn gepreßt, nickte sie schwach.

Sie fuhren langsamer, noch langsamer und blieben stehen. Er drückte sie an sich, sie drückte ihn. Es war nett, aber es war nicht dasselbe.

»Puh.«

»Helft mir.« Claire taumelte, schwach vor Erleichterung.

»Klas-se! Können wir noch einmal fahren?«

»Nein.«

Er half Jessica heraus; sie lachte. Sie gingen zum Karussell. Schnaubende Pferde hoben und senkten sich, golden und weiß, mit Zügeln in unterschiedlichen Farben, begleitet von zauberhafter Musik.

»Welches willst du?« fragte Robert sie, als das Karussell anhielt.

»Das hier.« Es hatte Zügel in Silber und Smaragdgrün; es sah zurückhaltend und stolz aus.

»Sehr schön.«

Sie stieg auf und lächelte zu ihm herab. Es war nicht dasselbe, aber es war schon in Ordnung.

Sie machten nicht alles, aber doch eine ganze Menge. Sie fuhren zweimal mit den Raumschiffen und mit dem Riesenrad, und die Kinder dreimal mit der Berg- und Talbahn, während Robert und Claire unten warteten. Jack fuhr zum Spaß auf einem kleinen Karussell, das aus Zügen bestand, und Jessica angelte einen schwimmenden Fisch und gewann eine grünrosa Plastikhalskette. Sie legte sie um. Sie hob sich sehr schön von dem weißen T-Shirt ab.

»So, das reicht. Mittagessen?«

»Ich komme um vor Hunger.«

Sie kauften Cola in Dosen und tranken davon, während sie über den glühend heißen, staubigen Boden zu dem Drahtzaun gingen, das Gelände verließen und die steile Straße zum Zentrum hinaufstiegen. Ein Ochse mit gelblichbraunem Fell war an einem Laternenpfahl angebunden; in seinen Augen wimmelten Fliegen, ein langer Speichelfaden schwang zähflüssig in der Sonne über einer leeren Aluminiumschüssel.

»Wenn Tom das sähe –«, sagte Jessica.

»Er hat Durst«, sagte Claire.

Sie hielten nach einem Wasserhahn Ausschau.

»Er kann was von meiner Cola haben«, sagte Jack.

»Ich glaube nicht, daß er das mag.«

Aber da kein Wasserhahn da war, goß er ihm die Cola in die Schüssel. Der Ochse schlürfte, seine Flanken hoben und senkten sich.

»Armer Kerl.«

Sie gingen den Berg hinauf und fanden am oberen Ende ein Lokal, vor dem draußen im Schatten Tische aufgestellt waren. Sie bestellten vier verschiedene Gerichte, damit jeder von allem versuchen konnte: Kaninchen und Hähnchen und Ente und –

»Ich glaube, ich nehme einen Salat«, sagte Jessica.

»Wir bekommen sowieso Salat. Der gehört dazu.«

Sie schüttelte den Kopf. »Ich habe keine Lust auf Fleisch.«

Sie ließen noch mehr Getränke kommen, um die Wartezeit zu überbrücken, und kauften eine Flasche Mineralwasser, um sie später dem Ochsen zu verabreichen, und Robert aß so viel Brot aus dem Korb, daß er schon beinahe satt war, als das Essen kam. Das sagte er jedenfalls. Aber es gelang ihm trotzdem, alles zu verputzen.

Und danach Eis. Sie bestellten vier verschiedene Sorten, und jeder löffelte etwas aus den Glasschalen der anderen.

»Mmm! Lecker!«

Und danach Kaffee. Und dann konnten sie sich kaum noch rühren. Sie blieben sitzen und beobachteten die anderen Touristen, wenn es auch nicht viele waren, und betuchte Portugiesen, die an anderen Tischen saßen, sich unterhielten und Zeitung lasen. Man hörte, wie auf entfernt gelegenen Baustellen Gerüste errichtet wurden; Mopeds rasten die Hauptstraße entlang. Nach einer Weile rafften sie sich auf und begaben sich trotz des Murrens der Kinder zur Kathedrale.

»Es gibt ringsum Läden«, sagte Claire. »Wir können Geschenke einkaufen. Und drinnen ist es kühl.«

In den engen Straßen war es dumpf und schattig; sie schauten in dunkle Apotheken, die noch wunderschöne Flaschen mit farbigem Wasser ausstellten.

»So was sieht man bei uns zu Hause nicht mehr. Wie schade.«

»Jetzt *kommt.*«

Die Läden an der Kathedrale verkauften Töpferwaren, Bilderrahmen aus Metall und Webteppiche. Sie kauften Mitbringsel für Granny in Maidenhead und für Granny und Grandpa in Derbyshire, und Jess kaufte eine hübsche kleine Dose für ihre beste Schulfreundin.

»Und noch was für Geoffrey und Linda«, sagte Claire.

Robert gähnte. »Das wär's dann aber auch.«

»Und etwas für Tom«, sagte Jack.

»Das ist ein guter Gedanke. Gibt es hier etwas, was ihm gefallen könnte?«

Sie suchten angestrengt.

»Ich hab's! So eine würde ihm gefallen.« Er hielt eine winzige Porzellankatze in die Höhe, grauweiß gemustert und zusammengerollt.

»Meinst du?« fragte Claire Robert.

Sie waren alle der Ansicht, sie würde ihm gefallen. Das Mädchen an der Kasse packte alles in rauhes, bräunliches Seidenpapier, und die Rechnung war viermal so hoch wie beim Mittagessen.

»Macht nichts. Schließlich waren wir nicht verschwenderisch.«

»Nein?« Robert steckte seine dünne Brieftasche in seine Jacke und wischte sich den Schweiß ab. »Ich muß mich setzen.«

Die Treppe der Kathedrale wimmelte von Tauben; die geschnitzten Türen wurden mit Hilfe riesiger Haken offengehalten. Das Innere roch nach Holz und Politur, und das Kirchengestühl war beinahe schwarz. Die Kinder gingen umher und sahen sich um; Sonnenlicht fiel durch die Tür zum Kreuzgang herein, und sie gingen hinaus und liefen unter den Arkaden entlang.

»Das ist schön.«

»Siehst du? Ich habe es dir ja gesagt.« Claire ließ sich neben Robert in einer Bank nieder. Sie beobachteten alte Frauen in Schwarz, die sich nur mit Mühe wieder erheben konnten, und eine junge Frau, die eine Gruppe herumführte. Es war himmlisch kühl.

Sie legte den Kopf auf seine Schulter. Ein Priester kam aus einer kleinen Seitentür. Sie sagte: »Robert?«

»Mmm?«

»Als Tom – als wir darauf gewartet haben, daß er wieder zu sich kam ...«

»Mmm?«

»Hast du da gebetet?«

»Oh, ja«, sagte Robert. »Ich habe gebetet.« Seine Hand strich über ihr Haar. »Ich habe gebetet wie verrückt, du nicht?«

»Doch.«

Stimmengemurmel im Seitenschiff, tanzender Staub auf den Sonnenstrahlen, alles war wie immer.

Noch ein Tag.

Das Wetter änderte sich. Nicht sehr, nicht dramatisch, doch man spürte es, es war kühler als am Vortag, der morgendliche Wind ein wenig stärker. Es war angenehm und belebend, alle atmeten erleichtert auf.

Am Morgen gingen Robert und Oliver in den Keller, um den Schäferumhang heraufzuholen. Die Kinder liefen hinterher, gefolgt von Frances und Claire.

Er stand in der Ecke, wo sie ihn deponiert hatten, dunkel und riesenhaft unter dem von Spinnweben blinden Fenster. Vieles hatte sich ereignet, seit sie ihn hier herunter gebracht hatten, und alle hatten sich seitdem verändert. Jessica tänzelte nicht mehr singend umher, und als Oliver vorsichtig den Hut herunternahm und ihn ihr lächelnd auf den Kopf stülpen wollte, wich sie ihm aus.

»Nein, danke.«

Frances und Claire nahmen den Mantel herunter, aber Robert mußte jetzt nicht mehr an Dienerinnen denken, überhaupt sah er die zwei Frauen zusammen jetzt in einem etwas anderen Licht; er sah, wie sie einander anlächelten, als eine die Schultern und herabhängenden Ärmel packte und die andere den unförmigen Umhang selbst, und er stellte sich Fragen. Er ertappte sich dabei, wie er sich Fragen stellte.

Jack rannte nicht auf die Spielzeugkiste zu und ließ alle Autos auf- und abfahren. Er beobachtete Tom, der in der hinteren Ecke stand. Der Arzt habe Tom eine Medizin gegeben, hatte Claire ihm erklärt, um – na ja, um ihn zu beruhigen und seinem Kopf zu helfen. Er sah ein wenig schläfrig und abwesend aus. Aber die Katze hatte ihm gefallen, das hatte er gemerkt.

»Geht es dir besser?« fragte Jack.

»Was?« Er stand in der Ecke und sah zu, wie sie die Gestalt in Einzelteile zerlegten. Das Gesicht war verschwunden: Unter dem Hut war nichts, nur dieser lange dünne Hals mit dem Knauf am oberen Ende. Wie konnte man sein Gesicht verbergen? Irgendwie machte die Gestalt das und zeigte es nur, wenn sie den Hut aufhatte. Jetzt kippten sie das ganze Ding um, legten es auf die Seite – es stöhnte. Gut.

»Jessica?« sagte Frances. »Paß einen Moment auf, während wir das Ding hinaufbringen, ja?« Sie wies mit dem Kopf auf Tom; Jessica erwiderte das Kopfnicken.

»Fertig«, sagte Robert zu Oliver.

»Fertig.«

Sie hoben den Holzständer an und setzten sich in Bewegung. Er stieß gegen die Wand und hinterließ Kratzer; hinter ihnen raschelte das Stroh.

Jack ging hinter ihnen die Treppe hinauf.

Tom nahm Abschied von dem Puppenhaus.

Jessica folgte ihm.

Die Tür stand noch vom letzten Mal offen. Er stand da und betrachtete es, er atmete – wie? Er atmete heute anders als sonst, das spürte er. Bedächtiger. Er war in allem bedächtiger. Er sah die Hausbewohner, in Stücke zerbrochen, und hinter ihm bewegte sich etwas. Er fuhr zusammen. Weil alles so langsam ging, war es kein normales Zusammenzucken, alles war so dumpf und schwerfällig.

»Tut mir leid«, sagte Jessica. »Ich wollte dich nicht erschrecken.« Auch sie war freundlich. »Ist das dein Haus, Tom? Es ist hübsch.«

»Es sind viele Leute darin gestorben«, sagte er.

»Was?«

»Sie waren alle sehr böse«, erklärte er, »und ich mußte sie bestrafen.« Er hob all die zerbrochenen Knochen auf und zeigte sie ihr. »Siehst du? Ich habe sie verhungern lassen, das war ihre Strafe, und als sie dann immer noch kein Mitleid hatten, mußte ich ihnen Arme und Beine abhacken. Ich weiß nicht, ob sie Deckel im Kopf hatten, aber das Schwein hatte einen, das weiß ich, und das ist jetzt auch tot, nicht wahr? Niemand schützt einen vor so etwas.«

Warum sah sie ihn so an?

»Schon gut«, sagte er, während er die Vorderseite des Hauses zuklappte und den Haken befestigte. »Man braucht sich keine Gedanken mehr um sie zu machen, sie sind tot. Wenn man tot ist, berührt einen nichts mehr.«

Zeit zu packen. Es nahm kein Ende.

»Haben wir wirklich das ganze Zeug mit hergebracht?«

»Wir brauchen noch ein paar saubere Sachen für Spanien ...«

Bei der Zisterne oben, unter den dunklen Efeuranken, wusch Guida Berge von Wäsche und hängte alles in die Sonne. Prall gefüllte Koffer wurden die Treppe hinuntergetragen und im Kofferraum verstaut, Taschentücher in die Ecken gestopft, ein Stapel Kassetten zwischen den Vordersitzen deponiert.

Oben faltete Frances alles ordentlich zusammen und zog den Reißverschluß ihres Koffers zu. Tom saß in der Ecke und sah zu. Die kleine graue Katze lag zusammengerollt in seiner Tasche und schlief. Sie mochte die Nachmittage. Frances stellte ihren Koffer neben den Olivers und sah vorsichtshalber noch einmal in alle Schubladen. Nichts.

»Also dann«, sagte sie zu Tom. »Jetzt kommen deine Sachen.« Sie streckte die Hand aus; sie gingen über den Treppenabsatz in sein Zimmer, blieben stehen, um den Läufer geradezuziehen.

»Der verrutscht doch gleich wieder«, sagte er.

»Ich weiß.«

Claire hatte Jacks Sachen bereits gepackt und seinen Koffer nach unten gebracht. Nun war niemand mehr hier oben. Die Läden standen offen, da heute niemand hier Mittagsruhe halten würde und das Wetter sich geändert hatte; das Zimmer mit den zwei gleichen Baumwolldecken, den nackten Holzdielen, der alten Kommode und dem gelben Stuhl war sonnig und warm. Frances begann, die Schubladen herauszuziehen; Tom ging ans Fenster. Kinder rannten unten im Hof der Dreschhalle umher und zogen den Karren auf und ab. Er rief und winkte; sie winkten zurück und spielten weiter. Über den Bergen in der Ferne lagen Dunstschleier; ein Flugzeug kreiste darüber und stieg dann höher.

Frances packte Shorts, T-Shirts und Badehosen ein.

»Du bist aus fast allem herausgewachsen, weißt du das? Zeit, daß wir ein paar neue Sachen kaufen, wenn wir zurück sind.« Er gab keine Antwort. »Tom?«

»Ja?«

»Fühlst du dich gut?« Sie trat neben ihn, und er lehnte den Kopf an sie. Sie umarmten einander; sie betrachteten zusammen die Aussicht. Der Fluß schlängelte sich in zahlreichen Kurven durch die Maisfelder: tiefgelb, blaßblau, immer weiter, um die Biegung, bis er den Blicken entschwand, doch er floß weiter, unaufhörlich weiter.

Am späten Nachmittag gingen sie alle hinunter ins Dorf. Sie setzten sich unter das Rebdach vor dem kleinen Café, tranken Tee und Limonade und betrachteten zum letztenmal die Welt aus diesem kleinen Blickwinkel.

Oliver lehnte sich auf seinem Stuhl zurück, die Hände hinter dem Kopf verschränkt. Jessica sah ihn an und dann beiseite. Er sagte: »Ein letzter Gang. Nur ein kurzes Stück. Hat jemand Lust?«

»Wohin?«

»Ich weiß nicht, das ist egal.« Er beugte sich vor und legte seine Hand auf die von Tom. »Was ist mit dir? Hast du Lust, einen Spaziergang mit mir zu machen?«

Er drehte die kleine Katze in den Händen; er holte sie hervor und setzte sie auf den Tisch, damit sie auch dabei war.

Willst du mitgehen? fragte er sie.

Sie sagte ja. Genau wie Frances. Gut.

»Wißt ihr was«, sagte Robert. »Ich könnte das Auto holen und euch drei zu einer Stelle fahren, wo wir letztes Jahr öfter gewesen sind. Weißt du noch, Claire? Ich meine diesen Weg, der vom nächsten Dorf hierher führt.« Er wies die Straße hinauf in Richtung des Marktstädtchens. »Es ist nicht sehr weit, etwa eine Meile. Und man kommt an der Stelle mit den Fröschen vorbei. Erinnert ihr euch noch?« Sie erinnerten sich. »Tom? Glaubst du, du schaffst eine Meile?«

»Wie weit ist eine Meile?«

»Gute Frage.«

Robert ging zum Haus zurück und holte das Auto. Weil zwei Meilen hin und zurück im Moment zu viel für Tom waren, was alle wußten, fuhr er sie hinauf in ein Dorf mit leuchtenden Fliesen an den Wänden und buntgeblümten Vorhängen. Er zeigte auf den Bergpfad und sagte, wenn sie in einer Stunde nicht zurück im Haus wären, würde er einen Suchtrupp losschicken.

»Danke.«

Sie sahen das Auto auf der kurvenreichen Straße bergab fahren.

Dann folgten sie der Abzweigung; der Weg wurde zunächst

von Büschen gesäumt, die jedoch spärlicher wurden, als sie höher zu den Bäumen hinaufstiegen, und schließlich liefen sie durch offenes, freies Gelände, das sanft zu ihrem Dorf hin abfiel. Unten sahen sie die blühende Wiese liegen, den Weg, der an dem verfallenen Haus vorbeiführte, und die feuchten kleinen Felder, die kreuz und quer von Bewässerungsgräben durchzogen waren. Über eines von ihnen bewegten sich langsam einige Ochsen, die nicht angeschirrt waren; als sie nahe genug waren, hörten sie das Glockengeläut und das Geräusch, wie sie langsam und gemächlich das lange Gras fraßen.

»Das ist schön«, sagte Tom.

»Ja, nicht wahr?«

Sie hatten ihn zwischen sich an die Hand genommen. Auf der anderen Seite der Ochsenweide, jenseits des Weges, sahen sie die Häuser in ihren kleinen, fliesenverzierten, mit Farn, Moos und Efeu bewachsenen Gärten liegen, in denen einzelne Leute herumhantierten. Tom runzelte die Stirn.

»Hier war ich schon einmal.«

»Ja. Wir waren alle schon hier. Schau, da drüben hatten wir doch unser Picknick – erkennst du den Platz wieder? Das ist die Stelle, wo du mit Jack den Frosch gefangen hast, weißt du noch?«

Er wußte es noch.

»Tom. Jetzt ist alles ein bißchen besser, ja?«

Er drehte die kleine Katze in seiner Hand. »Mmm.«

Sie gingen weiter; er ging voraus, zeigte der Katze dies und das, erklärte ihr alles genau; sie konnte gut zuhören. Oliver und Frances gingen mit verschlungenen Armen hinter ihm und beobachteten ihn.

»Ist jetzt alles ein bißchen besser?« fragte er.

»Ja.«

»Willst du mir etwas sagen?«

»Irgendwann.«

Tom ging langsam vor ihnen her, murmelte vor sich hin, machte Geräusche. Nicht ganz so viele wie sonst.

»Und was ist mit dir?« fragte sie.

»Ein paar Gedanken.«

»Willst du darüber sprechen?«

»Irgendwann.«

Die Sonne näherte sich dem Gebirge; die Luft wurde spürbar kühler. Sie dachte an die lange Unterhaltung mit Robert, als sie in der Mittagshitze durch den Pinienwald gegangen waren. Noch gar nicht lange her. Sie dachte an den Ausgang des Gesprächs:

Ein Wort, wie Alice im Wunderland es gebraucht hätte. Es hat die Bedeutung, die wir ihm geben, nicht mehr und nicht weniger. Wie Gott, wie mir gerade aufgeht ...

»Oliver? Als – als es passierte – als du ihn gefunden hast –, hast du das als göttliche Fügung empfunden? Daß du rechtzeitig da warst?«

»Schwierig, es anders zu sehen. Aber nein, als ich später darüber nachdachte, doch nicht.«

»Weshalb?«

»Zu viele Leute kommen nicht rechtzeitig«, sagte er. »Warum sollten wir verschont bleiben?« Er machte eine Faust. »Nicht, daß ich nicht dankbar wäre.«

Sie schwieg.

»Aber hast du gebetet?«

»Oh, ja«, sagte er. »Ich habe gebetet. Würde das nicht jeder in dieser Situation?«

Sie gingen langsam weiter und hörten die Kirchturmuhr vier willkürliche Schläge abgeben.

Der letzte Morgen. Ein einziges Durcheinander.

Tom, Jack und Frances sagten den Hühnern Lebewohl. Jessica half Claire, den Kühlschrank auszuräumen und aus den Resten ein Picknick für unterwegs zu bereiten. Robert steckte ein Bündel Escudos in einen Umschlag und machte sich auf die Suche nach Guida.

Sie war im ersten Stock und zog die Betten ab. Sie wollten das gerade tun, das brauchte sie nicht –

»Guida?«

Er stand auf dem Treppenabsatz. Ein Stapel Bettücher fiel locker auf den Boden des Jungenzimmers; sie erschien in ihrem Jeansrock und den Plastiksandalen.

»Ich –« Er hielt ihr den Umschlag hin; sie nahm ihn entgegen.

»*Obrigado*«, sagte er. »Sie waren wunderbar. *Marvilhoso. Obrigado.*«

Sie schüttelte lächelnd den Kopf. »*Marvilhosa*«, sagte sie. »*Obrigada.*«

»Bitte?«

»*Obrigada* – bei Frauen, ja?«

»Ach, ja«, sagte er. »Bei Frauen. Ganz recht.«

Sie standen auf dem sonnenüberfluteten Treppenabsatz und lächelten einander an.

Die Blätter im Pfirsichbaum vor dem Fenster regten sich; ein weiterer Pfirsich fiel auf den Boden.

»Tja«, sagte er.

Sie gab ihm einen Kuß auf die Wange und rannte davon.

Tja, tja, tja.

Das Auto war gepackt; Olivers, Frances' und Toms Koffer standen oben am Tor an der Bergstraße, bereit für das Taxi. Das Wetter war umgeschlagen, es war merklich kühler. Ein paar welke Blätter wurden auf die Terrasse geweht und wirbelten über die Fliesen. Dort nahmen alle voneinander Abschied.

»Vielen Dank für alles –«

»Vielen Dank, daß ihr mitgefahren seid –«

»Sag das nicht. Es tut mir leid –«

»Ihm geht es wieder gut. Das hoffe ich jedenfalls. Das ist die Hauptsache –«

»Ja. Sobald wir zurück sind, rufen wir den Arzt an.«

»Ruft uns an und sagt uns Bescheid –«

»Das machen wir.«

Sie schüttelten einander die Hände, umarmten und küßten sich.

Oliver ging hinüber zu Jessica. »Auf Wiedersehen, Jessica.«

»Auf Wiedersehen. Ich bin froh, daß Tom –«

»Ich danke dir.« Er legte seine Hand auf ihren Arm; er küßte sie auf die Wange. Sie sah ihn kurz an und dann zur Seite.

Tom stand auf der Schwelle der großen weißen Tür und schaute ins Wohnzimmer. Die Sonne schien auf die Dielen und auf den Schäferumhang. Das Stroh sah gelb und warm aus. Der Hut war etwas nach vorn geneigt, als schliefe die Gestalt.

»Tom? Bekomme ich einen Kuß?« Das war Claire. Sie bekam ihn. Alle bekamen einen. Was für ein Theater.

Oben am Tor hupte das Taxi; sie rannten.

Der Fahrer war klein und dick und trug ein Medaillon um den Hals. Ein Foto seines Sohnes, das in einer Plastikhülle steckte, war mit Klebestreifen am Armaturenbrett befestigt; an einem kurzen Bindfaden baumelte die Jungfrau Maria. Er half ihnen, alle Koffer im Kofferraum zu verstauen; sie stiegen ein; die Türen flogen zu.

»Auf Wiedersehen, auf Wiedersehen …«

Sie winkten und winkten.

Alle saßen im Auto und warteten. Claire machte einen letzten Rundgang durch das Haus, durch alle leeren Zimmer. Es wirkte still, zur Ruhe gekommen, gleichmütig. Sie hatte es kein einziges Mal für sich allein gehabt. Oben an der Zisterne wusch Guida ihre Laken und Bettbezüge; sie benutzte einen riesigen Block gelber Seife. Wie immer floß das Wasser unaufhörlich.

So. Das war's. Sie sah in allen Schlafzimmern nach, dann ging sie die Treppe hinunter und in den luftigen Wohnraum. Die großen weißen Türen zur Terrasse standen offen, Blätter fegten über die Fliesen.

So vieles war in diesem Haus geschehen. In diesen Ferien wäre beinahe jemand gestorben.

Aber er war nicht gestorben, er war gerettet worden. Und letztlich war ihr nichts genommen worden; auch hatte sie keineswegs das Gefühl, ihr Leben wäre vorbei. Sie stand ganz allein da und verspürte den Wunsch, ein Gebet zu sprechen. Doch dann ertönte zweimal ungeduldig die Hupe, und sie trat hinüber zur Tür und schloß sie sorgfältig. Sie ging hinaus, die Holzdielen im Korridor entlang, durch die Küche, stellte eine kleine Schüssel mit Resten für die Katze hin, verabschiedete sich von Guida und ging durch den Garten zum Auto.

»Was hast du denn so lange gemacht?«

Sie setzte sich neben Robert; sie fuhren ab. Langsam durch das Dorf, dann schneller.

»Laßt uns ein wenig Musik hören«, sagte er.

»Sinatra.«

Alle stöhnten. »Nicht schon *wieder.*«

Sie nahm keine Notiz davon, schob die Kassette ein und drückte die Taste. Sinatras Stimme erfüllte das Auto; sie sangen alle mit.

Nach einer Weile verstummte Jessica. Sie hatte das Gesicht an die Scheibe gepreßt, betrachtete das blaugrüne Gebirge, das Tal und den gewundenen Fluß, der klein und immer kleiner wurde, je weiter sie bergauf fuhren.

And then I have to spoil it all
by saying something stupid, like I love you ...

Sie schloß die Augen, die Musik durchflutete sie, dann schwebten die Töne durch das offene Fenster davon und verklangen.

Tom saß zwischen ihnen und wartete auf das Essen. Hinter ihnen kam der Servierwagen klappernd und ratternd durch den Gang, doch das Flugzeug bewegte sich ganz ruhig durch die Luft, und der kleinen Katze gefiel es. Sie saß auf dem Plastiktablett vor ihm und wartete ebenfalls auf ihr Mittagessen.

Frances und Oliver sahen sich über seinen Kopf hinweg an.

»Es scheint ihm gutzugehen.«

»Ja. Dir auch?«

Er nickte, schaute auf die Uhr und widmete sich wieder seinem Buch.

Frances blickte aus dem Fenster. Sie flogen über den Wolken: eine dichte, sonnenbeschienene Landschaft ganz in Weiß, die ungeheuer kompakt und massiv erschien; man konnte sich kaum vorstellen, daß sie einen Sturz nicht auffangen würde. Wenn man die Flugzeugtür öffnete und hinausträte – man könnte gewiß diese Berge hinauf- und die Täler entlanglaufen und bliebe unversehrt.

Das Flugzeug schwebte gleichmäßig dahin. Tief unter ihnen, weit unter der Wolkenlandschaft, wurden die Berge Portugals kleiner und kleiner, bis sie schließlich nicht mehr zu erkennen waren. Sie sah das Haus vor sich, den Garten, das Dunkel der Nacht, spürte den kühlen Wind, der das Weinlaub rascheln ließ, als sie ihren Brief verbrannte, und sah Tom, der mit starrem Gesicht hinter ihr auftauchte und leeren Blickes nach ihr suchte.

Ich werde so oder so sein, und morgen wird alles –

Sie sah ihn wieder leblos neben dem Swimmingpool liegen, mit blau angelaufenem Gesicht und krampfhaft zusammengebissenen Zähnen; wie er sich bewegte, zuckte und ihren Namen zu sagen versuchte.

Dora kannte sich aus, sie wußte, worauf es ankam. Das klang so simpel und ging so tief –

Dora, schrieb Frances, lehnte sich zurück, schloß die Augen und sah einmal mehr dieses ach so wunderschöne Gesicht vor sich, *geliebte Dora, hilf mir, den richtigen Weg zu finden.*

Anmerkungen

1 *Bloomsbury group*, nach einem Londoner Stadtteil benannte Gruppe englischer Verleger, Dichter, Künstler und Gelehrter von etwa 1907 bis 1930, die sich besonders neuen Bewegungen in Kunst, Literatur, Psychologie und Philosophie widmete und einen unkonventionellen Lebensstil pflegte. Eine der herausragenden Figuren und Mittelpunkt des Kreises war die Schriftstellerin *Virginia Woolf* (1882–1941), die mit der traditionellen Erzähltechnik des englischen Romans brach und die Wirklichkeit als Spiegelung des Bewußtseins ihrer Romanfiguren darstellte.

2 *Lytton Strachey* (1880–1932), englischer Schriftsteller, vor allem bekannt als Verfasser ironischer und kritischer Biographien von historischen Persönlichkeiten; gehörte zur *Bloomsbury group*.

3 *Duncan Grant* (1885–1978), schottischer Maler, zählte zur *Bloomsbury group*.

4 *The Waves*, dt. Die Wellen, 1931 erschienener Roman von Virginia Woolf. Die Erzählstruktur basiert auf den inneren Monologen von sechs Personen, in deren Bewußtsein sich die Erlebnisse und Erfahrungen von der frühen Kindheit bis ins hohe Erwachsenenalter spiegeln.

5 *Gerald Durrell* (geb. 1925), englischer Naturforscher und Autor von Reisebüchern.

6 *Philip Larkin* (1922–1985), englischer Dichter, dessen Gedichte die Erfahrungswelt des vereinsamten Individuums widerspiegeln.

7 *Quentin Bell* (geb. 1910), Neffe Virginia Woolfs, Maler, Bildhauer, Kunstkritiker. *Virginia Woolf.* Eine Biographie. Frankfurt 1977.

8 *Vita Sackville-West* (1892–1962), englische Schriftstellerin und Freundin Virginia Woolfs.

9 *John Milton* (1608–1674), englischer Dichter, der in seinem Epos *Das verlorene Paradies* die Thematik des Sündenfalls behandelte.